JA

カンパニュラの銀翼

中里友香

ja

早川書房

7636

目次

† I

† II

カンパニュラの銀翼

アリストテレスの錯覚
〝人差し指と中指をクロスさせた間で一つの球を転がすと、球体が二つある感覚がする〟

La Nature 1 (1881): 384

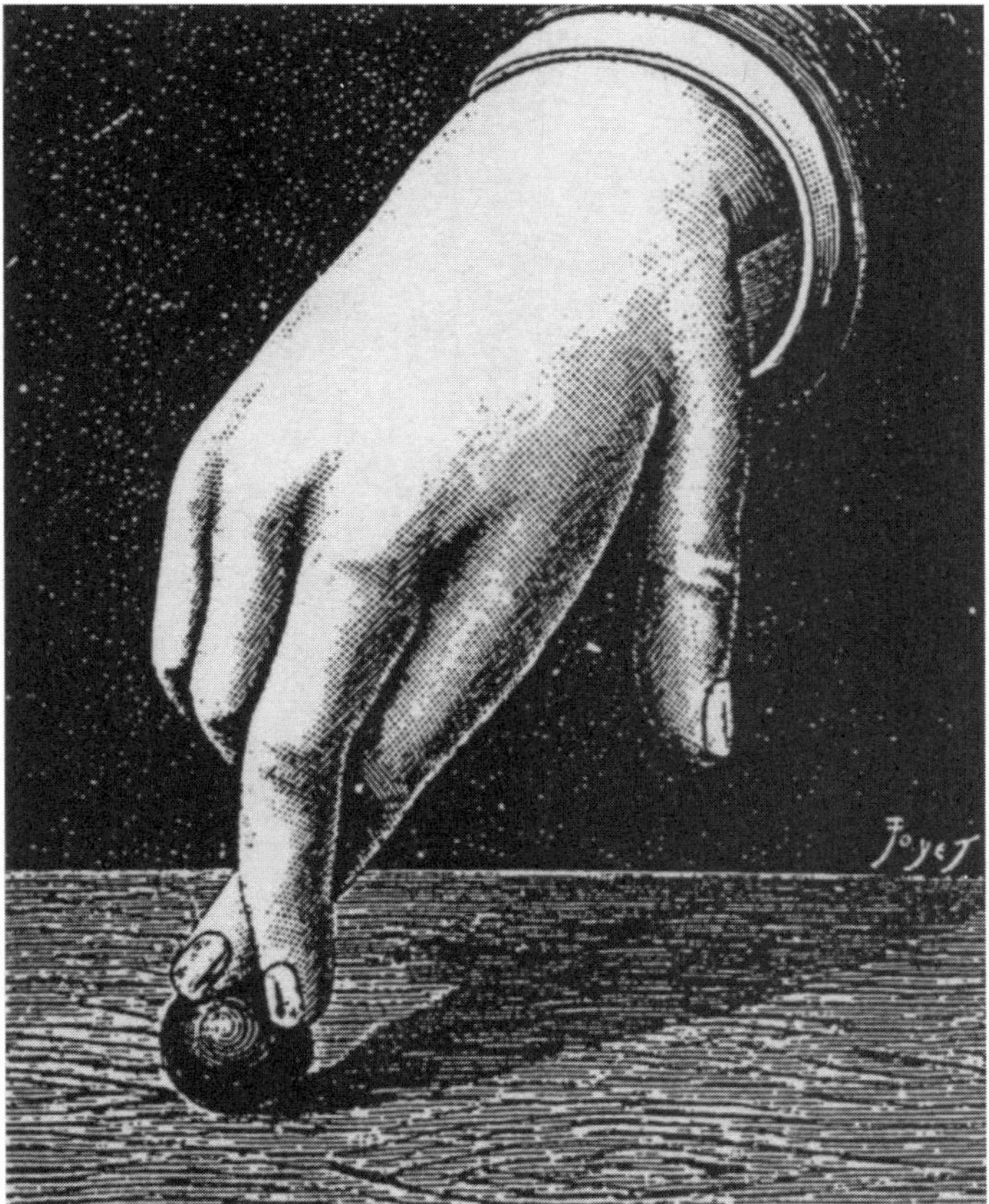
Poyet

暗い内階段は急勾配で、蝦茶色(えびちゃいろ)の敷物が長く連なっている。踏みつぶされた毛足は、靴底に鞣(なめ)した革のような感触をもたらした。

シグモンドは、三階の《実験心理学者オーグスト》を訪ねるところであり、階(きざはし)の頑丈な羽目板は、段を上がるごとに空洞めいた響きが鳴った。

いわば柩(ひつぎ)がまっすぐ出ない、ヴィクトリア様式の三階建てだ。家財道具は必要とあらば大きい窓から吊りあげ搬入するわけだ。一階と二階の天井はやや低く、三階に差しかかる踊り場だけ吹き抜けている。虚(うつ)ろにくりぬかれた明かりとりの天窓が、手の届かぬ高さに夜空を締めだしていた。

「いずれ来るとは思っていたがな。君から俺のところに顔を出すとは珍しい」

実験心理学者オーグストは苦味走った笑みをたたえ、シグモンドを招きいれた。

まあ掛けたまえとも言わず、シグモンドを立たせておいたままで、缶を開ける。枯れた大(お)鋸屑(がくず)のような一摑(つか)みを匙(さじ)ですくって、自分の煙草でも紙巻きにするのかと思えた。

蠟燭(ろうそく)の灯に蛾が集(たか)っていた。人形の夜会仮面めいた翅(はね)をばたつかせていて、やわらかな焰(ほのお)がちらつき、壁面が揺らめいていた。ときどき緋色にひるがえるその瞬(また)きに、遠い記憶が波立つ気がする。シグモンドは立ったまま冷淡に見下ろした。

ふと、くすんだ甘い匂いが、やんわり燻(くすぶ)った。とろとろと落ちていく湯音がして、茶葉の馨(かぐわ)しさが間近で煮えたち鮮やかに香りたった。紅茶に砂糖はいくつだ？　訊かれてはじめて、なんだ奴なりにもてなす気なのか、と。

「いや、いい」

すぐに帰る、というつもりでシグモンドが答えたのを、実験心理学者オーグストはソーサーにカップを載せて、平積みにした本の上に黙って置いた。散乱したペン先やら、吸殻の溢れる灰皿、空になって倒れたインキ壺などごちゃまぜの手狭な机上で、湯を湛えた不安定なあぶなっかしさに、シグモンドはひとまず受け皿ごと手に取った。紅茶の気品たちこめる優しい湯気に瞼のふちを包まれ、そっと吐息をのみこんだ。殺伐と薄汚れている夜更けの仕事場が、落ち着いた暗がりに心地よく沈んでみえた。

「私の客に手を出すな。ベネディック、いいか」

と、シグモンドは用件の口火を切った。「助手にするだのと笑わせる。私の客に下手なちょっかいを出して無闇にかかわらないでもらいたい。貴様は、真っ当な人間だった日々をまだ忘れきれないでいるのか」

実験心理学者オーグストは、慢性的に不眠症の血走った目つきで、燃え尽きかけた卓上の灯火に見入っていた。新しい蠟燭の芯を翳す。立ちのぼるささやかな焰の急流を割いて棹差した芯が引火し、燃えうつった焰はいったんすぼまると長く伸びた。脈打つようにのたうつ灯火が頬骨に差して、オーグストは白黒フィルムの中に佇まうような濃い影が黒々と際立った。

「……ベネディック、ベネディックと。君はまだ俺をそう呼ぶか」

実験心理学者オーグストは不遜なふてぶてしさで緩慢に卓上の小さな硝子瓶へと腕を伸ば

した。「君の了見は、まあ承知したよ。シグ」

硝子製の薬瓶は、口細のスポイトが栓に浸かっている。点眼瓶だ。摘みあげるようにして透明な液体を吸いあげると、オーグストは椅子の背もたれに深く沈みこんでのけ反った。錆(さ)びついたような眼球に右……左……と一滴ずつ垂らしてから目を閉じた。

薬用に希釈したアトロピン毒か——点眼用コカインの類。

緩みかかった瞳孔(どうこう)のオーグストは、殺気立った吐息をいったん噛み含めるようにしてから、ゆっくり吐(つ)くと——「シグよ、かわりに俺も一つ警告しておくとする。俺をベネディクトと混同するな。ベネディクトは死んだのだ」

「なら貴様は一体なんだ」

シグモンドは苛立ちを隠さずに、せせら笑うように鼻白んで、オーグストを静かに一瞥(いちべつ)した。紅茶に口をつけぬまま、テーブルの隙間に受け皿ごと器をカチャンと置いた。その際、ソーサーの底に自分の名刺を、奇術師まがいのひっそりとした精度で敷きこんだ。

シグモンドは扉を開け放つと、《実験心理学者》のオフィスを後にして内階段を下っていった。

I

Ⅰ：ⅰ　春学期・火曜日・四時限目の終わるころ

「君はこの命題をどう説くか、フォッセー君」

エリオットは我に返り、組んでいた足をほどいた。

名前を呼ばれたからである。

背が高く、手足の動きがどことなく女っぽいオルソン・フォッセーが、あごひげの刈りこみ具合を親指の腹で確かめるようにこすりながら、答えを読みあげはじめた。

エリオットは再び、今度は反対側へと足を組んだ。

仄青く釉薬のかかったような窓ガラスから（鉄イオンの不純物のせいだ）、ゆるやかな日射しの外をぼんやり眺めた。

エリオットの苗字はフォッセーである。エリオット・フォッセー。だがエリオットは大学でアンドリュー・ボーデンとして在籍していた。

ボーデン君と呼ばれるのにはすっかり慣れた。ただ、フォッセー君という呼び声に、ほとんど無自覚のうちでやはり反応した。

ボーデン家の長男で本物のアンドリューは、幾年も前に遊学でフランスに渡り、以来パリの場末でアブサンと売春婦漬けになっている。このボーデン家の跡取り息子がうまくして梅毒にも罹（かか）らずに、いつの日か無事に帰国すると見計らって、一家は一族の事業・カンテラ工場経営を引き継がせるその日の為の面目に、アンドリューに名門校の学士資格を取得させる。

エリオットは替え玉なのだった。

†

《2×2の論理性を証明すると、運算の一般的なフォーム$\Omega'(\bar{\eta})$は次のとおり》

$$[\bar{\xi}, N(\bar{\xi})]'(\bar{\eta})(=[\bar{\eta}, \bar{\xi}, N(\bar{\xi})])$$

$$\therefore$$

$$x = \Omega^{0'} x \text{ Def.},$$

$$\Omega'\Omega^{\nu'} x = \Omega^{\nu+1'} x \text{ Def.}$$

《これに当てはめ》

$$(\Omega^{\nu})^{\mu'} x = \Omega^{\nu\times\mu'} x \text{ Def.},$$

$$\Omega^{2\times2'} x = (\Omega^{2})^{2'} x = (\Omega^{2})^{1+1'} x$$

$$= \Omega^{2'}\Omega^{2'} x = \Omega^{1+1'}\Omega^{1+1'} x = (\Omega'\Omega')'(\Omega'\Omega')' x$$

$$= \Omega'\Omega'\Omega'\Omega' x = \Omega^{1+1+1+1'} x = \Omega^{4'} x$$

《この論理学証明式が意味するところは、偶発以外総ての規律は、この法則に応用し当てはめうるということで、時空や因果律も即ち——》

†

ノートを取りながらエリオットは、聞いてはいなかった。ノートを取っているのだから聞こえてはいる。効果音や擬声語を書き写すのと差が無かった。

エリオットは、哲学は数式で表すものじゃないと思っている。深遠な言葉、世の中の謎を、片ッ端から式で表し「謎」であることまでXひとつで言いくるめる近年の流行が、

（つまらないな）

エリオット・フォッセーは、いいかげん辟易してきていた。

自分が哲学の道を選んだのは、生と死について答えを見つけたいからじゃなかったか。精神の疫病、冬場とくにひそやかに蔓延する自殺について解明したいからではなかったか。「なぜか？」の問いに答えられるのは哲学しかないと考えたからではないか。「なにか？」や「いつ」「どこで」「どのように」の記録ではなく、なぜそうなのかという謎解きは。なぜ幸福と真実とはいつまでたっても限りなく平行線で交じり合わないか。なぜ絶対的真実にせよ、個々の事実にせよ、真実を追究せんとする者は、必ずしも幸せになれないどころかむしろ狂人になるのか、その偏向。

ゴッホは耳を切った挙句にピストル自殺。

シューマンはラの音が襲ってくるとライン川へ投身。

ゴーゴリは自分の思想と作品とに矛盾を覚え、原稿を燃やし絶食の末に狂乱死だ。狂っていたからひょっとしたら有りもしない「真実」を追い求め、手段として芸術を極め、幸福とは程遠い境遇に陥ったか。もしくはやはり真実に枯渇したから狂ったかは分からない。ただ人間が「自殺」や「狂気」「真実」という語に、魅力と共感を拒みきれないのはなぜなのかと。

自殺は多くが狂気の膿んだ結果で、狂気とは精神疾患である。じゃあ人は重度の精神病患者と深い共感を分かち合い、真実を語れるかと言えばそれがどうにも全く逆で、狂人が社会生活から隔離されるのは、他者との隔たりの深さがゆえだ。にもかかわらず人が「自殺」や「狂気」の魔力にかかるのも本当だ。キリスト教をはじめとする多くのモラルが、由々(ゆゆ)し忌々(ゆゆ)しと自殺を禁じ、不必要なまでもの圧力で迫害するのも、「自殺」というアイデアの生まれ持った根強い魔力、自ら死期を決める翻弄(ほんろう)されない挑戦が、どんなに健康で真ッ当な人間にとっても他人事に聞こえないからだ。自殺特有の無益で救いようのない絶望感や、周りに及ぼす負の影響力より、自殺そのものの普遍で自然な吸引力がいけないと——宗教は敵の頭打ちをする。絶望や荒廃や非生産性を咎めるなら、虐殺のほうがよっぽど忌み嫌うべき悪だというのに、様々な神の名のもとで、これまでどれだけの争いが繰り広げられて来たかは計り知れない。過去だけじゃない、これからだって、神の名を語れば公明正大に殺し合いを続けられるのが人類の仕組みだ——。

（オレンジ――アンド――レモン）

五時の合図だ。

市庁舎前のカラクリ時計が、マザアグウスの曲を奏ではじめた。教授の講義の声にまぎれて、風向きでかすかに聞こえる。

エリオットは故郷の教会堂の鐘の音に思いを馳せた。農作業の手伝いを逃れて納屋で昼寝をしていたエリオットが、寝過ごしたと気付いて慌てて飛び起きたときに、教会堂の鐘の音が五ツ鳴って止んだあとの余韻が響いていた――と。

オレンジとレモン
セントクレメントの釣鐘が鳴る
五ファーシング貸しっぱなしだと
セントマーティンの鐘が鳴る
いつ返してくれんのさ、
オールドベイリーの鐘が鳴る
金持ちになったらば、と
ショアダッチの鐘が鳴るよ

いつ金持ちになれんのさ、

　　ステプニィの鐘が鳴る
　　知りゃあしない、とボウの大きな鐘が鳴る
　　お前を寝所へ照らし出す蠟燭がやってきた
　　お前の首を切り落とす斧がやってきた

（……オレンジとレモンか。みんなオレンジとレモンのせめぎあい）

真実と幸福。時間と空間。人間と人類。文系と理系。夢と現実。美醜と善悪。魔女と吸血鬼。目隠し鬼と隠れん坊。それから僕とクリスティン——

終了のベルがようやく鳴った。

エリオットは上着の前ボタンを留めながら、真ッ先にドアの外へと脱出した。

そこを、後ろから肩を叩かれた。

クラスメイトに親しいのは居ない。ボーデン家から友人は作らぬように指図されていた。素性が知れると困るからだ。それでなくともエリオットは、パブリック・スクール・アクセントでよく喋れなかった。哲学用語は大学で習得したから討論は平気だが、だべりとなると厄介なのは、どこの土地の者も一様に皆、各出身名門校で培った全寮制ならではのパブリック・スクール・アクセントで弁舌を振るうのである。今では随分真似してエリオットもそれらしく話せたが、最初のうちはエリオットが口を開くたび、耳慣れないのか、悪気でなくとも困ったように聞き返されたから、おのずと口は重くなった。そもそも話題にのぼるクリケットやポロなど、エリオットは、ろくすっぽ知りゃあしない。ずっと無口で近寄りがたい《アンドリュー・ボーデン》で通してきていた。

エリオットは、だから何か忘れ物でもしたのを、誰か知らせてくれたのかと思って振り向いた。

水際立って綺麗な——ずばぬけた風姿の見知らぬ若い男が一人、立っていた。

「フォッセー氏にこれを渡していただきたい」

エリオットは、ハッとしたが、いつになくすんなりとやり過ごして、

「オルソン・フォッセーならまだ中に居ます。すぐ出てくるでしょう」

「エリオット・フォッセー氏は」

「エリオット……エリオットは——分かりました。渡しておきます」

エリオットは困惑を悟られまいと、相手の革手袋をはめた指の間から、差し出されるままに一枚の名刺を抜き取った。

シグモンド・ヴェルティゴ

「あの、用向きは」

「エリオットに渡してもらえれば分かります」

「——そうでしょうか？」

クラスメイトの一人が出てきた。エリオットは柱の脇へ身を潜めるようにして、

「もしも僕が彼だったら、もっときちんとした用向きを伺いたいと言うでしょう」

すると、謎の男シグモンド・ヴェルティゴは、黙ってエリオットの手から、寄越したばかりの名刺を滑らかな所作で軽くひったくるように奪い取った。裏返して再びこちらに渡す。

魚の剝製・ヴェルティゴ造詣

造型[1]じゃなくて造詣[2]だ？——

語彙（ごい）の取り違いに苦笑しかけたエリオットだったが、造詣師（モデレーター）と言えば案外、大学用語である。オックスフォード大では学士号公式第一次試験監督官をさすし、ケンブリッジ大学では数学優等試験監督官を言うらしい。剝製とはいささか噛みあわないが、ここは大学だし、意外に場違いでないかもしれない。

名刺の男が踵（きびす）を返して、低い靴音をたてつつ遠ざかるのを見送りながら、

（いったい何者だったんだろう——）

気に掛かったが、エリオットは気持ちを切り換え、学部のオフィスに足を進めた。

五時にアポイントメントが入っていた。


控えの間にはいくつもの見事な絵が飾ってあった。中でも特に私が興味を持ったのは、一枚の油絵だ。最初、写真かと思ったが、近づいてよく見るほどに

「すごいですね」

するとこの屋敷の女主人であるミセス・ガルボが横で笑いかけながら「ええ、私もこの絵がお気に入りよ」

なんと彼女が描いたのだという。

「私の娘を描いたんですよ」

それを聞いて私は思わず驚きを隠せずに、

「つまりあなたのお嬢さんは、グレタ・ガルボで？」

「いいえ、とんでもない、違いますわ」

と、彼女は笑いとばした。

いやはや、と私は「しかしなんですね、有名な銀幕女優とそっくりさんの娘を持つだなんて、奇妙な偶然じゃありませんか」

「いいえ。私の娘は何を取ってもまるでグレタ・ガルボではありませんわ」

「でも、ここに描かれている女性はまさにグレタ・ガルボですよ！　誓って言いますけどこの絵の人物はグレタ・ガルボで、ただ貴女がそれを御自分のお嬢さんだとおっしゃるから」

1 modeler
2 moderator

ミセス・ガルボはしかし尚も意味ありげに私に笑いかけるばかりである。

「そうね確かにグレタ・ガルボにいくらか似たところは有るかもしれなくてよ。——なにしろ私は、古い映画ポスターに載っていたグレタ・ガルボの写真をうつして、この絵を描いたんですものね」


「きみはどう論じた?」

試験を終えて階段を下りながら、赤毛のトーマス・コレットが切りだした。誰にともなく——しかしエリオットに向かって訊いたようにもみえる。

エリオットは既に学士資格に相当する分の単位を取得している。が、学士を卒業したら、故郷に戻るのがボーデン家との取決めだ。だいぶ住みなれて勝手の分かるここ界隈では、なにしろアンドリュー・ボーデンでとおっている。勉強も今しばらく続けたいし、本物のアンドリューも当分帰国の予定はない。

(なにより卒業して帰ったら妹のクリスティンともう会えなくなる)

卒業に必要な単位は既に修めてあるし、パブリック・スクール・アクセントは下手糞でも、成績は優秀だったから、エリオットは申請すれば学士身分でも修士のクラスをいくつか取ってかまわないと許可が下りていた。

修士のコースに入ると、より高度で専門的な勉学とか、教授との関係の構築など真ッ当な意義の他に、T・A[3]として働ける特典が、エリオットには魅力であった。

T・Aの多くは、優秀で貧乏な院生が教授に選ばれてなる。学生たちのレポートの下読みや、試験の点数つけ、ガリ版刷りの校正などをやる。今回は哲学の教授が三人もこぞってT・Aを同時に募集していて、学部側が審査を請け負う段取りになったらしい。その試験が午後五時からだった。

条件にあう学生が四人、集まった。エリオットは正確には修士でないが、辛うじて応募の資格を満たしていた。

筆記試験は、出来の良し悪しを問うというより、哲学的趣向が同じ路線の生徒を雇いたい教授側の意向を汲んでの審査らしい。提示された文に、説明をつけろという小論であったのだ。

高窓から、暮れ泥(なず)んだ西日が、螺旋(らせん)階段に差しこんでいる。

「自分は文学的に説いた」

階段の手すりに手をかけながら、ロジャー・オズモンドが物静かな口ぶりで答えた。

「ガルボの母親にとって、《女優グレタ・ガルボ》は娘とは言えない。おそらく母親は、グレタ・ガルボを、マーガレット[4]と呼んでいるのだ。マーガレット・ガルボこそが自分の娘。

3 Teacher's Assistant　助手
4 グレタはマーガレットの短縮愛称

私の娘は、大手映画スタジオが作り出した虚構のスター《グレタ・ガルボ》なんかじゃないという主張が、《私の娘は何を取ってもまるでグレタ・ガルボではありません》という発言だろう」

エリオットは新入の頃、幾度か大学構内でこのロジャー・オズモンドと見間違えられた。ロジャー・オズモンド！——と、後ろから呼び止められた挙句に、親しげに肩を叩かれた事さえあったから、この学生の名を覚えていた。

「じゃ、やっぱりその肖像はグレタ・ガルボ当人に間違いないと思うんだな？」

哲学生にしては珍しくよく鍛えた骨太の上級生がロジャーを問いただした。ラグビーのヘッドギアが似合いそうな体格の、黒髪で、背は低いががっしりしている。エリオットは、同じ学部ながら、この男を見たのは初めてだ。

「勿論だとも。絵の人物はグレタ・ガルボに間違いないさ。だからこそミセス・ガルボは、グレタ・ガルボのポスターから娘の絵を描いたと言っている」

母親にとったら、グレタ・ガルボは、昔と変わらぬマーガレットなんだ、と繰りかえすロジャー・オズモンドは、下り階段の足下に向けた横顔が西日に照らされて影になり、思慮深い輪郭が浮かんでいた。

「だったら母親はなんで最初、あなたの娘はグレタ・ガルボかと問われて全否定をした？嘘が混じっていたんでは話にならない」

「嘘とはちがう。母親にとって銀幕女優のグレタ・ガルボは虚構であって、娘とはまるで別人なんだ」

「だが事実は同一人物なんだろ」

反駁に詰まるロジャー・オズモンドを庇うように、赤毛のトーマス・コレットが、

「なんだかふざけた問題だったね」

赤っぽい肌の色を夕陽に一層赤く照らされながら、眩しげに水色の眼をしばたかせて、笑いかけた。「そもそも、なんでガルボだろうね」

「きっとジョンソン教授あたりがファンなのさ」

笑いあって場が和んだあと、例のヘッドギアが似合いそうな上級生が、踊り場でいったん足を止め、少し離れて後ろに続くエリオットを心なしか待つようにしてから、

「俺はミセス・ガルボと聞いて、即座にガルボの母親だと思いこむ先入観が文章を難解にしていると説いたよ。同姓なんてどこでだっていくらもある。だいたいグレタ・ガルボのガルボって部分はたしか芸名だぜ。本名はグレタ・ロヴィッサ・グスタフスンって言うんだ。知らないだろう？　おそらく出題者も知らないだろうし、この小論文は、ガルボの本名を知っているか否かで差がつく訳じゃあなかろう。だが単なる我々の常識だけで物事を推測するってのは、不確実性につながるとは言えるだろう。ガルボ夫人＝ガルボの母親と決めつけるなんて最たるものだ。ヒュームを引用して《原因と結果》に関連づける人の当てこみを批判してから、因果律の不確実性に結びつけて、ほどほどに書き連ねたたな」

つまり絵は誰でもない。ガルボのポスターを模写した女に過ぎぬ。ガルボという苗字の、

と或る夫人が、ちょっとした悪戯心でグレタ・ガルボの写真を使っただけだ。或る女がグレタ・ガルボを娘のつもりで描いただけの、

「絵の女こそ虚構。まるでモナリザさ」

言い終えて、ひと呼吸おくと、

「で、トミーお前は？」

「ああうん」

上級生に問われて、言いだしっぺのトーマス・コレットは照れくさげにはにかむ。トミーは発言するとき、いつも外見とは裏腹に、内心はいかにも自信有りげにみえた。

「ぼくは、まず各主張が全て本当だと仮定した。次に、A＝肖像画は実際にグレタ・ガルボか。B＝ミセス・ガルボはグレタ・ガルボの母親かどうか。C＝ミセス・ガルボの娘はグレタ・ガルボと同一人物かどうか。ABCこの三点の命題において、おのおの式を組み立てた。どの記述がどう矛盾を産みだしているかはじき出す、論理学的アプローチ」

グランドフロアに着いた。表に出ると、自分らの長い影だけが出迎えるような肌寒い暗がりで、じゃあ、とそれぞれ散りぢりになりかけた。

「で、きみは？」

エリオットは、赤毛のトーマス・コレットに呼び止められた。

エリオットは、トミーと同じクラスを二つ取った事がある。トミーは折を見てはエリオットに話しかけたげにしていた。休憩時間に、ちらりとこちらを盗み見ながら話すきっかけを

うかがって隙を狙っているのを、エリオットは気が付いていた。気付いていながら煙幕を張るように別のクラスの哲学書を開いて、邪魔するなといわんばかり本に没頭するふりをした。誰とでもよく話すトミーは、押し黙っているエリオットがいかなる人物なのか、どんな哲学的見地を取るのか気にかかるようである。その哲学的観点だが、エリオットのほうでは既にトミーと全くかみ合わないと気付いていた。

トミー・コレットは授業中によく教授を質問攻めにして、

——またか——

と、他の学生は露骨な目配せこそしないが、時間が過ぎるのを不精気味に待つという具合なのだから。トミーがどんな考えかは同じクラスを取れば誰でも知っている。認識学・論理学・形而上学的アプローチを崇拝して、エリオットの最も苦手とする手合だ。数字や記号を使った計算式で論法を組み立てるのが、とかく大好きらしい。

しかしエリオットは、トミー・コレットが要点を突いた細かい質問を長々と繰り広げると、ある種の敬服を覚えるのも、また確かだった。トミーが見当違いの質問をしたとしても、誤りを正す教授とトミーとのやりとりで、議題の本質がクリアになる事も多かった。赤毛のトミーの質問は、見当違いであっても、的外れではなかった。エリオットは、自分と正反対に位置するトミーの見識との差でもって、自分の哲学的見地を再認識して意識を深めた。友人になったらさぞ興味深いかしれないな——と、エリオットの内心を察してかもしれない。トミー・コレットは、やっと巡ってきたチャンスとでも言うように、

「アンドリュー、きみはどう書いた？」

名指しなので、逃げ切れなかった。エリオットは会話に混じっていたつもりはなかったのだが、皆の回答を聞いてはいたし、仕方もない。

「僕はあの出題文に、なんの疑問も矛盾も不自然さも感じなかったよ」

「なぜだ？」

ロジャー・オズモンドまでが、ポケットに両手を突っ込みながら、風を受けて寒そうにやや俯き加減で訊き返してきた。

「なぜって僕は、ミセス・ガルボこそ、グレタ・ガルボだと思ったから」

ラグビー系の上級生が、鞄にしまった問題用紙をくちゃくちゃと取り出して読み返すのを目の端で捉えながら、エリオットは顔を上げた。

「ミセス・ガルボを、グレタ・ガルボ当人だと思って読むと筋が通るから」

エリオットは暮れ際の焼け爛れた雲の下で、皆の足を引き止めているのに気が急いた。トミーはまだ物足りなげで、エリオットがちゃんと解説するまで悠長に待っている。エリオットはそのまま続けた。

「グレタ・ガルボにそっくりの絵を、ミセス・ガルボは自分の娘を描いた絵だって言うだろ？　それでいて《あなたのお嬢さんは、グレタ・ガルボですか》と問われ、《いいえとんでもない》と笑いとばす。絵を描いたミセス・ガルボが、グレタ・ガルボ当人なら不思議はない。質問者《私》は、銀幕のガルボしか念頭に無いもんだから、引退して年を取った目の前の彼女の姿に気がつかなかったのだろうね。彼女がグレタ・ガルボ当人であるからこそ、ミセス・ガルボは《私の娘は何をとってもまるでグレタ・ガルボじゃない》と述べた。——あの子は私に、ちっとも似ちゃいませんよという母ならではの発言だ。きわめつけはミセス・ガルボが、古い映画ポスターに載っていたグレタ・ガルボを写して、娘のポートレートを描いた点だ。母親似の娘なんだろう。娘だから、若かりし頃の自分《グレタ・ガルボ》のポスターを写して絵を起こしたとして、筋は通る」

三人が黙っているので、エリオットは、

「もちろん現在グレタ・ガルボは独身で、娘もいなければ若くて売り出し中の世界的スターだ。だから未来の話だとして、年代が特定してあったわけでもないから——。結婚しなくとも娘は生まれるけど、グレタ・ガルボが、グレタ・ロヴィッサ・グスタフスンなのは僕も聞いた事があった。だったら尚のこと、グレタ・ガルボことグレタ・グスタフスンが、ガルボという姓の男と結婚して、ミセス・ガルボと呼ばれるに至ったと想定した。そして若かりし頃のグレタ・ガルボそっくりの貫禄美を備えた娘を持ったのだと読み取ったんだ。いずれにしたって、全く筋が通らないと言い切って問題点を指摘するほど、おかしな記述だとは思えない」

息をのむ沈黙を破って、トミー・コレットが

「……凄いな、きみは。この小話を以前に読んだことがあったのかい？　アンドリュー」

「いや。初読だよ」

エリオットは、だいぶ翳(かげ)った夕闇に目を細めつつ、肌寒さに肩をすくめて苦笑した。

「皆の答えを耳にするまで、自分は間違いあるまいと実は確信していたんだけど、どうやら僕は失格だ。小論はこのシナリオについて説明しろと有ったんだ。謎解きをしろ、答えを出せと求めていたわけじゃない。だからそう《文学的に捉えるならば》とか、《ヒュームの見地に基づくならば》或いは《論理学的に整頓して総括すると》とかいう、君らのやったように、問題文に対する説明をつけなくちゃならなかった。だいたい目的は、一ツの記述を吟味して、どれだけ哲学的視点の差が生じるか。教授の意向に沿う生徒の見地を発掘するための審査だろう？　謎解きなんて、僕は全く論点がずれていたに違いないよ」

おめでとう、じゃまた——

と、エリオットは足早に立ち去った。

I : ii　錯視学者

案の定、エリオットはT・Aの口にありつけなかった。

T・Aの職は、来たる秋学期用の募集だったから、結果が出たのは復活祭(イースター)も過ぎた四月の暮れである。春学期もそろそろ学期末試験とレポート提出の期限が差し迫ってきていた。

結果を聞いたエリオットは、分かっていたつもりでも、時間があくと期待もわいて出るものだから、落選にやはりがっかりした。すると学部側から声をかけてきて、

「学業の傍(かたわ)らに仕事が必要ならば」

仕事を紹介してくれた。

卒業生の研究者が、助手を求めに出入りしていて、丁度エリオットの例の回答を目にして興味を持ったのだという。T・Aの職は、賃金は相当安い。資産家の子供の家庭教師でもしたほうが報酬はいい。ただ教授と親睦を深め、哲学分野でコネクションをこしらえるのにもってこいだから、真剣に勉学に取り組んでいる学生は大抵T・Aになりたがる。たとえばエリオットの演じている「アンドリュー・ボーデン」などその良い例で、

「貴方のように経済的な報酬とは別の特典を求める学生に、この仕事がどれだけの魅力があるかはわからないけれども」

アンドリューの仮面はさておき、エリオットの内実は経済的な報酬目当てでT・Aの募集にかけていた。半信半疑の控え目なそぶりでセクレタリーから仕事先のアドレスをもらうと、その日のうちに渡された住所へ赴いた。市街地の十一番地。

冬に逆戻りの寒い日だった。

古びた三階建てのヴィクトリア式の住居を、オフィスに改造してある。一階は鍵屋で、二階にも事務所が入っているらしい。エリオットの目指す宛は、看板のかかっていない最上階だ。

ノックをすると、難しげな顔をした男がドアを開けた。年は三十がらみの――研究者で個人オフィスを構えているにしては若手である。気障な感じの細い口ひげがやや伸びかけている。顎ひげは非常に短く刈りこんである。すっと毛足の整った精悍な眉をしていて、中央で分けた黒髪がこぼれてもつれ、眼光鋭い眼前にかかりそうな様といい、暗く閉ざした取っつきにくい感じがした。

「なんだ。どこから来た」

男は非常にくだけた物言いで、硬い表情はそのままだ。

「大学の方から――」

エリオットが幾分言いよどむのをよそに、

「ああ勿論、大学だろう」

男は自らに言い聞かせるようにしてエリオットを中にと促した。

「助手で?」

「そのつもりで」

「いつ来られる」

大きな窓の桟には、黒板が取りつけられていて、外の曇り空から洩れるぼんやりとした明かりを遮っていた。銃眼まがいに細く縦長の小窓はガラスがむき出しで、カーテンが掛かっていない。向かいに同じようなヴィクトリア式の建物が見えた。フロアの中央に位置する机の上には、ビー玉やら、物差し、倒れたインキ壺、鏡、フィルム、蛾の翅などが散らばって、カウチには本が山と平積みになっている。本棚も縦横にぎっちり埋まっている。ストーヴにかけたポットはぐらぐら沸いていて、意外にも男は紅茶を淹れてくれた。

男は立ったままで、エリオットも立ったまま帽子を脱いで小脇に抱えると、カップに口をつけた（……見たところカップは清潔だった）。

エリオットは雑然とした卓上にカレンダーを探しながら、結局見つけられずに、

「放課後はだいたい来られます。試験前でもないかぎり週末も空いています」

「ではまずは来られるとき来てくれたまえ。平日も週末も大抵ここに居る。居ないときは、扉の前のドアマットの下に鍵を置いておく。ファイリングと、タイプライターはこれを使って――哲学生を選んだのは、文章力に長けているから論文の推敲を頼めるというのが本音だ。あとは随時、実験を手伝ってもらいたい」

しっかりとした語調だが、ぶつぶつ呟く印象を受ける。抑揚に乏しい早口で、静かな頑固さが見え隠れする。いつも耳にするパブリック・スクール・アクセントの悠長な流暢さ、歯音がはっきりとした滑舌とは全く別物だった。男は、常習的に他者と打ちとけない無頼めいた風情でいながら、奇妙にざっくばらんだった。

「最低賃金を時間で、それが基本給。仕事量や出来具合によって割増しする。T・Aの稼ぎよりはいい筈だ。どうだ」

「お願いします」

エリオットは飲み終わった紅茶のカップと受け皿を、どこに置いたものか戸惑った。男は

黙って骨ばった手を伸ばし、受け取りながら、平積みの本の上に置くと、空にした手を差しだした。握手を交わしながら、

「オーグストと呼んでくれ。君がこれから携わるのは、実験心理学。錯覚・錯視の研究だ」

「アンドリュー・ボーデンです。どうぞよろしく」

「さて、アンドリュー」

手を離すとオーグストは「今日は働けるか？　働けないならそれはそれで構わないが」

エリオットは別段ほかに予定は無かった。ただ、いきなり仕事をするほど乗り気ではなかった。というか本当は、約束したわけではないが、今日はクリスティンに会いに行く心積もりでいたのである。瞬間、返事に詰まっていると、

「ならば、明日からでも」

オーグストは追い立てるように床板でガツガツとした靴音を立てながら、エリオットの横を抜けてわざわざドアを開けに赴いた。

エリオットは軽く一揖して、帽子を被りながら扉の外に出た。オーグストは扉を閉めかけながら「そうそう、支払いは小切手だが問題あるまい？　現金だと支払いの証拠が残らないんでね」

「いっこうに」

問題ありませんと言いかけてエリオットは慌てて付け加えた。

「その際には、エリオット・フォッセー宛に小切手を切ってください」

「構わないよ。フォッセー……綴りは？」

オーグストは細かいことを気にしない質なのか、もう一度エリオットを中に招き入れる。特に問いただしもしないで、エリオット・フォッセーと、すんなり手帳に綴り終えると、

「ならば小切手を郵送するのも控えておこう。給料日には君に手渡そう」

「お願いします」

オーグストは神経質げに痩せた指で帳面を閉じ、ペンを置いた。その机上に、エリオットはふと目が留まった。見覚えのある名刺。

シグモンド・ヴェルティゴ

開いたまま伏せてある本と折り重なって、手紙や論文原稿が散らばっている隙間に、小さな名刺が、居場所を忘れた栞のようにまぎれていた。

エリオットは名刺を拾い上げた。

「この名刺の人物を御存知ですか」

オーグストは顔を上げると、

「ああ——つい先日この部屋の真下に越してきた。仕事場にだろう。造型屋だ」

「造型屋……やっぱり。——それが造詣師と名乗るとは恐れ入ったな」

「同じことだ」

オーグストは、学のある心理学者にしては取り違えたような耳を疑う物言いで、無表情の

まま、ふてぶてしく言い捨てた。

「——いつの間に迷いこんだんだ。こんな名刺、シグにしては珍しく姑息（こそく）な探偵まがいの真似までするか。今回は格別に熱心だ」

ばらは赤い
すみれは青い
おさとうは甘い
そうしてきみも[5]

やまびこは呼ぶ
おうい
僕は答える
おうい
やまびこは訊く
おうい
僕は答える
おうい
やまびこは泣く

おうい
僕は答える
おうい
やまびこは
ねえ、僕を置き去りにしないで――と

ガタン、と汽車が揺れて、汽笛が鳴り響く。

発車までの数分間、エリオットは転寝(うたたね)をしていたらしい。

夢見が悪かった。それでいてどんな夢か思い出せなかった。

エリオットは、流れだす景色を窓の外に眺めながら、腕時計を顔の前に持ってきて時刻を確かめた。あと一時間もすればクリスティンに会える。

花の芳香が掠めて、ふと窓外から目線を引き戻し、車輌内を見回した。

三等だったが空(す)いている。

反対側のボックス席に、花籠いっぱい、赤い中輪の野バラだろうか――赤ん坊の入った揺りかごのように傍に置いて、老婆が列車に揺られながら器用に編み物をしている。

にわか雨がやんで、雲の隙間から、天使降臨図のように淡い光の柱が地上に――車室内に

――老婆の居る座席側にと差しこんでいる。車輌の隅には、新聞を広げて帽子を被った中年の男が一人、火の消えたパイプの吸い口を齧るように、への字に咥えている。この車室に居るのは、エリオットを含めてこの三人だけだった。

「失礼ですが――」

エリオットは老婆に声をかけた。耳が遠いのか、列車の足踏みの音で掻き消えたのか、声が届かぬようだ。エリオットは座席から立ち上がった。老婆の座るボックス上の網棚に片手をかけつつ、ポケットから丸まった紙幣を取り出し、

「バラを分けてもらえませんか」

老婆は、ちらとエリオットの顔を空目に仰ぐと、また編み物に視線を沈めて、せっせと手を休めぬまま「売り物じゃないから」

にべもない。

エリオットが身を引きかけると、

「籠さえ残してってくれれば」

欲しいだけ持っていっていいと。

「良い香りだね。ジャスミン・ティーみたいな」

「バラの匂いをジャスミンだと譬えるなんて、変わっとるね」

婆さんは手さげからレース糸の玉を出して、三十センチほどにちょん切り、糸をくれた。これで束ねろというのだ。汚い手袋も貸してくれ、棘に気をつけろというのだろう。

「ありがとう」

「どういたしまして」

「なんていうバラですか」

立ったままでは体勢が悪いので、籠を前にしてエリオットは、老婆と対角に腰を下ろした。長さの揃ったのをなるべく選んで、括ろうとしたところ、

「ほら、そんな開いたんじゃなくて、花はなるべく蕾のやつがいい」

パチン、と婆さんは裁縫鋏で長い枝を切ってくれたあと、

「さあね。葡萄畑のバラの花だよ」

途端にエリオットは花も老婆もなんだかとてもいいとおしくなり、

「……早咲きですね」

今日は良い日だ。

重ねて礼を述べてから、元の座席に戻ったら、さきほどの夢見の悪さも消えていた。

エリオットはバラの花の夢を見ていた気がした。花の薫りに誘発されたのだ。


クリスティンは目が悪い。

全盲とまではいかないが、どんどん悪くなる気配が有る。

近視ではなく、近くなら見えるわけでもない。どんな眼鏡も全く役立たない。手前でも遠くでも、均一にぼやけているようだった。

「蜻蛉の羽がぴたりと被さった感じ」

六年程前に再会したときだ。不服そうにわざと顔をゆがめてみせてから、クリスティンは屈託なく朗らかに微笑んだ。

ボーデン家の別邸が火事になり、火の粉がクリスティンの目に降りかかった。誰も死なず、大火傷を負った者も無く、ただクリスティンの目の霧だけは以来、晴れないままなのだった。死んだ魚の目のように濁っているわけではない。覗きこむほどに深い、蒼い瞳は澄んでいるのに。

「アンドリュー！」

「クリスティン」

「兄さんはいつも突然なのね」

自動車の音が聞こえなかったわ、まさか駅から歩いてきたのとクリスティンは、

「私に？」

せかすので、ああ……、とエリオットは列車の中でと言いかけ、

「駅でね。花売り娘が困っていたから、籠の中身をまるごと買ってやったのさ。いい香りだろ、夢にまで入りこむ……」

「綺麗ね。赤い花って好きよ」

エリオットを遮るようにしてクリスティンは、はしゃいで抱きかかえるように花束を奪い取ろうとする。慌ててエリオットは、婉曲に棘へ注意を促した。

「バラだよ」

「早咲きね。なんのバラ？」

取り繕うようにクリスティンは、メイドのヘザーを呼んで「部屋に生けておいて」

「葡萄畑のバラだよ」

エリオットが微笑みかけると、

「素敵ね」

クリスティンは、知的ですばしっこそうな目を閉じる。まさに乙女の柔らかさだ。眩しい思いでエリオットは、ほとりから見守るばかりだ。

「兄さん、今日こそ泊まっていけるんでしょ」

「勉強がたまっているんだ」

「ディナーは一緒に食べて行けるわね」

「スティーヴンスは？」

エリオットは辺りを見回した。執事長を見つけると「ちょっと」場を外し、通されるままに勝手口の手前の廊下で、ボーデン家からの手当を受け取った。

「ミスター・フォッセー、夕食の件ですが」

「御心配なく。帰ります」

エリオットは、ボーデン家の乳母の息子だ。兄が二人と、姉が一人居る。いずれもずいぶん年上で、母親がボーデン家の乳母をしていたのは、長女の姉が生まれた頃だったらしい。ボーデン家の前妻が娘を産んだときに子守りをしていた。前妻と娘は病気で相次いで死に、後妻は自分の乳で息子のアンドリューと、娘のクリスティンを育てた。だから正確にはエリオットは、クリスティンと乳兄妹(ちきょうだい)ではない。

クリスティンが、酪農家のエリオットの家に預けられたのは四ツのときだ。エリオットが七歳から八ツになる頃まで居た。ボーデン家の兄のアンドリューが猩紅熱(しょうこうねつ)に罹(かか)ったからで、治った頃に今度は看病に付きっきりだった母親が感染して、これが酷く重かった。

エリオットの姉は、隣家のヒースという男と、納屋でこそこそ見るからにいかがわしげな仕儀に及んで含み笑いをこぼしていた。年の離れた兄たちは頑強で、エリオットを邪険に追っぱらうか急き立てた。一方クリスティンは、ふわふわした金髪に、水色のリボンを結んでもらうのが好きで、その上に真っ白なボンネットをかぶると、首のところで、やっぱりリボンを大きく結んでもらうのが大好きだった。ほどけるたんびに、泣いてはエリオットを追ってきて、ねえ結んでちょうだいと。可愛いもんだからエリオットはうるさいとか面倒だとは思わなかった。エリオットが屋根裏の日溜りに腹ばいに寝そべって、地べたに置いた石盤にカツカツ綴り方の練習をしていると、クリスティンは横に来て、自分も腹ばいになり、おしゃまな感じに頬杖突いて首を傾げ、ねえエリオット、エリオット。

と、膝を曲げて下手なバタ足をするように、足で空(くう)を蹴りながら、

ママはね、言っちゃいけないっていうんだけど、あたしには、小さなおとうとがいたのよ。

おやゆびくらいの大きさの。でも、あんまり小っちゃいもんだから、おなかの中でしんで生まれてきたの――

だのと、エリオットになんでも話すのだった。又、なぞなぞを出すのが好きらしくて、

《おうちから　おうちへ　めぐる
ちっちゃな　ほそいメッセンジャー
雨がふろうと　雪がふろうと
夜には　そとで　ねむるのです》

問題を出して答えを待つときのクリスティンは、得意げにもう生意気ったらなく、小さい女の子ってのは、どうしてこうも人より自分が賢いと思いこめるんだろう。エリオットは自らも幼いながらに、ほとほと呆れかえった。それでも

《答えは町の電柱？》

《ちがーう。おしい。ヒントは、もっとくねくねしてる》

《あ、わかった。答えは小道だね》

《そうよ、当たりよ》

正しい答えが出るまでヒントをくれるのがクリスティンの愛嬌だった。可愛がらずにはおれない人懐っこさがあった。

クリスティンは、エリオットの前でだけおしゃべりで、軽やかな金髪が肩でふわふわと弾んだ。おでこを出して結わえている髪が、額にこぼれてクルクル巻いて、目の色は今よりも

薄くて水色に近かった。そこいらで泥だらけになって鼻を垂らしている小僧とは訳が違う、やはりいい家のお嬢さんとくると、子供でもツンと洗練されたところがあるよと、姉も、兄らも、両親も、ほんとうに綺麗な子だ、お人形だなんて口先だけで褒めちぎった。農作業の邪魔になるので誰も相手にしなかった。

《エリオット》

クリスティンはほとんど毎晩、神妙な顔つきで、真夜中にエリオットの布団を叩いて起こしに来た。

エリオットは深く眠っていても、風で霧が飛ぶようにクリスティンの声でスッと眠気が消えた。朝は親からたたき起こされても、兄にベッドから引きずり落とされてもしぶとく寝ているのに。すぐ起き上がると靴を履いた。クリスティンの手を引きながら暗がりの中で階段を降りた。火を灯し、重たいランプをなるべく高くに掲(かか)げながら、クリスティンを外の便所へと連れて行った。クリスティンが真ッ暗なトイレに入る前に、ドアを開けてランプを置いてやり、

《あわてなくていいよ。ちゃんと待ってるから》

ドアが閉まると、エリオットは真ッ暗闇の戸外で星空を見上げていた。田舎の夜は本当に明りが無い。雪でも積もらないかぎり足下(あしもと)は見えなかった。エリオットだって、夜更け、手洗いに起きるのは苦手なのに、クリスティンを連れて出るときはまるで怖くなかった。クリスティンが用を済ませて出てくると、エリオットはランプを持って、再びクリスティンの手

を引きながら家に戻る。家の鍵を閉めている間にクリスティンは階段を上がってベッドに戻る。エリオットはきちんとランプの火を消し、暗がりの中を歩いて再び寝台に入り、すぐ寝付いた。

クリスティンは転んでは泣きついたり、椅子が硬いとわがままを言ったりした。エリオットは、困ったなあと呆れる反面、結局あれこれ手を尽くした。四ツで家族からも住み慣れた家からも引き離されて、母親と全く会えずに、見ず知らずの家に預けられるだなんて。クリスティンより年上の自分だって想像してみるだけで帰りたくなる。それをこの小さな子がと思えば他人事でなく、可哀相で、エリオットはクリスティンが満足するよう心を砕いた。

《かえりたくない、エリオットもいっしょにこなければかえらない。エリオットがほしいのよ！》

迎えに来た母親を前にして、クリスティンは《ママ！》と嬉しそうに抱きついたあと、にわかにむずかり、しまいには泣き出して、エリオットの袖を引っぱった。

エリオットの母親は顔を顰めると、クリスティンの前でエリオットの頬を引ッ叩いた。

《いったいお前はこの子に何をしたんだい！》

逃げようとするエリオットの襟首を摑みあげ、あっちこっち引きずりまわして、エリオットはクリスティンの前でなるべく泣くのをこらえたが、母親はエリオットが泣き出すまで承知しなかった。――憎たらしい子だね！　泣きもしないよ。

クリスティンは、やめてやめてと大泣きして、クリスティンの母親にすがりよった。ミセス・ボーデンは抱き寄せるようにして、クリスティンの顔を隠した。引ッ叩かれては小突きまわされるエリオットを冷徹に上から見下ろすばかりで、ボーデン夫人は無論助けてくれもしなければ、エリオットに声さえ掛けなかった。

《いったいお前はこの子に何をしたんだい――》

†

《今のアンドリュー様当人より、あなたのほうがよっぽどかアンドリュー様に似ていますよ。お嬢さまに本物なんかと会わせたら、凄まじさに、気絶しますよ。なにしろ、ぼろぼろに欠けた歯が鮫のように尖って、ほんと魚みたいな顔をして。気も狂っているし、酒で咽も焼けつぶれていて、しわがれ声の、ありゃ化物ですよ。じきに鼻がもげますって》
　別邸の火事の一件で、アンドリューを呼び寄せよとの命を受け、パリへ遣わされた教育係のフランツは、海を渡り、パリ郊外の巣窟でやっとアンドリューを探し当てた。ボーデン家の阿片中毒・梅毒息子のあまりのざまに、連れて帰るのにも肝を潰して、とても本当の所を報告できず、まだ帰る気はないらしいと家父長に虚偽の申告をした。
　その頃エリオットは、近くの教会の神父にラテン語を教わりながら、なんとか進学の道へつながる手立てを探していた。母親の昔のコネクションを辿り、折しもボーデン家に仕事を貰いに行った。頭を下げに出向いたところが、とんとん拍子に降ってわいたような話が捗った。やっと眼帯が外れたばかりというクリスティンを騙すのは気がひけた。クリスティンは火事と目のやけどのショックとで、兄アンドリューが帰ってくるのだけを日々、心待ちにして過ごしていた。

兄貴のフリだなんて嘘がまかりとおる筈がない。ばれるときを考えれば、エリオットはクリスティンに嫌われるのはいやだった。いざ対面の寸前まで、ぐずぐず気が乗らないでいたら、教育係のフランツが耳打ちしてきた。

《こんな良い話を、無駄にする馬鹿はおりゃしません。ご兄妹とはいえ、お嬢さまはもう幾年もアンドリュー様と顔を会わせちゃいないんですから》

それでも会えばクリスティンが子供時代や自分のことを思い出すかもしれないと気がかりだったが、杞憂であった。

文字どおり後押しされてクリスティンの前に歩み出たエリオットの手を取って、クリスティンは「アンドリュー兄さん」と呼んだ。エリオットに全く気付かず、思い出す気配もなかった。以来、エリオットはもう五年余、アンドリュー・ボーデンのふりをし続けてきていた。

帰りは駅まで車を出してもらえた。気になさらず、お嬢様のためですからと、執事長のスティーヴンスは冷笑にも似た丁重なあしらいで、それでも運転手によく託けてくれた。おかげでエリオットは駅まで安心して気楽に乗っていられた。

葡萄が育つ温暖な土地のほうぼうに植民地を作ったせいか、大戦以降、この国では葡萄畑が目に見えて減っている。エリオットが進学のために秋の新学期にそなえ、故郷を離れてはじめて汽車に乗りこんだ時分はそれでもまだ、地植えの葡萄畑の畝が、爽やかに澄んだ夏空の下でいつまでも晴れやかに広がっていた。葡萄の畝に沿って、赤いバラが垣根さながら列をなして咲き誇る景色が、車窓いっぱい見渡すかぎりであった。

先の戦争の影響といえば、ここ数年で目まぐるしく変化する哲学の風潮もそうだった。ドイツ・オーストリア情勢が乱れて、ウィーン学派の哲学者たちが国を追われて英国に流れこんだ。欧州論理学者を絶賛する土壌が、英国哲学にあったからだが、記号だらけの論理学が、暗号解読のごとく哲学の難問を全て解き明かす使命でも負っているかの威張り具合には、エリオットはもう、うんざりなのだ。

入学当初、エリオットは哲学書を読み耽り、興奮して夜も寝つけなかった。誰の名前で卒業することになろうが、学び取る知識は己の財産だ。貧乏人にめぐってきた一世一代のチャンスに嬉々とし、浮き足立って、勉強するのに一日二十四時間では足りないと思ったのが今では嘘みたいだった。

エリオットは列車の窓枠に頬杖をついた。乾いた眼で汽車の窓外を見下ろした。陽の落ちた残光のなか、背の低い地植えの葡萄の若葉が生い茂り、ステンドグラスのような濃い夕影がバラの花びらに落ちている。

バラは葡萄に比べて弱い。害虫や病気が発生すると、バラは葡萄より先にやられるのだ。とくに葡萄べト病に敏感で、感染するとバラの葉や花びらが焼け焦げたように黄褐色に変色し、葡萄より早く枯れる。

今では各農家が細々とワイナリーの区画を持っているだけといえども、農家はお遊びで葡菊やバラを育てているわけではない。バラを囮に、葡萄の病気の早期発見につとめる。剪定されないバラは、ひしめきあって葉を繁らせ、固い蔓をうねらせる。こぞって日差しをむさぼり、棘ついた自らの枝葉に苛まれているように、大輪ではなく競り合うように幾つも花を咲かせる。

(日が伸びたな――)

野バラにしては飼いならされたバラが、日陰の実用花として夕闇に孤高な暗がりを宿す。

エリオットは、だるい位ののんびりとした汽車のリズムに身をまかせた。炙られるような追い詰められた気分に陥るのを、つとめて気付かぬふりをした。

安下宿に着いたのは、夜遅くであった。

エリオットが重い足取りで階段を上りきると、ドア前で待っている者が居る。

(――名刺の)

シグモンド・ヴェルティゴ。身なりの整ったしなやかな装いが板についていて、学生街の安住まいにはいささか場違いに、戸口の前で腰を下ろしていた。通りがかったついで寄ったところが丁度かち合ったような冷淡さで、手薬煉ひいて待ち構えていた気配はなかった。エリオットに気付いて立ち上がると、露骨に値踏みする冷めた目つきを投げかけてよこしたが、混雑した道ですれ違った拍子にひっそり伏し目で流し見られたような感触がした。

「なにか?」

エリオットは警戒心を露わにしつつも、目の前の人物を、つくづく綺麗で端正な容姿だと見とれかけた。斜に構えた顔の左半分が街灯に煙っていて、男のくせに妖艶なる凄味が、気味が悪いくらい色濃く荒んでいる。反面、曇るように浮かび上がる右側は、無垢な虚ろさと愁いを帯びて、これが正面から合わせて眺めるほどに、非常に均一で端正な顔つきに見える。これぞ正しき礼節な美男子の、辛口な涼やかさだ。

落ち着き払った物腰からして、この男がエリオットより年上なのは肌で感じ取れるが、人が彼を見かけてジェントルマンと譬えることは皆無に思えた。年若い青年だと述べるだろう。

「これをエリオット・フォッセー氏に渡してください」

男が自分をエリオットと知っているのは、もはや明らかだった。鼓膜を撫でる柔らかい声色の底深くには、隙のない近寄りがたさが滑らかに響いた。男がエリオットに差し出してよこすのは、文鎮が入っているような小さな箱である。紐で十字に括ってあった。

鋏がないと開けられないから、エリオットは箱を揺すってみた。文鎮にしては軽すぎだし、隙間に紙でもみっしり詰まっている感じがする。

「エ、エ、エリオットは受け取りませんよ、きっと」

「中を見てから受けとらぬというのなら、二階の仕事場まで返しに寄るようお伝えください」

あらかじめ用意しておいたような沈着な物言いだ。どうやらエリオットが実験心理学者のオフィスに出入りしはじめた事情も、早速知れている。

シグモンド・ヴェルティゴは、自分の言いたい事だけ言い終えると、踵を返し、外階段を下りていった。低い耳心地の良い靴音は、通りに出るとやがて街頭へとぼやけて消えた。

エリオットは、普通であったらこんな男など相手にせず、体よく厄介払いをして、そのうち忘れたに違いなかった。ひとえに本名が知れているのが引っ掛かる。

——いつまでも野放しにできないな。

部屋に入って開いてみると、箱の中身は小鳥の剝製だった。大鋸屑が詰まっており、掘りおこすと両の手の内におさまるほどの丸く可愛らしい小鳥が出てきたのだ。薄茶色の地に、子鹿みたいな斑点が散っている。短い尾はまさに子鹿のしっぽのようで、くちばしは小さく細い。

——ヒヨコに似てる。ヒヨコだろうか。

義眼がとんきょうとした目つきだが、美しい出来映えである。温かなヒヨコが手の上でドクドク脈打ってあやうげに顫えている、あの柔らかい頼りなげな優しい感触に欠いて、奥行きの冷たい、手ごたえは味気ない。重たく感じた。呆気ない硬さで、とても端正だ。

I：iii 神学大全（スーマ・セオロジカ）

「その本だったらラテン語で読まなくても英語でありますよ」

と、エリオットは、このくらいの——と、本の厚みを指でかたどってみせた。

実験心理学者オーグストは都会的な男だけれど、古臭い肌合いが染みついていて、昼間でも夜の温度を纏（まと）っている。図書館のトマス・アクィナス著の書棚に寄りかかって、午前中いっぱい暗がりでずっとラテン語の字引を繰りつつ『スーマ・セオロジカ』を第一部・LXXV章まで読み終えたような趣だ。

『Summa Theologica（スーマ・セオロジカ）』すなわち神学大全。第一部LXXV章は、一節《魂は身体の賜物（たまもの）》。《ただし個別に存在しえる》と二節に続く。

オーグストの上着のポケットは事実、重たげに嵩張（かさば）った財布大の、角のつぶれた小さな字引が入っているのが、エリオットには想像ついた。

エリオットはこの夏、大学内の図書館で働いていた（……助手の仕事があるから街を離れられない）。夏季休暇中でも大学の図書館ならば開いている。

ブルジョワの御曹子アンドリュー・ボーデンが夏に仕事を入れるなど、とんでもないが、司書に興味があるから卒業間際の最後のチャンスにと、今年ならば偽れた。哲学生は多岐にわたる文献に通じている。希望の職種に就けるまで、実際、司書業で暇をつぶす者も結構ある。「ボーデン家の成金息子」でも疑われず仕事に就けた。

つまり僕はいよいよ大学を終わりにするつもりか——

エリオットは自問自答しつつ、助手の仕事の合間をぬって、図書館に通って働いていた。返却された本を台車に載せ、書架に戻している最中に、オーグストと鉢合わせたのだ。

「今度から、君に気兼ねなく図書館に本を返してくるよう頼むとするか」

向こうはエリオットが貸出受付に居た時から、気付いていたようだ。

この大学の卒業生は、学歴や名声や教養に加えて、莫大な蔵書を誇る専門書へのアクセスを生涯保ち続けられる特典が有った。オーグストはリサーチに来ていたところ、ふと読み出した本に没頭して、気付けば時間が過ぎていた風だった。

エリオットはオーグストの手元に目をやった。

「神学大全(スーマ・セオロジカ)なら十年くらい前、ドミニコ修道会の神父が英訳した版が、右手の書架に有りますよ」

無論ラテン語の原書で読めるに越した事はないが、『スーマ・セオロジカ』はラテン語専攻か、神学・哲学専攻でもないかぎり、まず皆、音(ね)を上げるのをエリオットは知っていた。

「ああこれか」

オーグストは手にしていた『スーマ・セオロジカ』を小脇に抱えると、エリオットの目線の先を察して、ポケットから中身を窮屈そうに引っ張り出した。

案の定、予想にたがわずラテン語辞典だ。

見事な字引である。

エリオットは思わず催促するように手を伸ばし、ラテン語辞書を手に取った。年季のいった古い版で、使いこまれて襤褸（ぼろ）なのが残念だが、百年はゆうに遡（さかのぼ）る古書だ。装丁からしても高価なのが見て取れる。十九世紀前半に一世を風靡（ふうび）したゴシック復興スタイルのデザインだ。ゆっくりと頁を起こすと、中身は英語でなかった。独語に少し活用が似ていた。

英語で読むより、母国語の辞書を繰りつつラテン語を原書で読むほうが分かりやすいほど、オーグストが英語に不自由しているとは思えなかった。いくつも英語で学会に論文を提出しているし、話し言葉といい、

「英国人だと思ってましたが」

「これが自分の受け継いだ欧州大陸人としての唯一の遺産と呼べるものだ」

オーグストはエリオットから辞書を受け取りながら、相変わらず低い、くぐもった早口である。いつだって図書館で話すのに丁度いい呟くトーンだ。古書店や図書館内で暮らしているんじゃないかと勘繰りたくなるくらい場に馴染んでいた。

辞典は、どうやら英国に帰化する以前の先祖の持ち物らしかった。だいぶ擦り切れ、はげかけていたが、ラテン語の装飾体で金文字が背表紙に彫りこまれてあった。

《ベネディクト・ヨンゲンへ　愛をこめて》

ノックをすると、どうぞと聞こえ、ドアに鍵はかかっていなかった。

扉を開けると、シグモンドは小鳥の剝製を作っている手を休めぬままで、

「仮剝製だ」

窓辺の白いカーテンがそよいでいた。

初夏の澄んだ風が戸口へ抜けると、うっすら消毒薬のにおいがした。

「もっと生臭いんじゃないかと思った」

「だから足が遠のいた？」

違うだろうと冷やかすように心持ち目線を浮かして、シグモンドは「どうぞ」と再度呼んだ。椅子に腰掛けろというのだろう。

壁際に大きな戸棚があった。横板で段を区切ってあって、薄暗く影になって陳列してあるのは、いずれも小鳥など、物によっては片手で握りつぶせそうな剝製である。細かい作業がシグモンドの得意分野なのかもしれない。

「《魚の剝製》なのでは？」

名刺にはそう有った。

「魚、鳥……いずれも同じようなもの」

と、シグモンドは、水中の鳥が魚であり、空を飛びかう魚が鳥なのだからと。

「そんな無茶な言いがかり……だったら人間は神の泥人形か、服を着こんだ二本足の獣じゃ

ないですか」

「そらごらん」

揶揄ったつもりのエリオットは却ってシグモンドに逆手に取られて窘められたようになった。シグモンドによると、死んだ鳥をさも生きているようにみせるのが本剝製。死んだ鳥を死んだ鳥の姿のまま保管するのが仮剝製だそうである。

剝製というと、生きている時さながら首をかしげた恰好のまま固まっていたり、今にも飛び立たんと羽根を広げかけ、そのまま枝に糊付けられてやっぱり固まっている。その造形美が却って技巧的で剝製特有の作為的なうそ臭さを生み出す原因なのか――

仮剝製は、保管中に羽根が広がるのを防ぐためか、紙テープで帯のように胴体を巻かれている。きつすぎない程度に縛られた恰好で、大小さまざま、段にずらりと整列している姿はさみしく美しかった。

エリオットが、シグモンドの仕事場に飾ってある標本を見上げていると、

「君は臓物は」

「は……？」

「私は苦手だから大物は遠慮するんだ。あれはやはり相当に生臭いから」

案外まともそうな男だなと、エリオットはシグモンドの作業に目を向けた。死んでいる小さなツグミを天秤に載せて、分銅を足したり引いたりしながら体重を量っている。

シグモンドは紐を使って、ツグミの全長や嘴を、縦、幅、高さと巡らせては、定規で数

値を確認して、ペンで記録をつけた。尾っぽや小さな頭の丈からはじまって、翼をそっと開いたり閉じたりして、小鳥の体を細部まで点検する。

シグモンドは上着を脱いだジレ姿で、シャツの袖をまくっていたが、白衣を着込むでも、腕貫(うでぬき)をしているでもなく、ただ左手にほっそりとした白い布手袋をはめていた。よく片付いた机を前に平然と腰掛けて、例えば人が弾きなれたヴァイオリンの弓を練習後にケースに仕舞うのですら、もう少し意気込みが有ってしかるべきと思えた。手袋が片手だけなのは、両方にはめると、字を書きこんだりの細かい作業で勝手が利かないせいだろう。扇のように翼を開いてめくったり、刷毛(はけ)で撫でて汚れを取り、逆立った羽毛を撫でつけてやったりする一連の慎重な指使いは丁寧だが、手慣れていて無駄がない。

その小鳥は灰色で、腹毛が真っ白い。もはや飛んだり跳ねたりうずくまったり、こっくりこっくり眠っていたり、しきりについばんだり糞(ふん)をしたりもしない。水を浴びたり羽ばたいたかと思ったらピイピイ鳴いたり、そういう愛くるしい、または煩わしい、小鳥としての全ての動作と無縁で、圧倒的に絶対的に冷たく死んで固まっていた。

にもかかわらずやっぱり小鳥で、シグモンドが、胸の真ん中へ切りこみを入れた時には、奇妙であった。シグモンドは一旦ペンを置き、インク切れで別のペンに持ち替えるすんなりとした一連の流れで、彫刻刀くらいの小さな執刀(メス)を右手に取っていた。白い手袋をはめた左手で小鳥を優しく抱きこむように摑(つか)んだあと、裏返して、胸の真ん中へ、刃先を立てて真っ直ぐ引き、切りこみを走らせた。

鳥は一見、全身羽毛に覆われているが、胸部の中央に一筋、赤裸の皮が隠れている。シグモンドが手袋の左手で心もち鳥を反らせると、やわらかそうな羽毛が二つに割れ、隠れていた丸裸の皮膚が中央にむき出しになった。無防備な胸が差し出される。死んでいる鳥は絶対的に無力で、だから一切の抵抗も意思もない。なんの痛みも恐怖からも最早無縁で、何もかも知ったことではない筈だが、シグモンドの手の中に、殊更ぐったり全身をゆだねて見えた。

小鳥の小さな胸が刃を飲みこむ。うっとりするほど残酷で、エリオットは息が詰まった。

硬い刃物に冷たく切り裂かれるまま、死んだ小鳥は、かしこまったように頭を垂れて、死体とは、百パーセントの諦めと放棄であった。小さなツグミが厳粛そうに目を閉じて、深い瞑想に哀しく沈んで見える。エリオットは、刹那がなめらかに過ぎる瞬間、静かに長い吐息をついた。

「やってみるかい」

「いえ——今はいいです」

シグモンドは白い手袋を、あくまでも白いまま、血痕一つ付けるでも血を流すでもなく、鳥を身ぐるみ、ずる剝(む)けにはぎ取っていく器用な手先を、一旦休めた。

「そこのホウ酸を」

エリオットは椅子から前のめりで腕を伸ばし、白い粉末の入った硝子栓(ガラス)を抜いてから、食卓の塩を渡すように、薬瓶をシグモンドの手元に置いた。

「お金だったら、僕には無いですよ」

　エリオットは、今日こそはっきりさせようとシグモンド・ヴェルティゴの仕事場に寄ったのである。

「僕がエリオット・フォッセーです」

「知っているよ」

　シグモンドは可笑しげに口の端をほんのり歪めつつ、切り開いた鳥の濡れたような皮膚の裏側や、筋肉に、新聞紙を小さく破っては貼りつけた。

「僕の素性を知っていながら、僕があのボーデン家に対してどれほど無力で、ただの雇われ人に過ぎないかを軽んずるなんて迂闊ですね。僕を知っているならそこまで調べあげておくべきだ。大体あなたは何者です。私立探偵のたぐい？」

「名刺を渡したろう？　ご覧のとおりさ」

「誰の依頼で僕の詮索を？　お金の出どころは」

「お金などもらっていない。依頼も受けていない。だから事件の兆候がないと言えば、そうでもないけどね。エリオット・フォッセー君」

「アンドリューが実は替え玉だとボーデン家を強請るなら、直接ボーデン家へ直談判でもすればいい。僕を通じていくら働きかけようとしても、無駄骨です」

　エリオットは、啖呵を切るというには、ややおっかなびっくりだったが、性根の見えぬ相手に向かってそう言い放って、念を押した。

「貧乏人だね。君はやはり根っからの。――お金などに興味はないよ」

と、シグモンドはしんねり何かを思い返しているように言い切った。

「——で？　君は返しにきたの」

「いいえ」

「あの小鳥はずいぶん古い仕事だよ」

先日の、例のヒヨコの剝製のことである。あれは箱に戻して、そのまま赤いリボンをかけて蝶結びにすると、エリオットはクリスティンに贈っていた。

クリスティンに会いに行くたび、贈り物をするのが取り決めだった。ボーデン家に頼まれているよりも頻繁に会いに行くから、エリオットは金策もアイデアも尽きてきて、二度と同じ物は贈らぬよう、暇さえあれば考えあぐねて工面していた。日を追うごとにクリスティンは外への好奇心が失せてきて、もはや欲しいものすらろくに無い。再会した当初は、高飛車に腹にいちもつ勝ち気な企みを隠し持っている、おしゃまな娘だった。すでに目は駄目になっていたが、クリスティンは華やかな気さくさのあふれる、明るいお洒落なお嬢さんだった。

今では、クリスティンはいつでも眠たげで、滅多に笑わない。洒落ッ気も失せ、前にも増して生まれ持った美しさは際立つけれど、何もかも他人事に、疎ましそうにしていた。

それでも貴方がみえるとお嬢さまは見違えて楽しそうですよ——

執事のスティーヴンスは、一度エリオットが、からっ手で出向いたら屋敷に通してくれなかった。なんでもいいから気の利いたものを用意して出直すように、金を握らせながら指図した。たしかに《兄》からの土産品を受け取りながら、クリスティンはその場かぎりでも喜んで見せる。

「――なぜ僕を構うんですか。いったい何の用なんですか」

エリオットは立ち上がった。前のめりで椅子の背に手をかけた。

シグモンドはエリオットの詰問に無言のまま、剝いた小鳥の内側にホウ酸を指の腹でこまめに惜しまずこすりつける。伏せた眼差しや、風を孕むようなくすんだ色の巻き毛がやや重たげに顔や襟足にかかる姿を、エリオットは見下ろした。

「妹のクリスティンに会ってもらえませんか。御自分で充分お気づきだろうけど、シグモンド・ヴェルティゴ――あなたはまるで陶磁器のオーナメントみたいに端麗だ。是非クリスティンに会って元気付けてもらいたい。他の誰とも違って、あなたは僕らの事情を知っているようですし、話が早い」

なんだか明らかにしないがシグモンドが、大方エリオットを利用しようと企んで、虎視眈々と機を狙っているとするなら……よろしい。その間、つかず離れず逃げないのを良いことに、逆にひとつ面と向かって頼んでやれ。エリオットは、そう思いたった。クリスティンへのちょっとした土産物にふさわしそうだ。この男を足がかりに、あの子は外への興味を取り戻せるかもしれない――。

「とても美しい妹なんです。どうこうという下心めいた仕込みじゃなく、単に外からの良い刺激として誰かと会わせたい。だけど僕には見得を切ってボーデン家に紹介できる友人は一人も居ない。あなたは僕と違って貧乏人じゃないらしいし。その気品もどうやら付け焼刃の代物じゃない。クリスティンは目が悪いけど、全く見えないわけじゃありません。本も絵画もまるで駄目、宝石箱から対のイヤリングも見つけ出せないけど、食べている目の前のスープ皿が空になったかどうかは、かろうじて見極められる。あなたの見目麗しさがどれだけ伝わるかは曖昧ですが、美しいものは誰だって好きなはずだから」

シグモンドであれば、気位の高そうな斜に構えた涼しい目線と、圧倒的な器量の良さに、たとえボーデン家だろうと文句をつける気も殺がれるだろう。人を食ったように勿体つけて答えを言いしぶる誘引力も、クリスティンの好奇心を外へ向けるのに持ってこいだ。

「いいよ」

シグモンドは手を止めて、申し出をすんなり受け入れると、指の腹にまぶさっているホウ酸を払い落とした。

「で？」

「それだけです。では折を見て連絡します。先日もらった剥製はクリスティンにあげました。だからその話題でも皮切りに」

「楽しみにしているよ、エリオット。で、君のその《妹》は、Cのクリスティンかい？」

それともKのクリスティン[6]かと。

何気ない問いだったが、咄嗟にエリオットはハッと内心答えに詰まって、苦く思った。

「花束にカードを添えても字はもう読めないですよ、クリスティンは」

本物の兄アンドリューなら、どんな馬鹿でも、身内の名前の綴り方くらい知っている。

エリオットは、苦しまぎれに戸棚の剝製に目線を逃れたついでに、一羽一羽を丹念に見て回った。見おぼえがあるようで、名札を確かめると知らない鳥ばっかりだが、旅行鳩の名は聞き覚えがあった。こいつは本剝製で、ただの鳩より一まわり長身で、胸部がうっすら素焼きのような夕焼けの茜色だ。尾がシュッと伸びており、見映えがする。シグモンドは派手な演出を好まないのか、本剝製の旅行鳩も、あくまでひっそり棚の隅で清潔に枝にとまっていた。

エリオットがひととおり見て回って、振り向くと、シグモンドは再び執刀をペンのように持ち、鳥の翼のつけ根に刃を刺しこんでいた。肩の関節を切開しおえ、続いて首の関節を外し、筋肉から頭を剝ぎとる。ぬいぐるみの腹を切り裂いて綿を抜き、皮一枚にして、中身を新しいのと入れ替える道理である。ただし本物の鳥だけに、内臓があり、脳みそも詰まっていて、筋肉で繫がって、骨で固定されているから、剝離に技術が要りようだ。綿棒を使って丁寧に脳みそを除去し、ホウ酸で消毒する。手際が良いせいかグロテスクな感はあまり無かった。

「では僕は失礼します」

「またいつでも来るがいいよ」

シグモンドは琥珀がかった目色を手元に沈めたまま、ツグミの仄黒い種子のような小さい

嘴をこじ開けた。まるめた綿花をピンセットで小鳥の咽喉に押しこみ、栓をしながら、

「脱け出したくばね、必要なのは概念の改革だよ。エリオット・フォッセー」

シグモンド・ヴェルティゴが静かに顔を上げたのを、遮るようにエリオットは閉めかけたドアの細い隙間から見届けた。

I：iv　逃亡前夜

なぜなのか。

だからなぜかってことさ。

エリオットは午後の仕事場で苛ついた。オーグストの引用した文献の出元を辿って、論文に脚注を添える、地道な作業に従事しながらだ。

——二つの物体が等しいスピードで動く場合、遠くにある物体の方が遅く進んで見える。

（ユークリッド幾何学）

——等しい重さの二つの物体は、小さいほうが重たく見える。（シャルパンティエ効果）

——額に押し付けられた一枚のコインは、冷たいほうが、温かいものよりも重たく感じる。

（ウェーバーの法則）

――波打ち際に裸足で立ち止まりじっとしていると、波が引く時に、海に向かって引きずりこまれる眩暈(めまい)を味わう。（十九世紀フランスの水力学者ブルドン）

――チク…タク…チク…タクと刻む時計の振り子の音。チク…タクの間隔の方が、タク…チクよりも短く聞こえる。

――湿った冷気は、乾いた冷気よりも傍目(はため)に冷たい。

――がらんどうの部屋は、家具の有るときよりも空間を狭く感じる。

――長い間ガタガタ道で自転車をこいだ後は、平らな道を歩いていても、地面がぐらぐら揺らいでいるようである。

――実際に触れられる前に、くすぐったく感じて身をくねらす。

――相思相愛の幻想。

エリオットは頭の中で思考が飛び交い、考えがまとまらないで、連日の飢え……精神的な……に耐えられなくなって来ていた。なぜチク…タクの間隔はタク…チクよりも速く聞こえ、なぜシグモンドは用件をはっきりさせない。なぜクリスティンは目が悪く、なぜ僕はアンドリュー・ボーデンではないのか。なぜこのごろ全てがやかましく、どんどん人が嫌いになるのか。先日、アパートの下水管が壊れてやってきた工事屋も、最初のうちはありがたかった。その仕事ぶりにエリオットは敬服していた。それが、一週間も過ぎた頃には、殺意とまではゆかずとも、邪魔でたまらなく、工事の金属音や振動に敵意すらを覚えた。エリオットはギラギラと眼光鋭く、一人個室で彼らが仕事を終えて立ち去るのを午後いっぱいジリジリと待ちわびた。

（こんな錯覚分析なんて馬鹿みたいだ）

答えが出ぬ証拠にねちねちあれこれと論ずるのだ。分析が答えを導く足がかりになる？それこそ大した錯覚だ。いっそ嘘でもいいから答えを仮定し、仮説の整合性を検討し、誤差を修正し、あるいは妥当性を吟味するほうがよっぽどか有益だろうに。

帰りたいな――。

（一体どこに）

すぐにでも帰りたい。エリオットはこの所、常に全てにおいて辛抱している。体に支障があるとか、身内に不幸があるとか、寝る間もないほど忙しいのでも、雨風も凌げず食うに困るほど惨めなわけでもない。ただ、いつだって帰りたい。ただし帰る場所が思いつかない。思い出せないわけではない、思いつかないのだ。

家に帰る――安らげる、落ち着ける場に戻る。いつも帰るあの部屋だって、テンポラリーの塒(ねぐら)であれ、一種の心地よさや気楽さにありつける住処だ。ピンと張った洗いざらしのシーツの上に倒れこむようにして眠りに就く瞬間、限りなく満たされる心地になる。でも帰るんだ、帰りたいと気持ちが目指す、帰る先であるかといえば、違うのは明白だった。

この頃ではエリオットは、夜風に窓を閉めてから、椅子に座りなおして時計に目をやり――もうこんな時間だ、帰らないと――慌てて腰を上げかけ、既に自分が部屋に帰ってきているのだとようやく気がつく有様だ。

(帰りたい。もうここに居たくない。でも家には帰りたくない)

故郷の農家が、自分の戻るべき、帰りたいと思い浮かべる家かといえば、もっとも嫌なのだ。どこにも本当の居場所がない。

「そこいらの馬鹿が言うことを鵜呑みにするんじゃない」

「――は?」

顔を上げると、オーグストが電話口に向かって声を荒げていた。

エリオットは、くたびれていた。オーグストが話し中なのを良いことに引き上げた。

その足で赤毛のトミー・コレットの家に寄り、ノートを一冊借りて帰った。

エリオットは来学期に取るクラスを決めかねていて、図書館で行き会ったトミーに先日尋ねてみたのである。トミーは、ウォレス講師の授業なら取ったからノートを見てみるかい?

そう申し出てくれた。いつでも良いから実家に寄ってくれたまえよ――と。

渡された住所を辿っていったら、わりあい立派な邸宅に行き当たり、意外であった。日にちも経っていたし、トミー・コレットはあまり良い顔はしなかったが、かといいエリオットに悪い感じも与えなかった。ドアの前でエリオットを待たせておいて、部屋まで取りに戻ると、黙ってノートを裸のまま寄越した。

霧雨が降り出していた。エリオットは渡されたノートをいったん小脇に抱え、麻の上着の前ボタンを外して懐に挟んだ。濡らしたら困る。トミーは、すると女のように優しく傘を広げて黙って差しかけた。エリオットの手に、傘の持ち手を握らせると、そのまま寡黙にバタンと扉を閉めた。

エリオットは傘をさして帰る道々、先日シグモンドに言われた台詞を思い起こした。

(脱け出したくばね、必要なのは概念の改革だよ。エリオット・フォッセー)

ここに留まることこそ逃避だ。実際に逃げだすのには勇気が要った。すんなり全てを放棄して立ち去れないのは認めたくないが本当だった。いつだって、惰性で留まるほうが安全で楽である。しかも人々は留まる人間を忍耐強いと持ち上げる。逃げだす者はいつだって敗北者だ。落伍者で負け犬だとあげつらわれる。とすれば固く決心して、何もかもを擲って逃げたところでなんだか癪だ。

気持ちが一方づかぬまま、部屋に着いた。

使いこんだクッションは身窄らしく潰れきって、ぐったり擦り切れている。整頓を心掛けているが、タイプライターに占領された机の上が、手狭にごった返しているのは手を施しようもない。

ドンドンドンドン

扉を叩く音が聞こえても、エリオットは居留守を決めこみ、静かにしていた。

ドンドンドンドン

もしも一旦ドアを開けたら、雨に気分も晴れないところを、傘をさしてわざわざ出向いてきてくれた客人だ。追い返せない。

しかしこんな時にドアのノックは心が逸り、一瞬気分が高揚して救いでもあったのだ。結

局エリオットは、鍵を外してノブをひねると、

「フランツ」

敷居向こうの見知った顔に、ほっと自分の顔がほころぶのがわかった。弁解がましく取り繕った――寝ていたんだ。すまないね。

ボーデン家の教育係フランツは、あぁはいはい、と雨のしたたる山高帽を脱ぎもしない。太った身体を窮屈そうにちぢこめながら、割りこむように部屋に踏み入って、後ろ手にドアを閉めた。

「とんでもない事になりましたよ」

と、要求したグラスの水を一くち啜って、ようやく言うには
「アンドリュー様が亡くなり明日には葬式です。いいですか、ぐずぐずされちゃたまりませんよ。あんたには急いで荷物をまとめてここを引き払っていただかなくちゃあ」

I：v　ノクターン

駅前近くの橋では自動車の車輪が溝にはまりこんで往生していた。大通りから曲がりそこねたらしい、身動きつかずに運転手が困っていた。

「月光に見とれて惑わされましたか」

と、通りがかりの善行者が声をかけて手を貸していた。真ッ暗闇を背負うようにして横をすり抜けたエリオットも、思わず振り仰いで微笑んだくらいの、まるで空に浮かんだ大きな金貨だ。

山のふもとで霧が鳴る。

風が霞んで、肌を切る。

冷たいつめたい杏子菓子……《からっ手で来ていないだろうね？》

――ああ、もう僕がクリスティンに渡せるものは何もない。

ボーデン家は門扉から屋敷まで、カンテラが竿にくくりつけられて点々と連なり立っていた。まるで自分を出迎えているようだ。しかし、アンドリューの葬儀はもう教会で済んだはずだった。

(何のために夜じゅう、明りを灯して)

光を頼りつつもエリオットは篝火の灯っているドライブウェイに姿が晒されぬように、ボーデン家の敷地に侵入した。夜露に湿った広大な芝生を踏みつけながら屋敷前にたどり着いた時には、ズボンの裾が重たく濡れていた。エリオットは裏手に回ると、二階の東向きのテラスを見上げた。手すりが邪魔なので後ろに下がりながら、薄明りの灯ったクリスティンの窓辺を見上げた。最後に一目、居なくなる前にクリスティンに会いたかった。

もはや面と向かっては叶わずとも、姿を見届けるまで帰るまい。もしも明りが消えたらこのまま朝まで待とう。早朝はますます霧が立ちこめる。人目を憚（はばか）るのに苦労はない。

エリオットは、トランクを芝生に放って、上に腰掛けた。緞帳（カーテン）が開いたままだから、チャンスは有ると見込んだ。他はどこの窓も暗く緞帳が下りていたが、この窓だけ――クリスティンがぼんやり夜空を仰いだ拍子にでも開け放したのだろう――。金ぴかの大きな満月は、今や真珠めいた月輪が薄曇に虹の波紋をひろげて、紗に滲んでいる。

肌寒い。

エリオットは夏物のややぶかぶかした上着の前ボタンを外して、前身ごろを掻き合わせながら、月とクリスティンの窓とを見比べるように仰いでいた。ろくに会った覚えもない赤の他人のアンドリューの死は、身につまされた。生き残った己自身を恐れおおくも持て余した。もの欲しそうにすがりつく目つきで、二階の窓を眺めるのをやめられずにいると、

（――クリスティン！）

エリオットは全身の毛穴が開いて触手のように過ぎ去る一瞬の刹那をからめとり吸い入れようと、息を潜めて、緊迫した波立ちを冷静にこらえた。

クリスティンは窓辺に腰掛け、緞帳（カーテン）の房に寄りかかりながら、冷たく硬い窓ガラスに身をもたせた。前に乗り出し、外を眺める。明るい部屋では、暗い窓が夜闇を背景に、クリスティンの姿を鏡のごとく照らし返すだけだろう。霧にかすんだ星空も、こうして芝生の上から見上げているエリオットの姿も、わかるまい。

安心してエリオットは、誰の気持ちに受け応えるためでも、どんな苦痛をやわらげるため

でもなく、声もなくただ微笑んだ。つましい喜びに目を閉じて、伝わるやわらかさに気持ちをゆだねた。

心から君の幸せを呪うよ。クリスティン。

エリオットは目を開いた。クリスティンに気付かれた感じがした。狭い鍵穴からドア向こうの来客の風貌を覗きこんだところを、見返されたような錯覚である。

クリスティンは窓辺から立ち去るついで、緞帳(カーテン)を引いていった。布地越しに浮かぶ影絵がまた一層暗くかすんだ。寝台脇のスタンドだけを残して、部屋の明りを消したのだろう。

エリオットは、二階のテラスへとよじ登った。

這い上がる途中で手首を擦ったが、痛くはなかった。熱くヒリヒリしみる。ぶら下がりながら足がかりを爪先に探してはつっかけて踏んばりつつ、上体を引っ張りあげ、エリオットは手すりをまたぎ越えた。

緞帳(カーテン)の隙間から、薄明りの灯ったクリスティンの乾いた部屋が覗ける。

クリスティンはベッドに入って、仰向けにぐったりと寝そべった身体を少しのけ反り、伸びをするように腕を伸ばして、枕頭台(ちんとう)のスタンドの紐をさぐる。見つけられないのか、掛布団の上にかぶせてある、脱いだばかりの薄手のガウンの裾をひっぱりよせて、熱した電球をくるむと、ゆるめて明りを消した。

カツカツカツ

エリオットは爪の先で窓ガラスを小突くように叩きながら、低く呼ばわった。

クリスティン。

クリスティンは、枕辺の電球を元のように戻して灯すと、寝る前とは裏腹に、きびきびと起き上がった。

「驚かないで、クリスティン。開けてくれないか」

クリスティンはガウンを羽織り、前を掻き寄せつつ、

「兄さんなの?」

エリオットは、頷けずにただ「――僕だよ」

「本当にアンドリューなの? だったら悪い冗談よ」

「僕だよ」

エリオットは名乗れもせず肯定も出来ぬまま、テラスでさびしくそう繰り返した。

クリスティンは緞帳(カーテン)を手繰りつつ、窓の鍵をはずし、大きなフランス窓を開けひろげながら、怒っていた。

「いったい幽霊のつもり」

クリスティンのふさぎこんだように伏せたまなざしを、エリオットは凍える想いで突き上げんばかりに見つめ返した。迫り来る責めを……憎悪のないクリスティンの清(す)んだ激昂を、生まれて初めて一身に受け止めた。

「変だと思ってたわ。事故でひどいからと柩には既に釘が打ってあるし、でもどうにも兄さんが死んだ気がしなかったのよ。事故だって言うくせに警察も来ない。壊れた車が運ばれて

くるでもないんだもの。もう全部片はついたからって。おかしいわ。兄さんが戻ってくる気がしてならなかった。死んだと報せが入った晩から、庭にカンテラを灯したのよ。鎮魂のともし火だと言い訳して、夜じゅう消させなかったわ。だけどまさか本当にこんな風に、こっそりやって来るなんて――」

そうクリスティンは、死んだと聞かされ事実葬式を出してさえ、窓から入ってきた相手を前に、間違いなく兄であると一切の疑念も抱かない。

「これからどうするつもりなの。なぜこんな事を？　どうして今まで？　ちゃんと理由を話してよ、アンドリュー」

切々と訴え、続けざまに問い詰めてくるから、エリオットは、

「もうやめて。お願いだ」

ぴた、と沈黙の音が冴え渡るくらいに、クリスティンは口を噤んだ。棘々しい不満感で無言のまま立ちはだかり、本当の所を見抜こうとするように、ろくに見えない澄んだ瞳に遠くエリオットを映し出した。

体をすり抜けるような蒼然とした目色に貫かれて、エリオットは、魅入られた生贄が好んで魔術にかかるように動けなかった。――じっとこうして、君の目線に晒されて、思う存分、僕は見ていたかったんだ。

「もう行かなきゃ」

「馬鹿げてるわ」

いったい何しに戻って来たのとクリスティンは掠れた声で、やっぱり静かに抗議した。そのかすかな声が、鼓膜で震えた途端、エリオットは、本当は自分は偽り続けた事実を謝りに来たのでも、別れを告げに来たのでもない。真実を明かしに来たのでもないんだと分かった。

「おいで」

覚悟を決めてあくまで優しく、打ち明けた。

「僕と一緒に来たらいい」

「本気なの？」

「ううん」

エリオットは横に軽く首を振った。

「したいようにしたらいいんだよ、クリスティン」

僕はいくよと、さみしさを隠しながらエリオットはクリスティンに背を向けた。夢の儚さを重んじ、疚しさを呑みこんで、やるせなさに打ちひしがれた。背を焼かれるようで、最後にエリオットは一度だけ振り返った。

「ねえ……君はKのクリスティン？　それともCのクリスティンなの？」

クリスティンの手前で足踏みをするような時間の歪みがよぎった次の瞬間、

「──私はKのクリスティン……」

クリスティンは後ずさった。にわかに踵を返すと、クローゼットの扉を開け放った。

棚の上から旅行鞄を引きずりおろし、てきぱきと服やら宝石を慌ただしく中に放りこみだした。

「なにを持ったらいいの？」

わからない、自分が必要だと思うものを、と言いかけたところで思いつき、エリオットは、

「そうだあの小鳥の剥製はどこにやった？」

鏡台の抽斗に仕舞ってあった小箱を、荷物に詰めさせた。

「どこへ逃げるの」

「ひとまずシグモンド・ヴェルティゴという人を頼っていこう。なぜだかはわからないが、僕らに力を貸してくれるに違いないんだ。あの人の所ならきっと追手に見つからない」

――

遠い線路の向こうから圧倒的な轟音と軋轢が迫ってくる。鉄道の灯に目を細め、思わず光に吸い寄せられかけたクリスティンの腕を、エリオットは脇に挟みこむように繋ぎとめた。

怒号の凶器に呑まれたい衝動に背筋がこわばる。

エリオットは、クリスティンと二人して、暗いプラットフォームに列車が着くのを待ちわびた。

II

Ⅱ：i　糸杉(サイプレス)通りの館

《ベネディクト・ヨンゲンへ　愛をこめて　マルグレーテ》

真新しいまま机の上に寝ているのは、背表紙の金文字がいやに目に付くラテン語辞典だった。それをシグモンドは見て見ぬふりでやり過ごし、寝台の天蓋ごしに潜む影へと呼ばわった。

「アンナ。貴女(あなた)、少しわきまえたほうがいい」

アンナとはシグモンドの姉であるマルグレーテ＝アンナ。普段は従順で怯えた目つきが男の欲情をそそるような、なよやかな女だが、リネンのガウンに袖を通しながらシグモンドを見返す目線には、頑是(がんぜ)ない依怙地(いこじ)の色がありありと濃く浮かんだ。軽蔑(けいべつ)できるものならするがいいと反抗するみたいに、ほどけた乱れ髪を無言でゆっくりと耳にかける。晴れの場で見せるいつもの頼りなげな眼差しとは別人の、揺るがぬ強さを誇示してみせるのだ。

「皆がお待ちかねだ。当人の貴女が出てこないでは話にならない。はやく着替えて」

シグモンドはドアを開け放つと、有無を言わさず、ドレスを抱えた侍女を部屋に通して、立ち去った。

姉であるマルグレーテ＝アンナは、シグモンドよりも十四年上だが、常に怯えているような影がつきまとい、ある時、ふと振り向いたら姿が消えていそうな儚げな色をしていた。ダヴィンチの聖母像に描かれた天使が絵から抜けでて、地上で血の通う女になったらば、かくあらんというような、見た目に殆ど年を取らなかった。老成するかわりに狂気を目の奥に溜めこんだような寂しげな薄幸の美女で、年上の男にめっぽう目がなく、いったん好きになると節操がなかった。自分に血道を上げる若い崇拝者には見向きもしない。父親ほど年の離れた妻子持ちの年長者なんかを、瞳をうるませながら見上げるので、うっかり目が離せなかった。年上の男に娘のごとく扱われるのを好むため、はしゃぎもしないで分別ある大人びた仕草が板についている一方で、いつまでたっても小娘のようで、マルグレーテ＝アンナは存在が現実味や生活感からかけ離れていた。男に父親像を重ね合わせて追い求めているのか――事実、今は亡き父親ほど自分を可愛がった者はないと信じていた。

父親は、マルグレーテを産んでから気が変になった妻のアンナを、全身全霊を捧げて慈しみ、最期までよく面倒を見た挙句、忘れ形見の一人娘をそれは大層可愛がったのだ。妻が死んだその日から、幼い娘マルグレーテを《マルグレーテ＝アンナ》と妻の名と重ねて呼んで、娘が成長すると名実ともに愛妻として扱った。

そう、シグモンドは、姉マルグレーテ＝アンナの息子であり、言葉の概念を根本からひっくり返しても、自分を産んだ女を母と呼べないのにはそれなりの理由が有って、シグモンドは姉マルグレーテ＝アンナが十四の時に産んだ、父親との子であった。共通の父を持つ以上、マルグレーテ＝アンナはやはり実姉に違いなく、母と呼ぶにはあまりに幼く弱々しかった。

シグモンドは十七も過ぎた頃には、いつまでも娘のような十四上のマルグレーテ＝アンナにかわって、弟どころか、兄の如くに屋敷で采配を振るっていた。

だから、姉のマルグレーテ＝アンナに若い恋人が出来たのは喜ばしかった。少なくとも最初のうち、シグモンドは大いに期待した。

マルグレーテ＝アンナより四ツ年下の、ベネディックこと、ベネディクト・ヨンゲン男爵は、同じ貴族でも貧乏なのか非常に質素で、若さに似合わず陰気臭い翳りがあった。良くも悪くも気軽さに欠いている。おそらく晴れの日も鎧戸を下ろして蠟燭の光で手紙をしたため、川べりの散歩よりは、鎧を着けて壁に映る自分の影を相手にフェンシングの剣を振り回すだろうという……見るからに閉ざした雰囲気が重苦しかった。だが巧言令色に華やかな衣装を着込み、上ッ面だけ優しげで実のない若者など、マルグレーテ＝アンナは目もくれない。年上好きのマルグレーテ＝アンナの気持ちを揺るがせるくらい、強烈な情熱を押し殺した一途な実直さが見て取れたのだ。シグモンドには、二人が似合いに思えた。

マルグレーテ＝アンナは、しかし若い恋人を相手に今度は病的に嫉妬深くなった。相手が自分にのぼせ上がっているのはベネディックにしたって同じなのだが、自分の若さが珍重された以前の男たちと違い、ベネディクトがいつ若い娘に心変わりするか、根拠のない不安と嫉妬を過剰につのらせた。しまいに弟のシグモンドを、見張り役としてヨンゲン男爵邸へ住みこませた。

ベネディクトは男らしい懐の深さを見せた。頓着せず、シグモンドを市街地にある糸杉通りの自宅に受け入れた。狭い所だが差し支えなければと「交際費も派手ではないから訪ねてくれる友人も今では無し、弟が出来るようだ、話し相手ができて嬉しいばかりだ」

シグモンドとしても、どうせ姉のイカレた色恋沙汰に振り回され、おもりを務めなくてはならぬのならば、多少生活の質が落ちようと、外の世界に出るほうが良かった。そもそもシグモンドは、友人ベネディクトの浮世離れした奇骨ある落ち着きが、好ましかった。人目を気にせず堂々と、派手な世界に似つかわぬ着込んだ上着でも平然と背筋を伸ばし、マルグレーテ＝アンナをエスコートする。

ベネディクトは、マルグレーテ＝アンナからの経済的な援助を頑固に拒んでいた。マルグレーテ＝アンナとしてみたら、シグモンドの間借りを理由に、金のないベネディクトへ結構な額の金子を渡すきっかけをつくる腹もあったろう。

《ベネディクト・ヨンゲンへ　愛をこめて　マルグレーテ＝アンナ・V》
ベネディックはラテン語が得意で、火曜日の昼下がりにはシグモンドにラテン語の読み書きを教えてくれた。それをシグモンドが姉に報告すると、マルグレーテ＝アンナは、質の良い高価な装丁の、案外小型で持ち運びのきく、ラテン語辞典を手に入れた。背表紙に金文字を入れ、シグモンドに届けさせた。
ベネディックは包みを開けると、やや神経質げに骨ばった綺麗な手で、辞書の表紙を撫でてから、盲目の人がするように、指先で金文字の凹凸を確かめた。無表情の中にも喜びを噛みしめているのがあまりにも素直に表に出ていた。シグモンドは、なぜ姉は自分で渡さないのだろうと、勿体無いことだと横目で窺ったものである。

その辞典が、先日自宅を訪れてみたら姉の手元に戻ってきていて、おまけにマルグレーテ=アンナの《アンナ》の文字が削ぎ消されていたのだった。もしかするとシグモンドが姉マルグレーテの息子であると、ベネディックが気付いたか……或いはマルグレーテが告白したか。気鬱になり、いずれにせよ一悶着あったに違いないと察したが、シグモンドが口を挟める仕儀ではない。すき好んで姉の息子として生まれた訳でなし、シグモンドにしてみれば当事者である一方、中身は自分の手に負える範疇を超えている。

「君はこうしてみると姉君に瓜二つだな――」

ベネディクトの無口は極端で、語りだすと熱っぽく弁をふるうくせに、ふだんは習慣的に無言だった。そのベネディックがやたら憮然たる面持ちで、今しがた、シグモンドを捕まえてしきりに繰り返していたのも、他意が有ったせいかもしれぬ。

シグモンドは、ヨンゲン家宅の使われていないピアノを見つけ、蓋を開けて調律をし始めたところだった。ベネディクトは顔に出ないがわりとすぐ酔っ払うたちである。ベネディックはなんぞ深酒でもしたのか。シグモンドは黙ったまま話半分に聞き流していた。

「息子は女親に似るとはいうが」

ベネディックは画家が絵筆で対象を測るように指を翳し、片目をつぶって、シグモンドをしげしげと眺めるのだった。

「弟の君は顔形、口元、鼻筋。まさにそのものだな。この君に、もの言いたげな柔らかい唇と、おぼつかない危うい目元。思いつめた情熱が奥に潜む、気付いた時にはもう何事かを決心している……あの感じ。それが揃えば君はマルグレーテ＝アンナだ」

ふだん無駄口を利かない、くすぶったような口ぶりの男が、調律中のピアノの音に割りこんで俄かにおしゃべりを始める異様さが際立った。

（マルグレーテ＝アンナとベネディクトの関係が、雲行き怪しくならなければいいが）

シグモンドは書き損じた古い楽譜を、冷たい暖炉にくべて火をつけた。

（ベネディクト・ヨンゲンへ……愛をこめて、マルグレーテ――か。毎度まいど良くしたものだよ、飽きもせず）

昼過ぎである。

一人の見知らぬ若い女が、糸杉（サイプレス）通りの館の前の街路樹に庇（ひさし）を借りて、不安げに肩を抱いて曇天を見上げていた。

（まだ居る）

シグモンドは先刻より気付いていた。雨催（あまもよ）いの午後、向かいの通りの糸杉に、気まぐれな雨を逃れて、濡れ鼠になった娘が雨宿りをしている。使いに出されたどこぞの女中か、花売り娘、はたまたマッチ売りか。

館の二階の軒下では、鎧戸の窓枠に、白い鳩がとまりおりて雨をしのいでいる。シグモンドは鳩をいっそ懐に抱いてやりたい気がしながら、遠からず窓越しにひっそり眺めた。その先に、糸杉のたもとで雨宿りしている女を見つけたのである。空模様を窺っている気鬱そうな娘の眼差しが、一瞬、シグモンドの目線を捉えた——気がした。空色がかった、曇天のつかのまの晴れ間のような瞳の色——。この距離から目の色まで見えるはずもないか——。

「まだ居るか、シグ」

今日は火曜日、シグモンドがラテン語を訳しているのを遮って、ベネディックもまた二階の窓辺から、女を見下ろし気に掛けた。

答えるかわりに、シグモンドは無言のまま立ち上がると階下に下りた。帽子掛けや靴べらと並んで吊さがっている、ステッキじみた黒い大きなこうもり傘を二本、手に取った。扉を開けて、一本は自分でさすと、緩慢な足取りで道を渡った。

シグモンドは自分の傘を、雨宿りしている娘へ差しかけながら、持ち手を握らせた。

傍に寄って見たら、若い女は思ったほど小柄でなかった。大きな金ボタンがメダルのようにずらりと並んだ、ぶかぶかした男物の上着を羽織っていた。地平線間際の青(ホライズンブルー)の布地が、やや黄褐色に褪(あ)せている。袖の折返しが赤銅色(しゃくどういろ)だ。赤いといえば赤毛の髪——帽子もかぶらず霧雨をはらんで、うねりながら肩に広がっている。ひんやり冷たげなまろやかな形の耳の端や、うっすらそばかすが散っている鼻先も、寒さにほんのり赤らんで、泣きべそかいた後のようだった。やわらかげなまぶたのきわはかすかに皮膚が縮れている。若い女の大きな瞳は、わずかに殺気立ち、こわごわと警戒心を募らせて、遠慮がちに戸惑っていた。問うようにシグモンドを見た。やはり思ったとおりだ――ホライズンブルー。

シグモンドは女の期待を裏切らぬよう、あくまで冷淡に、ゆきずりの素っ気なさで、娘に有無を言わせず、背を向けた。自分用にもう一本の傘をさして、ゆったりと道を渡った。館の扉を閉めきると、もと居た二階に戻った。

窓辺で外を見下ろしているベネディックの隣に割りこんで、張りこみ中の探偵さながら、二人で向かいの糸杉通りを見下ろした。

娘は、シグモンドが窓辺に現われるのを待っていた。二階の窓をふり仰いで、シグモンドを認めると、膝を折ってゆっくりお辞儀をした。褪せた青い目が、垣根を越えてシグモンドにまっすぐ向いた。こうもり傘を片手に膝を折る娘は、舞台女優や、貴婦人が白いパラソル片手に挨拶を交わすのよりも、ずっと可憐で優雅だった。心ばえが雨足に映って見えた。

もはや雨宿りの必要もなくなった娘は、傘をさして、その場を後にしかけた。

「――待て」

ベネディックが、シグモンドの横を掻き分けるように部屋から飛び出た。

ベネディックは捨て猫を拾う程度の同情と――気軽さと――覚悟で、娘を道から拾いあげた。

拾われた野良猫は、身支度を整え、身ぎれいになってベネディクトの前に出ると、

「ミュリエルです」

と、か細く鳴いた。

「契約を結びたい」

ベネディクトは書斎に場所を移し、娘を通すと、面接官さながら腰をかけ、机を挟んで相手に椅子を勧めた。シグモンドは本棚にもたれて立ったままで成行きを露骨に見守った。

そのミュリエルとかいう孤児の娘は、今は教会で下働きをしている下女で、将来はと問えば、修道女になりたいと思っていたと答えた。それにしてはこの寒空に、襤褸とはいえ上着の下にはずいぶん胸の開いた服を着ていたと、シグモンドは端で聞きながら思ったが——確かに知性や品性の欠片が、ちょっと目に留まるところが皆無でもない。

「別れたい女が居る」

ベネディクトは切りだした。やけに肝が据わって、平坦に呟く低い声色のままで、

「相手はちょっとやそっとの理由で納得しそうにない筋金入りのツワモノだから、形だけで構わぬので夫婦になってほしい。手出しはしない。金も支払う」

金貨を一枚一枚、平らかに積み上げて、その筒状の小さい塔を机上でツツッと滑らせると、娘の前に押しやった。

「このぐらい」

ベネディックの卑怯なやり口に、シグモンドは薄情にも、マルグレーテ＝アンナの弟として憤慨するよりもまず、この男もずいぶん考えた真似をしてみせると感心した。

シグモンドは、警戒しきっているミュリエルの姿に、刷毛で一撫でするような一瞥をくれた。慣れない場所で初々しく立ち尽くしている若い女は、年端も足らなく映るけれども、多

分、シグモンドより二ツ三ツ上だった。

「私が部屋に案内するから。ついておいで」

ベネディクトと女を引き離すように、シグモンドは北東の角部屋へと先立って歩きながら、後に続くミュリエルの足取りに聞き耳を立てた。

住み込みの家庭教師が昔は寝泊りしていたとおぼしき、使用人の相部屋よりいくらかましの、質素な部屋に女を通すと、シグモンドは閉じこめるように扉を閉めた。向こうも中から鍵をかける、硬い音が廊下に響き渡った。

外はお天気雨、何をするにもどっちつかずで手持ち無沙汰な午後のひとときだ。


「シグ」

聞き慣れた声色に引き止められた。シグモンドは気構えを解いて振り返ると、味方として、ベネディクトの本意を尋ねた。

「姉にはなんといえばいい？」

「君は君の仕事をすればいい」

ベネディックは自分から呼び止めておきながら、往生際が良いような悪いような台詞を抜かす。

「話にならないね。ベネディック」

ベネディックがマルグレーテ＝アンナと別れたいなら、結婚が偽装だと手の内を知られては全てが御破算だ。ベネディクトが、物乞いまがいのどこの馬の骨とも知れぬ小娘を拾って結婚すると、姉に告げ口すべきか、実は偽装であると内実まで漏らすべきか。シグモンドはベネディックのために躊躇し迷っているのに。ベネディクトは口止めもしない。懐柔もしない。ここまでは話してここは黙っていてくれと諭すでもない。

君は君のすべきことを？——男同士で信頼しているような口を利く。

「たちが悪いな」

友人として、ここ数箇月共に暮らした仲間としてと、姉を口説いたときのように真摯に腹を割ってくるなら、断れぬだけの恩義や情は多少なりとも覚えていた。だから、お好きなようにと唆されるとシグモンドは不愉快だった。本来自分の役割はベネディクトの見張りと動向の報告で、いかなる曰くがあろうともマルグレーテ＝アンナは身内である。

友人ベネディックと、実姉のマルグレーテ＝アンナ、どちらの意向を尊重するか。シグモンドがどちらを取るか試す二人の策略だとすら思えてくる。どちらを余計にたてるとか、どちらに、より恩を感じるかといえば、シグモンドは双方に大した義理はないと思った。

シグモンドの本音は、美しいが世話の焼けるマルグレーテ＝アンナを、ベネディクトに押しつけて、ゆくゆく自由になりたかった。

「一週間、様子を見ます」

「一週間……よかろう。火曜日までの猶予なわけだな」

翌日の水曜日、ベネディックは、シグモンドを証人にたててミュリエルと籍を入れた。

木曜日、ベネディックは仕立屋を家に呼んだ。仕立屋はミュリエルを採寸し、裏地の仮縫いまで、あっという間に済ませて帰った。やはり神前にて誓約を結んで挙式にはマルグレーテ＝アンナを呼んでみせるつもりなのだ。ミュリエルは仮にも修道女になろうと思い立っていたほど信仰心の厚い女ならば、神の前で偽りの誓約を結ぶ重大さに少しは異議を唱えるふりをしても良かろうに。おとなしく従っていた。金が支払われるなら、己の純潔に支障が生じるわけでもなく、あくまで形だけの儀式である。背に腹は替えられぬ貧乏人の弱みを、ベネディクトは、程度は違えど自分も金に困っているだけに、よく突いていた。

金曜日、ベネディックは、数少ない古い友人を珍しく家に招いて朝まで飲んでいた。客人をもてなして、相手が帰ると土曜日はそのままベネディックは部屋に引きこもっていた。おそらく、ぐうたら寝ていたに相違ない。

日曜日、ベネディックは珍しく礼拝に出かけた。女を手ひどく振るのに多少なりとも自己嫌悪の念に駆られて、告解に赴いたのか。

「シグ」

月曜日、ベネディックは相変わらず親しげに名を呼ぶと、「今日は何もせずにゆっくり家にいるだけだ、なんだったらミュリエルに俺の見張りを任せりゃいい。君は久しぶりに帰宅して、姉君と会ってきたらどうだ」

と勧めてきた。薄く笑いながら、

「道端で拾い上げた貧乏娘に手を出すほど、節操無くもないからな。心配あるまい？」

シグモンドは憮然となった。見透かしたような台詞を吐いて、ベネディックはしかしシグモンドの主ではない。暇をくれる気でいるなら、全くとち狂った進言だ。

「姉とは先日会ったばかりだよ」

「だが君らはたった二人きりの身内だろう」

「ベネディック。まさかマルグレーテ＝アンナを始末する気じゃないね？」

「……無論だ」

「そうだろう。姉と穏便に済ます気がなくて、こんな一連の面倒な仕込みは必要なかろうさ。で、私も別段、誰かさんのかわりに姉のご機嫌伺いに詣でる必要もないんだよ。先日は崇拝者を誕生会に大勢集めておきながら、誰かさんとケンカでもしたらしくて。姿を見せないとごねたから、なだめるのに、髪をふり乱した姿を見届けてきたばかりなのでね」


約束の一週間後。火曜日の昼前だ。

シグモンドは、重厚な家具で埋めつくされた手狭な居間で、柱時計ほどもある大きなオルゴールに好きな曲の回転盤をはめこむと、グランドピアノの鍵盤に蓋を下ろして頬杖をついていた。肌寒い秋口の空気ではじける音色に、無心に耳を傾けていた。

火の気のない薄明かりのなか、午前中の粉っぽい白い光が窓から差しこんでいた。

扉をへだてた隣の部屋には、ミュリエルが居た。

ミュリエルはまさに猫のような女で、人に慣れぬいっぽうで既に家に慣れていた。シグモンドの目をかいくぐっては、足音もたてずに人気のない部屋を見つけ、字は読めるらしく大抵は本の頁などをめくっている。ところがシグモンドが発条をキリキリと巻き上げ、オルゴールをかけ始めると、いつのまにか隣のシガレットルームにやって来る。細く開いた扉の隙間からは、薄暗い小部屋でミュリエルが一人、ソファのアームの部分に浅く腰を下ろして、うなだれるように肩を落とすのが見えた。なごやかな記憶を思い返しているような朗らかさに、のんびりたゆたう。ドア越しのシグモンドに気付きもしない。安心しきった面持ちで、美しい曲に息を潜めて一心に耳を澄ますのだ。

かつて姉のマルグレーテ＝アンナが、同じようにシグモンドのかけた曲の音色を盗み聞くと、シグモンドは気分を侵害されるがごとく癇に障った。ミュリエルだと、不思議と嫌な感じはしなかった。この頃ではシグモンドは、わざわざ閉まっていた仕切りの扉を細く開けてから、発条をキリキリと巻きあげ始める。

その火曜日も、扉を隔て、星屑が冷たくざわめく夜空のような音色の重なりに、二人して魂を浸し、退屈なほど清潔な午前中に佇んでいた。

その時だ。

バシャンバシャンと重荷が揺れる大きな馬車が館の前で止まったかと思うと、

ガンガンガンガンガン

扉を叩く騒音が慌ただしく響きわたった。

シグモンドが駆けつけると、ドアを開けた使用人を押しのけて、帽子で顔が見えない黒の長マントの男が二人、ベネディックの両脇を担ぎながら押し入ってきた。壁面をこすり、置物をなぎ倒しながら、ぎゅうぎゅうに廊下を通り過ぎる。ベネディックは頸が斬れている。血塗れに喘いでいるのだ。

「はやく医者を呼びに」

シグモンドは使用人に言いつけながら、男達を二階のベネディクトの寝室へと案内した。

マントの男達は、荷物のようにベネディクトを靴も脱がせず寝台に放り投げると、どかどかと引き上げかけた。

「待て。貴様ら、いったいなにが起きたか説明を――」

「本人に訊けばよろしいでしょう。意識は有る」

「お前――シュタインベルグか」

シグモンドが冷ややかに見据えると、目深にシルクハットをかぶった黒マントの男の一人が、帽子を脱ぎ、礼をした。

「早急にマルグレーテ＝アンナ嬢の所に戻られたほうが。だんな様」

「姉がこいつを刺したのか」

私どもにはわかりかねますと、二人は黙礼するように目を伏せた。

「姉は無事？」

「……申し上げにくいのですが」

と、シュタインベルグが重たげな口を切ったのを遮って、シグモンドは、

「わかった。――もう行っていい」

二人と入れ違いでやって来た医者は、ベネディクトの枕辺で小さく首を横に振り、親しい人に連絡をと。ベネディックは喉笛を切られて風穴のように喘ぎ声が漏れる。ミュリエルは喉元を手で押さえてふさいでやりながら、ベネディックの顔や首筋についた血糊や土を、ぬぐいとった。

シグモンドは身を乗りだして、ベネディクトの顔を覗きこみながら、

「誰か会いたい人が居るなら、すぐに呼びますが」

我ながらびっくりする程よそよそしく無表情に落ち着き払って尋ねた。

ベネディクトは顔を顰めた。はやくマルグレーテ＝アンナを追わなければと、殺せと呻いた。机の右の抽斗に、ピストルが仕舞ってある。

そう息も絶えだえに、聞き苦しく血の泡に噎せこみながら指図した。

「ベネディック、面倒ならごめんだよ」

すげなくシグモンドは、ベネディクトが手を握ろうとするのを身を引いてよけると、医者に合図をした。

医者はガーゼにエーテルを染みこませ、ベネディクトの口元にしばらくのあいだ押し当てた。ベネディクトは眠りに落ち、尚もミュリエルはずっと喉笛を手でふさいでやっていた。今更少しばかり呼吸を確保し出血を抑えたところで、無意味だとシグモンドは分かっていた。ミュリエルの圧倒的に無償な奉仕に、医者もシグモンドも気まずく黙っていた。よせと止め

られぬ、無益なひとときの献身に、シグモンドは眼を背けて、階下に下りた。

オルゴールが鳴っていた。

途絶える前のゆっくりとなった歯切れの悪い音階を奏でながら、平然と響いている。

自然に鳴りやむまで、シグモンドは、シュタインベルグらが落としていった額縁や、転がって皹の入った鏡などを拾い上げ、いちいち元どおり廊下の壁面に掛けていった。

医者は、脈が止まったら呼んでくれ、死亡証明書を持ってくると述べて去った。

ベネディックは途中一度だけ目を覚ましたが、後は薬でそのまま眠って、息をしなくなったのは五時間後だ。

ミュリエルは結局、よく知りもしない男の死際に終始、最期まで付き添った。

ベネディックが死んだのを見届けると、シグモンドはヴェルティゴ家の屋敷に帰った。

ヴェルティゴ伯爵一族の血統は、いつの時代も決して永続する分家を出さない。それだけに非常に由緒ある血筋で、一族は直系の子孫だけだ。シグモンドの父親と、最初の妻アンナも、いとこ同士だ。孤立した伯爵家である。

親族に誰を呼ぶ必要もなく、マルグレーテ＝アンナの密葬を済ませると、シグモンドは他にする用が無くなった。

マルグレーテ＝アンナはよく、私と別れたければ私を殺すより他に無いのだ――と、嗚咽を噛み殺しつつ、ベネディクトをしかと食い入るように見つめては泣いていた。ベネディクトはベネディクトで、それを聞いて興ざめするでも、過剰にドラマチックな台詞を吐くでもなく、ただ身を乗り出し、頬の雫をぬぐってやりながら、貴女を殺したくないし、別れたくもない。貴女の不安が理解出来ないと、難しげな顔でマルグレーテ＝アンナに粛々と呟きかけるのだった。そういう二人のナンセンスな場面にシグモンドは幾度となくかち合っていたから、辟易（へきえき）しつつも慣れていて真面目に取り合わなかったのである。

Ⅱ：ii　三百代言

《レンラクコフ　サイプレス》

シグモンドの元に一通の通知が舞いこんだ。

糸杉（サイプレス）通りにあるベネディックの館では、三百屋が待ち構えていた。質の悪い弁護士兼管財人であるこの三百屋、ベネディクト・ヨンゲンの遺言状について話を詰めるために、シグモンドを呼びつけたのである。

ベネディクトは火曜日の朝早く、マルグレーテの所へ出向く前に、わざわざ三百屋に立ち寄って遺言書を拵（こしら）えていた。ベネディックに近しい身内は残っていなかったからだ。遠戚は外国に移住している。死んだマルグレーテ＝アンナにはシグモンドが居たが、ベネディックは、現在のシグモンドと同じで一人であった。

ベネディックの遺言状は次のとおりだ。

《妻トシテヨンゲン家ノ遺産ヲ受ケ継グ者ハ、妻トシテノ操ヲ立テ一年ノ喪ニ服スルコト。契約背反ノ発生時点デ、契約ノ一切ハ不履行。証人トシテ、後見人シグモンド・ヴェルティゴ伯ノ裏書ヲ要。契約破綻ノ場合ハ、シグモンド・ヴェルティゴ伯ヲ受取人トシテ、コレヲ支払ウ。ソノ場合、一周忌ノ翌日ヨリ受取人ヘノ名義変更ヲ有効トス》

ミュリエル以外に、正当な遺族はない。道すがら雨に降られて雨宿りをした、ぼろぼろの木靴を履いた娘でもないかぎり、誰が引き受けるかという、スキャンダルで今やすっかり地に落ちた貧乏男爵家の名前である。

大仰に遺産と言っても金品調度と糸杉通りの館くらいで、ちょっとした土着の農園地主やブルジョワの方が、今やよっぽど財産持ちである。シグモンドからすれば取るに足らない額なのを、ベネディクトとて百も承知であったはずだ。それをわざわざこんな七面倒な遺言書を誂えたベネディクトが、つくづく忌々しかった。

マルグレーテ＝アンナへの一切の記述を欠いている点から、ベネディックは、自分が死ぬときはマルグレーテ＝アンナに殺されるとき、マルグレーテ＝アンナに殺されるのは自分がマルグレーテ＝アンナを殺す時だと腹積もりをしていたのは確かである。心中ほど同意の沙汰であったか知らないが、無理心中と呼ぶのも語弊が有ろう。

「御面倒ですが、ですから受け取りは一年後となります」

と、三百屋はシグモンドに向かって告げた。

マルグレーテ＝アンナを死に至らしめた陳謝の表意に、遺産の受取人をシグモンドにしたいのが本心で、貧乏男爵が取るに足らぬものをと却って失笑を買うから、まわりくどい手段を取ったまでである。ミュリエルとの結婚が偽装であった以上、ベネディクトの遺産を相続する正統な権利者は誰も居ない。ろくに知らぬ女など、物事を婉曲的に進めようとした遺言人の中途手段に過ぎないと。

「貴殿に遺産が渡ることこそが故人の真意です、ヴェルティゴ伯」

「あいつがお宅に何を言ったか知らないが、ベネディックとミュリエルとの結婚が偽装だったと法的に証明する方法はあるのか。私が証言しないかぎりは無いのだろう」

「はぁ」

この冬空に、蝦蟇が額に油を滲ませたような三百屋は、白蛇に道を尋ねられたように拍子抜けした声を上げて居竦んだ。シグモンドは苦々しく思いながら、

「念書を書く」

「はぁ？」

「今、念書をしたためる。こういう場合、死んだ人間の正式に残した意向が一番に優先されるのだろう。生きた人間はどうにも死人の言うがままというわけだ。私が彼女の後見人と証人を請け負う旨を記した、直筆の念書が要りようでしょう。でないと彼女——」

「はした金など女にくれてやるので？」

「私は、はした金とは思わない」

「確かに借財が有るでもなし、立派なお方は、一銭たりとも安いなどとはお考えにならぬものですな」

聞き流しながらシグモンドはさっさと署名をし、手続きを終えると、三百屋にはお引き取り願って、扉を閉めた。

「まったく食えない三百屋だね。貴女もさぞかしおどろいたろうに」

シグモンドは名目上、姉の恋人ベネディックの見張り役から、今や卑しい女の御目付役を一年間ひきうけるまでに成り下がったわけだ。一介の若い女がヨンゲン男爵家の更なる面汚しにならぬよう、未亡人らしからぬ振る舞いをせぬかどうか、監視する。

仕立屋が礼服を届けに来た。

結婚式の純白のドレスを仕立てるためにミュリエルの採寸をとった例の仕立屋である。蓋を開けてみると、縫い上げられていたのは漆黒の喪服であった。いくら「礼服」だからといって喪服に取り違えるとはあんまりだろう、とシグモンドが念のため軽く追及してみると、注文に間違いはないと仕立屋は言い張った。ベネディックは、あくまでも穏便に別れ話を運ぶつもりでいたにしろ、やはりマルグレーテ＝アンナに殺される、ある程度の覚悟をしていたのだ。

（どこまでも用意周到な――面白くない奴だよ貴様は、ベネディック）

シグモンドはミュリエルに言い放った。

「さあ、これから貴女は気がねなく留守番をするといい」

「どなたのお留守の番を？」

無心な問いである。

けれどもシグモンドは、この女は決して馬鹿ではないぞと警戒した。弱みに付けこまれた気がして、自分自身に苛立っていた。

シグモンドはうるさいことは言わない質（たち）だが、ただ一つ神経質に気を留めるのは鏡の曇りだ。鏡はいつも透き通るほど磨きこまれていなくてはならない。跳ねが飛んでいるなんてってのほか、ぼんやりくすんで映る鏡も、目に霞がかかったようで不愉快である。

「貴女は鏡に映るとまるで別人だね」

シグモンドは鏡の中に居るミュリエルを遠くからうち眺めた。

ミュリエルは家では喪服を着ない。館にあった衣類を見繕って渡していたのを、いまだ着まわしていた。自分で袖や裾を出したり上げたりして、多少古臭くみすぼらしいが、清潔で質素な身なりではある。概して忌み嫌われがちな赤毛も、地味な服装に華やかさを添えて悪くなかった。

糸杉（サイプレス）通りの館には、絵画を飾るように、凝った装飾の鏡が薄暗い玄関ホールや踊り場など、至るところに据えつけられていた。重厚な家具調度で鬱蒼（うっそう）とした空間に、明度と奥行きの錯視をほどこす工夫で。しかし左右が違うだけでこうも映像に歪（いびつ）なイメージをともなうとは、安物の鏡なのだろう。誰かと言えばミュリエル以外に当てはまる者はないが、

「本物の貴女とくらべるとずいぶん劣る。これが貴女そのものの姿ではない。こんな貴女を眺めて、貴女自身だと思いこんでいるとしたら嘆かわしいことだね。だいたいそんな曇った鏡。目の色までてんで曇って映る」

外に出るたびミュリエルは、首の詰まった厚手の黒い喪服に黒い手袋、黒い靴……黒い帽子に黒レースを垂らして、頭のてっぺんから爪先まで黒ずくめなので、淡い服を着ていると途端に何か懐かしい軽やかさをかもしだした。桃を剥いたような生成色の地に、蔓が波打ち、可憐な小花が散っている。幼児が若い母親に抱く、圧倒的な憧れと安心感にも通じる、甘やかな影をまとって見えた。

しかし母親という語からシグモンドが連想せざるをえないのは忌まわしいマルグレーテ＝アンナで、結局シグモンドは、ミュリエルから儚い優しさの予感を吸いこんでは、必ず虚ろな気持ちになった。つとめて不快感を与えぬやりかたで目を背けた。

「あなたは……まるで年をお取りにならないみたいだわ」

「一年なんて長くはありませんよ、ミュリエル」

「違うわ。あなたは本当に年をとらない気がするの」

ミュリエルは一年間、糸杉通りの館に閉じこもって、外へ出るにもお仕着せの喪服に封じられて暮らす窮屈さを多少なりとも覚えている。妙齢の長くは続かぬ美しいその時期を、一年間も人目を逃れて、誰と連れ添った訳でもないのに、すっかり未亡人の刻印を額に押され道を歩く自分の時間やありように、己を哀れみたくなるのにちがいなかった。だからミュリエルは、あなたはまるで年なんか取らないようだと、シグモンドに当てこすってみたのか。そこでシグモンドは、ミュリエルの遠まわしな物言いに正面きって、一年など大して長くはないと、切り返した。

ミュリエルとて真っ向から文句を言えた立場でないのは百も承知で、ジリ貧の境遇に居た者には、降って湧いたような幸運だと、よく心得てはいるはずだ。たった一年、未亡人の真似事をすれば仮にも男爵家の遺産が手に入る。愚痴をこぼすのは贅沢への慣れではなく、きっと若い娘特有の理屈や打算を抜きにした感覚だ。

このところミュリエルは、いくらか臆せず口をきいてくるようになった。当初は、たまに一緒に夕食のスープを啜ってみても、テーブルの向かい側で顔も上げない。かたくなに警戒を解かず、ほとんど皿に突っ伏し無表情で、汁を匙にすくっているばかりだから、扱いにくくてたまらなかった。別にこっちは取って食いやしない——。

「……年を取らないみたいだって？　私が」

シグモンドは冷ややかに、

「年をとらないとは死ぬことだ」

「そんなつもりで言っていません」

シグモンドはミュリエルから目を逸らして、今日もまた早々に、待たせておいた馬車に乗りこんだ。

Ⅱ：iii　血の涙

温室に血の涙が降る。

シグモンドの邸宅にある硝子(ガラス)張りの温室は、敷地の隅に荒れ果ててひっそりと建っていた。マルグレーテ＝アンナとベネディックが流血事件を起こす以前から誰も立ち入らない。森番が夕立に雨宿りをする時がたまにあるか――。かねてより気味悪い場処だった。

誰も近寄らぬのに、誰彼となく、強風の晩にはその温室でマルグレーテ＝アンナのすすり泣きが聞こえたとか、ベネディクトが硝子(ガラス)を引っ掻き、助けを求める呻き声が響くとか、まことしやかに口にしだした。使用人の間でさかんに噂になり、シグモンドの耳にまで届いていた。

北風がうねり、隙間風が吹きこむ音に鬼哭(きこく)がまぎれて唸(うな)るような――呼ばれたような空耳は、それまでだってよく有った。二人も死んだばかりの現場となれば、冬場いかにも湧いて出そうな苦情である。仕方のない反応だとシグモンドは受け流していたが、年明け早々、今度は血の涙と。ずいぶん血生臭い。

「ミュリエル、貴女はここ糸杉(サイプレス)通りの館にたった一人で居て、怖いことはありますか」

「いいえ」

週に一度、様子を伺いにシグモンドはミュリエルを訪ねるたびに、びくびくされて居心地が悪い。懲らしめているようで、

「なにも支障はありませんか。必要なものはありますか」

「いえ」

何を訊いても「いいえ」か「はい」か、話を切り上げたがっているのがあからさまだ。返事を聞くなり、だからシグモンドもたいてい直ぐに引き返した。この時ばかりは、しかしいつもの「いいえ」とは違って何かしら心強かったので、

「なぜこわくないの」

「教会ではお葬式は日常茶飯事、裏は墓地だし……」

ミュリエルは、その手の話題には慣れているのだった。孤児院を出されてしばらくの間、路上で生活したときと比べるならば、温かなベッドに温かいスープ、

「怖いどころか心から慈悲深い神様の愛に感謝しています」

感謝すべきは神様でなくベネディックだろうに。しかしミュリエルを俄かに拾い上げたベネディックの軽はずみは、天啓に近くもある。

「貴女は、しかと揺るがぬ信仰を持っているから、長年住んだわけでもないのに、あんな風にベネディックが死んだこの館でも平気でいられるの？　ベネディックとマルグレーテ＝アンナ、二人が愛し合ったという結果が殺しあいだった一片を目の当たりにしておきながら、神だの愛の力だのをどうして讃えていられるの」

「神様を信じていらっしゃらないのですか？」

ミュリエルに問い返されて、

「亡霊なら信じないこともない。見張られているみたいだからね」

シグモンドはぞんざいに茶化しつつ半分は本気で述べた。ここではベネディクトに監視されている気がしてならない。

（道端で拾い上げた貧乏娘に手を出すほど節操無くもないとか——一年の契約期間だの、後見人だの）

ベネディクトに人間関係を仕組まれたようでシグモンドは気に食わなかった。貧しい娘に自ら傘を渡しに出向いたシグモンドに対しての、ベネディクトの精一杯の当てつけで姑息な嫌がらせなのを痛いほど解っていた。

あのときシグモンドが傘を渡しに行ったのは、まずはベネディックの気を雨宿りの娘からそらしたかった。あとは単なる一時の親切心だ。下心すらなく、ただ雨に濡れる人に傘をさしかけたい、これ以上みすぼらしく濡れさせておきたくない反射的な対応だったのに、よりにもよってシグモンドが一瞬でも目を留めた娘を——拾い上げて——身寄りのない彼女に遺産を渡したいなら一年待てと決めてみたり——亡霊になってまで考えた真似をする。ベネディックの酔狂な頼みごとは、死なれている分こちらは逃げきれない圧倒的なあくどさが有った。

「ミュリエル、貴女はまだここから自分の教会に通っているの」

「ええ」

教会は神の宿る家だ。教会員は神が宿る家の住人で、家族であり、滅多なことがない限り、魂の寄りつどう住処を変えないのだろう。

「皆は貴女になんと言う？」

「神様のおかげだと」

「教会への毎週の寄付は、このくらいで足りますか」

「ええ、とても助かります」

と、その時だけ潑剌（はつらつ）とした声色で「あなたの分までお祈りを」

シグモンドはいかなる神の形も信じない。

祈るとすれば、ほんのお付き合い程度の礼儀作法だ。宗教を信じることは無意味ではない。宗教の怖さは、信仰の効果や有意義な点に、むしろ有った。だから信じられない。

それでも、信仰心の厚い人間が、自分の代わりに神へ祈ってくれると約束してくれるのは、恩着せがましくも鬱陶（うっとう）しくも感じなかった。シグモンドはミュリエルを味方に感じ、意外にも深く安心した。

その帰りがけである。玄関先まで見送りにきたミュリエルの白いブラウスの左肩に、赤い斑点が飛び散っている。

「――貴女、どこか切った？」

腕を伸ばしてシグモンドは、ミュリエルの襟から肩へ、斑点を指でなぞった。

こすれて滲む。

玄関先の暗がりで、シグモンドが自分の白い手袋の指先をまじまじと眺めるほどに、血液のようだ。

「耳でも痛むのですか」

「え？」

ミュリエルはシグモンドの指先に目をやってから、おそるおそる首をひねった。左肩を確かめると、動揺しながら自分の首筋や、イヤリングのついた左の耳たぶの裏を撫でた。

「どこも痛くないの。気づかなくてごめんなさい、なにかしら」

困った素振りで、傷口があるか手で探る。

閉めきった扉の前で目を凝らしているよりは、シグモンドは玄関扉を開けた。降りしきる雨音と冷たく湿った空気が、渦巻いて一気に中に吹きこんでくる。

夕暮れ時の雨降りで翳っているが、表は辛うじてまだ明るかった。戸口で濡れながら、シグモンドは外の明かりを取りこみつつ、ミュリエルに横を向かせて注意深く確かめた。

「見あたらない。なんの傷も、腫れ物も。――ワインの栓でも御自分で開けましたか」

ああ、そうかもしれないわ、もしかしたらと記憶をたどるミュリエルを律するように、

「こんどからは、離れに居る使用人のレオーベン夫婦にやってもらうといい」

雨が吹きつけるのでシグモンドはドアを急いで閉めると、糸杉の並木の木蔭で待たせておいた馬車の中に駆けこんだ。

（血の涙か）

ここにも降るなら、やはり死んだあの二人の――？

シグモンドは汚れた指先を顔に近づけ、血の匂いを確かめるように嗅いでみた。

雨のにおいが立ちこめているばかりである。

屋敷に着いた時には、雨が霙（みぞれ）に変わっていて、その晩、夜半にかけて酷く底冷えした。

翌朝には一面が雪に真っ白く覆われていた。

ふと思い立ち、シグモンドは数十枚もの白い古シーツを使用人に出させて、自分はブーツに外套を着込み、襟巻きをぐるぐる巻いた。小脇にリネンの束を抱えてサラサラくずれる新雪を踏み固めながら、見渡すかぎり一面の雪の原を歩いた。雪は相変わらず降り続いている。あたりは静まりかえっている。ようやく楡（にれ）の木立にさしかかった頃には、シグモンドは服の内側でうっすら汗をかいていた。ずり落ちるシーツを抱えなおしながら小径に入り、目当ての温室にたどり着いた。

屋敷に温室は四つある。

カボチャなどウリ科のプラントを蓄える温室。

葡萄の苗床を育てる温室。

葉牡丹（はぼたん）など冬の庭を彩（いろど）る草花を育てる温室。

それからマルグレーテ＝アンナとベネディックが、流血沙汰を起こした四番目の温室。敷地の東や南側に位置する他の温室からひときわ外れて、北東に在り、草花が育たない。まわりにそびえる楡の木で、この温室だけは鬱蒼(うっそう)とした枝の魔手に阻まれ、日差しが届きにくかった。

シグモンドは四番目の温室のまわりを一周めぐった。

新雪はあくまで真っ白で、血痕一つ落ちてはいない。

温室の入口は二つ。どちらも頑丈に鎖が巻きつけられていて、錠前が架(か)かっていた。シグモンドは一応押したり引いたり揺すってみて、すんなり諦めると、森番の小屋を訪ねた。

ももひき姿の森番がのっそりドアの隙間から顔を覗かせ、

「だんな様」

扉が大きく開かれ、うながされるままに、シグモンドは頭や肩に積もった雪を払ってから中に入った。

「温室に入りたい。鍵を」

森番は慌ててズボンに足を通しながら、少しよろけたが、シャツを突っかぶり逞しい身体にサスペンダーをひっかけた。柱にかけてあった上着に手を伸ばす。

「なにを急いでいる?」

「御案内しますんで」

大男がぼそぼそと、ぶっきらぼうで、語尾の低い声が少しベネディックに似ていた。

「錠はおまえでないと開かないのか」

　森番はうろたえながら不精ひげをこすりつつ、催促された長細い重たげな鍵を、コツンと木の食卓の上に置いた。「では、右回しで」

「鍵はこれだけか」

「そうです」

「しばらく借りていいね」

　勿論ですとも、どうぞ、と森番は「でもいったい何をなさるおつもりで。滅多な真似は、この寒さじゃ凍死ですんで」

　シグモンドの手元のシーツの束をチラと確認しながらおずおずと問いただした。シグモンドが首吊りでもしでかさないか疑っているようである。

「そうだおまえなら知っているかもしれないね」

「……なにも」

「《血の涙》の噂の出所を知りたい」

　シグモンドは、食卓の上の鍵に手を伸ばして握りしめながら、一旦、椅子を引いて、抱えていたシーツをどさりと積み上げた。

　森番は濁しかけたが、シグモンドが据わった目線で凝ッと待つのに燻し出されたように白状した。「……事が起きてから、温室に出入りするのは誰ひとり居なくなったんで、小屋から近いし、幾度か洗濯物を枝にひっかけて乾かすのに使いました。すいません」

　血の涙に気付いたのは台所で働くリラという中年女だ。あまり深くは立ち入っても訊けないが、どうやら二人は良い仲なのだ。

「上着を脱いだシャツやももひきに、茶けた斑点の垂れた跡がついていて、あいつがおどろいたもんだから。働き者で気が利くぶん、細かい所に気がつくんでさあ。言われてこちらもやっと気がついて、問い詰められるもんだから、温室に干しておいたと白状して」

森番はでかい図体をひょっこりと折り曲げた。

「したらもう大騒ぎで。申し訳ないことを――。ですが自分のような人間には、なかんずく女のおしゃべりというのは手に負えんもんで」

「女の口に戸は立てられぬ、と」

シグモンドはひっそり笑ってシーツの束を抱えなおした。森番は、本当にお一人で平気なんでと気にかける。

「なにが。シーツを持てないほど非力ではないよ」

聞き流し、シグモンドは鍵を手袋の中に入れて立ち去りかけた。そこを背後から、

「このたびは、お気の毒でございました」

「……ああ、ありがとう。おまえは姉をよく知っていたの？」

シグモンドはいくらか振り向いた。

「いえ自分はまるで」

「私もまるでだ」

錠は確かに右回りできちんと外れた。鎖が凍てつき絡んでいたが、じゃらじゃらと抜き取って中に入った。温室だけあって寒さが一時凌げる。屋根には雪が圧しかかり、閉じこめられた心地がする。純白にきらめく雪も、硝子の上に積もると、灰色に泥んで鬱陶しい。

　蜘蛛の巣の網目に板硝子を一枚一枚はめ込ませたような温室は、数十年にわたって結露に濡れ乾いた跡が、硝子を澱ませ干からびさせていた。窓枠がおのおの錆びついて、緑青と苔がはびこり、全く手入れがなっていないのが却って壮観だ。北向きだし、温室として役に立たず放置してあるのも頷ける。マルグレーテ＝アンナとベネディクトが、散歩がてらに逢瀬を重ねる四阿としては確かに都合が良かったろう。日光も人目も遮れる。

　事件後の今ではいっそう閑散とした荒廃ぶりが凄まじく、楡の木の伸びた枝で、天井硝子が幾つも突き破られて割れている。場所によってはそっくりタイルがはがれたように硝子板が抜け落ちていて、閉塞感に空気孔まがいの息抜きの隙間を覗かせていた。硝子板をあちこちぶち抜いて温室の中に割りこんだ楡の枝先だけが、乾いて暖かそうだ。

　森番がハルニレの枝を落とさずにおいているのには、しかし訳が有るのだろう。ここでは冬場はいつでも雪で、霜が降り、氷が張る。楡の木は温室を守る防雪林だ。楡の枝のおかげで、硝子屋根の上を危険を冒して雪を下ろす必要がない。他の三つの温室はいずれも屋根がアーチ型に滑らかな曲線を描いて、放っておいても雪が滑り落ちる仕掛けになっているが、ここは傾斜が甘い。楡でも無ければどんどん降り積む。

シグモンドは、すっかり葉を落とした大木の枝を仰ぎ見た。

ベネディクトは落葉に埋もれたこの温室で、マルグレーテ＝アンナに切りつけられ、七転八倒、地面に倒れて痛みに呻いていたところを森番に見つけ出された。そのときマルグレーテ＝アンナは既に息が無かった。

温室でまずマルグレーテ＝アンナがベネディクトを切りつけ、ベネディックは自衛の行為か、或いはカッとしたのか、挑発されたか、マルグレーテの手から払いのけた刃物を拾い上げて、一気に刺し殺したようだ。

マルグレーテ＝アンナやベネディクトの血を吸った土は、いまや粘土のように冷たく固い。乾いているのに冷んやり濡れて映る地面に、シグモンドは持って来た白いシーツを敷きつめた。

こごなって乾いた落葉や、霜を纏った枯れ枝などを、全て白いシーツで敷きこんでいく。

ぶわりとはためかせて白いシーツを地べたに広げるごとに、凍えて今にも死にそうなヒオドシチョウが一匹、扇がれたように飛び立っては足下に舞いもどった。その都度、シグモンドは追い立てるように蝶を急き立て、地面に白いシーツを広げた。ヒオドシチョウは成虫のまま冬越しする蝶である。寒さを逃れて温室に迷いこんだのだろう。

中央に、丸い陶器の大きなプランターが配してあり、中に盛られた土は干からびて固く罅が入っている。テーブルクロスを広げるように、丸いプランターにもシーツをかけた。プランターを挟んで向かいあう石造りのベンチにも、白いシーツを被せると、シグモンドは白地で一面を覆い尽くした。

温室を出て、元通りに鎖を渡して錠前を架けた。

もう一つの出口も、ぐらぐら揺すって開かぬのを確認すると、鍵をポケットにしまいこみ、雪の中、シグモンドは屋敷に引き返した。


翌朝早く、日が昇って鳥の囀り（さえずり）がひとしきりおさまると、シグモンドは眩しい雪の照り返しにクラクラしながら、雪道を温室へと目指していった。襟巻きで顔をなるべく覆って、光を遮りつつ、樅の木立に逃げこむように踏みいった。木漏れ日と枝の雪とで、澄みきった空気にきらめく雫が美しい。雪も浅い。

足取りも軽く、上気した体でシグモンドは温室にたどりついた。

錠に鍵を差しこみながら、シグモンドは硝子（ガラス）越しに中をうかがった。硝子は汚れて濁っているし蒸気で曇っている。重い鎖を引き抜いて中に入ると、薄汚い、灯の消えたカンテラの中に迷いこんだ虫みたいな息苦しさに囚われた。

（……なるほど。まさに血の――）

足下に点々と蘇芳色（すおういろ）の血痕が落ちていて、白いシーツがまだらに汚れている。

マルグレーテ＝アンナが、険を隠した強い目線で食い入るように訴えながら溢れる涙を零したら……涙は頬を伝わりぼたりぼたりと地面に垂れて、こんな風に跳ね返り、飛び散ったに違いない。――と疑わずにいられないほど、あちらこちらに血の涙の滲んだ跡がある。赤いヨードをスポイトで汲み上げ、いちいちシミを作ったような斑点だが、闖入者の仕業にしては出入口は両方とも鍵が架かっていた。シーツを踏みにじった靴底の跡もない。

（面白くなってきた）

シグモンドは温室をよく見回した。

先日同様、一匹のヒオドシチョウがひらひら舞っては、足下にとまるので、シグモンドはうっかり踏んづけないよう注意しながら、首が痛くなるほど天井を眺めまわして温室内を歩き回った。蛾のようにシーツの上で翅を広げて張り付いているヒオドシチョウは、緋色に黒の斑点で、まるで赤い豹柄である。払いのけてはシーツを剝ぎ取るシグモンドのまわりをあたふた飛んで、靴底を辛くもかわし逃げていった。蝶らしく翅を起こし枝に留まってみると、ヒオドシチョウの翅の外側は木の皮とそっくりだ。木の幹にかさぶたが癒着したみたいである。

シグモンドは、ポケットからナイフを取り出した。ベンチを踏み台にして腕を伸ばすと、背伸びをしながら、垂れこめている楡の細枝の一本をうまく切り取った。

地面から剝ぎ取って一抱えに山とまるめたシーツの一番上に、シグモンドは切り取った小枝を載せた。リネンの端を折り返してくるむと、温室の鍵を開け放したまま、屋敷に枝を持ち帰った。

部屋に戻るとシグモンドは空のガラス水槽の底に紙を敷き詰めた。屋敷には少し探せば空のガラス水槽などいくつも転がっているのである。水槽の縁に枝を渡し、襤褸布をかぶせて蓋をすると、部屋中の窓の緞帳を下ろして、明かりを閉ざした。

「食事はしばらく部屋でとるから、運んでほしい」

ついにシグモンドも奇行を取るようになった——と、給仕係がそそくさとふれ回ったらしく、昼下がり、執事長がおっかなびっくりシグモンドのドアをノックして来た。

「来客がございます。いかが致しましょう」

「だれ」

ベネディクトが死んだ今となっては、思い当たる節がなかった。

「ミュリエルという喪服の女性です」

「部屋まで通して」

シグモンドは咄嗟に指図をした。

屋敷の者が遠巻きに自分をどう扱うかを、ミュリエルに見られたくなかった。この屋敷で自分につきまとう烙印の気配を、嗅ぎつかれたくなかったのだ。隠微な中にも露骨に見え隠れする嫌悪や——遠巻きの蔑み。とりつくろいの笑み。訳知り顔の冷遇を。なにしろ昔からの使用人は、マルグレーテ＝アンナが父親との間にシグモンドを産んだのを直に知っていた。長年にわたって若干の使用人の入れ替えはある。どんな新参者にも、シグモンドが、姉と亡父との息子であるといつの間に知れ渡った。誰から見ても明らかなほど、マルグレーテ＝アンナからそっくり受け継いだ自分の綺麗な見目形こそ、曰くある異形の証拠で、使用人がことある毎にこの屋敷に無闇に怯え、気味悪がる元凶たりえた。マルグレーテ＝アンナが厄介な死に方をして以来、化物を見るような使用人の態度はいっそうあからさまで、主従や階級の枠以前、人間としての尊厳においてシグモンドは常に軽蔑と忌みの対象だった。かかる奇異の白い目つきに晒されたら、ミュリエルもきっと勘付く。

怖気づいたシグモンドが部屋まで通せと珍しいことを口走ったから、さっそく執事は、当惑をまとった卑屈な狡猾さで、気を回してみせた。

「御加減でも悪いのでしたら、お医者を手配いたしますが」

「加減は至ってよろしい。ありがとう」

そこまで配慮し、わざわざ部屋まで通したミュリエルも、二人きりになった途端に居心地悪げな振る舞いをするのである。

と思いきや、くつろいで親しげに微笑んだから、シグモンドは嬉しかった。

何の用かと問いつめかけた口をつぐんだ。糸杉通りの館の外で会うほうが、ミュリエルはよっぽど打ち解けていて、他人他人した所が見えない。滅多に口をきかないが案外とおしゃべりな感じもする口元で、笑みを向けられてみると、シグモンドは、こんな含みも深意も込めない笑みをほんのり向けられたのはこの屋敷で初めてだと気がついた。

「突然で失礼かとは思ったのですけど。お休みのところを、ごめんなさい」

と、ミュリエルは、厚い緞帳（カーテン）を下ろしてあるシグモンドの背後にちらと目をくれた。

「寝てはいません。ちょっとした実験観察の最中で」

と、シグモンドは部屋が暗いのを詫びてから、ミュリエルを長椅子へとうながしたついで、水槽にと目をやった。

「今日、おうかがいしたのは、あなた宛の手紙が届いたからですわ」

ミュリエルは、黒い小さな巾着から、黒い手袋の指先に手紙を挟んで寄越した。配達されたのではなく、ドアの隙間に挟んであった手紙だそうで、急ぎの便りであったらいけないと出向いてくれたらしい。

《ベネディクト・ヨンゲン男爵方、シグモンド・ヴェルティゴ伯》

そう宛名があるが、シグモンドがベネディクトの糸杉通りの館に住まっていたと心得ているのは、今は亡き二人と、このミュリエルと自分くらいだ。

差出人はしかしイニシャルでA・Jだった。

†

"Kyrie eleison, libera animas libera eas de ore leonis, ne absorbeat eas tartarus, ne cadant in obscurum, libera eas de pœnis inferni, et de profundo lacu. Hostias et preces tibi Domine laudis offerimus, tu suscipe pro animabus illis, quarum hodie memoriam facimus; fac eas, Domine, de morte, transire ad vitam. Hosana in excelsis.

A・J"

†

特有のずらずらと隙間無い文字列は、カソリックのミサで使うレクイエムの歌詞などをつなぎ合わせたラテン語だ。

A・Jのイニシャルがシグモンドは思い当たらなかった。誰か、例えばマルグレーテ＝アンナの隠れた崇拝者などが、今頃やっと覚悟を決めて鎮魂の文言でも書き送らずにいられなくなったのかもしれない。——と、シグモンドはざっと文面へ目を走らせながら、

「なんという用向きでもない、こんな所まで来させてしまって申しわけない」

ミュリエルに謝った。テーブルへ適当に紙切れを置きながら、

「積もった雪道を馬車では、いつ車輪がうずまり、立往生するかもわからない。泊まっていきますか。つまらない所だけれど」

部屋だけは余っている。

「いいえ。こんな大きなおやしきでは迷子になりますもの。だいぶ雪も溶けていますし、この程度ならきっとだいじょうぶ」

馬車を待たせてありますからと、ミュリエルは長椅子に腰を下ろすどころか、帽子も取らぬままで、

「雪が溶けたらまたいつものようにいらして」

別れ際、まるで懐かしい知人のように、もの柔らかな、まろやかな眼差しをして、名残惜しげにシグモンドへ笑いかけた。

つられてシグモンドも心持ち笑い返して、見送った。

再び扉を閉めた部屋の暗がりでは、さっきから水槽の中で、楡の枝に、ヒオドシチョウの蛹(さなぎ)が一ツぶら下がっている。枯葉が丸まり、風に飛ばされそこねたような姿だ。

シグモンドは蛹を相手にオルゴールを回しつつ、

――自分はただ寂しさに慣れているだけなのだ。満足とは程遠い――と自覚した。
たちまち心許なく、己が脆く弱小化した気がした。
一人で部屋に居る現象的事実が、とある存在の欠如で、
《――私は自室に一人で居る》
ではなく、
《――ミュリエルが今ここには居ない》
頭の中の構文を主語からそっくり覆す羽目になるとは。ずいぶん乱暴な話でないかと。

マルグレーテ＝アンナの崇拝者がその昔、月下美人という白い大輪の花を、南国から特別に取り寄せて贈ってよこした。
《朝露に濡れた妖精の翼を一つひとつ抜き取って広げたような、幽玄で新鮮な純白さが、いかにも貴女のような花です》
そう恋文が添えられていた。真夏の夜に数時間咲くだけの、非常に贅沢な貢物だった。
《シグ、シグ》
と、真夜中に揺り起こされたのを覚えている。
《ターシャ？》
子守女はターシャと言って、子供の頃、シグモンドはよく懐いていた。毎晩、夜中に必ず

一回、シグモンドを起こしに来た。目をはっきり覚ますまで声を掛けられ、ちゃんと起きたシグモンドは、そっとやわらかく手を引かれ、今にも燃え尽きそうな蠟燭(ろうそく)の灯ひとつで、手洗いまで連れて行かれるのだった。夜尿を防ぐ知恵だったのだろう。

《アンナ？》

その夜、しかし起こしに来たのはマルグレーテ＝アンナで、白い夜着が暗闇に浮き上がって見えた。マルグレーテ＝アンナは、ヒソヒソ声とも違う、冷静な落とした声音で、

《蕾(つぼみ)が今にもほどけるのよ。シグ、見なくっちゃ》

夏だったが夜は冷えた。各々、シーツにくるまりながら鉢を間に向き合って、花が開いていくのを眺めた。夜行花なら光を嫌うだろうと、マルグレーテ＝アンナは、水を張った器の中に、小さな蠟燭を幾つか浮かべた。水面に浮かぶ朧月(おぼろづき)のように光が映った。花は、肉厚な葉や茎とは想像もつかぬ可憐な白さで、シグモンドは寒気がした。咲いてしまうと、マルグレーテ＝アンナは、さあ子供はもう寝なさいな、とシグモンドに言いつけた。一人で戻るのよ。

（サナギがほどける）

午前三時過ぎ、水槽の中の四センチほどの長さのヒオドシチョウの蛹が裂けた。ポタポタと裂け目から血のような赤い液が落ちた。蛹から出てきた虫は、まだ腹が大きく膨らんでいて、蝶より這い回る幼虫の容姿に近い。尾からぽとぽとと赤い液が伝わり、滴って、傘に当たる雨粒のようなかすかな音をたてる。下の紙に飛び散った染みはまるで血痕だ。

予想より、一匹の蛹から滴る液体の量は多い。翅(はね)は分厚く縮んでいて、真ッ赤な緋色に濡れており、この赤色は、蛹の内を満たしていた液体だ。自力で殻から出てくる分だけ違うが、出産にあてはめると胎盤のような老廃物であろう。ふつうは透明だがヒオドシチョウのは赤いわけだ。シグモンドは、ヒオドシチョウがすっきりと翅を広げるまで、固唾(かたず)を呑んで見守った。とはいえ張りついて観察していてはチョウに緊張が伝わって、向こうも気詰まりだろう。端からそっと眺めていた。

昼間すでにシグモンドは、屋敷の書架を隙間なく埋め尽くす百科事典を引っぱり出して、蝶の生態を詳しくあたり、太陽光を避けて羽化すると調べあげていた。

ヒオドシチョウの翅の真ッ赤な血色(ちいろ)は、暖炉の焔(ほのお)が映って燃えだしそうに揺らめいた。シグモンドは毛布にくるまり、妖精からむしり取った白い羽根を広げる月下美人の姿を見つめた時と同じく、暗がりの中で息を潜めた。しだいに朝焼けの空が褪(さ)めていくように、翅に緋色が定着するのを、物音もたてず静かに待った。

使用人を怖がらせては気の毒だから、シグモンドは、昨日温室から掻き集めた汚れたシーツの山を暖炉にくべて燃しきった。日が昇ると、チョウの水槽を大事にかかえ、森番に鍵を返しに出向いた。水槽の中でチョウは狭そうに時折ガラスの壁面にぶつかりながら飛びかっては、羽ばたいた。

「原因はこいつだったよ」

仮にも温室だから時期外れにチョウが孵ったのだろうと、シグモンドは、水槽の底に敷いた紙が赤く汚れているのを、目線で指した。この寒さだから蝶になっても多くはすぐに死んだろう。

森番は非常に感銘を受けていた。口を開くなり、いわば森番らしからぬ発言を――

「科学的知識ってのは、全くたいしたもんですな」

とんだ亡霊話も科学的証明で一気に解決だと口走ってから、故人を亡霊呼ばわりした失態に恐縮して、にわか取り繕うように

「……それで、そのさなぎがハルニレの枝に?」

「いくつもね。そのうちどれだけ抜け殻だか知らないが。おまえからリラ――彼女に説明しておいてくれないか」

シグモンドは、その足で馬車に乗りこんだ。

雪が溶けたらと昨日の約束どおり、ミュリエルの所へと赴いた。

ミュリエルは、しかし不在であった。

シグモンドは日暮れまでミュリエルを待った。

帰って来ない。

離れのレオーベン夫婦に尋ねたところ、今日一日食事はいらないと言い付かったと。

「教会の仕事に手を貸すとか、牧師夫妻の家に遊びにいくとか、なんとか」

おかみの方が、汚れたエプロンで手を拭きながら、

「夕食でしたら、有るもんでよろしけりゃ御用意できますけど？」

シグモンドはベネディックと半年ここに暮らしていたから、おかみにしてみれば、ミュリエルよりも顔見知りである。昔からシグモンドをベネディクトの弟分か、さもなければベネディックの秘密の恋人だくらいに思い違いをしているのが窺えた。

シグモンドは熱いスープと固パンを用意してもらった。馬車引きは、明日の朝また来るように言いつけて屋敷に帰した。食事はいらないと言い残していったなら、ミュリエルはどうせ明日までは戻ってこない。ならば昔を偲んで一晩ここで過ごすのも悪くない。

夕食を平らげると、シグモンドは途端に眠たくなった。蛹の番をして、昨夜から一睡もしていない。シグモンドは、鴉色のシャツの襟からピンを外して、日向色の絹のクラヴァットをほどき、しゅるりと引き抜きながら、クッションを枕に長椅子へと横になった。膝かけを体の上に広げたが、寝そべってみると隙間風が寒くて居たたまれない。鎧戸はちゃんと下りている。しぶしぶ昔の自分の部屋へと階段を上がった。ドアを開けると、天蓋もはずされて、マットだけむきだしの寝台が有った。大がかりな古びた家具が暗く押し寄せて来るようで、シグモンドは中に入らぬままドアを閉めた。

ベネディックがあの日、血まみれで息絶えた寝室に足を踏み入れたくはなかった。あとは部屋に鍵がかかっていたりで、シグモンドは、雪を踏みしめるような足取りで暗がりをうろついた。落ちてくる重たい瞼の隙間から、手元のランプを頼りに進むと、やっとたどりつい

たドアを開けた。簡素な小部屋は、使用人用の幅の狭い質素な寝台がきちんと清潔にベッドメイクしてあって壁際に寄せてある。シグモンドはランプを吹き消すと、目の前に広がる柔らかそうな寝台へ身を投げた。一気に倒れこむと同時に一息深く息をついたら、仄かでいい香りがした。咲き始めのマグノリアを湿らす、シトシト雨のような甘い芳香。

あるいは干草。マーマレード。初夏のそよ風。

ああ、そのどれより仄かで、たとえがたい良い匂いだ。そう、ここならばぐっすり眠れる。

シグモンドは寝そべったまま、踵をベッドの枠にひっかけ靴を脱ぎ捨てた。カバーをはねのけ、掻きよせるような押しこくる動作で、うまく毛布とシーツの間に入りこんだ。眠りに落ちる途中、ふとシグモンドは思い出しかけた。——言いかけていざ口を開いた途端に、何を言うか忘れたように、非常に大切な中身だった……気がした。圧倒的な眠気に押されて、

(明日考える)

覚えていたらの話だが……なにしろ言いかけて忘れた言葉も、思い出してみればいつもとりわけ大した中身ではないのだから。

朝日にやや目をしかめつつシグモンドは、窓際のミュリエルへと気が付いたと同時に思い出した。「寝場所をごめん」

咄嗟に口をついたとおりに弁解した。

シグモンドが身を起こすと、古い寝台の鉄枠はひどく軋んだ。ミュリエルは、いま戻った

ばかりなのか黒い喪服だ。一番上のくるみボタンをはずした格好で、眠たげに柔らかく佇んでいた。髪をほどきかけた所でミュリエルは、シグモンドが自分のベッドに寝ていると気がついたらしい。すぐそばの小さな窓辺に下がっている厚手のカーテンを括ると、薄手のレースのカーテンの縁を、なんとなく撫でたり指先でもてあそんだりしながら、

「おなかがすきませんか？」

と、病人を相手にするみたいに優しくて、ほどけかけた赤毛が陽に透けていた。

「――眠くて、考えなしにここへ来て」

と、シグモンドは至って恥じ入り反省した。

ミュリエルは、シグモンドへと笑いかけながら、

「寝ぼけていらしたのね？」

「寝ぼけてはいませんでした。ただどうしても、ここで眠りたくてたまらなかっただけ」

寝起きだったせいもあるが、落ち着き払って正直にありのままを打ち明けると、却って居直って響いた。

「せっかくいらして下さったのに。留守にしていたなんて、申しわけないことをしたわ。教会に逃げてきた小さなノーラの……知り合いの出産に立ち会っていたんです。おそらく夜通しかかるだろうと思っていたとおりに」

と、ミュリエルは、昨晩を振り返っている小声が、ぼんやりと語尾など消え入った。

「で、赤ん坊はどちらだったの」

「なんです。どっちって？」

「貴女がとりあげた赤ん坊。男か女かどちらだったのか」

あ……ええっと——どっちだったかしら。いきなり切り返されて泡を食ったかミュリエルは言いよどんでから、慌てて取ってつけた。そう女、女の子よ。

ああそう。

シグモンドは忌々しさに息が痞えて、嘘を見咎め厳しく叱責するには咄嗟に胸がふさがった。一体どこのどいつとどうやって夜を過ごして来たのか。詰問するのも馬鹿げてる。何事も無かったふりのミュリエルと顔を突き合わせているのが苦々しく、腹立ちまぎれに
「咽が渇く」

先ほどの、おなかがすかないかという問いに、シグモンドは今頃返答した。お茶でも淹れに行くよう水を向けてミュリエルを追っ払った。

シグモンドは毛布を剝ぎ取り、足を牀に下ろした。両袖のカフスも外していなければ、服をそっくり着込んだまま眠っていたとは、随分、はしたない気がした。転がっている自分の靴を険しい気持ちで拾い上げた。

上着のボタンをはめながらシグモンドは階下に下りた。今注がれたばかりのコーヒーを立ったままで一口飲みこむと、カップへと目を伏せた。本当はあまり飲みたくもなかったが、残りの苦い液体を胃に流しこんだ。

馬車が家の前で止まる音が聞こえた。

「お邪魔をしました」

ではゆっくり体を休めてくださいと、シグモンドはマントを羽織り、手袋をはめながら出口に向かった。

玄関扉を開けたとき、ミュリエルが慌てて追ってきた。昨夜シグモンドが外したまま居間のテーブルに置き忘れていた、クラヴァットとタイピンを手にしていて、

「――なにか御用がおありだったんじゃ？」

「……そうです。先日、貴女のブラウスの上に落ちた赤い斑点の原因が分かったから、お知らせに」

シグモンドは扉を開け放ち、外の朝日を取り入れながら、天井を指差した。

「ほら、蛹の殻が見えますか」

「さなぎ？」

「ほらあそこ」

吐く息が朝靄に白く煙るなか、シグモンドは、ミュリエルがよく見えるように手を取り、少し引っぱった。

「おそらくベネディックが姉との逢瀬に庭を行き来するうち、ステッキや傘の先にでも、ヒオドシチョウの幼虫をつけて、知らぬまにここまで連れてきた」

運びこまれた幼虫は、温かい屋内で時期外れの蛹をつくり、年がら年中真っ暗な玄関先で、しかも雨の日、太陽光も無いものだから、時もかまわず羽化しかけた。そのこぼれた赤い液

体の飛沫が、貴女の肩に降りかかった——

そう、シグモンドは手短に血の涙の顚末を説明した。

「死者の遺いね」

ところがミュリエルは、いくら昨晩、寝ていないにしろ、人の話を全く聞いていないような相槌を打った。「なにしろヒオドシチョウが孵るのは初夏なのに、よくここまでたどり着いて。真冬に人知れず血の涙をこぼすだなんて」

きっとヒオドシチョウは故人のために無念の涙を流すんだわと、感傷的を通りこしてむしろ、遊び心に近い趣向だ。虫ケラごとき体温の無いものに、脈打つ熱い血を流れさせ、共感するだの、

「悪趣味な」

シグモンドは失笑した。

（森番ですら、とんだ亡霊話も科学的証明で一気に解決だと納得したのを）

赤い液体が垂れたのは「血の涙」ではなく、ヒオドシチョウの羽化である。例えば疱瘡が流行るとして、悪徳のせいでなく病原性菌のせいである。種痘を怠って、教会に詰めかけ聖油や聖水を浴びて伝染を防ごうとするのは無知な愚行だ。また、ヒオドシチョウを駆除すれば「血の涙」は降らなくなる。科学的思考と実験の成果だ。

にもかかわらず、尚もヒオドシチョウを「死者の遺い」と解釈する真似は可能なのだ。

ミュリエルは、血色の斑点が蝶の羽化のせいと知ってさえ、かかる迷信めいた発想を簡単

に口にする。

無知こそが迷信の原因だ。無知がしかし迷信の理由ではないのかもしれないと――シグモンドは煮えきらぬ思いに渦巻いた。

近代科学が、迷信や因習を払拭する。そう見なすのは誤りで、逆説的な前兆なのだ。近代科学が浸透すれば、形骸的な宗教や信仰心はいったん姿を眩ますだろう。表層的な宗教儀礼が薄れたとき、よりいっそう形而上学……つまり魂の領域が……以前よりも色濃く、選りだされ教示される。神や悪魔は、これから精神世界を分析する架空の実験動物として、やはり重要な役割を果たすにちがいない。真実たるものを探し求める過程において――

シグモンドは、ミュリエルに返す言葉を失くして、

「おやすみ」

とだけ言い残すと、ガッタンと玄関扉を閉めた。

朝日から逃れて馬車に乗りこむ。走り出した馬車の窓から、朝露に濡れ崩れた景色をうち眺め、ようやく、シグモンドはタイピンとクラヴァットを忘れてきたと気がついた。

ミュリエルも、しかしシグモンドをドア前まで追いかけて、手の内に握っていながら忘れるなんて上の空、

(どうせまだ昨夜の夢心地の余韻に酔っているのだ)

悲しみなんてシグモンドは分からない。だいたい、悲しくなんてないのだが、悲しみという温度は近く肌で傍に感じていた。哀しみというか。

Ⅱ：iv　もがり笛

虎落笛（もがりぶえ）とは、冬に窓を吹き抜ける隙間風の音のことだ。鎧戸（よろいど）を下ろしていても耳につくほど、それこそマルグレーテ＝アンナが遠くで悲鳴をあげているような細い呻き声だ。もがり笛が鳴るたび、シグモンドは呼ばれているようで落ち着かない。湯船から起き上がり、ほどよく温まった体をよく拭かずにそのままベッドにもぐりこみ、裸で眠りこんだのがきっかけで肺炎を起こし寝込んだ時に、咳きこみながら肩で息すると、気管が空気を吸いこむごと、ヒュウヒュウと糸を引くように漏れ聞こえてくる連続性乾性ラ音。喘鳴（ぜいめい）音にもよく似ていた。

いつの頃からか、シグモンドは、そのもがり笛の感覚のここ其処（そこ）となくすり抜けるのを無視できなくなってきていた。手の親指の付け根や、手首や、横隔膜の底あたり、脇腹、歯茎の外側などに、ごくごく小さな穴が開いて、体から精気の原子が吹き抜け外に漏れ出るようである。針先でくすぐられるみたいな微痛が顫（ふる）える。無言で、もがり笛が体を吹き抜けるたびに、シグモンドはちょっとした腹いたでもこらえるみたいに身を縮め、隙間風が通り過ぎるのを待つ。大抵は、たった一人で居る時に起こるのだが、それでも誰にも気づかれぬよう密やかに拳を握って親指を隠したり、手首をつかんで止血するように押さえたりもした。

（また吹き抜ける——）

ミュリエルの指先でそっと押さえて食いとめてもらいたい。そうすればなんてことも無くすんなり治まり、鎮まるだろうと分かっているが仕方もない。シグモンドは、窓辺のもがり笛が金切り声で鼓膜を引っ掻くのをじっとこらえるように、行き過ぎるまで息を潜める。

射精欲なら話も早く、シグモンドの身分であれば打つ手も遊びもその気になれば不自由なかった。問題は、もっと隠れた弱い無様な欲求だ。

「本当に貴女はあの晩、女の赤ん坊かちゃんと見たの」

「——今になって急になんでそんなことお訊きになるの」

訝るミュリエルに、シグモンドはまるで身動きが取れない。

こんな見張りごっこはうんざりだ。

ベネディックは友人で、姉の恋人だったから、なるべく故人の遺志を尊重したいと思っただけである。ミュリエルに男の影がよぎるなら、無意味な詰問など抜きで追い出せば手っ取り早い。元はといえば向かいの通りで雨宿りをしていた通りすがりの若い女だ。ちょっと情けをかけただけの他人なのに——。

今さら無一文で叩き出すのは気が引けるなら、御守役も飽きたことだ、証人としてミュリエルの不正を申し立てるのがいいだろう。書類上いったん全ての財産を受理できる。それをそっくりミュリエルにくれてやればいい。元よりミュリエルから取り上げる気も、ベネディックから譲り受ける気も、シグモンドには更々無かった。

お好きなようにとミュリエルを突き放し、線を引く手段は幾らも有った。明日にでも三百屋を呼びつけて話をつけ、縁を切ればよかった。白黒つけて手を切れないでいるのは、シグモンドにはミュリエルを公然と見張れるだけの大義名分が要るからだ。露骨に威張るのは惨めだと控えているが、いざとなれば証人だ、後見人だ、ベネディクトの遺志がと理由をつけて、咎めだてする「正当な」権力をシグモンドはみすみす放棄できなかった。

厚かましさに胸焼けがする。我ながら辟易となるじゃないか。

人に愛情を向けるのも、また自分が投げかけられるのも、シグモンドは大嫌いである。いかなる類の愛情も、正面切って正直に迷惑だとはね返せない独特の押しつけがましさを孕んでいる。愛の勢いと怠惰な思いこみが厚かましさに気付きもしない。身を擲つだの、犠牲だの。愛はなぜかくも大仰で鬱陶しく盲目的な信仰で、単に深い思いやりでは足らないか。

完全な型の愛だという神から人への愛情ですら、

(いや、聖書でいう神から人類への愛情など、その厚かましさの最たるものだ)

シグモンドの父親も娘を愛したのだ。溺愛し、マルグレーテ＝アンナも父親を愛したから、父と娘で子を作る異常な真似に陥った。性的虐待で奴隷化した娘が、父親の子を産み落としたわけではない。愛情に根づいた行為の末に、虐待と似た結果が生まれた。こんな惨めでくだらない虜はない。愛が無ければ全て虚しいというくだりは、言い換えれば、愛を言いわけに人は相当の悪事を働くという逆説だ。

マルグレーテ＝アンナは、父親の死際まで寝室を共にしていて、憎悪も嫌悪も罪悪感も一切抱いていなかった。一見すると逃げ腰で怯えきったマルグレーテ＝アンナの、いたいけなそぶりの眼差しの奥に、頑なに揺るがずあった優越感——人と違う高尚な使命を負ったかのような喜び。あの薄笑いの目つきを思い出すたび、シグモンドは内腑がむかつく。呪いたい。

（この私を選んで救いだしてほしい——ミュリエル）

屋敷にミュリエルを呼び入れて、なんでもやると約束するのは簡単だ。裕福な娘でないだけに、金品をちらつかせて落とすだなんて、娼婦の身請けみたいな卑劣な手段は、断じて嫌だった。ミュリエルが打ち解けないままでは嫌だ。手段を選ばずなんとしても手に入れようとしては、お終いだ。

よく、好いてくれる期待すら、ちらりとも見込めないのに、意中の女を卑怯な手段で娶って大喜びしている男があるが、シグモンドには度し難かった。一瞬であれ真実、想ってくれぬなら、気持ちを捧げた女が傍に居るだけ虚しく、その虚無感に耐えるくらいなら一人で居たい。只の自分を一抹でも好いてくれなければ、もがり笛はやまないだろう。

ミュリエルは、シグモンドを非常に冷酷で陰湿だと思ってみえた。貴族はいっしょくたにすれば概してその通りだから仕方もない。おまけにシグモンドは陽気でないのは本当だし、病んだ伯爵家に生まれ育てば、そのぞっとする見た目にまかせて寄りつく獲物を思うぞんぶん撫で斬りにする抜け目ない鋭さを、ミュリエルの前でも隠しきれなかった。

「——え？」

シグモンドは思わず聞き返した。

ああここでも、もがり笛かと、建てつけの悪い、糸杉通りの館の窓に気を取られて、ふと気を殺がれたままでいたところを呼ばれたのである。

「ごめん。なに、続けて」

「どこまで話しました？」

やはりこの女はどこか利口で、どこまで説明していたか忘れたふりで、こちらがちゃんと聞いていたか確かめてくる。

「そうです、貴女のおっしゃりたいように、途中から上の空で」

と、シグモンドはすんなり白状した。ミュリエルは、

「……すきま風に気を取られていらしたのね。あたしも、さっきから窓が唸っているようで気に掛かっていたの。冷えるかしら？」

「いや」

シグモンドは、窓辺へと立ち上がった。手をかざして、吸ったり吐いたり息づかいのような風圧を、閉まった窓の隙間に感じながら振り向いた。

「寒い？」

「あたしはへっちゃらです」

小さなノーラは、とミュリエルはなんとなくまた話し出した。

「あたしを含めて、教会に逃げこむ人間は真ッ当な生活をしちゃいないんです。いろいろな理由でみんな家が無いの。よしんば有っても、居られないから、神の家に救いを求めるより

他にないのよ。なかでも小さなノーラは」

――小さなノーラは、母親が死んでから、飲んだくれの実の父親に随分ひどい仕打ちを受けて、それでも父を捨てられずに辛抱したらしいが、教会に助けを求めて駆けこんできた時には十六で、もっと早くに逃げればよかったのに、逃げる知恵も働かなかったのに違いない。

「あちこち保護を求めても、修道院でも追い払われたのは、ノーラが妊娠していたからです。実際は助けを求めて駆けこんできたというより、教会の前で倒れている若い妊婦が凍えていくのを、みすみす跨いで通れなかった教会員がつれて来た」

誰が子供の父親かノーラは決して口を割らない、とこぼすミュリエルも、聞いているシグモンドも、おそらく実の父親にやられたのだと暗黙裡に承知の上で、

「先日その子供が生まれたんです」

ミュリエルはシグモンドを試すように、ふと黙った。

「聞いているよ。続けてほしい。よろしければ」

ミュリエルは、シグモンドの血の濃い出生の素性など全く知らない。シグモンドは内心興味深く聞き耳をたてながら、素っ気なく続きを促した。

ミュリエルは、癖なのか肩掛けのフリンジを指先で紙縒るように爪繰ってはほどきながら、

「生まれた子供は、こないだ土曜の晩に死んだんです。――お産のとき、あたしはノーラの手を握っていて、赤ん坊じたいはちゃんと見なかった。見てはいけないと言われたからです。お産婆は、男の赤ちゃんか女の赤ちゃんかも見分けがつかない口ぶりで、今のうちなら頭頂

部の一箇所をぺしゃんと押し潰せば済むと、牧師夫人に目で合図をしました。こんな体じゃどうせ長くは持つまいって言い切りました。けれども牧師夫人は、私によこしてとおっしゃって、赤ん坊を亜麻布にくるんで抱いて、ノーラに、この子の父親を教えなさいなと、見せに行くわ、この子は父親の素行の罪をかぶった赤ん坊よと言いました。血の咎を……人の罪を背負ったまるでこの子はキリストのように神々しい赤ちゃんよとおっしゃったきり、牧師夫人はノーラと一緒にはげしく泣いて、あたしは、帰っていいからと言われて戻って来たんです。帰ってきたらあなたが居て」

だからあのとき、男の子か女の子かと訊かれて、どう答えようか迷ったの——ミュリエルは、暖炉の上の大きな横長の鏡に目を移して、映っているシグモンドの姿を、ほとりから、まるで別世界の者のように眺めた。

「嘘に思われても仕方がないわ。あなたのような方には想像もつかない世界でしょう」

「いや。そうでもない。……ただ自分は非常に運が良いと思わずにはいられない」

シグモンドは裕福で——健常者だ。

暖炉の明りに映されて、ミュリエルの髪は赤々と燃えるような輪郭（プロフィル）だ。

シグモンドは、ランプの中の焔（ほのお）が芯の加減で、はたと一瞬揺れた隙に、盗むようにしてミュリエルをよく見つめた。

窓を鳴らして吹きつける風は幽（かす）かで涼やかだ。凍える心は軽やかで、闇に守られた光の柔らかさに、温かな鏡が、ふもとで冷たくふりつもる夢の姿を映すようだ。

「それでは」

玄関ドア前でシグモンドは帽子をかぶった。

「ああ待って、そういえば」

見送りに来たミュリエルがランプを置いて、暖炉の部屋へと一旦ひっこんだ。ああそうだ先日のタイピンと絹のクラヴァット——とシグモンドが待っていたら、持ってこられたのは——「貴女に宛てての手紙のようですが」

故人ベネディクト・ヨンゲンの、その妻へ宛てた手紙だから、この場合、一応ミュリエルを指すだろう。

差出人はロバート・ヒックス。英国に住むベネディクトの母方のはとこである。

読んでも？——

シグモンドは無言でミュリエルへ軽く目線をあずけ、念を押してから、封筒の中身を抜き出して、灯に寄せた。

長期旅行に出ていて戻ってきたら、ベネディクト死亡の報せが待っていたらしく、弔電を打つには遅すぎたと、詫び状だ。

《ヒックス家の夏の庭に是非おいで下さい》

三月が過ぎたらいつでもそちらの御都合のよろしいときに、一族の者として、我が家の夏の庭に是非お越し願いたいと。わざわざ詳しく地元の詳細な地図まで添付してある。

手紙の文面からして、例の三百屋がどこまで本当の所を説明したのか分かりかねるが、ひとまず仕事はしていたらしく、英国の遠縁にまで訃報を送っていたようである。

「行きたいの？」

シグモンドはミュリエルへ静かに訊いた。麗筆を振るった手紙の字面をまじまじと眺めなおしてから、便箋を畳んで封に戻した。ミュリエルに手紙を返しながら、

「たしかに三月を過ぎて春になれば海峡もおだやかだ。行きたいなら、どうぞゆっくりしてくればいい。夏の庭とは、きっとその庭の呼称でしょう。いちいち事前に私の許可をとる必要などありませんよ。面倒ならば今回は断ればいい。どちらでも貴女のしたいとおりに」

ミュリエルはシグモンドから手紙を受け取ると、寒いのか花柄のケープを掻き合わせた。

「いっしょに来ていただけませんか。なにしろ現地じゃ英語でしょう」

船に乗ったことも無いと、確かに女の一人旅は心細いだろうか。ミュリエルは、行ってはみたいが自信がないらしい。

「貴女が行くと返事を出せば、むこうは迎えをよこすはずです」

「……にしてはずいぶんと細かな地図だわ。駅までは自分で着かないことには」

どうやら考えた挙句なのだ。

「私で良ければ」

シグモンドは承諾した。お前しかいないと頼まれれば、にべもなくなんだって承諾する質である。ミュリエルは内心駄目だと見込んでいたらしい。勢いも余り気味に、もしも本当に

よろしければと、せがむ口ぶりで何回も念を押し恐縮した。

「さっそくあなたと一緒にうかがうと手紙を出せばよろしくて？」

「私は招かれざる客だから滞在はしません。……ベネディクトを殺したマルグレーテ＝アンナの弟だから。ただ、なんなら連れが泊まれる場所がそばにあるか訊いてもらいたい。貴女は先方の都合とあわせて、どうぞ好きなだけ気兼ねなく」

その間、ひとりで気ままに英国を周ってみるのもいい。

楽しい計画だ。嫌な予感がしていた。ここで二人でゆっくりしていられるだけでいいのに

と──寝起きになかなか寝床から抜け出せない憮然たる心地にも似て、嫌な予感に筋道だった理由が有るわけではない。

水際の、せり上がる水面のようなさんざめく衝動がシグモンドの内側で冷えびえと波打っていた。眼差しで一揖して、そのままシグモンドは引き上げた。

引き寄せてミュリエルを抱きすくめ、かぐわしさにくるまれながら安堵の吐息で口付けたかった。一緒に行ってやるかわりに支払いを要求するようで、或いはちょっと同行するのに空騒ぎするみたいで、にわか仕立ての思いではないだけに、今はすんなり諦めた。

シグモンドは、夜霧に滴る足下に注意しながら、だいたいミュリエルが幾度も礼を言うのは、こんな用を頼める義理でないのにと恐縮しきっているせいだ、と思った。

これ以上敬遠されたくなければ、下手な勇み足は極力避けるべきだと。

Ⅱ：ｖ　五月への招待

英国で出迎えたロバート・ヒックスは、好き嫌いを問わず万人の美の観点が合致して認めざるを得ないほどの美男子ではないが、年頃の娘にすれば、かなりいける口ではなかろうか。目立たず密かに思いを寄せる者も少なくあるまいといったふぜいの、同性から見ればまあ割と居る、如才ない男だった。なにしろ誠実そうで律儀な感じが好印象である。迎え入れる笑顔や、気取らぬくだけた根っからの紳士ぶりに品が有る。上背のある細身のすらりとした立ち居振る舞いや、実直で教養のある目線などで、長旅で疲れきったミュリエルは、一気に気持ちがくつろいだようだった。

ロバート・ヒックスの両親は旅行中だった。姉は二人とも嫁いでいて、残る幼い弟は寄宿生だという。ロバート・ヒックスの祖父母が居合わせたが、彼らはヒックス側の人間で、ベネディックのヨンゲン家と血のつながりは無かった。

ミュリエルとシグモンドを歓迎して、ロバート・ヒックスは、あわせて五人のディナーを催したが、死んだばかりのベネディクトのうら若い未亡人を招いて、死者を悼む趣向とは、かけ離れていた。年寄りをまじえて非常に和気あいあいとした食卓だった。それが何より打ち解けやすかったようで、ミュリエルは小さく笑って頷いたりした。食も良く進んで、シグモンドはそんなミュリエルを初めて見た。

夕食の後、ロバート・ヒックスはセロを弾いた。眠気を誘うアダージオの深い音色で、

「お前は本当に丁寧で慎重な弾きかたで、音色はお前にそっくりで優しいですよ」

と、ロバート・ヒックスの祖母が、孫の演奏を褒めそやした。

ロバート・ヒックスは少し照れつつ、年寄りを立てて敢えて甘んじ、賞賛を受けてから、ベネディクトの名前を出した。「――ベネディクトが弾くと、ジプシーと芸術家が混ざった響きになったもんです」

いつまでも脳裏に残る荒っぽい、だが決して雑ではない弾きかたでベネディックが弦を擦ったのを、シグモンドも思い出した。ベネディクトの名前が出たのは唯一この時だけだ。ロバート・ヒックスは、セロを肩に抱き寄せた恰好のまま、ミュリエルの方へ顔を向けて賛同を得るように微笑みかけた。

「良い演奏家には二種類あると思いませんか。僕なんかは演奏家と呼べやしませんが、それはさておきです。芸術気質の演奏と、職人気質の演奏と」

どちらがお好みですかヴェルティゴ伯、と話題を振られてシグモンドは咄嗟だったし、日常まだ使い慣れない英語だったこともあり、馬鹿正直な答えが口をついて出た。

「さあ……だいたいベネディックの演奏で言うなら、あれはなまりの強い外国人の発音みたいで、ゆっくり聞けたもんではなかったし」

冗談だと思ったらしく、皆笑った。

故人の話題とは不思議なもので、死後すぐには、口外するのも憚られる忌むべき名前——或いは殆ど不謹慎な記憶、その都度「死」を連想させ、または悲しみを招き、暗さが付きまとう。それが少し経てば懐かしく思い出し、生きている人の胸に文句なしにノスタルジックな響きをもって降り積もる懐かしさに変わるのだ。

シグモンドは、しかしベネディクトに関してだけは割り切れなかった。マルグレーテ＝アンナはもうとっくに死んだ身内として記憶が塗り替えてあるが、ベネディックは別で、血塗れで死んだのを目の当たりにしておきながら、シグモンドは、遺言書の契約がまとまる少なくとも命日までは見張られているようで気が抜けなかった。亡霊に面当て、当てこすった後気持ちの悪さが過った。

「もしもよろしければ何か演奏を、ヴェルティゴ伯」

ロバート・ヒックスは椅子から腰を上げつつ、そう水を向けた。

「ではヴィオラかピアノで」

あてがわれた仕事をこなすように、シグモンドが淡々と返答したらば、皆が一瞬緊張してみえた。なぜだかは分からない。シグモンドは、自らが与えるこういう無意味な緊迫感に気を回して頓着するのをとっくにやめていた。自分は人を居心地悪くする。言った内容が拙いとか、不躾だとか、態度が不遜とか、場を読み損ねたのだろうかと、心当たりを探ったりも嘗てはした。別段きみに落ち度は見当たらないがと、ベネディックも共に訝ってくれるから、気も楽になった。考えても無駄である。

ロバート・ヒックスが、こんなもので大丈夫ですかとケースからヴィオラを出してきた。シグモンドが弦を調節するのに合わせて、ロバート・ヒックスはピアノの蓋を開けて、鍵盤を押し、音あわせを手伝った。それで妙にぎょうぎょうしい期待感が募ったあと、

――――/

弾き始めからおよそ五～六小節で、弦が切れた。シグモンドは手っ取りばやく済ますつもりだったので、出だしの派手な山場からいきなり入って、思いつめたような音階を滑らかに駆け上がり、押し寄せるように一気に登りつめ、軋んで引き裂けるような和音で強く弦をこすった、途端に切れた。

協奏曲（コンチェルト）のソロ部分、一頭の白い早馬が、嵐の中を駆け抜ける。背中には一人の若者を乗せていて、逃げてきたのか……追っているのか……真実を伝えに行くのだ――稲光と共にしかし馬は突然、悲鳴に似た嘶き（いなな）をあげて二本足で立ち上がり、若者の体はいったん宙に舞ったかと思うと……という、佳境近くの楽章で、弾け飛ぶような音をあげて切れた弦が跳ね返り、反りあがった。それがまるで丁度、ふりかぶって馬に鞭打つ前の空（くう）を切る非情な響きと似ていて、滅多にここまで派手には切れないのだが、ミュリエルなど、ビクりと椅子から立ち上がりかけた。

「切れましたね」

シグモンドが沈着に言ってのけた声も素通りで、しばらく皆は自分が打たれたように唖然としていた。ロバート・ヒックスがやっと、こいつは随分長いこと使っていなかったから弦

が古かったのです、とシグモンドからヴィオラを受け取ってケースに詰めた。

「怪我はないですか」

「ありません。有難う」

その後、あたりさわりのない談笑を交わしたのが、いかにも英国流な気がした。

ロバート・ヒックスはシグモンドにも是非滞在するよう、押し付けがましくない程度を弁(わきま)えながらも、熱心にしきりと勧めた。シグモンドは、近くに宿を取ってあるし一人の方が休めるからと丁重に遠慮した。ベネディクトと遠縁のロバート・ヒックスは、ミュリエルと言語において不自由なく、又ミュリエルも旅の間に多少の英単語を習得していたから、シグモンドが居なくともメイドに用くらい頼めるはずだ。

英国は緯度が高くて、春先ともなると夜でも日が高かった。馬車に揺られてシグモンドが宿まで向かう道のりでも、草原にのどかな夕日が広がって、まだ明るい。

ロバート・ヒックスは、親戚とはいえ死んだベネディックと似てはいなかったとシグモンドは思い返した。二人とも見た目にはどことなく筋張って骨っぽいが、いざ口を開くとロバート・ヒックスは、概して気さくな優男で、来客を不快にさせない気くばりが出来たジェントルマンだ。ベネディックよりも年若で、その分シグモンドに年齢が近いはずだが、ベネディックは陰気臭くて暗く閉ざした感じが一見すると反抗期の若者が熟考する姿に似ていて、一方ロバート・ヒックスはおおらかに笑いかける分だけ老成していた。ベネディックは、俯(うつむ)くと目にかかる黒髪が険しく見えた。ロバート・ヒックスの髪の色は少し明るいし、四角い額をすっきり出して、たまに落ちる前髪も眉にかからず、聡明な感じだ。

「着きました」

馬車から降りると、田舎風で感じの良い宿屋（ロッジ）である。英国だがどことなくサヴォワ式で、

「シグモンド・ヴェルティゴ伯」

フロント係が名前を確認しつつシグモンドの顔を見た。

「伯爵に宛てて御手紙が」

泊まる矢先でよく居場所が知れたものだ。急ぎかもしれないし、シグモンドは部屋に案内されつつロビーを横切りながら封を切った。

英語である。シグモンドは部屋に通されると、案内人に文面を見せた。

「この国に伝わる諺（ことわざ）のたぐい？」

案内人は、黄昏の暗がりにシグモンドの手元へやや身を屈め、短い手紙を覗きこんだ。

「わらべ歌です。隠れん坊の鬼の役でも決めるのに歌うでしょうか」

チップを受け取り、鍵をよこすと一礼して出て行った。

《三月は探す、
四月は試す、
五月は汝が生きるか死ぬかを報せるだろう》[7]

---

7 “March will search, April will try, and May will tell ye if you'll live or die.”

差出人はA・J。シグモンドに思い当たる者はない。

Ⅱ：vi 刺繍の庭

だったら御父様に、お聞きなさいよ。
出かけにシグモンドは呼び止められる。
父親なら十一年前に死んでいる……シグモンドはマルグレーテ＝アンナを逆撫でせぬよう、警戒心を悟られぬように……伏目がちに様子を窺う。悪い冗談なら釘を刺さなくては。マルグレーテ＝アンナは湿った人形のようなあどけない虚ろさで、直視しがたい生々しさを湛えている。シグモンドはいつになく慎重に、
《いま誰に聞けといった……？》
《御父様によ、戻ったらお聞きなさいよ。馬の事ならあの人が詳しいでしょ》
馬に詳しい父親なら、たしかに二人の、今は亡き父親のことであり、
《ああそう》
内心ぎょっと慄きながらシグモンドは邸を出て――マルグレーテ＝アンナの気がフレた。
大狂乱となれば却って腹もくくるがと、途方に暮れる。

この頃シグモンドはよく夢を見るのだが――悪夢と呼ぶにはあまりに些細で、感覚がリアルだ。目が覚めると、必ずホッとする。

夢はあながち現実世界にそのまま直訳できない。内心を映しだす歪んだ鏡なのだろう。歯が抜ける夢は不吉だとか体調の懸念の表れとか、死ぬ夢は案外、起死回生の前兆――果報の予感だなどと譬えられる。それらは人類全般における夢の固定観念だ。本来、夢とは非常に個人的だ。夢占などで簡単に解釈できやしなかろう。

夢が内心を映しだす歪んだ鏡であるにしろ、その鏡の彎曲具合、曇り具合、反射度……何を取っても調べる方法がない。ある者にとって死ぬ夢は、起死回生の予感でもなんでもなく、まさに死への恐怖や覚悟の兆しかもしれない。生いたち――血筋――性格――体調――信仰――すべてが綯交ぜになって仕上がるその日その日の微妙な鏡の起伏を知らずに、他人様が判断できよう代物でない。マルグレーテ＝アンナが狂いだして身の毛がよだつ絶望感は、シグモンドだけの受難だ。得体の知れぬ不気味さにゾッと背筋が強張る、舌のない恐慌は、誰に訴え、共感を得たところで、現実でないのだから愚かな話だ。

眠りが浅い。――いつでもなんだか眠たいのに眼が冴える感覚は、春でそわそわ夜の短い、緯度が高くて日の長い英国のせいだろう。

今朝、シグモンドは目が覚めると脚がない夢を見た。

両脚、シグモンドの大腿から下が失くなっている。

実際に目覚めたとき、口に苦く涙がこみあげる寸前の切迫した余韻と、悪夢から解き放たれた感謝と疲労が入り混じって、堪らなく吐息を漏らした。シグモンドは朝すっきりと起き上がれた例がない。が、この時ばかりは皮肉にもはっきりと覚醒した。

夢を羅列してみると、平安な眠りは、寝起きの苦痛と比例した。起き上がるのがいつだって億劫なんだから、寝ている自分は現実よりきっと密やかに幸福だった。滔々と流れてはよどみ、とろみをつけては舐めてみる、切れの悪い夢の波紋を、シグモンドは掻き混ぜるように素手に絡ませ、ぬぐいとってみたい。鏡の歪みと、なだらかな凹凸を反射して作り出される絵画に溶けこんで夢の一部になりたい。

いましがた、苦い悪夢に後押しされて目が覚めたのは、逸る気持ちで目覚めるだけの理由が現実に少しは有るからか——。

祈る想いで、シグモンドは悴む心をゆっくり浸す器を求めつつ、のろのろ起きだし朝の支度をする。

「今日はせっかくです、刺繍の庭の迷路を試してみませんか」

ロバート・ヒックスが提案した。

シグモンドが一人で近隣を旅行して、数日ぶりにヒックス家を訪ねた昼下がりである。

ミュリエルは、人前に出るでもないから喪服でなく、今回の旅行を機に新調した春らしい明るいシャンタン地のドレスをもっぱら着こなしていたのか、ほんの散歩のつもりでいたのか、陽に透けて金茶に染まる赤毛に帽子もかぶらず、レースの手袋をはめ、小さなパラソルを開いている。乳白色の肌にパラソル越しの陽射しがほんのりと淡い色を差していた。

たまにパラソルの隙をぬって、ミュリエルの肩に、木の葉が蝙蝠の羽めいた影絵をひるがえした。春の光と枝葉が陰影を織りなして——黒い影を鞣した猿轡じみた仮面が、ミュリエルの耳から口元、首筋にかけてを覆った。

《刺繍の庭》と聞くと、御婦人らが日だまりで花模様でも刺したりするのどかなイメージだが、二階のテラスから見下ろせば、幾何学的アラベスクのきちんと整備してあるツゲの立体的な盛り上がりが、芝にほどこした緑の刺繍のようなのである。あくまで高巣から見下ろし、ひろがる図柄を楽しむ趣向の庭園だ。

地上では相当広くて完璧な迷路になりえた。

ヒックス家は、招待状に書いてよこした《夏の庭》も、手入れがゆき届いていて、なるほど小綺麗だった。勿忘草の点描のような紺碧がちりばめられ、チューリップの赤々とした花弁やピンクの蕾が頭を出して咲いている。池の端のアイリスや水仙も、みずみずしい日なたの華やかさで、色鮮やかなにぎわいが落ち着かない。咽が渇いて、シグモンドは正確に刈りこまれた秩序ある《刺繍の庭》の生垣の緑に囲われて、ひととき静けさに閉じこめられるほうを好んだ。

一度苦労してこの迷路まがいの庭を通りぬけて以来シグモンドは、ちょくちょくここ《刺繍の庭》で、外界の華やいだ眩ゆさを遮断して、一人逃避するのであった。たいていは、ミュリエルが散歩から戻るのを、読みさしの本と共にこの庭で待った。

「僕が一番に行きましょう。子供の頃はよく姉や弟と競走しましてね。まだ覚えているかな」

　言いだしっぺのロバート・ヒックスは屈託なく笑いながら、先に迷路に踏み入った。後ろ姿が角を曲がって見えなくなったら、二番目にミュリエルが続いた。日傘をさしたミュリエルの背中が消えた。

　最後にシグモンドである。

　既に抜け道を知りつくしているし、シグモンドはテラスから見下ろした図形を思い起こしつつ、ここはシンメトリーで左奥に抜けるはず——。のんびり寄り道をして巡（めぐ）っていた。

　緑の垣根のボックスヘッジは、頭上より更に身丈（みのたけ）ほどある高い壁だ。まさに迷路のアラベスク模様が、ツゲの枝葉のみっちり詰まった色濃い厚みで立ちはだかる。チェスの歩兵駒（ポーン）に似た幾何学的造形で、輪郭のくっきりと刈りこまれた支柱の列をなしている。広大で造りこんでいないシグモンドの屋敷と随分違う。

　シグモンドの敷地では、いま少しすると夏場にかけて木立の裾野を埋めつくし、釣鐘草（カンパニュラ）の青紫の花が一面、鈴なりに咲き揃うのだ。夏になったらミュリエルにぜひ見せたい——。

　出口近くでロバート・ヒックスの背中に追いついた。

「彼女とすれ違いもしませんでしたか？」

　と、ロバート・ヒックスは少し愉快げにシグモンドを待ち受けた。

《刺繍の庭》は曲がりくねったり折れたりでまっすぐ進めぬ。大人の足で迷わず歩いても抜けるのに一〇分はかかる。出口を抜けるとロバート・ヒックスは木蔭に腰を下ろした。シグモンドは樹の幹に寄りかかった。紙巻タバコに火をつけずに、生タバコの香りを黙って嗅いでいた。

ミュリエルは更に一〇分を過ぎても一向に現れぬ。

「僕らで探しに戻るとしますか」

ロバート・ヒックスが腰を上げた。

二人でいま来た通路を戻りながら、ロバート・ヒックスは、

「どこらへんで迷ったかなあ。抜け道は別にひとつではないけれど、だいたいが共通して必ず通る地点があるんですよ。途中で行き会って、またそれぞれ勝手な方向を選ぶのが面白いんだが、全く行き会わないとは参ったなあ」

僕は随分あちこち遠回りをして様子見をしてたんだがと、

「ではここで二手に」

ロバート・ヒックスが左に折れた。シグモンドは道なりにまっすぐ進んだ。

シグモンドは、整然とした緑の空間で呑気に安らいでいたが、曇ってくるとさすがに急いた。この国では、しょっちゅう天気が移る。入り組んだボックスヘッジの壁面から落ちる影が、上気するように色濃くなったかと思うと、青息を吐くように地面に泥む。迷う者には景色が変わって映り、どこを通ったか戸惑うだろう。

薄暗がりが潜んでいる寂然とした囲いこみも不吉に行く手を阻んだ。ちょっとしたゲーム

のつもりが、シグモンドは言うなればかなり真剣にミュリエルを探していた。迷ったなら一箇所にじっとしていてくれれば見つけやすいが、迷路なのだし、迷ってまずじっとしている筈がない。

枝葉が服にこすれるざわめきが聞こえたので、シグモンドは道を変えて奥に進んだ。薄い水色の——スカートの裾だろうか、白っぽい反射が突きあたりの左端から霞んでみえた。シグモンドは後を追った。すりぬける光のかぎろいを捕まえるように、ミュリエルの一縷の影を、ひととき掌にからめようと、詰め寄って今まさに腕をのばしかけた。そのとき、

「ヨンゲン夫人」

ロバート・ヒックスの声が呼ばわった。やや遠く、

「そこに居るのはヨンゲン夫人でしょう」

「はい、あたくしです」

一瞬、戸惑ったような間があいて、すぐ傍で返事をするミュリエルの声がした。名義上ミュリエルはたしかにヨンゲン夫人である。しかしミュリエルは瞬間自分だと思わなかったようだ。ロバート・ヒックスの声に向かって駆けよっていく。足音が遠ざかっていった。

シグモンドは行き止まりまで歩み寄った。左手にアーチ型のくぐり戸が抜けていて、道はすぐ左に折れる。生垣の壁を挟んで、今来た道を折り返すような長い通路が延びている。そこにミュリエルの姿はあった。ロバート・ヒックスは見あたらない。ボックスヘッジの向こう側に居る。

「迷ってしまって、どうすればそちらに行けるのかしら。こちら側に来ていただけます？」

ミュリエルは、シグモンドには気付かぬまま、壁に向かって、ロバート・ヒックスに呼びかけた。茂った厚みで見えるはずもない壁向こうを覗きこもうとして諦め、立ちはだかる緑の塀を、途方にくれて仰ぎ見ている。

「こちらとそちら側と、直通路は無いんですよ、ヨンゲン夫人。今来た道を戻って……くぐり戸を抜けた場所？」

「くぐり戸っていうのかしら、ええ、アーチをくぐって」

「では道なりに戻ってもらって、途中、ベンチが在りますから。そこで落ち合いましょう」

「道なりにたどればベンチがあるんですね。こんなことではあの人に叱られちゃうわ」

早速ミュリエルが引き返しかけたのを、

「ヨンゲン夫人」

ロバート・ヒックスのやや張り詰めた声が引きとめた。

「あ、はい」

ミュリエルは足を止める。

ロバート・ヒックスは低い声で「彼は――ヴェルティゴ伯は、きみを叱るんですか」

「とんでもありません。綺麗な顔でだまっていられると、怒っているみたいに見えるだけ。実際に叱られたおぼえなんて考えてみたら一度もないわ。二人とも、とっくに迷路を抜けていらしたのでしょう。待たせちゃって、気がかりで」

「きみは彼と、どういう……」

尚もロバート・ヒックスは「ベネディクトが殺したのか、殺されたのか、いずれにしたってその相手であるマルグレーテ＝アンナ・ヴェルティゴの弟、シグモンド・ヴェルティゴ伯が、なぜベネディクトの妻であったきみと、こうも平気に顔を突きあわせていられるのです。どういうつもりで、きみにしたって違いますか。――先日の彼の演奏で、きみは飛び上がりかけた。弦が切れたとき」

ミュリエルは鞭の音に身を強張らせて震え上がったのだ。演奏していたシグモンドですらあのとき即座にそう疑った。もしかしたら、かつて酷い雇い主に《女と犬とクルミの木は打てば打つほど良くなる》とばかり、鞭で威され挙句に打たれたのかもしれないと。

おそらくロバート・ヒックスも、シグモンドの弾いていた弦が派手な音をあげて切れたとき、ビクと怯えたミュリエルを見咎めて、鞭の音を咄嗟に連想したばかりでなく、シグモンドが鞭を鳴らしてミュリエルを威しつけ、叱りつけては打つのではあるまいかと疑ったわけだ。ミュリエルのかつての境遇をロバート・ヒックスは知りもしない。すぐにシグモンドを疑うに至ったは、案外と筋の良い、邪推かもしれなかった。

ミュリエルは、ロバート・ヒックスの穿った勘ぐりを、どこまで把握したのか、一笑に付した。

「お恥ずかしい。あれは単に目が覚めたのよ」

「眠っていたっていうんですか。亡者も揺すぶり起こすようなあんな演奏の最中に。あの晩は長旅から着いたばかりで、よっぽどお疲れだったんですね」

ロバート・ヒックスはいまだ訝(いぶか)る声色で、厭味はなかった。

「疲れていたとかではなくて、急に現実に引き戻されてびっくりしたの」

ミュリエルは日傘を持たない手で、ツゲの小さな若葉を、ぷちん、ぷちんと、いちいち引き抜いては毟(むし)り取った。

「ヨンゲン夫人、困ったことがあれば、いつでも僕に相談してください。力になりたい」

シグモンドは、くりぬいてあるアーチの虚(うろ)で、刈りこんであるツゲの支柱にもたれて、身を潜めて聞き耳をたてていた。ミュリエルの顔は見えないが、ミュリエルが姿も見えないロバート・ヒックスに向かって微笑んだのが、シグモンドにまで手に取るように伝わった。

「おこころづかい痛みいります。あの人はあたしの恩人なんです」

「恩人ですか？」

「ええ。《善き(グッド)・サマリア人(サマリタン)》。……ではベンチの所まで迎えにいらして。今から参ります」

ミュリエルがこちらに向かって引き返してくる。芝を踏む靴音が高くなった。

シグモンドは地べたに腰を下ろしたまま終始おとなしく二人のやりとりに耳を澄ましていたが、ミュリエルの足音が一歩一歩せまってくると、覚悟を決めた。シャンタン地のドレスの衣擦れが間近に寄るのを刻々と待った。驚かせるのは好きではないが、今来たそぶりで取り繕うほどの必要性も感じなかった。芝に手をついて、やや身を乗りだし、近づいてくるミュリエルを見やった。

ミュリエルは、通路の奥にシグモンドを認めると、息を呑んでたじろいだ。しまった、という顔を咄嗟にした。この曇り空にいったんパラソルを目深に傾け、内側で一人、聞かれて困る悪口をこぼさなかったか猛烈な速度で思い起こしているようだ。傍にやって来ると、立ち止まって、パラソルを起こした。シグモンドを見下ろすと、身をかがめて手を差し伸べた。

シグモンドは手を取ったが、促されるまま立ち上がって路をあけるためではなく、引っぱり寄せた。鱗のようなレース地の手袋をはめた甲に、唇を寄せた。

シグモンドはミュリエルの目を突き上げるように凝ッと窺っていた。嫌そうな眉間の歪みを目にしたら、もう二度と近く傍には寄れまいと、注意深く息を詰めて祈るように厳密に観察した。

ミュリエルは眉をやわらげ、深く沈んだ顔をした。シグモンドは、引っぱり寄せて握っていたミュリエルの右手から、手袋の裾をめくり上げた。白くすべる手の甲の素肌に、目を伏せた。めくり上げた右手へと、くちびるを少し浮かせるように、口角からそっとこすりつけて、なぞるように押しつけた。ミュリエルが待ってと振り返るような仕草でなんとなく後ろを気にした。

「私は、貴女の恩人などじゃない」

シグモンドは、ミュリエルを引きよせながら伸び上がるようにして口づけた。堰を切って逆上しかけた思いをこらえつつ「——貴女はいつも何事にも、おもねるふりをするだけだね」

「いいえ」

ミュリエルはつっかかるように目を剝いた。シグモンドの手を振り払うと、左手で差していたパラソルを開いたまま芝に放り捨てた。日傘は内側の骨組みを露にして、ゆらゆら揺らいだ。

シグモンドは、日傘が傾いで止まるのをミュリエルの肩越しに見届けた。ミュリエルは、素肌のむき出た右の掌で、シグモンドの耳や顎筋を、やさしく払いのけるように撫でた。両腕をシグモンドの首にまわして、物思わしげに目を伏せると、頰を寄せ、瞼の窪みとふくらみで、柔らかくシグモンドの輪郭を読むようになぞった。シグモンドの凝ってもつれた意図を撫でつけ梳かすようにすべらせるから、シグモンドは傘の骨からミュリエルへと目線をまぐわせた。のめり込むようにミュリエルへ深く口付けて、なめらかな弾力を探り当て、ミュリエルの固い歯の先端がこすり当たるのですら、優しい気がした。

「——行かないと」

ふと、ミュリエルは身を浮かせて、今度こそシグモンドを引っぱり起こすつもりなのか、立ち上がりながら腕を差し出した。シグモンドも手を取ってすんなり応じた。ミュリエルは、持ち手が上を向いてひっくり返っている日傘を拾い上げ、傘を閉じると、こっちよとくぐり戸を向こうへ抜ける。

「待たないでいい。すぐに追いつくから」

シグモンドは暫くそのままはぐれて、一人でいた。垣根にもたれながら、城壁のように緑が迫る生垣のはるか上で翳りだした青空の余韻を、目に映した。

（もう自分のポケットの中は、からっぽだ）

気持ちを明け渡して後は優しさを乞うばかりなのだ。浅く上すべる呼吸を宥めて、シグモンドは重い吐息をついた。冴えわたる青葉の涼やかな香りもいったん俄かにかき曇るような、重たい気鬱は自分でも分かりかねた。

抜け道を知っていても、必ずしも迷った相手を追いかけて、見つけ出す役には立たないのだと思っていた。

Ⅱ：vii
"If you love me, love me true"

ロバート・ヒックスはミュリエルに英語を教える。

シグモンドは一緒に英語を習うにしては充分に使いこなせたし、かといいミュリエルに教えるにしては、英国人のロバート・ヒックスを差し置いて適任はない。

かわりにシグモンドは、ロバート・ヒックスの祖父母によく好かれて、祖父のジェラルド・ヒックス氏から度々、狩猟に誘われた。ヒックス家の猟場で、雁や兎を撃ったりして、グロテスクなまでの彩りがケバケバしい雉をしとめたときには剝製を作る手伝いまでやらされた。それがなかなか興味深く、徹底していて面白かった。シグモンドは実のところ殆ど撃たず、連れ添った弾込めの使用人などは暇そうに、草に寝転がって昼寝をしだしたが、獲物の数はシグモンドが一番多かった。狙いを定めて、引き金を引けば命中し、打ち落とした。決闘になったら敵わんなとジェラルド・ヒックス氏は渋そうな顔をしてみせたが、決闘なんて、年寄りだけにずいぶん古臭い伊達(だて)を言う。それにシグモンドは万一、決闘で武器を選ぶチャンスを与えられたら、きっと剣を選ぶだろう。

狩猟小屋で使用人に獲物を預け、鉄砲も全て整備を頼んで、身軽になって猟場から引き上げてくる。するとロバート・ヒックスが居間でミュリエルに身を入れて英語を教えているという図式である。

If you love me, love me true,
Send me a ribbon, and let it be blue;
If you hate me, let it be seen,
Send me a ribbon, a ribbon of green.

《愛しているなら本気で愛して
リボンを頂戴(ちょうだい)、青にして。
憎んでいるならちゃんと示して

リボンを頂戴、緑のを》

「そう、そう」

ロバート・ヒックスは、マザアグウスのわらべ歌をミュリエルに訳させると、説明を付け加える。「トゥルーは形容詞ですが、この場合は副詞的用法です。このトゥルーは、あとに続くブルーと韻を踏んでいる。韻は詩の基本ですから。では次の《シーン》は」

「《グリーン》と韻を」

「そうです、その調子。では次に、御自分で詩の続きをこしらえてみてくれますか」

ロバート・ヒックスは辞書をミュリエルの前に置き、自分は紅茶のレモンをスプーンで掬い上げた。

「あたくしが自分で作るんですか？」

「続きをね、原文に倣って、リボンの色の韻を踏ませて」

発音の勉強にもなる、一石二鳥のアプローチだ。

シグモンドは、ヒックス家の老夫婦と、その日の狩がどんな成果で、今日の夕食には獲物がいったいどんな料理に化けて出てくるかと、心地よき談笑を交わしていた。兎はこうして食すと旨いのは知っているかなどと、ヒックス老夫妻からの話を仰ぎながら、互いに紅茶のカップを持ち上げる。そのわずかな沈黙の合間を縫って、シグモンドは窓際のミュリエルとロバート・ヒックスを窺った。

ロバート・ヒックスの丁寧で的を射たレッスンは、文句なく好感が持てる。得意分野で、ミュリエルに優しく手ほどきだ。

ミュリエルは、ペンの握り方や辞書を繰る手つきなどがぎこちなく、ロバート・ヒックスと並んで本に向かっていると、高い教育がないのが端から見ても察しがついた。実際は高い教育どころか、教養は一切なく、外国語どころか読み書きが出来るだけでも大した学だと褒められた境遇だ。教会で聖書と接した点が違うのか、ミュリエルは読みものは得意らしかった。ベネディックの小難しい書架から数少ない小説をひっぱり出して、ポーズでなくあれこれ熱心に読みふけっては栞を挟んでいたのだ。ミュリエルから一抹の教養が伝わるとするならば、ほとんどがここ最近の成果なのだった。たとえば形容詞だとか副詞的用法という語彙は、ミュリエルには耳障りな効果音でしかないはずだった。

ロバート・ヒックスは、決してその無知にあからさまに驚かず、外国語を教える流れにまかせて、実にさりげなく形容詞とは――また副詞とはなんたるかの説明を織り交ぜた。それだけにロバート・ヒックスは、ミュリエルがいかに呑みこみの良いたちで、一度覚えると滅多に忘れない学習力を持つかを、内心でかなり目を瞠っているふしもあった。実に出来た教師と、教えがいのある生徒との釣り合いが取れている。

ミュリエルは、ペン先を幾度もインキ壺に浸しながら、

「そうね……」

続ける言葉を見つけられずに、考えあぐねる。ロバート・ヒックスは助言を与える。

「ゼロから文章を考え出して、語尾と韻を踏むリボンの色を探すのは、途方もない手間です

よ。せっかく作った文章も、韻を踏む色彩の単語が見つからなければ、無駄になる。ですからコツとして、まず先に身近な色をいくつか思い浮かべてはどうでしょう。つぎに、色の単語と韻をふむ語を末尾に使って、文章を組み立てるほうが、ずっと簡単です」

ああ、それなら、

そうミュリエルは、いかにも気軽な意気込みの声をあげる。さてロバート・ヒックスの今の助言でどれほど効果があるか。祖父のジェラルド・ヒックス氏が席を立ったついで、シグモンドは遠目に成行きを盗み見た。

韻の語感を小声で囁き、独りごとを呟きながら、さらさらと殆ど一気に書き上げているミュリエルの背中が、逆光に暗く映った。

If you forget me, never remember,
Send me a ribbon, and let it be silver;
If you punish me, let it be right,
Send me a ribbon, a ribbon of white.

If you are mad, make a face of frown,
Send me a ribbon, a ribbon of brown.
If you beg me, reveal your sorrow,

Send me a ribbon, a ribbon of yellow.

If you challenge me, don’t make it slack,
Send me a ribbon, a ribbon of black.
If you stain me, with your writing ink,
Send me a ribbon, a ribbon of pink.

If you wait me, wait till it’s ripe,
Send me a ribbon, a ribbon of stripe.
And if you really want me to wed,
But pledge not to regret,
Send me a ribbon, a ribbon of red.

ミュリエルが、出来上がりを見せかけると、ロバート・ヒックスは、

「詩は語感が大切です。僕がもともとの詩を読み上げますから、続けて是非ご自分のを声を出して読んでみて。いきますよ」

——愛しているなら本気で愛してリボンを頂戴、青にして。

憎んでいるなら、ちゃんと示してリボンを頂戴、緑のを。

†

忘れるのなら　二度とは思い出さないで
リボンを頂戴　銀にして
罰するのなら　正しくやって
リボンを頂戴　純白の

怒っているなら　顔をしかめて
リボンを頂戴　茶色のを
懇願するなら　哀切を包み隠さず
リボンを頂戴　黄色のを

挑戦するなら　手を抜かないで
リボンを頂戴　漆黒の
手書きのインクで　私のことを汚したいなら
リボンを頂戴　薄桃色の

待つというなら　熟すまで
リボンを頂戴　たてじまの

そして本当に結婚を
後悔させせぬというのなら
リボンを頂戴　赤いのを

促されるままにミュリエルは、時々つっかえたり言い直したりしたが、だいたいさらさらと囁くように英語を読み上げた。

†

ロバート・ヒックスは、

「脱帽ですよ。お世辞ではなくてです。前の流れを汲んで、内容といい韻といい、なかなか実にうまい出来映えです。今日は終わりにしましょう」

シグモンドも、なかなか大した詩篇ではないかと思って聞いていたのである。

ミュリエルは、手直しを求めるようにロバート・ヒックスに文章を見せた。

ロバート・ヒックスは席を立ちながら、まだインキの滲んでいる紙を、丁寧に畳んで自分の上着の内ポケットに忍ばせた。ミュリエルは、いったん気に留めながらも、そんなものかしらというように見過ごした。シグモンドへ向き直ると、懐かしそうに微笑みかけ、シグモンドは、ミュリエルにつられて僅かに笑い返しながら、ロバート・ヒックスのちょっとした所作に心の内で失笑した。ついうっかり思わず手が伸びてミュリエルの詩を懐に仕舞った挙句、ひっこみがつかなくそのまま平然と素知らぬふりを通した仕草に、同病相憐れむと言うべきか。滑稽だったのだ。

「僕が馬車まで送ります、ヴェルティゴ伯」

宿屋に戻ろうとシグモンドが馬車まで足早に急ぐのを追ってきて、ロバート・ヒックスはこちらに傘を差しかけた。雨が降ってきていた。

シグモンドは立ち止まった。大きな黒いこうもり傘に二人で入って、再びゆっくり足を進めたあたりで、ロバート・ヒックスが口火を切った。

「僕はあの人を引き止めたいのですが」

やはりか——。

シグモンドは黙って相手に歩幅を合わせながら続きを待った。

張り詰めた緊張は雨音にかき消えて、真剣に腹を割った裏表のない本音の対峙(たいじ)は、不愉快ではなかった。馬車にたどりつき、カンテラを下げた馭者(ぎょしゃ)が濡れながら扉を開けて待つ傍らで、ロバート・ヒックスは、

「せめてもう少し僕に時間をくれませんか。ヴェルティゴ伯。それでだめならきっぱり手を引きます」

「御安心を。ミュリエルは《夏の庭》の薔薇が開くまで、ここに居たいと言っていますよ」

今夜の冷えこみはずいぶん貴方に加担したろう？　シグモンドは暗闇に浮かぶ白い息が霞んでいく果てを眺めた。懐かしいさみしさが体の芯まで冷たく押しよせる前に、襟を軽く片手で掻き合わせた。話を切り上げるように目礼をして馬車に乗りこんだ。

扉を閉めようとした馭者を遮って、ふだん背の高いロバート・ヒックスは、切々と訴えるように馬車の中のシグモンドを見上げると、詰めよった。

「彼女を、あなたから僕へと振り向かせるには、どうしたらいいんです」

「私と話をつけたってどうにもならないでしょう。ヒックスさん」

シグモンドは馬車引きに目線を送って馬を出すよう合図をした。

馭者は扉を閉めて、手綱を取りに前に行った。雨降りだし、中に戻ってくれとシグモンドは窓越しにロバート・ヒックスを見下ろして合図をした。

馬が打たれて、水溜りを蹴って馬車が動き出した。車輪の振動に、シグモンドは暗い空間で目を閉じた。

ロバート・ヒックスは思春期みたいな健気(けなげ)な恋寠(やつ)れぶりを見せるじゃないか。シグモンドは可笑(おか)しくなった。ひたむきだからといってしかし下調べと根回しを怠らない。いちずだからこそ入念に備え、効果的に好印象を植えつける。いかにも英国紳士流の如才なさじゃないかと。

(ロバート・ヒックスがミュリエルを振り向かせるのなんて簡単だ)

ミュリエルの素性をばらして先方が引き下がるなら、シグモンドはこんな時こそ捨て切れなかった自分の「特権」を行使すべきだった。ミュリエルは場末の貧民街に取り囲まれた古い聖堂の下働きをして賃金を貰っていた。元はといえば孤児院を出されてから、劣悪な住みこみを転々とし用済みになった挙句、ついに住む場所もなく、裏道にうずくまって寝るのに耐えかね、飢えて近くの教会に食べ物を乞いに行ったからで、軒下で濡れ鼠になって穴だらけの服を着込んでいたのだと。ロバート・ヒックスは、ミュリエルを中産階級出身の娘ぐらいに思いこんでいる。事情でちょっとした不幸を味わった薄幸で健気な女だと、ドラマチックで作り物の悲劇を頭に思い浮かべているのだ。

ミュリエルの過去の境遇を知れば、ロバート・ヒックスは同情心を煽られ却って決意を固くしかねぬ気骨も見えた。のちのちになってからミュリエルの境遇を恥じ、小出しに彼女を卑しめるようになるかもしれぬ。言ったところで、誰にとってもちっとも良く働かない。ミュリエルの過去の一端を握っていたって、自分はちっとも得をしない。かといい他言せずに黙っているのは、熨斗をつけてミュリエルを差し出すみたいだ——。

しっくり来ないでシグモンドは宿屋までの道のりを揺られていた。

自分とロバート・ヒックスと、どちらの想いが真剣で、深く強くより純粋で優っているかなど、実のところあまり重要ではない。無論ミュリエルにしてみたらまったく無関係でもなかろうが、肝心なのはどちらがミュリエルの心底望んでいるものを与えられるかに懸かっていた。

Ⅱ : viii 甘い棘

《夏の庭》で一輪目の薔薇が咲き、ロバート・ヒックスはミュリエルに結婚のプロポーズをした。

――結婚を　本当に後悔させぬというのならリボンを頂戴　赤いのを――

とすれば、気を利かして赤いリボンをかけて指輪を贈りもするだろう。シグモンドは経緯を聞かされつつ、しんねりとミュリエルを見返した。

「で、貴女は」

「まだなにも」

ロバート・ヒックスは、返事はまだいい、すぐでなくていいと――むしろすぐでないほうが良い。承諾以外の返事をよこすつもりなら、今はまだ答えを出さないでほしいとミュリエルに片膝を跪（ひざまず）いてみせたそうだ。

「でしたら返事はのちほど」

と、ミュリエルは困惑しながら部屋のドアを閉めたらしい。

シグモンドも旅行前にミュリエルに指環を贈っていたが、ヒックス家に招かれるにあたり、ベネディックとの結婚指輪に見えるようその場しのぎに用意したのである。旅行中、もしもはぐれたり荷物を盗られたりしたら、これを質に入れ、金に換えて一人でも糸杉通り（サイプレス）の館まで戻って来られるように。いいですか。

ミュリエルは、暇さえあれば指環を回す癖があった。貧乏揺すりをされるみたいにシグモンドはその都度ひそやかに苛々した。今もミュリエルは指環を回しながら、シグモンドが口を開くのを待っている。

「貴女はどうしたいの。帰りたいなら今すぐにでも発つ。連れて帰るよ」

ミュリエルが返答に詰まるのを辺（ほとり）で見守りながら、シグモンドは、決められないんだなと、気持ちが曇った。わざわざ昼間、一人で宿屋（ロッジ）にシグモンドを訪ねてきてまで、ミュリエルはもう帰国すると言い出さない。

昼下がりの緩慢とした時間の流れに、よどみきった気分で、シグモンドは目の前に突きつけられたほんの僅かな距離感をけだるく覚えた。わずかだが重なりあっていたと思った自分の領域（パラダイム）とミュリエルの領域（パラダイム）が、密接して隣にあっても決して共有していたのではなかった。隔たりはほとんど耐え難く、ありもしなかった絆の挫けた空虚な手ごたえに、

「貴女は私に何をしてもらいたい。貴女が私にさせるだけのことをする。それ以上の真似はしない。それ以下でもなく、貴女のためには私は望まれる出来るだけの手助けを惜しまない」

ミュリエルは黙っていた。

シグモンドは、かねてより腹にためていた懸念の元を清算せんと口火を切った。

「ベネディックの家については、たとえ貴女がロバート・ヒックスと結婚しても、あれは貴女の持ちものですから、心配は御無用です。法的にいってもそれが順当だから。あの館と契約のために、貴女の返答が左右される必要はありません。ベネディックが、私への腹いせと悪戯心から、ちょっと厄介に手間をかけて面倒な手筈を踏ませるよう細工をした。そのいやがらせに、貴女がつきあわされただけの、とんだ迷惑だったでしょうが」

「それだけ？　あたしに言いたいことはそれだけなの」

「それだけとは」

シグモンドは俄然、冷ややかにミュリエルへ問い返した。ミュリエルは、嫌気がさしたように険しくこちらを見据え、

「あたしのことを何も知らないふりを器用にするのはやめて」

「ではちょっと打ち解けたくらいで、どこかの莫迦のようになんでも貴女のことを知った顔をして。後悔はさせないだとか、幸せにするとか、守ってみせると、よくある決めゼリフに見得を切って、やにさがる的外れのくだりでも聞けば貴女は愉快で御満悦だというの」

シグモンドは、抜け目なく狙いを定めて固い楔を打ちこむように、釘を刺した。

反論を呑みこんで目を剝くミュリエルに、

「なぜここに来た」

自分でもゾッとするほど冷えびえとした声が出た。

「よく来られたね。なにを確認しに来た。私に連れ帰ってもらいたい。奴との結婚などやめ

てくれと言われたい？　もしもそうならなんだって言う。私は貴女が気に入るセリフを言う。してほしいことをする。だけど貴女は正真正銘、迷っているじゃないか。よりにもよって私の前でよくもそこまで堂々と迷ってみせられるね。いっそすっきり私と手を切りたい、ここに残る、もう二度と顔も見たくないと宣告してみせるならともかくも」

シグモンドは固く拳を握りこんだ。

「あるいは道を指し示してほしいならともかくも。なにを言っても貴女はすんなり鵜呑みにするつもりはなくて、何をさせようとしても、従うつもりもないくせに」

決めるのは貴女じゃないか。決めなくてはならないのは貴女ではないか。それに関して自分がどれだけの誘導をできるというのか。

「あたしは……あたしは。あなたを従えたいわけじゃない。あなたに従いたいわけでもない。何をしてもらいたいんだと、あなたが心底あたしに問いかけているなら、あたしだってあなたが本当はどうしたいのか……あたしに何をしてほしいか知りたいのよ、わからないの？　あなたは絶対に出過ぎた真似をしない。それがあなたの思いやりなの。そう信じていたけど、もうわからない。お互いが相手に望んだり歩みよったり、ときには頑固に自分を貫き通して説得するのが、決裂や結びつきなんだと思ってたわ」

バタン

扉が閉まった。

閉め出された――ミュリエルの気持ちから。

昼下がりの緩やかな空気の流れに、窓辺の白いカーテンがひらひら揺らぐ。空気は飽くまで澄んでいて、翳っては曇り、日が差しては明るく浮かぶ陰影へ、部屋に取り残されたシグモンドはさざめく自分の気持ちを映した。

こんな茶番は決別ですらない。

すれ違いの仕業でも、行き違いの不運でもなくて、最初から噛み合っていなかった。

（ミュリエル——）

シグモンドは部屋のドアを開け放したまま、後を追った。

薄暗い廊下を走り、ロビーを突っ切って、受付(フロント)の前を横切り外に出ると、きれぎれに晴れ間がのぞく薄ら眩しい昼下がりの曇り空から、ポツンと雫が額に当たった。少し先の乾いた地面もポツンと濡れる。そのまま降ってくるかと思いきや、こちらの様子を見ているように空はまた、だんまりを決める。シグモンドは建物の正面に出た。ミュリエルは見あたらず、ヒックス家の馭者(ぎょしゃ)が、だらりと片手で手綱を取りつつ、呑気に煙管(パイプ)をふかしていた。シグモンドは、はぐれて母親を追いかけているうちますます迷子になる子供みたいに、途方に暮れてミュリエルを探しまわった。

木戸をガタガタ揺らす音がした。腹立ちまぎれに揺すぶる慌ただしい騒音に、シグモンドは駆けつけた。

ミュリエルは、コの字型の建物の中庭を斜めに抜けると、宿屋(ロッジ)の勝手口に繋がる壁沿いの細い通路をたどって来たらしい。近道をしたというより、どこをどう通ってきたのか、頭に血が上って殆どわかっていない様子で、表の俥寄せに出る手前で錠の下りた小さな木戸にぶつかり、開きはしないか躍起になって揺すぶっていた。

「――ミュリエル」

呼ぶと、ミュリエルは悪漢に待ち伏せられでもしたような顔になって強張った。シグモンドの肩越しの馭者に手を振って、助けでも求めるかに合図をした。だが木戸越しに立ち塞がるシグモンドの向こう、木蔭で釣り糸のようにゆったり鞭を垂れたまま、居眠り中の馭者の注意を引くには至らなかった。ミュリエルはするとすぐに諦め、木戸の向こうでくるりと踵を返した。足早に細い砂利道を引き返す後姿に、

――こんなのはいやだ、こんなやり方はない。

シグモンドは木戸を押したり引いたりした。留め金が軋むばかりで戸は開かない。かといい表広場の俥寄せで待ち伏せたところで、ミュリエルが心を開いて話に応じるとは思えなかった。濡れた服でも剝ぎ取らんばかりシグモンドを振り切って、馬車に乗りこんじまうに決まっている。シグモンドは木戸に手を突き、跳び越えると、すぐミュリエルに追いついた。手を取って引っぱりよせ、こちらを向かせたところでミュリエルに引っ叩かれた。シグモンドはミュリエルを壁際に吊るし上げるように押しこくると、抱きすがった。ミュリエルの背中の布地が壁面で、にじられ、こすれて擦り切れそうな音をたてた。

「愛してほしい」

こんな惨めな懇願はない。シグモンドは掠れ声で白状した。貴女に、愛してほしいんだ。

息を吸いこみ、ミュリエルの魂の粒子を肺いっぱいに吸い入れたかった。ミュリエルは、柔らかく見下ろすようにシグモンドの髪に指を走らせ、前髪を生え際から撫でた。シグモンドは、ミュリエルのしなやかな細い首を支えて摑みながら、打ち寄せる波のようにキスを――それから伸し掛かって抱きすくめた。引き寄せがてら首を傾げ顔を覗きこんだとき、ミュリエルの帽子の後ろつばが、壁に押しついてつっかかった。

ア、とミュリエルは痛そうに顔をしかめて、髪が攣れるのか、頭に手をやると探るように帽子のピンを引き抜いた。

シグモンドは、ミュリエルのほどけて長く柔らかにうねる赤毛の流れに呑みこまれかけながら、首筋に顔をもぐらせ、

「部屋に戻って。お願いだ」

ミュリエルはシグモンドからちょっと身を引いて、待って。帽子を直すから。そう改まった。建物の表側に出なければ、出くわす人もなかったが、思いがけずシグモンドは自然と微笑んだ。年上の人だけれど、本当になんて淑女に成長したものだ――。ミュリエルが髪をまとめなおして、帽子をかぶるとピンを刺しこむ仕草を、優雅な絵でも前にしたように見守りながら待った。

中庭はアーチ型の藤棚に、白や薄紫、黄色の花房が、風もないのに揺れそよぎそうなひっそり落ち着いた軽やかさで、曇り空に和やかな色を添えていた。

シグモンドは、こみ上げる勢いにまかせて駆け足でミュリエルを攫いたかったが、このひ

とときを気ぜわしく過ごすのが惜しくもあり、ミュリエルの足取りに一歩一歩、歩調を合わせた。引き止めたい瞬間を、精いっぱい焦らずに踏みしめて歩を運んだ。

部屋は、扉が開かれたまま、誰に気付かれもせず何をかき乱されもせず、眼前に在った。ミュリエルが留めたばかりの髪のピンを再び引き抜いて、脱いだ帽子を窓際のテーブルの上に置いた途端、シグモンドはまるで別空間に迎えられた感じがした。扉を閉めると、

「痛いの?」

尋ねたのはミュリエルで、ベッドの端に腰掛けながら、じっと見上げた。シグモンドはしきりにまるで髭剃りあとを確かめるような手つきで自分の頬を幾度もさすっては、火照る痛みに何気なく首を傾げつつ、

「ああ痛む――」

なぜだろうと言いかけ、ふと、ついさっきミュリエルに引っ叩かれたからだと思い出して、苦笑した。

「いや、痛まない。いたくない」

と、シグモンドは、

「貴女が」

続ける言葉を見つけられない。ミュリエルも別段その続きを聞こうとしなかった。

献身的に抱き寄せたり引き戻したりしながら全身で握りつぶし、シグモンドはミュリエル

を生埋めに封じていたかった。自分の躰のあちこちから、無音のもがり笛が漏れる針穴ほどの空洞をふさぎたかった。ミュリエルのぬくやかな感触や、ほのかに甘やかな息づかいや、かぐわしさ——なめらかな体温や、熱心な苛立ちを、掻き寄せ集めてこなくては足らない。壊さぬように力を加減しながら、肌がこすれて押し当たる違和感の喜びを、集めても集めてももっと体に馴染ませたくなり、待っているうちにこの身が猛りだして、うな垂れながらシグモンドはこらえきれない呻きが漏れた。ああこのまま居なくなりたい——。

ミュリエルの、やや褪せた青い目が深い瞳孔を開き気味にまぐわうと、ゆっくり深みに嵌まるようにシグモンドはほとんど呆然となりかける。うっとりとなるにはいささか狂おしすぎるが、いつまでもミュリエルの眼差しにだけ呑まれていたかった。

シグモンドはミュリエルにのめり込み、ミュリエルは、身を竦めるようにシグモンドに抱きしめられた。口付けながらシグモンドが感覚を撫でつけ、逆立てるたびに、ミュリエルは内で沸きたついたずらな信頼や軽薄な疑いが錯綜するのを、そっと逃すみたいに吐息に震えた。かと思うとシグモンドを肌身でそよぐように包みこみ、自分でこねた焼き物の造形美を眺めて出来具合をいつくしむみたいに、手を這わせて確かめたりする。あんまり優しく触れられると、シグモンドは狂おしい意気込みを全部放棄したくなる。危うい安らぎの不安を阻もうと、ミュリエルを押さえつけた。

気持ちがぴったり呼応する感覚は、逃げ場もないほどなだれうって鬩いでくるのに、いつまでも充分に不安だった。

粗暴に見据えていても、礼節ぶって目を閉じてミュリエルとの一心不乱で胡乱な情熱に打ちこんでいようが。撥ねのけられない狂おしさや、一心同体たらんとする魂の疲労に、張り詰めこらえていた力が挫けて、重力に抗っていられない。シグモンドは、ミュリエルの赤毛に深く指を差しこんで、ぬくもりが燻っている襟足のしなやかな首筋を掻きむしるように摑んだ。

どよめきを吐き出すように、長くのたうつと、鬱々と、ゆっくり己を投げ出すように、肉体の重みのまま、用済みの自分の軀に沈みこんだ。寝台の上で、

――からっぽか。

ようやく無残にもついにもう脱け殻だ。

封じこめていた疚しさをあけ渡し、思いつめた優しさを注いで、ミュリエルを情熱で満たし、自分もまた満たされた感触に騙される。本当は、自分を満たしたのは空洞であり無だ。無が満たすとはすなわち、すっからかんに震えて、がらんどうに晒され無防備にゆだねるリスクと自失を許した。空洞の響きが共鳴した。脈動を伝えたい、ミュリエルと思惑をわかち、しみわたる喜びに埋もれたい。抱きしめたときの温度差で生じる亀裂は、カラになるよりほかに均衡のはかりようがないんだ。――ミュリエルに呑みこまれ、いっそ正体を失くしたかったが、脱け殻だけが残っていて、思考ばかりが冴えわたった。

なごやかに睦んだ想いが容易に読み取れるはずの――つい今あれほど密に近寄って、現に今もシーツの上で、手を伸ばせば触れられるミュリエルが、遠く届かない気がした。シグモ

ンドは、名を呼んでミュリエルをこちらに向かせるのさえためらった。

間近で取り残されていると、宙へ闇雲に吐きだした虚脱と残像が、混沌と交錯して、がらんどうを侵食してくる。鼓動が一拍打つごと、息を一回吸いこむごとに。それまでの長くて重たい曇った気分も、今ひそやかに逆流してきて胸でひたひた倦む浸水よりは、ずっとましで気楽な憂鬱だったのかもしれなかった。

花曇りの空から降る一条の光にわかたれて、昼下がりの透きとおった時間の澱が垂れこめてくる。仄暗い室内は水槽の中にあるようだった。

ミュリエルの肩越しから見える窓枠に、小鳥がとまりおりた。部屋まで入ってきかけたので、シグモンドは思わず肘を立てて半身を起こした。

小鳥は、パッと外の明るみに飛び立っていった。魚が水面で背びれをひるがえし、水底に潜っていくみたいだった。シグモンドは、軽い喪失感を味わいながらも安堵した。

「――小鳥が好きなの……？」

ミュリエルが窓のほうを向いたままで、絵が落ちてきそう、とベッドの上に掛かっている重たげな額縁へと手を伸ばした。ありきたりな風景画に届きそうで届かない指先を、すぐに諦めた。疲れたようにくたっと腕を寝そべらせた。

「ああ。貴女は鳥は……？」

「かわいいと思うわ。鳴き声も、姿も、しぐさも」

ミュリエルは無感動な抑揚で、親密ゆえに飾り気ない、淡々とした口ぶりをして訊いた。

「空をとびたいのね？」

シグモンドは空に笑いかけつつ、なるべくさらりと聞き流してもらえる軽やかさで、生真面目に答えた。

「……ああ。ときにはね」

「なにを？」

「空をとぶ鳥は、不意に自殺をするのでしょう」

「窓にむかって急降下で、身投げをするの。あんなに軽くてやわらかい和毛におおわれた鳥の胸も、いっきに裂けて、心臓がやぶけて一撃で死ぬから」

「……そいつは事故だよ。窓硝子は透明だから、景色が反射して、空に立ちはだかる透明な壁を認識できずにいるうちに――」

「鳥はうんと目がいいのよ」

「風を切って、鳥が空をとぶスピードは途方もなく速いから」

シグモンドは、波打ち際のように行きつ戻りつするカーテンを、うすらぼんやり眺めつつ
「――だから目が良く、硝子に気づいても、もう遅い。翼が舵を切るのに間にあわないのさ」

「だからって鳥が自殺をしないの？」

ミュリエルが振り向いて、シグモンドの肩口にすがると力なく身を寄せた。

「しないんだ」

「そうなの？」

「しないよ。するはずない」

ミュリエルは、身を浮かせて少し離れ、まったく疑いのない、かといい無垢に澄みきった盲目的な愚かしさでもない、臆さぬ目線をシグモンドにまぐわせた。

「ほんとうに？　良かったわ。しないでほしいの」

「なぜ。ミュリエル」

ミュリエルは混乱をよぎらせた。シグモンドは、ゆっくりと打ち明けた。

「自殺は傍迷惑だ。周囲を無理やり無益な衝動に巻きこもうとする。うんざりだよ。ただし当人にとったら、もっとも平穏な死にかたかしれない。それゆえに身勝手で、ムシが良すぎて、卑怯なのではない？　ただ……もしもひっそり死を選ぶ小さな鳥があったなら、鳥を可愛いと思うなら、黙ってみとってやりたかないの――」

自分で死期を掌握する。かかる我儘な甘えも許してくれる人の膝元で、惜しまれながらそっと往かせてもらえる。そんな死様を漠然と数えてみるだけで、シグモンドは嘆かわしくも安らげる。かかる受容が暗黙裡に果たされるなら、共に生きられない悄然とした隔たりも、きっと幾許か凪ぐだろう――

「もちろん鳥は自殺などしない。人と動物とをへだてる決定的な線引きは、文字の発明でも、道具の利用でもないよ。自殺の選択肢がうまれつき備わっているかどうか。自殺は人間唯一の贅沢だから」

心中沙汰ではない。自分の最期に、他人を引きずりいれたり、巻き添えを企てたりしない。自分の死は自分のもので、自分だけの終わりであるべきだ。それゆえに、それと悟られぬように。「貴女がその、人の身勝手な特権を放棄するのは尊(たっと)いけれど、人以外の生きものが自殺を選べないのは……むしろ哀れむべきではない？　自然界の過酷な無慈悲と思ってみないの」

「心底から喜んで死にたがる人なんて、見せかけよ。生きたいのが本音でしょう？　死ぬしかないと追いつめられるだなんて。窓を目がけて、まっすぐ飛びこむ鳥とちっとも変わらないわ。空のこちら側は飛べやしない硝子(ガラス)だって見定められずに飛んできて、いまにもぶつかると知ったときには、よけきれずにいるだけよ。自殺は無言の殺人でしょう。被害者の犯人は、誰とかぎらないのやしれなくとも」

「とんだきれいごとだね――」

ミュリエルは、たちまち物哀しそうな顰(しか)め面になり、褐色がかったホライズンブルーの目がくすむように萎縮(いしゅく)した。

シグモンドは、昼下がりに窓を開けはなって二人で寝そべっている贅沢を、なるべく分かちあえるように、なけなしのにこやかさで笑んでみせた。ふんわりと、ありったけのびやかに、

「私がさ。安直だったね」

ミュリエルは困惑気味に、頼りなく信じるような蒼褪(あおざ)めた眼差しで、シグモンドを目に映

した。シグモンドは耐えがたく目線を躱した。発熱前の悪寒みたいな怯えを見透かされる前に、抜け出したくなった。寝台を降りかけたら、

「……待って――」

ミュリエルが、そっと髪の生え際をこすりつけるようにシグモンドの顎と肩の隙間にすり寄ってきた。割りこむように首をもたせて、やわらかい殺気がやさしく迫り寄った。その隙間をぬってシグモンドはひっそりと浅い息つぎをしかけたら、

「――もう一度」

ミュリエルの声が消え入りながら、首筋をかすめ、耳のうずまき管を秘めやかにくぐった。シグモンドはミュリエルの綺麗に鑢のかかった固い爪と手指を引っ張りあげ、自分の口に押し込むようにして舐めた。この手指を自分の胸深くにと、爪からじかに奥まで差しこまれたい。熱気の淡い貴女の指先で、心臓を根元から柔らかく潰されたい。棘の埋まった心房を弄るように握って、じれったく裂かれたい。シグモンドは懇願するようにミュリエルを睨んだ。

執拗に締めあげておくれよ――お願いだ。

Ⅱ：ix 投射

朝一の汽車で帰ろう。

翌朝の六時にシグモンドがヒックス家の屋敷まで迎えに行く段取りで、約束どおり出向いた。ミュリエルは、既に正面玄関の扉の前に居た。

シグモンドは、突き上げる絶望感と同時にクラクラとした眩暈を覚えた。ヴェルティゴ伯[8]が英国で眩暈を起こすんでは滑稽にも程があると思った。

ミュリエルは、ロバート・ヒックスに肩を抱かせて待っていた。

シグモンドの馬車に気がつくと、いったんさりげなく振り切るようにして石階段を駆け下りてきた。馬車まで駆けよってくる。シグモンドは馬車から降りた。

「旅支度はきらいなんだね。貴女は」

帽子をかぶらず、ゆったり優雅に結い上げたミュリエルの髪は、朝陽に照らされて明々と眩しい。手袋もはめていなかった。先頃までは働き者の筋張った手の名残が見えたが、今ではすっかり滑らかな指先だ。ミュリエルが、はめて来た指環を指からするりと抜き取り、返すままに、シグモンドは受け取るよりほかになかった。

「そんなすまなそうな顔をしないでいい。そもそもここに渡るとき、貴女が私から逃げたい一心なのを知ってたよ」

　シグモンドはミュリエルへ淡々と静かに告げた。

　昨日(きのう)の今日(きょう)でだいぶ撹乱されたが、前から答えは出ていた。閉ざされた曖昧な間柄にケリを付けるのには、きっかけが要った。それでも未練がましく幾許(いくばく)かの見込みにつないでいたかっただけである。

「貴女がこうもあっさり決断してみせるとは、さすがに思わなかったけれども」

　たとえ自分がどんなにミュリエルを想っていようと、どうにも出来ない事も有る。

　愛情でも金でもなく、ロバート・ヒックスは自分と違って、ミュリエルの望むものを喜んで差し出せる。

「貴女がもしも昨日の行動をまちがいだと思うなら、本当に申しわけない真似をしました」

　シグモンドは丁重に頭を下げて、ミュリエルの手を取ると、紳士らしく手の甲に軽く口づけた。その手を離しかけると、ミュリエルは両手でシグモンドの手を摑み、

「いいえ、まちがいなんて何ひとつ無かったの」

と泣くなんて――貴女は、どれだけいたぶれば気が済むの。

　別れる人だからこそ真っ向から正確に想いをさらけて恐れずに向き合えただの、あの別れの儀式はなんて非日常で空虚な真実だ。

---

8 ヴェルティゴ（Vertigo）　英語で「眩暈」

ミュリエルは込み上げる嗚咽が苦しいのか、くの字にうずくまり、シグモンドの手に張りつくようにして目茶苦茶に泣いて、絞りだす息遣いが涙で噎せこんだ。

シグモンドは、ミュリエルの頭を上げさせると、妹を嫁に出すかのように抱き寄せた。

「そんなに泣くと、フィアンセが今更いらぬ気を回す」

背中をさすりながら、別れ際にこんなに泣くなら——やはりミュリエルも多少は自分を想っていてくれたのかもしれない、と思った。

「ヒックス家のかたがたには、私のかわりに貴女からよく御礼を言ってほしい。きちんとした挨拶もなく失礼するのを謝って……理解していただけるとは思うけど」

なめらかな声音でシグモンドは、

「ね——私まで家族のように迎えてくれたと言って」

ミュリエルは思い出したように顔を上げて、涙をこすって後ろを気にかけ振り返った。ロバート・ヒックスは、遠くでこちらを見下ろし心配げに見守っている。目が合ったのだろう、ミュリエルは取り繕いの笑顔を送った。ロバート・ヒックスは、ミュリエルに笑みを返してから、シグモンドに一揖した。シグモンドは帽子を浮かせて、階段上のロバート・ヒックスに目礼を返した。ミュリエルは、そんな二人を見比べて、やりきれなさそうな、いたわしい顔をした。

シグモンドは至って涼やかなそぶりで、ロバート・ヒックスからミュリエルへと目線を引き戻し、ミュリエルに向かって一言、窘めるような恨み言を吐かずにいられなかった。

「ミュリエル。貴女は貴女のさみしいわけを教えてほしいだけなんだ。あの男に」

「ちがうわ。あなただけは、あたしの事をなんでもわかったふうなセリフを言わないで」

ミュリエルは泣き顔の残った余韻で笑いかけながら、きっぱりと否定した。「前にあなたの忘れていったタイピンとクラヴァットは、ずっと持っていさせてちょうだい。お願い」

瞬間、シグモンドはなんだか分からなかったが、ああ……と思い出して頷いた。さみしくも嬉しい出鱈目(でたらめ)じゃないか。

「朝早くに、見送りをありがとう」

困ったことがあったらいつでも連絡をくださいとシグモンドは、「助けるかわりに何かを乞うたり、仕向けたり、無理強いしたりはしないから。決して」

「言われなくてもあなたが下心でほどこしたりする人じゃないのは心得ているわ。だからあなたは、やっぱり恩人に違いないの」

ミュリエルは目許だけで物思わしげにそっと微笑みながら頷いた。

連絡は決して来ない。そうシグモンドは知っていた。だから口先だけで聞こえの良い台詞(セリフ)を言い残したわけでは無論ない。ただ、万に一つの連絡を待ちわびる希望的観測は、いかに哀れで報われない作業であるかを、既にシグモンドはわかっていた。

「ではおわかれです。さようなら。元気で」

別離にはあまりに爽やかな五月の朝だ。

旅立ちにしては、自分はただ遠い家路につくだけだ。

シグモンドは馬車に揺られて、晴れた朝の景色を遠くにうち眺めた。

赤い薔薇が葡萄畑の畝に沿って、むらだって咲いている風景に気持ちを奪われつつ、シグモンドは深く重い吐息をついた。

ロバート・ヒックスが与えられる、ミュリエルの望むもの。それは居場所。——子を成し、家族を作り、家庭の中に暮らす居場所。

シグモンドは、ミュリエルの幸せを望んでいたのに、誰よりも——やはり愛してもいたから、その幸せを自分が与えられたら素晴らしかろうと祈っていた。

愛なんて毒針の苦痛だ。胸の焼ける煮え湯、それでもミュリエルによって齎される苦悶なら自分は望んで受け入れられると思った。

(あの人は居場所がほしかった)

ミュリエルはずっと自分の家が無かった。だからシグモンドは、ミュリエルに、いつまでも居て良いのだという住処をきちんと確保してやりたかった。誰にも侵されない、誰の機嫌を取る必要もない。独立した自分だけの城をである。

だが居住空間が整えば、居場所ができるわけではない。共同生活をすれば、家庭が出来るわけではないのと同様にだ。

シグモンドは真っ当な家族というのが分からない。家族の絆は忌まわしい呪いで、断ち切るべき足枷だ。大切な人は、客のように迎える方法しか思いつかない。

ミュリエルも家族を知らない。だが教会は神の家、家族の一員たる役割の本質を悟っていたろう。好きあう二人が一緒に住めば、自動的に家族になるわけでもないのを、シグモンドも、ミュリエルも、口に出さずとも肌身で察して心得ていた。

誰の留守を待つの、誰の留守番なの。

ミュリエルは最初に訊いたのだ。

さあこれからは気兼ねなく留守番を。そう口をついて出たのはシグモンドの方だった。だが改めてミュリエルに問われた時に、ではこれからは私が居ない留守をよく預かり家に居ろとは、口にできなかった。

そういうことだ。つまりは。

ただ生活しているだけで暗黙裡に誰かの留守をも預かり、帰りを待つ意味合いを兼ねるのが家庭なのだ。必ず戻ってくると分かっている。頻繁に訪れては長居する客人でも、その人を「いま留守だ」とは言わない。年に一度しか戻らない家人でも、留守だと答えられるのが家族だ。シグモンドとミュリエルが肌で感じていたのはそういうことだ。敢えて口に出さずとも、長く傍に居て相手を想っていれば、嫌でも理解せずにいられなかったのは、そういうことだ。ミュリエルが決して馬鹿なんかではないとは、そういう意味だ。知らず知らずひょっとした言葉の端々、文法の表し方などから、シグモンドの頭の中の記述が根本から露呈する。一言一句を、ミュリエルは聞き逃さなかった。抜け目のないシグモンドは、見透かされたのに気付いていた。見張りあっていた、そうやってお互いを。

争いごとがない家庭は無い。貧しかろうが豊かだろうが、喧嘩の一ッもしない家族など存在しない。むしろ家人を面倒くさく敬遠していて一般的だ。

だが人は家に帰る。自分の居場所が有るからだ。

いつだったかミュリエルは小さなノーラの話をした。小さなノーラは、母親が死んでから、飲んだくれの実の父親に、随分ひどい仕打ちを受け続け、なのに父を捨てられず無茶な辛抱をしたらしい。教会に助けをもとめて駆け込んできたときには十六で、もっと早くに逃げればよかったのに――話したミュリエルも、聞いていたシグモンドも、二人して家族の概念に疎かった。今にして思えば、ノーラが家に帰ったのは……虐待されても戻ったのは……どこであろうと逃げ出したほうがよっぽどかましだったのに、帰らずにいられなかったのは、自分の居場所が其処にしかなかったからだ。

その居場所に、愛情や信頼などは縁遠く、虐待と強姦と使役と苦痛しか無かった、それでも小さなノーラが長いあいだ思いとどまったのは、ひとえに居場所が有った。小さなノーラは、おなかの中の赤ん坊を守るために、居場所を捨てて逃げ出したが、そうでもなければ追い出され捨てられるまで、やはり自分の居場所から離れられなかったかもしれぬ。それくらい居場所は人にとって切り離しがたい。

ミュリエルは確立した居場所がどこにもなかったから、ヒックス家に受け入れられた時に、とても居心地が良かったろう。客ではなく、家族として受け入れられたと分かったろう。シグモンドが仮寝の止まり木しか与えられぬ隙に、気兼ねなく羽を広げられる大樹の木蔭を見つけたのだ。ロバート・ヒックスは、自分の傍で居場所を知ったミュリエルの心地良さを彼もまた嬉しく覚えたのだろう。藪から棒に、見ず知らずの未亡人へプロポーズしたわけではなく――。

「着きました」

船着場までは汽車で行く。

駅に到着し、外に降り立ってみると、淡い朝日も鋭く刺さり（緯度のせいだ）、眼球がちぎれんばかりの微痛が裂けて、虹彩が疼くくらい日差しが明るかった。荷物を汽車の個室に運ばせると、シグモンドは窓側の座席にただ一人で、腰を下ろした。

硝子窓に自分の姿がうっすら映る。正気のときのマルグレーテ＝アンナが凝ッと窺っているみたいだ――。嫌悪感にシグモンドは窓から顔を背けた。

マルグレーテ＝アンナは、変な理論をよく展開した。

《簡単なのよ。身に覚えのないことを相手が追及しだしたら、決まってその人自身の気持ちを白状しているに決まっているの。なぜ愛してくれないんだとか、関係が気詰まりだろうとか。もう僕に飽き飽きしたか、年齢差が重荷だろう。階級差が負担なのかい、他に好きな人でもできたかい――なんでもいいのよ》

《しかし、どれも貴女の心根をよく突いているではないか》

《ええ、まあね。だから身に覚えのないときにかぎってよ。唐突に相手がデタラメな言いがかりをつけてきたら――例えば、君は実は浮気をしてはいないかと、思い当たる節も無いの

に、いきなり切りだしたなら、当人が実は浮気をしているの》

と、マルグレーテ＝アンナは、

《投射よ》

無自覚のうちに相手に疑いをなすりつけて、煙幕を張る自衛よね——と、いつにも増して分かったような口をきいた。

シグモンドは、マルグレーテ＝アンナの粘着気質な恋愛の話題などうんざりだった。個人的経験から全て独断的に決めつけるから、たちが悪かった。シグモンドの顔を見れば決まって口癖のように、あなたは他人に興味が無いからつまらない——と。恋愛事情に縛られているとき特有の思い上がった偉そうな口を利くのが、あさましいとすら思った。

《人に甘えず期待もせず、誰も愛さないのが美徳なわけね。感覚と思想しか働かせないで、感情はどこに置いてあるのかしら。鋭敏な感覚と、論理的に筋道だった考えもお得意だけれど、感情は？　たとえばあなたは人類を深く気にかけるばかりに、人間が我慢ならない。信仰をせせら笑って、宗教こそ諸悪の根源だと呆れてみせて、あなたが人類単位で世の不幸を厭（いと）うているのはわかってるのよ。でも人間個人にとって、やっぱり信仰は大切なの》

シグモンドは、母親ぶった口を利きたがるときのマルグレーテ＝アンナが一番嫌いであった。人間が嫌いなのではなく貴女が嫌いだ。人間から逃げているのではない、貴女から逃げ出したい。わからないのか？　シグモンドは、姉でもあり母でもある女の見せる、脂（やに）っこい執着に嫌気がさした。その都度、静かなる侮蔑と哀れみの目つきをもって受け流した。

（投射か）

マルグレーテ＝アンナはよく、ベネディクト相手に、別れたければ私を殺すより他にないと訴えかけていた。ベネディックは、貴女を殺したくないし別れたくもないし、貴女の不安が理解出来ないと、難しげな顔で考えあぐねていた。ベネディックにその時、本当に思い当たる節が無く、マルグレーテ＝アンナの言う「投射」が正しければ――《私が貴方と別れるときは、私が貴方を殺すとき》でなければ別れないと白状している意味になり、

（事実、そのとおりだったか）

高々と、つんざくような汽笛が鳴る。

気持ちにケリをつけるような……却って恋しさを煽るような……嫋々とした列車の嘶きが長く後を引くと、汽車がゆっくりと足踏みの音をたて始めた。前に進みだす。

《貴女は貴女のさみしいわけを、教えてほしいだけなんだ。あの男に》

（自分は自分のさみしいわけを、教えてほしかっただけなのか。ミュリエルに――）

蒸気と煤の混じった煙が、窓外を覆うように長くたなびいた。シグモンドの顔がくっきりと硝子によく反射して映し出された。

自分は、たどり着けなかった。開けっぴろげに温かで、嘲りと無縁のやさしさが、この春先に、すぐわきを素通りして行ったんだ――

絶望に塞ぐにしては、しかしミュリエルとの昨日の幸福な昼下がりの残像が、いまだ密やかにシグモンドの胸中にあたたかく蓄えられていた。

《三月は探す、四月は試す、五月はお前が生きるか死ぬかを報せるだろう》

誰が言ったか傑作だ――。シグモンドは船着場への到着を待ちわびながら、甘口でつまびらかな悪夢が訪れる足音に、耳を澄ませるようにして、静かに目を瞑った。

Ⅱ:x 目かくし鬼

海を渡って　家から遠く離れて
異国に私が出向いたならば、
私が去ったその時に、どうぞ私を思っておくれ
私もまた貴女を思い出すことだから
かなたから私を思い出して
眠っていようが　起きていようが
かなたから私を思い出して　貴女の晴れの日には
ウェディングケーキの残りの一切れ
私まで送っておくれ

シグモンドは葬列に行き会った。

久しぶりに遠回りをして、糸杉通りの前を抜けた午後である。馬車が、濡れ落葉を踏みつぶしながら急に止まった。窓の外へ顔を出すと、焼け焦げたような蔦が教会堂の壁面に張りついて、霧雨に濡れていた。

馬脚が止まったのは、長い葬列にかち合ったからだ。馬の鼻面を掠めるように、黒衣に身を窶した葬列が横切るのを確認すると、シグモンドは窓から顔を引っこめかけた。

「シグモンド・ヴェルティィゴ伯ですか？」

何の用かとシグモンドは、相手を見下ろした。葬列の末尾に居た子供が、やや背伸びをしながら、小さな紙切れをシグモンドに託した。

シグモンドは紙切れを開き、さっと目を走らせてから、

「だれに預かった？」

「知らないひと」

少年は葬列が遠ざかるのを気にかける。シグモンドはコインを一枚渡して引きとめた。

「男？　女？　若いかい、年寄りだったか」

「男の人。年よりじゃなかった」

「その男はまだいる？」

子供はあたりを見回してから、居ない、と

「ここで止まった馬車の中のあるじに、名前を確認してからわたすように言いつけられて…

…シグモンド・ヴェルティゴ伯なんでしょ？」

「もう行っていいよ」

少年は石畳で泥を撥(は)ねつつ、葬列の後を追いかけた。道は市街地の外へ抜け、共同墓地(ポッターズフィールド)へと続いている。目の前を横切るのは、共同墓地行きの柩車(きゅうしゃ)だ。市街地の門まで来たら、どうせ葬儀屋以外、葬列は引き返す。置いてきぼりを心配して少年がそうそう慌てる必要はないのであった。

葬列は途切れ、再び馬車が進みだした。

Far from home
Across the sea
To the foreign
parts I go;

When I am gone,
O think of me
And I'll remember you.

Remember me
When far away,
Whether asleep
Or awake,

Remember me
On your wedding day
And send me a piece
of your cake.

A.J.

シグモンドは揺られながら暗がりで文字を追うのが苦手だから、紙を畳むと目をつむった。紙切れの差出人がミュリエルなら辻褄も合う気がした。が、男だというし、見当がつかないでいた。

最初に差出人Ａ・Ｊからの手紙を届けに来たのはミュリエルだ。次にシグモンドがＡ・Ｊから手紙を貰ったのは、英国の宿屋ヴィクトリア・イン。いずれもミュリエルならばこそ、シグモンドの居所を知っていた。今回の男がＡ・Ｊ当人ではなく、使いの者だと考えれば、差出人がミュリエルで辻褄は合う。筆跡は異なるけれども、代筆させたとして、最初のラテン語も、ミュリエルならミサの文言に通じていて不思議はない。ミュリエルは思いのほか上手に英語の詩を作っていたし――と、シグモンドはもう一度、紙片を広げた。

海を渡って　家から遠く離れて
見知らぬ土地にあたしが出向いたならば、
あたしが去ったその時に、どうぞあたしのことを思って
あたしもまたあなたをきっと思い出します
彼方からあたしを思い出して
眠っていようが　起きていようが
彼方からあたしを思い出して　あなたの晴れの日には
ウェディングケーキの残りの一切れ

あたしまで送ってちょうだい　　　　　A・J

ミュリエルだと思っていれば気が済む心持ちがする一方で、A・Jというイニシャルが不可解だし、シグモンドは、あの女であるはずがないと知っていた。

(仮にもああいう)

忘れるのなら二度とは思い出さないで、罰するのなら正しくやって、挑戦するなら手を抜かないで——そう詩を連ねたミュリエルが、ああして別れてずいぶん経って、寝ても覚めてもあたしを思い出してちょうだいなどと文面を送りつけてくる筈なかった。

(アンナ……?)

ギョッと悪心が湧いて吐き気がこみ上げた。

マルグレーテ＝アンナならいかにも好みそうな台詞である……アンナのA——だとするとJはベネディクト・ヨンゲン……。Benedict Jongen のJだとして——

(嫌だ)

シグモンドは身の毛がよだつ思いを押し切るように、紙切れを拳の中に握りつぶした。だいたい手紙を預けたのは男だ。なにしろマルグレーテ＝アンナは死んでいる。

(最初の手紙はラテン語だった)

と、シグモンドは祈りの常套句を一ツ一ツ思いおこした。

—— Kyrie eleison

libera animas
libera eas de ore leonis

主よ哀れみたまえ、
霊魂を解き放ちたまえ、
束縛から解き放ちたまえ――

――Ne absorbeat eas tartarus
ne cadant in obscurum
libera eas de pœnis inferni
et de profundo lacu

底なしの地獄の淵（ふち）に呑みこませたまうな、
魑魅魍魎（ちみもうりょう）たる暗黒に転落させたまうな、
償いきれぬ無限の咎、
そして深淵（しんえん）たる沼より　解き放ちたまえ――

――Hostias et preces tibi Domine laudis offerimus
tu suscipe pro animabus illis
quarum hodie memoriam facimus
Fac eas, Domine
de morte, transire ad vitam

生贄と嘆願を我らは神に捧げ奉る、
受け入れたまえ、
この日に追悼する霊魂のために。
かくして神よ、
死から生へと変転せしめん。
高きへと救いたまえ――

マルグレーテ＝アンナはやはり地獄に落ちたのか。あれが心中で自殺だとして、それゆえに？　いや、ベネディックを殺害した罪の重さで堕ちただろうか。A・Jがアンナ・ヨンゲンの略ならば、マルグレーテ＝アンナは死後さえも……死んでさえ、いかにもマルグレーテ＝アンナらしい執念深さでベネディックと結ばれるのを望んでいる。

マルグレーテ＝アンナの遺骸が納められた柩は、土中深くに埋まっている。霊魂を肉体の束縛から解き放ちたまえ――。まるで魂が死した肉体に縛られ離れられずに居るようだ。天国に昇れずに、苦悶の果てに地中深くから救いを求めて、懇願しているみたいだ。

死した肉体は神への供物(くもつ)だ。死んだ故人の霊魂は、神によって死から生へ――天国へと高く導かれて永遠に生きる。《死から生へと変転せしめん》とは本来そういう意味である。実際に此の世に生き返れという意ではない。

あと一週間で、一年だ。

ベネディックとマルグレーテ＝アンナが死んでやがて一年。

こちらがたまたま気持ちを煽られる時期なだけ――

薄気味の悪い事件でも起こらないか、心の底で、暇に任せて幽かな期待をしているのは自分かもしれない。送り付けられるのは讃美歌や、わらべ歌など、今回のもどうせ出来合いの唄に決まっていて、深読みに躍起になったところで、シグモンドのために独自に用意された言葉は一ツもあるまい。

シグモンドが、糸杉通りの館の前を通ってみる気になったのも、ほんの気まぐれな偶然ではなく、今日がミュリエルと逢ってちょうど一年であったからだ。じっと惨めに待ちわびるより、何も起こりはしないとシグモンドは自分自身に念押ししに来た。咄嗟にA・Jがミュリエルかもしれないとよぎったのも、普段であれば決しておこりえない発想だった。

一週間後。シグモンドは、マルグレーテ＝アンナの墓参りを終えてから、ベネディクト・ヨンゲンの墓参に赴いた。

マルグレーテ＝アンナの墓は、よく晴れた清々しいなだらかな丘の上にある。芝は朝露の残りで少し湿って、靴底に心地よかった。ヴェルティゴ伯爵一族を埋葬する丘で、少し離れた隣にはシグモンドの父親も入っている。ここに眠る者は必ず安らかな眠りが約束されているのを、誰ひとり疑う気にもならぬほど、木立に囲まれた美しい丘なのだ。

一方でベネディックの墓は、都市の厳めしい古い聖堂裏の墓地だ。教会堂から墓地へは、大きな石門に扉が立ちはだかっている。裏庭への通用口は脇にあり、多くはＲＩＰ[9]と彫られた墓石と墓石の間に柵がめぐって、刺草（イラクサ）が絡まりながら地べたを這っているのだった。

落葉に埋もれかけた墓石は、鳩の糞（ふん）に汚れている。柵の上やら、足下にも糞が落ちていた。日陰なのに閑散と乾いている。墓地の裏手は大きな藪で、聖堂から回廊が伸びていた。

夕暮れ時に参るにしては少々不気味な墓地だった。花輪（リース）を置くと、シグモンドは足早に引き返した。教会堂をぐるりと回って表庭に帰るその途中、ふとシグモンドは懐に入っている四角い固さに気が付いた。

ベネディックに供えようと思っていた。シガレットケース。

シグモンドは殆ど煙草を呑まない。煙いのが嫌いだから、ベネディックが吸っていると、露骨に顔をしかめたりしたが、生煙草の香りは好きだった。女性が好みの香水瓶を財布に忍ばせたり、ハンカチに振りかけて、気持ちを落ち着かせるように、時折シグモンドは懐から高価なシガレットケースを取り出した。蓋を開けては、中の生煙草の匂いを嗅いだ。ベネディックはそういうシグモンドの所作をしばしば見咎めた。意味がない、湿気た煙草を持ち歩いているほどの無駄はないと、

《一本》

腕を伸ばしてシグモンドから一本、取りあげた。くゆらせるのも惜しいのか淡々と煙草を吸いこみ、別段旨そうでもなく、プカプカと、またはモクモク口から煙を吐いた。シグモンドは不思議な芸当でも見守るように、煙の造形を一瞥（いちべつ）していた。煙に巻くと言うが、まさに

――疾しさや、嗅ぎつけられては不都合な匂いがあるから、ヤニ臭くなっているのだと、煙草を吸う人間は基本的にあまり信用ならない気がするのだった。今では懐がかさばるたびに、ベネディックの偏屈な面構えが浮かぶ始末である。どうせだし、ケースごとそっくりくれてこようと思って来た。

夕影の暗がりに没した薄汚い墓地で踵を返した。ベネディクト・ヨンゲンの墓前に、四角いシガレットケースを、蓋を開けた状態にして置きかけた。

《ゾルタン・ランツフート》

自分が立っているのはベネディクト・ヨンゲンの墓の前でない。

石碑の色が、同じく黄味がかっていたが、刻まれている没年はおよそ八十年前である。

シグモンドは、つい先程、残していった花輪を目印に戻ってきていた。もともと間違えていたのか？

いや……今しがた確かにベネディクト・ヨンゲンと名が刻まれていたのを覚えている。

自分の他に誰かがいる気配はないが、なにしろ墓地だ。寺男などが、良い供え物でもないかと物色して、リースを元に戻したつもりで置き場を誤ったかしれぬ。事実ベネディクト・

---

9 RIP　ラテン語で〝Requiescat In Pace〟《彼の安らかに眠らんことを》或いは〝Requiscant In Pace〟《彼らの安らかに眠らんことを》処刑囚や無縁仏の墓標によく用いられる。

ヨンゲンの墓は、三ッ隣にちゃんと在った。

リースはそのままにして、シグモンドはシガレットケースだけを移し変えた。中の仄かな芳香に軽く目を伏せながら、石塔の前に身を屈めて、頁を開いた本のように、あけたままのシガレットケースを地べたに置いた。目を上げると、幅の狭いカーブを描いた石塔の頂点に、紙切れが飛ばぬよう小石を据えてあるのが目に入った。

ベネディックは、ああ見えて信用の置ける、揺るがぬ骨っぽさがあった。案外、人望に厚く、命日に詩の一つも詠みにやってくる者が居たとして、奇異ではない。

シグモンドは小石をどけて紙を手に取り、紙片を開いて中を見た。

Blind man, blind man,
Sure you can't see?
Turn round three times,
And try to catch me.
Turn east, turn west,
Catch as you can,
Did you think you'd caught me?
Blind, blind man! A.J.

――目かくし鬼、目かくし鬼よ、見えていないと御存知ないか
　三べん回って、つかまえてみるがいい
　　東へ回り、西へ回り、追いつけるものならば……
(挑発に乗るのはまずい)
見張られている。
シグモンドは周囲を見回しかけ、きょろきょろ辺りをうかがえば相手の掌中で愚弄されるも同じだと、何事もないそぶりを自らに強いた。忌々しい紙片に小石の重石を戻して、馬車へと足を進めた。
《シグ！》
シグモンドは振り返った。誰も居ない。
矢が空を掠めるような、遠くからの呼び声で、声の主が男か女か、若いか年寄りかも分からなかった。
《シグ！》
行くべきではない。
シグモンドは、いま仮に横に連れが居たとして、行こうと言ったら絶対に止めたろう。例えばミュリエルが「呼ばれた」と言い募ったとして、絶対に「空耳だ」で押し通したろう。
(深追いはしない。回廊の先まで行って、駄目だったら引き返す)
咄嗟に自らへの言い訳とも、作戦ともつかぬ気持ちを固持して、シグモンドは声のほうへ、

乾いた細い通路を、硬い靴音をたてながら駆け足で向かった。

暗い回廊は柱が連なって、閣雲に長く、豪勢な造りにみえるが、実際は案外と呆気ない。角を折れると、大またで五〜六歩駆け足で詰め寄った先は終わりであった。どこに続いているわけでもなく先は藪だ。シグモンドは回廊の先端まで足を進め、静かに待ったが、単調な風音と、馬車が市街地の石畳を往来する蹄の音が、間遠く聞こえてくるばかりである。

人影も——修道士一人、見あたらない。

すっきりせぬまま、己に下した戦術どおりに、シグモンドは引き返した。

地面に張りついた細い陸橋を渡っているような、中途半端でそぐわない閉塞感に挟まれながら、殊更に低く落ち着いた靴音をたてつつ、回廊の角を曲がった。

「……貴様か」——

シグモンドは、もろに出くわした相手に向かって、ゆるやかに本音を零した。「おまえだったの……ベネディック。良かった、マルグレーテ＝アンナでなくて」

わけはともかく、事情はさておき、とにかくシグモンドは嬉しかった。

無条件の喜びとは程遠くとも、密やかな幸福感で、うら恥ずかしくなるほど、会えて嬉しい正直な気持ちがつのった。さして可愛がってもいなかった小鳥が籠から逃げて、あっさり諦めていたところが、あるとき鳴き声が聞こえた気がして、馬車を下りて木立の中をさすっていると、ふと向こうが自分の肩に留まりおりたような喜びだ。意表をつかれた驚きと、陰ながら心の奥底で願っていた期待感が融和したようだった。すまないとも、有難うとも、再会を祝す、気の利いた一言をかけたいが、シグモンドは口を慎んだ。もしかしたらこの鳥は今まで逃げていた自覚すらないかもしれない。よく戻ってきたとか、今までどこに居たのだとか。波風をたてるそぶりをすれば、途端に鳥はうっかり留まった足場の悪さに気がついて、またどこへやら飛びたって二度とは戻ってこない予感がした。

ベネディックは顔を顰めるような、辛気臭い例の閉ざした表情で、こちらを見据えた。ぼそぼそ低い早口で、

「俺に向かって笑いかけているのか。シグ」

「そうだよ」

ベネディックは怪訝そうである。再会して別段嬉しげでもない。懐かしくもないらしく、

「出来ればこんな風に来ないで済めば良かったと思うばかりだ」

重たげに口を開いた。浮かぬ顔をしたまま、

「頼みが有るんだ、シグ」

シグモンドは俄かに気を引き締めた。獲物を爪で引っかけた猫のごときぬかりない目つきで、相手を見返した。

「ではまず私に納得のいく説明をするんだな。ベネディック」

ベネディックは火葬で灰になった。

死んだら埋葬ではなく、火葬にしてくれと。三百屋にそう遺言を託していたからである。

埋葬では冷たい死が永遠に疼きそうだ。火葬は罪人たる自分にふさわしかろう——と。

心優しくもミュリエルは、見ず知らずの三百屋の指図どおりに手筈を踏んで、ベネディクト・ヨンゲンを弔っていた。

Ⅱ：xi 八月でないＡｕｇｕｓｔ ——*August Jongen*——

ベネディックと連れ立って馬車に乗りこみながらシグモンドは、かつての懐かしい居心地が甦る一方で、全く奇妙な感じがした。二人で向かうといえばやはり屋敷に帰るぐらいしかない。殺傷事件の挙句、このうえ死んだマルグレーテ＝アンナの亡き恋人を連れ戻るとは、あるじといえどもシグモンドだって肩身が狭い。異様な白眼視に晒されるのは避けられまいと、気が重くなった。多少、帽子を目深に被ってもらうとか、マントの襟を立てるぐらいでは、マルグレーテ＝アンナのところに密に通いつめたベネディクトの風体を悟られずに誤魔化しきれるはずは無い。

「すこし面倒だな」

観念しかねて、不平を言った。

「うむ」

と、ベネディックは同意したのか恐縮して見せたのか。昔と変わらず、辛気臭く落ち着き払ったまま、「それなんだが、問題は有るまいと思うがね」

先日、君の屋敷に顔を出させてもらったと付け加える。

「シグ。君の執事頭は、相当に良く出来た人物だ」

「フレデリックか」

「そうだ。ぎょっと目を見開いて俺を見たのも一瞬だけ」

非常に丁重なあしらいを受けたと。

「都合で、オーグスト・ヨンゲンと名乗っておいた。亡きベネディクト・ヨンゲンの双子だなどと、わざとらしいアイデアだと思ったが。兄ベネディクト・ヨンゲンよりコンマ一ほど身長が高いのだが分かるかと問いかけると、ああなるほど、言われてみればそんな気も致しますなあと。すんなりだ。ベネディクトの良き友人であった御主人——君だよシグ——そいつを、あッと言わせるのに是非、この空振りの来訪については内緒にしてもらう必要があるから一役買ってくれと含ませた。裏情報となると途端に真実味が増すから不思議なものだ。人間なんてのは尤もらしいというだけで、実際その理由が嘘だろうが似非だろうが、全く呑みこみの速いものだ」

「イニシャルA・JのAはすると、August——。英語の八月？」

「いや。神学者で哲学者のオーグスト[10]」

10 Augustine の略。聖アウグスティヌスのこと。アウグスティヌスは日本語読み。

オーグスト――もとは《荘厳な》《高徳の》という意の「お得意のラテン語か」

シグモンドは失笑した。

「A・Jとはよくしたものだね、ベネディック。嫌がらせにしては随分と芸が細かいよ」

刺すように視線をくれた。

「君にはシグ、本当のところを伝えねばならぬから考えた。人間、突拍子もない事実を受け入れるには、疑いや余念など前ぶれが必要だろう。節目でもなく、きっかけも前兆もなくいきなり姿を現すのはどうだ。お体裁も悪い。突然なんでもない週の真ん中、真ッ昼間に、死んだ人間がひょっこり目の前に現われたら、理解に苦しむのは当然だ」

命日まで出番を控えて、ちょくちょく気を引く真似をしながら下準備を整えるだなんて、化物にしては随分ひょうきんな芸当を思いつくじゃないか。

「――今だって充分、理解に苦しむけど？」

ベネディックが死んだのは名実ともに事実なのだ。ベネディクト・ヨンゲンはマルグレーテ＝アンナに刺し殺された。出血多量で死んだのだ。ミュリエルが火葬にしたのも間違いなくベネディックの遺体で、誰の死体でも、替え玉でもない。

しかしベネディックは今、シグモンドの目の前にいて、煙でも湯気でも幻でもない。傍に寄れば息も吹きかかり、肩がぶつかれば手ごたえのある実体が伝わる。

とりあえず死んだベネディックが生き還ってきたのは事実だと受け止めるとして、シグモンドは、さらさら納得する気もなかったが、それ以外の真実が飛び出てくるふしも無い。呆れ果てるにしても、なにからなにまで出鱈目な困った奴に、言葉少なに続きを促した。

「で、ベネディック？　まず時系列に説明したら」

どこで目覚め、何を食し、たとえばその服はどうやって調達したか——「細かく」

ベネディクトは曇った面持ちで、まことに不明瞭なガッカリする返答を「——気が付いたらこの格好で街を歩いていた、食べ物は食べていない、規則的に眠りもしない、たまに口寂しくて煙草を吸ったり、アルコールを飲んだりするが」

時系列に説明してくれるまでもなかった。

「何をしても、しなくても死なないのだ」


到着し、ベネディクトは馬車から降りた。

夕焼けが血走ったような黒々とした木々の枝ぶりに巣籠もって、厳然と両翼を広げるヴェルティゴ伯爵邸を見上げる。ある種の感慨に耽りつつ、ベネディクトは殺気立った緊張感を漲らせていた。続いて降り立ったシグモンドも、おかげで自分の家に帰った気がしなかった。

「オーグスト・ヨンゲン様で」

執事長が出てきてベネディクトへ形式ばったお辞儀をする。

なるほど脈絡もなくベネディックが屋敷を訪れて、ベネディクトだと名乗ったところで、それこそベネディクト・ヨンゲンの双子だと思いこそすれ、誰が死んだベネディクトが生き返ったと納得するはずがある。

ベネディックの話に嘘は無さそうだった。だがいくらベネディックがシグモンドを煙に巻く気はなくとも、かかる異様な事実を、そのままで鵜呑みにするのは頭が悪すぎだ。以前のようにマルグレーテ＝アンナの部屋にベネディックを通した。少し違うのは、シグモンドも中に入り、後ろ手に扉を閉めた。

「なにをしても死なないのなら、貴様、殺しても死なないね？」

シグモンドは、薄暗がりで相手をやんわり睨みつけた。

「ベネディック。私が殺して死ななかったら、貴様の頼みとやらを聞く」

何をしても、しなくても、死なないならばまるで神だ。だが神が自己利潤の為に頼みごとをするのではたまらない。

本当のところを白状させるには、自分は殺すと脅しもするのか——シグモンドは、まるで拷問好きな中世の異端審問官になりかわった心地がした。むろん、拷問の多くに共通するサディスティックに病んだ心と、陰謀が成せる懲罰とは無縁だ。

ただ中にはもしかすると……拷問を行なった審問官の内には、本当に真実を聞きだしたかっただけの者も居たかもしれない。吊るし上げても締め上げても、幾人刑場に送ってみても、心底、納得のいく詳細を白状し、信用が置けた化物は現れなかっただけに。躍起になって探し続けて犯した行動だったのかもしれない。

（人は、神と同様に化物の存在をも信じたい）

ベネディックは煤けきったような無表情のまま、マルグレーテ＝アンナの部屋を眺め回したあとで、ぶっきらぼうに呟いた。

「シグ、君は全く頼むまでもない。俺の頼みは、君に殺してもらおうとな」

「血でも吸わせてくれと言い出すのかと思ったら——そんな戯言」

ベネディックは、否定も肯定もせず黙っている。

シグモンドは手に汗を握った。

殺意が有るなら容易だが、双方ともに敵意が無い。相手が害悪を及ぼしてくるわけでも、死んで自分に得がもたらされるでも、両者、興奮状態に陥っての乱心沙汰でもない。至って冷静に向き合って、丸腰で無抵抗の友人を一方的に殺す。シグモンドは、生理的に恐ろしい嫌悪感が湧き上がるから難しいと咄嗟に解した。

「シグ、君には一度貸しがある。苦しいから殺してくれと懇願したのを、拒絶したろう。忘れてはいまい。気の有る女が手当てに力を注いで尽くしているのに、それを目の前で殺せなかったか。単に腰が引けたのか。信仰心からだとは言わんがさ、なんだろうと君はそつなく逃げた」

ベネディックは、いかにも正しい事実を述べるだけの落ち着き払った虚ろさで、恨み言の語気とは違った。

「ピストルで簡単に片がつくだろうよ——シグ」

「——いや。銃声が響くと面倒だし、剣でやる。問題ない？」

銃で殺すのは逃げ腰だ。殺すならば、刺し加減や切れ味の手ごたえが伝わる、剣がいい。

刑法での罰がどう赦免されるにしろ、罪に対する言い逃れが効かない剣の方が、人の命を絶つ道理に優れている。シグモンドはかねてより、一対一の決闘があるとしたら、相手の死をまるまる負う、剣を使うと決めていた。

「では外に。ベネディック」

殺害現場が見つかると厄介だった。人目に付かぬ裏手の木立の中でと、シグモンドは剣を長い外套の下に隠し持った。

「急いで。明りを灯す時刻になるとかえって目立つ」

日が落ちる一番見えにくい頃を見計らって、シグモンドは、ベネディックと連れ立って、薄暮の暗がりへと扉を開けた。


赤黒い火の粉を孕んだ、消し炭色の夜空が迫りつつある。

広大な敷地内を木立の奥へと、シグモンドは足早にベネディクト・ヨンゲンを伴ってくると、

「ここでいいね。ベネディック」

夏には一面の釣鐘草(カンパニュラ)の花が、碧(あお)い燐光を放つように咲きそろって、秘境めいたみずみずしさにあった木立が、いま冬枯れ前の紅葉(こうよう)と落葉に埋(うず)もれていた。シグモンドは一抹の落ち着きを欠いて、却って自分が冷酷なまでに手際よくとにかく託された厄介事を片付けるつもりでいるのを自覚していた。ベネディックは黙って落葉の上に跪(ひざまず)いた。——神よ我を救いた

まえ——祈りの口上を抑揚乏しく口ずさみ、君も祈りを捧げてくれと。

シグモンドは立ったままで、祈り文句を言った。

「思い残すことは」

「今更ない」

シグモンドは、己に冷静な行動力を強いて、上着の内側に隠しもった長い剣を引き抜くと、鞘を地面に打ち捨てた。革手袋をはめた手の内で柄がぎこちなくすり抜けるから、手袋を取った。すると今度は、握りこむたび汗ばんで閉口した。

——わかっている死刑囚には今度こそ速やかな死を——

シグモンドの静かなる狼狽をよそに、ベネディックはじっと首を垂れ、跪いている。熱い怒りを内に封じこめ、悟りきった感じに、瞼を伏せていた。

シグモンドは、ベネディックの前に歩み寄り、剣を地面に突き立てた。柄に、もたれかかるように自分も跪いた。トントンと呼ぶように肩を叩くと、ベネディックは面を上げた。シグモンドが「できない」と言いだすのを恐れ嫌悪するような、興醒めかけた顔をした。

シグモンドは覚悟を決めた。

隠し持っていた銀のナイフを抜き取ってみせた。——A・Jから詩篇が届き、つけ回されている不穏な気配が色濃くなった先週から、シグモンドは護身用に、掌をめいっぱい広げたくらいの刃渡りの、研ぎこんだ短剣を鞘に収めて、袖の内側に仕込んでいた。

ベネディックはむき出した刃に、暗い安堵の色で、こちらを見た。

シグモンドは左手でベネディックの肩を強く摑み、抱き寄せると右腕を背中にまわした。右手の短剣を裏返して刃を上にし、自分向きに逆さに手首を返すと、ベネディックの肩甲骨の下の窪みに突き刺した。心臓を裏側から一突き、貫通した手ごたえに、深みから柄を引き抜くと、ベネディクト・ヨンゲンの体はシグモンドにすがるように倒れかかった。ベネディクトの首の付け根に、シグモンドは素手を浅く差しこみ、ベネディックの脈拍が潰えたのを確かめた。

シグモンドは、ベネディックが倒れるがままにまかせて、地面に横たえ死体を寝かせた。あたりに降り積もった落葉を、這いつくばるようにして掻き集め、その亡骸を覆い隠した。ベネディクトの服の端をまくって引っぱり、刃の血糊を拭い取ると、短剣を鞘へ元通りにしまいこんだ。長い剣も鞘に戻して、シグモンドは邸へと足を向けた。

ベネディックは、もがいたり暴れたりしなかったから、服に血が付いた気はしなかった。が、倒れこんできたベネディックを、シグモンドは思わず抱きとめたから、その時に或いは血痕が付着したかもしれなかった。念のため上着を脱ぐと、裏返し、うまい具合に剣を隠し持って、シグモンドは随分歩いて屋敷に着いた。

中に入ると使用人が血相を変えてシグモンドを迎え入れた。

「フレデリックが――！」

言葉が続かぬ若いアデリーネに、助け舟を出すようにして、シュタインベルグが、

「執事長のフレデリック・ヴァイハンが、たったいま」

「医者を」

シグモンドは、遮るようにシュタインベルグに言いつけると、アデリーネに、

「フレデリックはどこ」

ランプを持ったアデリーネが使用人部屋までシグモンドを案内する傍らで、シュタインベルグが、背後から呼ばわった。

「お医者を呼んでももう無駄です、だんなさま。急にのけ反るように胸を押さえると、苦痛の面持ちで倒れこんだ時には、執事長は脈も呼吸も止まっていました」

廊下で足を進めながら、シグモンドが確認するようにアデリーネに目をやると、

「ええ……そのとおりです。私がちょうど見たんです。だんな様が、お連れ様のオーグスト・ヨンゲン様と連れだってお庭へと歩いて行ったしばらく後に。執事長に呼び止められて、お茶を御用意するようにと指図を受けていたとき、目の前でとつぜん心臓発作を」

「医者を呼べ」

開け放たれた薄暗い小部屋の寝台に、四十男のフレデリック・ヴァイハンは横たわっていた。ベッドを囲んで見守っていた使用人が、シグモンドの姿に立ち上がった。

「医者を。シュタインベルグ。呼びにいけ」

「だんなさま」

「お前は――おまえは以前も医者など呼ばずにあのときはベネディクトを置き去った。呼べ。

ここまで運びこむ手間があったら、なぜすぐに医者を呼びに行かなかった」

シグモンドは、シュタインベルグへ振り返ると険をこめて睨みすえた。金が無いとは言わせなかった。薄気味悪いヴェルティゴ一家の忌まわしい屋敷でも、使用人が逃げて行かないのは、昔から屋敷の者は誰でもすぐに医者にかからせたからだ。

シュタインベルグは、マルグレーテ＝アンナと幼馴染の使用人で、蔭ながらマルグレーテ＝アンナを慕っており、マルグレーテ＝アンナも黙認してシュタインベルグの好意に甘えていた。だから図に乗って、この男は事ある毎にシグモンドに楯ついた。屋敷に訪れたベネディックに気付かぬふりで鍵かけて戸締めを喰わせたりもしたのだ。

「だんな様」

女中頭が神妙に歩み出て、よろしければフレデリック・ヴァイハンの瞼を閉じてやってはいただけませんかと「故人もさぞかし光栄に思うでしょうから」

シグモンドは寝台に歩み寄って、顔を覗きこんだ。死相と化した執事長を見下ろして、殺してきたベネディックを思い出した。

「おまえがおやり」

女中頭は、まだ温かく軟らかそうなフレデリック・ヴァイハンの瞼へ手を伸ばした。

シュタインベルグが、若いアデリーネに小さく手招きすると耳打ちをする。アデリーネはそそくさとシグモンドの脇に進み出た。

「あの、お連れさま……オーグスト・ヨンゲン様はいかがされましたか。お帰りになりましなかった。

たか。でなければ私、お茶の御支度を」

「彼はもう往ったから」

フレデリック・ヴァイハンの急逝で、誰も急に客人が姿を消したことは、さして気に留めなかった。


シグモンドは、寝付けないまま翌朝を迎え、日の出とともに表に出た。

庭の管理を引き受けている例の森番……ヒオドシチョウの一件で知り合った、あの男の小屋に、大きなシャベルを一本借りに行った。

森番は、おとなしくすんなりと重たいシャベルを寄越しながら、

「また科学的実験ですか。大旦那様といい、だんな様も自然に興味がお有りなようで。自分にもしもお手伝いできることがありましたら」

ぶっきらぼうな振るまいの中にも、案外うまいお世辞を込める。

シグモンドは寒さに表情を強張らせたまま、口を開いた。

「じつは昨日、不審なものを日暮れ時に私は敷地内で刺し殺した。埋めるので穴掘りを手伝ってもらいたい」

森番は黙ったまま手早くブーツに履き替え靴紐を縛った。上着を取って帽子をかぶると自分も重たいシャベルを持って一緒に来た。

いくら探しても、しかしベネディクト・ヨンゲンの死体はどこにも無かった。二時間かけ

て木立の中を探し回り、落葉を踏み散らかし、あるいは掻き集めたが見当たらなかった。

「一足遅れでしたね。一体何をしとめたんです。だんな様」

労をねぎらう森番に、シグモンドは咄嗟に怯えにちかい目つきをジロッと浴びせかけた。

「一足遅れとは？」

「狼にでも、どこかへ引きずられて食われちまったんでしょう。今年の冬は森からずいぶん下りて来ているという話です。先日は近所で馬をやられた噂も」

森番は、朝陽の差しこむ木立の中で、働き者の白い吐息をつきながら、

「だんな様も、ですから、こんな敷地の外れを歩く時には御用心を」

シグモンドは静かに軽く肯いた。

「――おまえはフレデリック・ヴァイハンの事はもう聞いた？」

「はい、ゆうべ夜遅くに。リラから」

リラとは例の台所女で、なるほど二人は相変わらず良い仲が続いているのだ。

「万が一、なにか奇怪な死体が出てきたら、誰も介さずまず私まで直接顔を出してほしい」

「承知しました」

しばらくして雪が降った。

森番から連絡は無かった。辺りは何もかも積雪で埋め尽くされた。春が来て根雪が溶ける頃には、ベネディックの死体は土に還るだろうかとシグモンドは考えた。

III

ン・ヒックスと、息子**キール・ヒックス**。

ュー、娘アナベラ・シューを産んだ。
・ヒックス、ルース・ヒックス、**ヘンリー・ヒックス**の三人。

ーと、エドワード・シューが出来たが、息子エドワードは三歳時に死亡。
ングと、メリーアン・ビーングを産んだ。
供は息子のキファー・リッチモンドと、娘のヤズミン・リッチモンド。ヤ

ェシカ・ローランド。
クス、息子シドニー・ヒックスが出来た。

のアレキサンダー・コレットが生まれたが、アレキサンダー・コレットは
出産。
子はケネス・ビーング。
涯無かった。
ニス・リッチモンド。
リリィ・ウェラーの二人娘を出産。
クスと、アリス・ヒックスの二人娘が生まれたが、マリア・ヒックスは猩

ーング。
ワイズ。

息子ヘラルド・ヒューを産んだ。
リスの姉の名、マリアを取って、娘はマリア・バルローという。

来た子供は、

ロバート・ヒックスと、妻ミュリエルとの間に生まれた子供は、娘**シャロ**

シャロン・ヒックスは、エミリオ・シューと結婚して、息子**セオドア・シ**
キール・ヒックスは、ローラ・クァインと結婚、出来た子供はナターシャ

セオドア・シューは、エレノア・ロジャースを妻に娶り、**メアリー・シュ**
アナベラ・シューはリチャード・ビーングの妻になり、ウィリアム・ビー
ナターシャ・ヒックスは、ロナルド・リッチモンドと結ばれ、生まれた子
ズミンは十九歳に肺結核で死去。
ルース・ヒックスは、年の離れたテリィ・ローランドと結婚、一人娘はジ
ヘンリー・ヒックスは、シャーロッテ・リーと結婚し、娘**トーニャ・ヒッ**

メアリー・シューは、若くしてレナード・コレットの嫁になり、一人息子
二十歳で戦死（クリミア戦争）。翌年、年の離れた次男**ヒース・コレット**を
ウィリアム・ビーングは、はとこのジェシカ・ローランドと結婚。一人息
メリーアン・ビーングは、ケヴィン・カーマイケルと結婚して、子供は生
キファー・リッチモンドは、リリス・ヒューイットと結婚、一人娘はジャ
トーニャ・ヒックスは、フレデリック・ウェラーに嫁ぎ、テス・ウェラー、
シドニー・ヒックスは、ケリー・リチャードソンを妻にし、マリア・ヒッ
紅熱で六歳時に死去。

ヒース・コレットは……ひとまずさておき――
ケネス・ビーングは、エマ・コリンズを妻に娶り、一人息子はコリン・ビ
ジャニス・リッチモンドは、ラルフ・ワイズに嫁ぎ、一人娘は、エレン・
テス・ウェラーは生涯独身で、妹リリィの息子ヘラルドを養子にした。
リリィ・ウェラーは、エドガー・ヒューと結婚し、娘**ラヴィニア・ヒュー**、
アリス・ヒックスは、ルイ・バルローと結婚。幼少時に猩紅熱で死んだア

ヒース・コレットは遠戚の**ラヴィニア・ヒュー**と結婚した。二人の間に出
ロンドン在住の長男ジェローム・コレット
母親にべったりの、長女リディア・コレット
赤毛でそばかす、のっぽで青い目の**トーマス・コレット**
末娘のエスニィ・コレット

Ⅲ：i　ターコイズ・ブルーの記憶

「優等生のアンドリュー・ボーデンが死んだぞ」

学部の掲示板に小さく貼り出されていると、新学期、ロジャー・オズモンドがニュースを運んできた。

「知ってたか」

「ああ。ぼくは先日見たよ」

赤毛でそばかすだらけのトミー・コレットは、そう答えた。

「アンドリュー・ボーデン？」

横で体格の良いレジナルド・シュウメーカーが問いただすのを、一緒にT・A試験を受けた奴さ、とロジャー・オズモンドが注釈した。

「ああボーデン家の、近寄りがたい無口な成金御曹司か」

「ボーデン家といえば、貴族気どりの道楽家だってな」

炭坑用のカンテラ市場を独占して、ここ数十年で伸した一家だ。

T・Aの試験では、道理にかなった正しい答えを導き出せたのはアンドリューだけだったのに、採用にならなかった。一緒に試験を受けた級友たちは、ボーデン家のニヒルを気取ったすかしもんの跡取り息子が、T・Aなんぞとだいたい冷やかしに決まっていると、気に留めていなかった。トミー・コレットは、そんな級友たちに空返事で相槌をうってはいたが、アンドリュー・ボーデンとすれ違うたび、遠ざかる後姿から伸びる夕影を、すっきりしない心持ちで見送っていた。

トミーはずっと気にかかっていた。

もはや大学だから全寮制ではないけれど、家が遠ければ寄宿舎に入るのが常識だのに、物好きと言うか、アンドリューは風変わりにも近所の安い場末に間借りをしていた。美男子だし、気兼ねなく場末の女といちゃついては容易に連れこむためなのかもしれなかったが、アンドリューは根っから品行方正な節度が常に見え隠れした。他の級友たちの仕込まれた貴公子然とした立ちさばきとは異なっている。とはいえ仕立ての良い格好は、上流階級さながら、チャーミングな優男で、露骨なまでに他者と交わりを持たず、気付けばもう居ない。生きている時分から影めいた人物だった。

「死んだのか。なぜだ？」

レジナルドは小さな林檎をズボンにこすりつけてから、口に運ぶ。

事故だって話さ、とロジャーが、

「水の事故らしい。夏だったから、川で」

「ぼくは車の事故だと耳にしたよ」

「車が河に突っこんだとも考えられるしな」

と、レジナルドが言うのを遮ってトミー・コレットは、

「ぼくは今週末にボーデン家を訪ねて、お悔やみを言ってくる。一緒に行くかい？」

学部から住所は聞いてある。さして遠くもない。

「そんなに親しかったのか」

ロジャー・オズモンドは意外そうに「遠慮しとくよ。ラッセル教授宅に招かれているんだ。友人を連れて来てもいいというから、君を誘おうと思っていたが」

じゃあ次のクラスを取っているからと、組んでいた足をほどいて腰をあげた。

「たいして親しくなかったさ。だけどアンドリュー・ボーデンとは誰も格別親しくしていた者なんて無かったんだし、いいだろう」

トミーは、ロジャー・オズモンドから訊かれた質問を、そうレジナルドに返した。

「今週末は、ラグビーのコーチを引き受けたから駄目だ」

レジーは、行ったらどんなだったか聞かせてくれ、と椅子を逆向きに跨ぎこして座りながら背もたれに肘をつきつつ林檎を齧り終えた。鞄からノートブックを一冊抜き取ると、立ち上がって、

「トミー。このノート、助かったぜ。休みいっぱい借りさせてもらって」

「そうかい？　良かった」

「じゃあな。来週」

学部の隅にある埃っぽいT・Aの溜まり場で、トミー・コレットは一人取り残された。

（そうさ、このノートだ）
　ふわふわまばゆく長い金髪の、すらりと麗しい娘が、一箇月ほど前に届けに来た。アンドリュー・ボーデンの妹だと名乗った。首の詰まった白いドレスの胸元に、ターコイズ・ブルーの楕円のブローチを留めていた。
《お兄さんは？》
《先日亡くなったんです》
　サラリと答えた。
　呆気に取られてトミー・コレットは、
《まさか！》
　突然の車の事故で、わたしも実感がわきませんと、どうりで妹はあっけらかんとしていた。中に入ってと促したが、いいえ急いでいるのでと。
《いつのことです？》
《七月の十六日に》
《お悔やみを……》
　あまりの事件にしどろもどろでトミー・コレットは、どうしてぼくの家がわかったのですかと尋ねた。
《ノートに名前が書いてありますもの》
　利発そうに返答され、その場ではトミーもなんだか納得した。家までの道順をアンドリュー・ボーデンは紙切れの端にでもメモっておいたのだろう。遺品の片付け最中に、目敏く地図を見つけだした妹が、察して届けに来たのだと推測した。

《それでは》

娘は、ステッキさながら手にしていた黒のこうもり傘を、トミーに渡すと、踵(きびす)を返して立ち去った。

トミー・コレットは、ノートをぱらぱらとそよがしたあと、よく晴れた夏の真ッ昼間、家の中で大きなこうもり傘を開いて見た。メモやら手紙でも挟まってやしないか。アンドリューからというよりは、妹が、ありがとうと書いた小さなカードでも折りこんでいるやもしれないと期待して、室内で開いた傘をまじまじと見まわした。

(あれ……?)

自分の傘ではない。トミーのは日に透けると、ややネイビーに映る黒だった。

(ならばアンドリューに傘を貸したのを、なぜ妹は知っていたんだろ)

トミー・コレットは二階に上がって自室で手帳を開いた。トミーは成績優秀、特に理数系哲学において、理屈をこねると誰をも閉口させる。一方で、日常生活の付き合いにおいて基本的にお人よしなのを良いことに、ノートを貸してくれとよく頼まれる。病欠などで休んだ者が困った素振りをみせると、——借りるかい? 次のセミナーまでに返してくれればいいから。と、ついつい自らおせっかいをして差し出すこともあって、だから貸し出した時に日にちを必ず手帳につけておくのだった。

17／7

夏期休暇中だったから、呑気にしていて、貸したその場で手帳をつけなかった。だから確たる自信はないが、アンドリューがノートを借りに来たのは、七月十七日。

妹は、しかし兄アンドリュー・ボーデンは七月十六日に死んだと告げた。

一日ぐらい日付を間違えることは、休み中はありそうだ。ではアンドリュー・ボーデンは、ノートを借りに来た直後に事故に遭って死んだのか。

いずれにしても、ターコイズ・ブルーのつるりと丸く冷たげな変哲のないブローチがよく似合う華やかな乙女——白いドレスにふんわり優雅な金髪、ふっくらとした頬や唇が麗しいアンドリューの妹が——トミーに運んできたニュースは、後味が悪かったのだ。

トミー・コレットは心積もりをしていたとおりに、週末、土曜の昼下がりにアンドリュー・ボーデンの実家を訪問した。突然の訪問ではあるが、歓迎されるだろう。死んだ息子の同級生が訪ねてきて、密かに動揺しているクラスメイトの新学期の様子や、アンドリューの生前の勉強ぶりなどを話したら、家族はきっと喜ぶだろうと。善意からの弔問だった。

「アンドリュー君と一緒に大学で哲学を勉強していました。トーマス・コレットと申します。御存知でないかもしれませんが……」

アンドリュー様の御友人、と執事が書斎までアンドリューの父親を呼びに行った。父親が階段を降りてくると、トミー・コレットはもう一度、

「アンドリュー君と大学で一緒でした。突然のことでびっくりして、なかなか足を運ぶ決心が付かなかったのですが」

差し伸ばされた手を取り、握手を返した。

ロビーで立ち話を始めた二人を見咎めて、やって来たボーデン夫人が、

「どなたなの？」

父親が、アンドリューのと答えかけるや否や、そんなところで何をしているの、はやくお通ししてと声を高くする。諫めるようにボーデン氏は、

「ちょっと失礼」

夫人の腕をつかむと何事かを耳打ちした。俄かに夫人が、そういうことならすぐに引き取ってもらって、と低く答えるのが聞こえてきた。

「突然にお邪魔して、失礼かとは思ったのですが、申し訳ありません」

戻ってきたボーデン氏に、そそくさとトミー・コレットは頭を下げて、ステッキ代わりに持っていた黒の大きなこうもり傘を返した。ボーデン氏は手渡されるままに傘を受け取りながら、

「いや、君は何一つ問題ないのだ。息子の為にわざわざよく来てくれた。たまたま今日は取りこんでいて、ここで失礼させていただくが」

「はい。ぼくこそ、お目にかかれて光栄です。アンドリューはとにかく出来る学生で、もっと親しく語り合えたらと思っていたんです」

トミー・コレットは、ひょろりとした体でペコリとお辞儀をすると、踵を返した。

「ちょっと、君」

呼ばれたので、振り返ると、

「傘をお忘れだよ」

「いや、それは」

トミー・コレットは説明した。

「お宅のお嬢さんが、家まで届けてきてくれたのですが、ぼくのじゃないのです。確かにぼくはアンドリューに傘とノートを貸しはしたんですが。それでお返ししようと思って」

「クリスティンが？」

ボーデン氏は気色ばんで詰め寄った。

「お名前までは伺いませんでしたが、アンドリューの妹さんが」

お嬢さんに直接尋ねていただければわかるでしょうと、トミー・コレットは、相手の尋常でない詰問の語気に、思わずそう言い返した。べつにやましい経緯は一つも無いのだ。もちろん、あの清楚な華やかさの、ぱっと目の覚めるような明るい雰囲気の妹と、また会えるかもしれないと期待はしたが、別に取り沙汰される謂れはない。

「いつのことだ、君」

「七月末です」

「娘はどんな」

トミー・コレットは、目と目の間にしわが寄るほど、まじまじと父親の顔を見返した。

「どんなとは……?」

「クリスティンは、あの子は目が悪い。滅多に出歩かないのだ」

「ぼくには全くそんなふうには——溌剌(はつらつ)としたお嬢さんで、丸い大きなターコイズ・ブルーの……トルコ石のブローチをここに留めて」

と、トミー・コレットは自分の喉もとを指した。

続けろと急かさんばかりにボーデン氏が待っているので、「——やわらかな金髪の、すらりとした、年の頃は二十歳前後の美しいお嬢さんでした」

ボーデン氏は、

「その娘がクリスティンかどうか疑問は残りますが、もしもどこかでまた同じ娘を見かけたら、どうか知らせていただきたい。また娘が、万が一にも、君の所へ訪ねて行ったら、家まですぐ連絡を入れるように是非伝えていただきたい。兄の死を気に病んだのか、家から居なくなって行方が知れないのです」

トミー・コレットは、夏の名残が強い土曜の昼下がり、空だけが青く抜けるような秋空の下、上着を脱ぐと肩に担いだ。

襟足を刈り上げた赤毛に照り付ける日差しをかんかん帽で遮って、トミーは駅までの長い道のりを散歩がてらに、考えあぐねた。

(やっぱり何か、ひっかかるよな)

Ⅲ：ii　天国の在処とは

公園通りの並木路が秋色に明るく色づきだした。

通りを渡ったずいぶん先に、トミーはまた見かけたのだ。

いくたび思い描いたか、パラソルを差したすらりとしなやかなあの後姿。ふわふわ長い金髪を、今日はボブスタイルに似せて結い上げて、星屑みたいに宝石が鏤められた飾り櫛で留めている。トミー・コレットは、そそくさと足早に追いついた。

道の向こう岸で、単調な秋の午後を、さも心地よげに軽やかに歩を進める、娘のつんと少し得意げな印象のシルエットは、生まれたてのように活きいきと、ときめいている。

「ミス・ボーデン」

呼ぼうとしてトミーは咽喉まで出かかったが踏み留まった。いずれ声をかけるとして、今少し先にしよう。幸い全く気付かれてはいない。しばし後をつけてみよう。

やや肌寒く陰気な秋風も、アンドリューの妹にとったら、そよ風の愛撫にくすぐられるみたいに晴れやかで新鮮らしい。ふんわりまとわりつく羽毛に戯れるがごとく、頬に……髪にと夕風を受けながら、ほつれんばかりこぼれかけた金髪がそよぐのを、ふと手で押さえたりする。都会人ふうの足早な歩調で、自分の靴音が軽やかに闊歩するリズムを、誰にも邪魔されず楽しんでいる。

トミー・コレットはベストの鎖を手繰って、懐中時計を取り出した。

時計の針は四時三十一分を指している。

(月曜日、午後四時半に、アンドリューの妹はいつもこの辺りを通るのかな)

うら寂しい夕刻に女一人で歩いているとなれば、そうそう遠出はしないはず、向かっているのは家だろう。

トミー・コレットは懐中時計をポケットへ落としこみながら、教会裏の横道に入ったクリスティン嬢の後姿を見届け、間合いを取ってゆっくりと足を進めた。

大通りであれば、気付かれても「ああ、偶然ですね」と帽子を取って名乗れば済む。横道に入りこんだ時点で、偶然ですねは通用しなくなる。

アンドリューの妹の足下をすりぬけるように猫が横切った。しなやかなバネのように塀に跳び乗った。その脇でアンドリューの妹は颯爽と足を運びながら、やるわね、とでも言いたげに横目で猫を愉快そうに見やった。猫も気づいて妹に見返って、するとアンドリューの妹は軽く日傘を傾げ、歩調をゆるめぬまま、猫にだけわかるようにウィンクして見せた。

とびきりの上機嫌でいるアンドリューの妹に、正面きって出くわしたときのうまい言い訳はあるだろうか。にわかに顔を引きつらせる事態はぜひとも避けたい。トミーがいささか後ろめたくつけてきたところにきて、

Maple Dr.

更に小路に入る標識が目に入った。

トミー・コレットは覚悟を決めた。ばれたら正直に後をつけたと告白して、経緯を話して釈明しよう――。

メイプル・ドライヴと名がつくだけあって、磨きこまれた艶消しの皮革めいた赤や黄色の楓が、てんでに丈夫でしなやかな葉を繁らせている。自動車がようやく一台通れる幅の小路の視界を遮って、石畳に当たる靴音を、落葉が軽減してくれる。どうやらここは楓の木立に隠れた私道だ。突き当たりの館につながるのだ。

ゲートをカチャンと閉める金属音が響いた。

トミー・コレットは足早に館の正面までやって来た。壁に木蔦が絡みついていたのを刮げとったみたいな褪せた石灰色の二階建てである。新しくも古くもなく、どっしりとした構えだが、髭剃りあとの生っちろい素肌のようで、夕日を浴びていても影の中にある風合いだ。どちらかといえば外見は簡素で目立たない石造りの邸宅。

「御用ですか」

背後から声をかけられた。トミーは振り向いた。

見知らぬ綺麗な容姿の人物が立っている。

「うちのナターリアに御用でも？」

よくよく見るにつけても美しい人物――咄嗟にトミー・コレットは、男装の麗人かとも疑ってかかった。が、姿勢の重心が据わっている。声も滑らかに低く、無表情がすぎる。女性であれば人に声をかける時くらい、見せかけにしてもいま少し好奇心とか愛想笑い、さもなくば不信感が見え隠れする。それでも一見して男に思わなかった。目を瞠る並外れた容貌のほかにも、世知辛い威圧感や、世俗の如才なさ、あるいは無骨に初対面の相手を値踏みする習慣などからかけ離れていて、浮世離れしてみえたからだ。冷淡な軽やかさがなびいてきて、からめとられる気がした。

磨ぎすました静けさを湛えているその中性的な人物は、トミー・コレットの答えを待たず、無駄ない仕草で横をすりぬけた。門扉を押し開くと、中に入った。

「どうぞ」

トミー・コレットは返答に困って、「いや、ちょっと今日は」

「都合が悪ければ無理にとは言いませんが」

「もし本当によろしいなら」

トミー・コレットは、恐縮のあまり猫背になって門を通り抜けた。男はトミーを通すとゲートを閉めた。妙に人を緊張させる人物だ。

「お名前は?」

「トーマス・コレットです」

「私はシグモンド・ヴェルティゴ」

どうぞよろしく、と手を差し出すところをみると、案外と気安い質なのだろうか。見当つかない。トミー・コレットは差し出された手を握り返した。

トミー・コレットは、男が家の扉を開けるのを傍らで待ったが、男は家の鍵を持ちあわせていないようだった。シグモンド・ヴェルティゴとやらは、ライオンが轡を咥えたようなドア飾りを、扉に数回打ちつけた。どうやら叩き方に決まりのサインがある。待ち構えていたように扉はすぐ開いた。

「あら、あなたは確かコレットさんね」

扉を開けた娘は、目の前のシグモンド・ヴェルティゴを全く無視で、いきなり背後のトミー・コレットに向かって声をかけた。

「クリスティン・ボーデン嬢なのでしょう？　アンドリューの妹の」

トミー・コレットは待ちきれずに切りだした。

先に中に入ったシグモンド・ヴェルティゴが呼びかけた。

「ナターリア、中に通したら」

「訪問者が口を出さないで。黙っててちょうだい」

クリスティンの剣幕に、正直トミーは面喰らった。シグモンド・ヴェルティゴとかいうこの抜け目なさそうな異様に美しい若い男こそ、兄の死で捨て鉢になったクリスティンが駆け落ちでもしでかした相手ではないか――と、トミーは咄嗟に見誤っていたのである。

（この二人で一緒に館に住んでいるのでは、なさそうだ）

トミー・コレットは、まじまじと奥のシグモンド・ヴェルティゴを見返した。クリスティンに罵られた当人は、鉄面皮のような綺麗な顔の下で、実に愉快げにほくそ笑む、老成した内心が垣間見えた。

トミー・コレットを中に通すと、クリスティンは重たげな扉を閉めた。

「どうしてここが？　なぜわたしを？」

「クリスティン嬢なのでしょう？」

「ええ。わたしは「ナターリア・ボーデン。ナターリアはわたしのミドルネームよ。クリスティンという名前はこの辺りではなるべく表向きだけでも伏せておくの」と、クリスティンはトミーに呆気なく白状した。途中、クリスティンはシグモンドを牽制するように後ろへと振り返ったが、シグモンドは既に二階へ上がっていたのを、トミー・コレットは見届けていた。

「御両親が心配しているんです」

「帰るつもりはありませんわ。少なくとも今しばらくは」

「とすると、きみの居場所を教えなくっちゃならない」

トミー・コレットは神妙に窘めた。

「あら。いつの間に、あなたはわたしの両親にそんな義理ができたの」

「義理はなくっても、何もせずにきみの身に何か起こったら責任を感じますよ」

と、トミー・コレットは生真面目に返答した。

「あなたって真面目ね。だいじょうぶよ。心配されるようなことは起こらないわ」

クリスティンは嬉しそうに微笑んだ。

「じゃあ、あの人は何者ですか」

「シグモンド・ヴェルティゴ？」

トミー・コレットは頷いた。

「あなた、目を奪われていたわ」

クリスティンはからかうようにトミーを笑った。「わたしもはじめて会ったときには、正直、息を呑んで不躾(ぶしつけ)なほどまじまじと見回したのよ。ぼやけているせいかとも思ったくらい。でも日増しに明るくはっきりと目に映るにつけても、冴え渡る器量の良さに呆れるほどだったわ。あの人と並んで歩けば、どんな女性も男性も引き立て役ね。御免だわ」

引き立て役だなんてとんでもないと慌てて否定しかけたトミー・コレットを遮るように、クリスティンは、

「あの人は、エリオット・フォッセーの家庭教師なの」

「エリオット・フォッセー？」

聞かぬ名だと、トミー・コレットは問い返した。

「コレットさん、質問は一回に一つだけと約束してくださらない？　いま何もかもお話ししたなら、わたしはあなたともう会う必要なんて無いんだもの。また近いうちにいらしてくださる？」

「来てもいいんですか？」

「ええもちろん。嬉しいわ。いろいろお話ししたいもの。話し相手があまりなくって。だから秘密は守ってくださらなくちゃ。実家に連絡するなんてつまらない真似しないでね。わたしはここで安全に暮らしているのですから、お願いです」

屈託なくクリスティンは笑ってトミーをそう諫めた。

秘密だの、お願いだのと、清清しく微笑みかけられれば、正義感が強く融通の利かない律儀なトミー・コレットも、クリスティンとの再会のチャンスを逃すほど馬鹿ではない。

「わかりました。ただ、前回も思っていて、あのときは口に出せなかったことが」

クリスティンはすると警戒心を垣間見せ、所在なげに、喉もとのひんやり冷たそうなブローチに指先をやった。なんでしょうと真顔でトミーを見返した。

「そのターコイズ・ブルーの丸いブローチです。とってもよくお似合いですね、ミス」

表情がほぐれて、恥らいつつ喜んで見せるクリスティンに、トミーは被っていた帽子を少し浮かせて辞儀をした。促されるまま、踵を返した。


「兄さん」

エリオットはソファで手紙の封を開けていたが、クリスティンに向き直った。ガウンの紐を縛りながら、

「なんだい？　クリスティン」

「きっとわたし、あの人と結婚するわ。ひょろりとしていて赤毛でそばかす、面長で、ホライズンブルーの目をしたトミー・コレット」

「そいつは急だね」

エリオットは笑った。「気に入った？」

「シグモンド・ヴェルティゴなんかよりずうっとよ。わたし、シグモンドは嫌い。好きか嫌いかどちらかっていうならば」

エリオットはたちまち己の表情が曇るのがわかったが、笑いかけた余韻をなるべく携えて、

「でも、なんでだい。僕とばかり話しているから？　いろいろ教わりたい事ばかりで、僕がシグを横取りしているから」

「これだから！」

と、クリスティンは、青く澄んだ目を剝いた。

「全く逆よ。あの人に兄さんを取られるから嫌なのよ。あの人が訪ねて来るたび、わたしは一人よ。だいたいあの人って見た目ばかり優美だけど、酷薄な感じがするじゃないの。人の末期（まつご）の頼みをさえ、いざって時、すげなく断りそう」

「……クリスティン、君がそんな風に思える人も珍しいね」

「あの人が帰っていくたび、兄さんはどこか具合が悪くなったように、ずっと寝ていたり、本を読んでたり、今日だってなかなか起きてこなくって、それがいやよ。考えごと？」

「うん。クリスティンも一緒に講義を聞けばいいのに。面白いよ。――シグは僕が今まで出

会った中で、きっと一番真実に近いところに居る人なんだ」

講義といってもシグモンドは本一冊開くわけでも、インク壺にペン先一本浸すわけでもなく、チョークの粉で指を白くまぶしもせずに、あくまで気軽に立ちよった滑らかさでお喋りまがいに説くのである。だが尚もクリスティンは不服げに、

「せっかく二人きりの時まで、あんな人の話題で尽きるなんて」

そうだね——エリオットはシグモンドの話題はやめにした。

「トミー・コレットのどこが気に入った？　クリスティン」

「まだ分からないけど、あの人、どことなくぶきっちょで無邪気な可愛らしさがない？　好奇心をそそられるわ。それにトミー・コレットは、わたしの青いブローチを褒めたのよ」

と、クリスティンは、ナイトガウンの襟元からのぞく、精巧でおおらかな彫刻が脈打つような自分の白い喉の下の素肌のくぼみを、指でさした。

「知っているでしょう。今日もつけていた、お気に入りのターコイズ・ブルーのブローチよ。父の外国土産で、前から好きだったの。だけど母さんが決めつけるには、わたしにはダイアモンドとか、色石ならエメラルド、わたしの目の色に合うサファイアだとか。貴石以外は似合わないんですって。透き通った色味でも、透明度のないターコイズ・ブルーの石はだめですって。それが六年前のあの火事で、ダイアモンドがずいぶん灰になったとき、このターコイズ・ブルーのブローチは無事だったのよ。わたしと一緒に無事だったの。ちょうどその時も着けていたの」

「クリスティンにとって縁起物ってわけなんだね。幸福を運ぶ石が、トミー・コレットとクリスティンを引き合わせた」

「違うわ兄さん。その昔、兄さんが耳打ちしたからだわ。クリスティン、母さんを疎ましがってはいけないよ、母さんは高価な宝石をお前に着けさせたいだけなのさ。でもねいいかい。お前はきっと、このターコイズ・ブルーのブローチを似合うと褒めてくれた男と結婚するんだ。きっとそうに違いなかろうねって——だから余計に大切にしていたのよ」

(僕は言っていない)

エリオットは俄かに沈んだ心持ちで、

「その兄さんとは僕じゃないね」

「ええ、そうね」

クリスティンは、笑って話した思い出話の苦い後味に、気付かない気軽さで返事をしておきながら、気まずさに口元の笑みを表情からそっと消した。目を伏せた。

アンドリューだって兄らしい振舞いをしていた時も有った。だからクリスティンは、そもそも兄のアンドリューをああも好いて慕っていたんじゃないか。

「あのどさくさで、クリスティン、君はアンドリューの墓にもろくに行っていないね」

「お墓でうっかり誰かと鉢合わせしたら別人のふりも出来やしないわ。一人でとても行けなくて」

「じゃあ丁度いい隠れ蓑(みの)が出来たじゃないか。トミー・コレットの連れとして行けばいい。

今度来たとき誘えば喜ぶよ。命日やクリスマスじゃないかぎり、墓地で誰かと行き会うなんてまずないし、ニアミスが有っても、トミーならきっとクリスティンのために一肌脱いでうまく切り抜けてくれるにちがいないさ」
デート気分でほんのり浮かれているクリスティンに、エリオットは
「僕の分もアンドリューに祈ってきて」
そう、水を差した。

トミー・コレットはクリスティンと一緒に、アンドリューの墓参りを済ませると、セメタリーのなだらかな丘を二人で目的もなく散歩した。

クリスティンは帽子のかわりに白いレースの日傘を差していて、少しでもよけいに外気を肌身に感じたげである。たっぷりとした金髪を結いあげた後れ毛が柔らかで、時々、すらりとたたずむように立ち止まって、やや遅れてゆっくり行くトミーに笑いかけた。

「明るいわ。眩しいわ。午前中からおおっぴらに外に出るのは久しぶりよ」

ややもするとしどけなく、だらしなくなりがちな薄様(うすよう)の服を上品に着流している。風に煽られるとすべるように押しついて形良い全身の輪郭が、わずかに露わになりかける。トミー・コレットは羽根が生えんばかりの信じられない心地で、クリスティンのはしゃぐ姿を見守り、ただ照れて笑みを返した。

「天国ってどんなところか考えた事はおありになる？　わたしはあるわ」

クリスティンは立ち止まり、トミー・コレットが追いつくのを待つ。

「ぼくも有るよ」

「わたしね、天国に行ったら、こんな陽あたりのいい丘にある、白い家に住みたいの。あまり人の居ないところ。人里から遠くもなくて、海沿いがいいわ。綺麗な海岸線の見渡せる、青々とした芝の丘のいただきに、甘い小さな花を咲かせる山査子(サンザシ)の木があるの。気の許せる人とだけ、のんびり静かに、楽しくいつまでも幸せに暮らすのよ」

「天国に行かなくたって、かなうんじゃないかな」

「そうかしら……」

クリスティンがどことなく眠たげで、もの寂しそうに遠くを眺めたから、トミー・コレットは変に躍起になった。

「かないますとも！　天国に行くまで待っていたって駄目ですよ。かなえなけりゃ。なにしろ天国がそんな場所であるはずないんです。天国にそんな場所は在りっこないんですから」

「天国なんてないとおっしゃりたい？」

わかったような顔でゆっくりと笑いながらクリスティンが問いかけるので、

「ちがいます。天国が在るか無いかは別問題で。ただ、仮に天国が在るにしろ、そこは海のそばとか、丘の上とか、山査子(サンザシ)の木陰だとかいう、ぼくたちがこうして存在している三次元では計り知れない場処ですから」

トミー・コレットは、クリスティンの青白い眼差しを遠目に覗きこみながら言い切った。

「どうしてあなたがそんな断定的に言い切れるの」

クリスティンは不思議そうに、内実とても愉快げに聞き返すので、トーマス・コレットは、いつも授業で弁の立つ手ごたえを取り戻した。

「なぜって、簡単ですよ。この三次元に天国が存在しているなら、ぼくらはいつか必ず天国を見つけられるはずなんです。生きているぼくらがですよ。ちょうどギリシャ神話でオルフェウスが、蛇に咬まれて死んだ恋人を冥界から連れ戻そうと、地下に降りて話をつける物語があるように。たとえば飛行機に乗って空をよく探検すれば、天国の神殿という地理に辿りつく」

あるいは地球上に無くとも、宇宙のいずこかに天国が存在する理屈になる。今まで誰もたどり着いた例がないだけ、いつか今より優れた乗り物ができた時には、遠い所に住む知人を訪ねるように、遠い所に住む亡者に会いにいける。

「天国が、きみの言うような海辺とかの三次元なら、今日みたいにアンドリューの墓参りをするかわりに、ぼくらは、ちょっと意気込んで遠出を覚悟で、顔を見てアンドリューと話をして帰る芸当が、いつの日か叶うようになる。宇宙には充分な酸素がないらしいから、生きている人間は酸素なしでは一分と持たないので、海に潜るときのように酸素を量って用意してね。死者とぼくらの隔たりは、あくまで空間的距離と、環境の隔たりに過ぎなくなるわけだけど」

「それこそまるでギリシャ神話ね。神々も、ニンフも、人間も、亡者も全ていっしょくた」

今だってきみはまるで人間のふりをしたニンフのようだし——と口をついて出そうになったトミー・コレットは、己に小さく首を振って、余計な気持ちを振り払いながら、

「そう。ぼくらと死者との隔たりが、単なるべらぼうに絶大なる距離の違いで、距離さえ埋めれば接触できるという発想のおかしいのは、まさにそのいっしょくたの点じゃないかなあ。ぼくや……きみの体も、足下の地面や身の回りの空間と同じく、三次元の肉体でしょう？　いっぽう死者の肉体は、既に死して崩壊しているわけだから。死者とぼくらが何らかの形でふれあえたとしても、その隔たりが、あくまで空間的距離の差に過ぎないってのは、あり得ない。よしんば宇宙のどこかに、天国という死者の住まう地理が在って、死者は酸素がなくとも生きられる存在に変貌を遂げていたとしても。じゃあその天国という地理に、どうやってこれまで彼らは、宇宙船どころか飛行機もない時代から、たどり着いていたんだろうかって。どこかに空間の裂け目だとか、時間の連鎖の仕切りが無いことには、説明がつかないでしょ？　空間の裂け目だとか、時間の連鎖の境い目を通過するのは、三次元とは違いますよ。ぼくらの想像が追いつかない場所です。……つまりいくらぼくらにまだまだ科学技術の発達する余地があって、地球の全ての地面をほっくり返す訳にはいかなくっても、地面を掘ればたいがいマグマにたどり着き、おおかた地獄や冥界には行き着かぬと分かっているようにね、天国にしてみても、この三次元上に存在するとは考えにくいんだ」

　ましてや見晴らしのよい岬の頂（いただき）にある白い家だとか、仄かに甘く香ってくる白いサンザシ。聞こえてくるのはそよ風にさざめく木の葉のような、安らぎを誘う潮の満ち干き……

「少し足を伸ばせば身近にある、そんな三次元世界で存在する場処が天国のはずがないと断定的に言えるんです。きみの描いた天国に駄目押しをするみたいな裏付けを長々述べて、申し訳ないんだけど」

トミー・コレットは緊張していた。一度、口火を切ったら馬鹿正直に堰を切って話し続けていた。きみの天国は、ああとても素敵だと体よく受け流し、笑いかければ簡単なのに。失敗したなあとポケットに両手を突っこみ、うつむいた。

踵を芝生に突き立てたりして、トミー・コレットはきまり悪く靴底で芝を掘り起こした。

「べつにね、きみの夢を頭ごなしに否定したいとかじゃないんだ。たしかに天国が曖昧な幻想の淡い世界で、きみが思い描く全てがかなうメルヒェンの場所ならば、あるいはきみが望むような場所を再現できるのかもしれないよ。……青空の下、日なたの丘で、澄んだ海辺の涼風にたたずむ素敵な家を」

だけど……とやっぱりトミーは確たる真実を付け加えずに居られない。魅力を感じるクリスティンを相手に、不誠実に嘘のくだりを吐きつづけられない。

「だけどやっぱりそれは所詮、幻なんだ。実体のない虚偽の空想世界だってことさ。だったら少し足を伸ばせば、具体的にこの三次元世界で、ぼくはきみが言う《天国》みたいな場所を知ってる」

「ほんとう？　行ってみたいわ。いつか」

クリスティンは柔らかく、トミーを許すように笑いかけた。

「本気かい？　だったら是非、ぜひ行きましょう、いつか近いうちに」

と、意気込みながらトミー・コレットは、あわてて控えめに取り繕った。

「きみが連れてきたい人が居るなら、その人も一緒に呼んで、きっと行きましょう。広かあないけど別荘が在るんです。もちろん天国とまではいかないけど、なるべくきみの天国のイメージに近づけるよ。壁の色を白く塗り替えるよ。それでもやはり、がっかりさせるかもしれないけれど」

クリスティンは嬉しげにトミーを見返した。

「今の天国の話、とても面白かったわ。貴方がなんと言おうとも、わたしの天国は海辺の晴れた丘の上にある白い家だって思うけど。知的好奇心をそそられるこの手の話は大好きよ。わたしは何しろ兄さんの妹だもの、ちょっとは聞き慣れてもいるの。エリオットも、シグの講義を聞いていて、こんな気分だとしたら仕方がないわね。あなた、きっと兄さんと本当にうまが合ってよ」

「ぼくもずっとそう思っていた。だけど君の兄さんは人づきあいが悪くって、なかなか深く話をするチャンスが無かったまま……こんなことに」

トミー・コレットはここでふと、

「ところで前回もきみが零していた、エリオットとはどなたなの？」

「ああ……いつか貴方に話さなくっちゃね。いずれきっと顔を会わせる必要が出てくるわ。だから貴方もいつかわたしを本当に、貴方の海辺の丘に連れてってくださらなくちゃ。トミ

—」

巧言令色、半分はその場限りの台詞だとしても、トミー・コレットは、そばかすだらけの赤い顔がいっそう紅潮するのが自分でわかった。わずかでもクリスティンと気持ちが近く触れ合った喜びに、心から嬉しさを隠せなかった。

Ⅲ:iii 理由と原因

「今日は《理由と原因》について話すよ」

と、シグモンドはエリオットに振り返った。紅葉(こうよう)をつき抜ける昼過ぎの澄みわたった秋空を背に、張り出し窓に腰掛けながら、

「ところで君のクリスティンは留守なのかい」

「——ええ。クリスティンは出掛けています。トミー・コレットと、アンドリューの墓参りに」

「君の墓参りにね」

シグモンドが、なめらかな声音(こわね)で耳障りな記憶をうながすと、

「ちがいますよ、僕の墓参りじゃなくアンドリューの」

エリオットは分かりきったことを真顔で答え、――てんで気もそぞろなわけか。

そんな日もある。

自分をさておいても大切な、唯一の相手が、エリオットには、まだ傍に生きて居るのだ。てっとり早くシグモンドは、さっさと講義の本題に取り掛かった。

「いいかい。《理由と原因》について君がわかることを述べてごらん、エリオット」

「理由と原因？――《原因と結果》じゃなくってですか？　原因と結果の因果律についてではなく」

「ついてではなく」

「……ついてではなく――」

エリオットはシグモンドの言葉を復唱して、気を取り直し、考え出そうとはする。ふと、気付けば上の空だ。もはやクリスティンについて想いを巡らしている訳でもなく、虚ろにぼんやり心が塞いでいる。

「いま何を考えている？　エリオット。君の気持ちはどこに有る。今の君が解答を出せないその《理由》はクリスティン。《原因》は何ともなしに、おぼつかぬその気持ち」

「すみません」

弁解しかけたエリオットは、思いついたように訥々（とつとつ）と答えを述べ始めた。

「――ああ……分かりました。つまり例えば水死体が上がったとして、溺死が死んだ原因。事故でもなく、突き落とされたのでもなく、自殺で川に飛びこんだのが水死の理由。たとえば先日亡くなった二軒隣のオリビエ老人が死んだ原因は、呼吸不全による心臓停止。理由は肺癌。それからそう、あなたの姉のマルグレーテ＝アンナが死んだ原因は、殺傷による出血多量だって言ってましたね？　彼女が死んだ理由はベネディクト・ヨンゲンとの痴情のもつれ」

エリオットが際限なく羅列しては続けるのを、シグモンドは遮らずに聞き届けてから、

「原因と理由、両者のシステムはだいたい摑んだね。エリオット」

「事件Aの原因の、そのまた原因が、理由ってことですね」

「というより、事件Aと直接の関係はない、引き金さ。かといいその引き金なしでは、事件Aが起きたとは甚だ考えがたいのが理由だ」

理由は、原因を包括する。

「《痴情のもつれ》だけで人は出血多量にならない。だがマルグレーテ＝アンナの出血多量死を引き起こした、ベネディクトによる殺傷は。二人の間に《痴情のもつれ》が無ければ、起こらなかった」

「じゃあ、シグの姉さんが死んだ原因が《殺傷による出血多量》で。シグの姉さんが死んだ理由が《痴情のもつれ》なら。あいだに介在する《ベネディクト・ヨンゲンに刺された》事実は」

「起因さ」

マルグレーテ＝アンナの死亡の原因は、殺傷による出血多量。

マルグレーテ＝アンナの死の理由は、ベネディクトとの痴情のもつれ。

「ベネディクトに刺されたという事実は、理由と原因をつなぐマルグレーテ＝アンナの死の起因（エイジェント）。——ベネディクトは、彼女に死をもたらした行為者（エイジェント）」

理由と起因と原因、この三つの用語を区別をつけて正確に使いこなせれば、君がさっき言った原因と結果——因果律を論じるのも、いろいろを秩序だって推理するのも、きっとずいぶん楽になるよ。そうシグモンドは説明した。

「君が信じる哲学の最も重要な使命である《なぜか》の問いに解答できる分野は、《原因》《理由》の特に《理由》のほうだろうね。だが理由は、原因や起因抜きで語るべきではない。なぜと問われて答えるほうも、出た答えを受けとる側も、甚だこの《原因》と《理由》の両者を混同しがちだ。不備の理論で納得した気になったり、或いは具体的な《起因》を無視して、飛び石の理論を企て、相手を困惑させるもととなるから」

懐かしい風がそよぎ、色づいた葉が乾いた音をたてて石畳に降り積む音がした。

秋の涼風に、シグモンドはふと時が戻った気がした。

なのに懐かしい人は今なぜここに居ないのか。遠くに姿を見かければ手を挙げて合図をし、笑いかけて立ち止まっては次に会う口約束をかわし合う見慣れた顔が、なぜもう傍に存在しないか。

（時間×時速＝道のり……であるくせに）

時間の経過は、空間の移動に比例する。時間と空間の関係は、どこまでも対等のはずなのに。どこに行っても、どれだけ探しても、もうこの地球上に懐かしい人が居ないとシグモンドは知っている。

それでも、やはり時間×時速は、道のりに匹敵するのだ。遠い昔に死んだ遥かなる人に思いを馳せるのと、遠い場所に住んでいる二度と会うことのかなわない生きている人への想いに耽(ふけ)る行為は、両者やはり非常に似ているではないか。

「とどのつまり、シグ、オレンジとレモンってことか」

「――オレンジ？」

シグモンドは顔を上げた。

「オレンジ・アンド・レモンですよ。オレンジ&レモン。……僕なりの物事の整理のつけかたなんだけど。今日の講義の《理由と原因》の関係が、似て非なる、されど同種のオレンジとレモンだって」

ほかにも例えば、夢と現実。人類と人間。理系と文系。善悪と美醜。時間と空間――と、エリオットが並べる言葉に、

（……時間と空間……なるほどオレンジとレモン）

時空を行き来するシグモンドの思考を遮るように、エリオットが深刻な面持ちで、

「あのさ、シグ。あなたも相当おかしな人だよね」

「なにが」

シグモンドは、わずか顔を顰(しか)めて、窓辺に脱いでおいた上着を手に取った。

「何がって——なぜ気にならないんですか。クリスティンがトミー・コレットと出掛けているのに、全く気にせずいつになく落ち着き払って。……じゃあ、あなたは本当に、クリスティンを目当てに僕をダシに使って家庭教師をしているんじゃないの」

「おたくのナターリアには嫌われているから、むしろ今日はずいぶん居心地が良いけれど。腑に落ちないといえば、君のほうだよ」

上着を着込んで、前ボタンを留めながら、シグモンドは切り返した。

「エリオット。なぜ恋人や夫ではなく、兄なのか。あの子のね。そうも気にかけて好きならば尚更に。赤の他人の好きあう二人が一緒に暮らして、兄妹だとは、まかり通らないよ。なにしろナターリアは……君のクリスティンは、君の妹でないのだから」

「僕の妹だ」

エリオットは膝に両肘を突いて、椅子で前のめりになる。詰問を待ち構えていたかのように、暗く息巻いた。

「孤児がなぜ家族に引き取られるか、知りませんか？　農家で人手にかわる男の子を雇うかわりに、信用出来る自分の倅に仕立てちまおうって考えもある。ゆくゆくは老後の面倒をみてもらおうと、孝行娘に育てる用向きで、女の子を引き取るケースも有る。子守りに使って、ていの良い召使いというのも多分に聞く話で、孤児のような惨めな境遇にある子なら、それだって余りある裕福な環境の変化だろうとね。だけど単に子供の出来ない夫婦が、愛情を注いで本当に自分の子として育てたいと思いたって、引き取りに孤児院を訪れるケースも有るでしょ。それを人は突飛な考えだと、腑に落ちぬとは言わないでしょう? 他のどんな養子縁組より、望まれる真ッ当な発想でしょうよ。それがどうして妹となると駄目なんだ。なぜ妹だと不可解なんです」

双方同意の上なんだ、クリスティンには兄が必要で、僕には妹としてのクリスティンがいとおしい。

エリオットは無闇に饒舌で、却って自分自身に言い聞かせている。

「それで何が悪いんですか」

「悪かないよ。疑問なだけ。君にもともと妹はないんだしね」

シグモンドはエリオットの憤りをよそに、ことさら穏やかにそう念を押した。

「クリスティンは僕の妹として育ったんですよ」

「あの子は覚えてもいない」

「僕は覚えている」

「半年? 一年? それでも兄妹としての人間関係ができあがっているなら、或いは本当は血が繋がっていなくとも、妹として愛おしいと。それでいい。上等だよ。だが君はまず第一にあの子を好きで好きでたまらなく、あの子が片時も心を離れないでいるだろう。それを妹として愛すると決めた。だから、おかしいのさ。きょうだい間の愛情とは学ぶものだ。母性や父性や、親子の情のように、本能として人間が生まれもった資質とは別物だよ。他に想う相手がすでに居たならともかくも、或いは友情ならば話は別だが、ナターリアだって君が兄でないとわかって、それでもついて来たんだろう。てっきり駆け落ちして来たのだと思ったところが、君は単なる意気地なし？　よっぽどの莫迦なのかい」

それともあの子を大切に想いすぎで手がつけられないか――。

シグモンドは、腰掛けていた張り出し窓から立ち上がり、座っているエリオットを見下ろした。

「君はチャーミングな青年だ。目が見えてあの子がガッカリしたとは考えられないしね」

「あなたこそ馬鹿じゃないか」

エリオットは椅子の背に深くもたれると、鼻先から首を反らすような、挑む目つきをした。

「あなたならわかると思った。いや、本当は分かっているんじゃないですか。だからこそあなたは僕に目を付けたのではなかったの。家族なんて、家族であるっていう悪ふざけのほかに、何の共通点も無いじゃないか。血で繋がった親きょうだいなんて、血縁以外には何一つ、わかち合う興味の対象一つを、持ち合わせてやしない。むしろ身近に家族として暮らすだけに常に利害関係を伴って……。たとえば姉が指にやけどをすれば、とうぜん牛の乳搾りは僕になる。兄がどこかの娘に手をつければ、僕のラテン語の暗誦などおかまいなしに、娘の親父が大声で怒鳴りこんでくる」

エリオットは忌々しい昔を、昨日のように思い浮かべている様子で、

「きょうだい同士の財産分与や恩恵をめぐる争いにいたっては、今更言うにも及ばないでしょう？　なにしろ聖書の中で人類史上最初に起こる世紀の殺人事件は、カインとアベルの兄

弟殺害ですからね。それでいて敵ですらない。家族やきょうだいは、血が繋がっているだけに、敵にすらなりえないんだ。思いやらなくてはならない。嫌いであっても情が湧く。シグ、あなたは姉さんであるマルグレーテ＝アンナを疎ましく思っていたんじゃないの。だったら僕の思考が本当は分かっているんじゃない」

「なにを」

「いま現実に、戦争を抜きにして、一番多い殺人事件は誰が誰を殺していると？　新聞を賑わすのは物盗り（ものとり）だとか、いつも物騒な都市犯罪……猟奇殺人ばっかり起こっている気がするけど。ほんとうは、実際には、家族が家族を殺すんですよ。一番にね。つまりはこの世で一番、邪魔で鬱陶（うっとう）しい対象が家族なんだ。本来なら誰より愛を育むべき人の輪が」

だけどクリスティン、あの子だけは違う。血で強（し）いられた家族でないぶん、本物の身内なんだ。そう言う時だけエリオットは自信と確信に満ちた顔つきになった。

「僕はどんなに荒（すさ）んでいても、あの子のことを想ってみるだけで、優しい気持ちになれるんです。あの子が痛むことを考えると、それだけで涙が出そう……まるで自分のように考えられる唯一の身内なんだ。僕らは捨て子で一緒に育つ。世の中に捨てられた捨て子。置いていかれた子供だよ。子供と言うにはもういっぱしの成人でも……世の中を、家族を、見限ったのは僕らだったか知れないけど」

エリオットは憂いを帯びて、ぐらりと頭を重たげに首をかしげた。ただならぬエレガントな悩ましさが漂った。

「べつに僕もクリスティンも、家族に虐待されてきたわけじゃない。僕の家は毎日よくて口論で、喧嘩騒ぎしかしちゃいなかった。それでも病気になって看病してもらった憶えだってちゃんとある。クリスティンだって、嘘偽りで塗り固められた家族に閉じこめられていたにしろ、守られてきたんだとも自覚してるさ。だから情は有る。といって生まれつき与えられた家族を愛せるかといったら話は別だ。愛してこられたか？　答えは否だ」

僕が家族の身を案じたことがあるとするなら、身内が厄介事に巻きこまれると、自分の肩にも火の粉がふりかかるからさ、と。咽の奥から苛立ちに引きつった声色である。

「エリオット。そこまで答えがはっきり出ていて気持ちが定まっているのなら、今日一日、君はまったく上の空で居すぎだよ」

シグモンドは窘めた。

「みちくさはだめ、早くおかえり、悪さをされてはいけないからねと兄貴面して今日のところはよくよくあの子に釘を刺したかい。君の言いつけを妹が従順にちゃんと聞くのか。トミー・コレットと兄貴の自分、どちらがあの子に影響力を及ぼすかを試す腹積もりで、送り出したってわけかい」

「兄でいようとか、恋人になろうとか、別にもういいじゃないか」

エリオットはひそやかに懇願する眼差しで、シグモンドを見上げた。

僕はアンドリューでもなければ、ターコイズ・ブルーのブローチを褒めた男でもない。エリオットはぶつぶつ呟き、指の関節でも鳴らすように両手を正面で握りこんだ。手指をギュウッと締めつけたり、撓ませたりして、うなだれつつも精神の安定を図って、自らを揉みほぐそうと努力していた。

「わかってるさ。家族や世間から逃れて、真実のぞむ者だけで、新たに家族を、本当の家族たる姿を描いてこしらえるのは、夫婦でだってちゃんと出来るんだ。長い間には次第に利害関係が鬱積するかしれない。それでも刹那、憧れをこの手に入れられる。家族でなにしろ夫婦だけは赤の他人だ。互いに選んで見つけられる唯一の相手だ。——僕はクリスティンを好きで、クリスティンも僕について来た。一文無しの僕だと知っても、家族を捨てて共に来た。だったら恋人として……あるいは妻と夫として、クリスティンと触れ合うことも、かなったはずだ。クリスティンもおそらく僕をひどく拒みはしなかったろう……」

エリオットは力なく笑った。やや着古した仕立てのいいツイードの上衣の内側で、身じろぎするようにわずか肩をそびやかした。

「笑いますか？　僕は、あの子を思うところも掻き乱れていたたまれないのに、抱きしめるたびに、離れがたくてたまらないのに、クリスティンを性愛に結び付けられない」

——いったいお前はあの子に何をしたんだい——

——毎晩、毎晩、お前はあの子を外の便所まで連れて行って、何をした——

「僕はただクリスティンを妹として可愛がった。何をしたかって？　ただクリスティンにやさしくした。それを、クリスティンの母親に聞こえないように、母さんは僕の腕を強くつかんで陰へ引っぱって声を潜めた。語気を強くして……」

《あの子もあの子だね、お前と離れたくないとは、よくも言ったもんだ。おませだと思ったらいい子供が色気づいて。お前もお前でまったく、優しく手なずけて、いずれ嫁にでもするつもりだったのかい。いもうとだ、いもうとだと小さい女の子を可愛がって、子供だと思ってうっかり目を離したら、油断も隙もありゃしないよ。ちょっと他の子より頭がいいと思ったら、男の子ときたらこれだよ、ろくな真似に知恵を使いやしない》

「ちがう、なにもしていない……！　なにもしていない！　どうして叱られなきゃならないんだ。あの子を好きで、優しくしたってことが、どうしてそんな不始末で、咎められなきゃならないんだ。叫びたい、ああ狂うと思った途端に、止まったんだ。クリスティンへの感情が結晶化して凍りついて——あのときの母の台詞がずっと僕の頭から離れない」

もう懲りごりだ、と憎々しげに吐き捨て、面を上げたエリオットは、シグモンドをやんわりとねめつけた。

「クリスティンは妹じゃない。百も承知さ。たしかにシグの言うように、懐かしさが蘇るごとに思いを馳せ、次第に恋人にしたいと思いあぐねるようになるほうが自然かもしれないよ。僕は恋人としてふさわしい資質を兼ね備えているだろうかって」

時と場合に順応して感情は狡猾に、わりあい器用に形を変えられるのだ。

「だけど僕は駄目なんだ。クリスティンだけはダメだ。僕は本当に、手を出しただの、手懐けただのって、無かった。だって八歳だよ。何をするって言うのさ。ただなるべくいつもクリスティンの傍に居たかっただけさ。僕らは仲良しで、離れるのが淋しかっただけさ。クリスティンが困ったり、ぐずって泣いたりするたびに、僕まで辛くなって、なだめてやりたくってね。親から離れてクリスティンは僕だけが頼りだろ。妹みたいに大切にしなきゃって。それを《夜中便所に連れだして嫁にでもするつもりかい》――子供でも、言われたときには意図されてる淫猥（いんわい）な悪意に気づいた。秘められた汚れを肌身に塗られた気がした。嫁にすることと、便所に連れて《どこをさわった？》と訊かれるのが一緒だなんて。僕は一生クリスティンと結婚なんて真似はしない。みんな下種（ゲス）だ。死ねばいいんだ」

　エリオットは秋の涼風に思い出を馳せるように、いったん間を置いた。記憶が蘇って耐え難くなるのか、語気が弱々しくなっていた。

「おかしなことに自分だって今ではすっかり下卑た汚い大人さ。言いかねないよ。離れたくないだなんて、いっぱしに早熟餓鬼（ませガキ）が、将来嫁にするには少々高嶺の花なんだぜ？　だったら子供のうちから手を付けておくか。ずいぶん小賢（こざか）しい下心じゃないかってね。……皆すぐそれだ。手を出すだの、唾を付けるだの、喰らっちまえだの、その手の邪推さ。現に僕だってだからこそクリスティンがトミーと今日出掛けたのが気になってる。あなたのおっしゃる通りさ。でも僕はいざクリスティンと向き合うと、八歳の僕が胸の内で叫んでやまない。ちがう、ちがう、大好きなんだクリスティン。大切な妹なんだって」

　込みあげるやりきれなさを抑えつけ、むせこむような息遣いで内心を絞りだすエリオットに、シグモンドはよく耳を傾け、終始、淡々と見守った。こうも正直にまっすぐ気持ちを打ち明けられるエリオットを、敬いたいくらいだった。

「エリオット。二度とは同じ質問で、君を煩わせたりしないよ」

シグモンドは静かに誓ってみせた。いいえシグ、としかしエリオットは、シグモンドの肩越しに窓の紅葉を透かし見るような、おぼろげな目線を浮かべるのだ。

「またいつか同じことを訊いて。思い出させてくれ。たまには自分自身にもよく言い聞かせて確認しないと、自分で決めた役割……選んだ末の結論なのに、一体自分は何者なのか、僕は指針や使命をいつだって見失いそうなんです」

助けを求めんばかり虚ろな眼差しを、シグモンドに預けてよこしながら、エリオットは窶（やつ）れきった声色をしていた。

Ⅲ：iv　無口な鳥

「無口な鳥と言えば？」

英国人であれば大方誰しも、わらべ歌を頭に浮かべる。

"A wise old owl sat in an oak,
The more he heard the less he spoke;

The less he spoke the more he heard.
Why aren't we all like the wise old bird?"

賢いフクロウ　樫の木に留まり
聞き耳を立てるほどに　ますます無口に
口数が減れば減るほど　ますます耳を傾ける
なぜ我々はこの賢く老いた鳥のごとく振舞えないのか？

「……無口な鳥ですって？」

クリスティンは聞き返す。黒いスカーフの縁に、細い黒い糸で、細かいレースを鉤針で編みこみつつ縁飾りを増やしながらだ。

エリオットは、暖炉の明りにうつろうクリスティンの影と、浮かびあがるプロフィルを遠くうち眺めて、

「目は本当に、ずいぶん良くなったんだね、クリスティン」

「ええ、本当にとても良く」

クリスティンは針を休めて、顔を上げる。新聞の片隅に載っているクロスワードを解いているエリオットに、微かな笑みを向けた。

「フクロウじゃないの？　O・W・L」

無口な鳥といったら、老いた賢いフクロウに決まっているわ。そう手元に視線を戻しながら、「どう？　兄さん、当てはまる？」

「ああ。ぴったりだ。O・W・L——とすると今度はWから始まってこいつは……」

　エリオットは、枡目(ますめ)にアルファベットを書き入れながら、

（そうか。ふつう無口な鳥といえばフクロウか）

　無口な鳥は、死んだ鳥。

　剝製にされた鳥。

（今から思うと、あれはフランツがアンドリューの死を報せに来る前日だった）

　シグモンドが拵(こしら)えていた剝製の小鳥は、シグモンドの嵌(は)めた手袋の上で、静かに身を横たえて死んでいてさえ、明らかに小鳥であった。内腑を抜き取られてさえ、無口に死んだ小鳥であった。一方、義眼を入れて飾ってあった、今にも飛び立たんばかりに形作られた本剝製は、鳥の皮を被った造形で、鳥と呼ぶにはよそよそしすぎた。

　考えようによっては、死んだ鳥はもはや鳥ではなく、死体はもはや人でなく……この概念の線引きは一体どこで引くのだろう。生死の差に僕らは物すごく敏感であるくせに、この曖昧な枠組みはなんだろう——

《脱け出したくばね、必要なのは概念の改革だよ。エリオット・フォッセー》

　シグモンドは言っていた。

　エリオットが、クリスティンを連れて匿(かくま)ってくれと逃げこんだとき、シグモンドは呆気な

いくらい造作もなく承諾した。ただし自分を頼る以上、オーグストにだけは近づくなと約束させられた。実験心理学者オーグスト・ヨンゲンにだけは。

《約束するね？　それさえ守れば君たちは気ままに二人でいつまででも安全にここで暮らせる。必要なものは私で用意する。いやになったらいつでも勝手に出て行ける》

《でも僕はオーグスト・ヨンゲンの助手なんです。かわりになる仕事がないと、暫くはクリスティンの宝石などで凌げるにしろ……当面どんなに安い賃金でも、仕事を失いたくはない。あなたがいくら僕らを匿ってくれるにしたって、他人なのに、まったく手放しで暢気に厄介にはなれない。親切を請うて助けを求めて来たのにおかしな話ですが、こんな大した閑静な邸宅に、クリスティンと僕と二人だけで住まわせてもらういわれが無い》

《もともと君に近づいたのは、私の方だったのを覚えていないかい？　にわかにこんな運びになるとは皮肉だが、君には言い含めておかなくてはなるまいと手筈を踏んでいた所だったよ。ベネディクト……つまり君がオーグストと呼んでいるあの男を、私はいずれ殺すつもりでいるから、君が始終、奴の近くに居るといささか邪魔なんだよ》

あくまで落ち着き払って、正面切って含まされると、エリオットは驚いてみせたり、呆気に取られるきっかけを失った。いやに神妙に納得せざるをえなかった。——懐柔か。シグモンドに匿ってもらう身分で、どんな大それた秘密を知ろうとも誰が公にできる。いとも簡単に、口止め一つされるでなく、全く足下を見られているじゃないか。

《僕が裏切るとは思いませんか》

《思わなくもないよ。ただ裏切るだけの価値がないと、君は馬鹿でないから、よく呑みこめるだろうと踏んでいるだけ》

なにしろ「オーグスト」……本名ベネディクト・ヨンゲンという男は、シグモンドの姉であるマルグレーテ＝アンナへ刃傷沙汰に及び、死んだと思ったところが辛くも息を吹き返して、オーグストと名前を改めて世間を偽り、生き延びているのだと。もはや奴には国籍すらないと、シグモンドは飽き飽きとした語気で、冷淡に言い放った。

《実験心理学者なのは本当だが、君の大学の卒業生などと、大嘘だよ。論文をいくつか発表しているのは事実なだけに、大学側も簡単に騙せただろうけどね。そもそも君は哲学部だし、奴が心理学部の卒業生と名乗ったところで、そうそう正体は見破られない。そんなペテン師、殺されようがだれも気にしないよ。あいつにしてみたら、マルグレーテ＝アンナみたいな厄介な毒婦に手をつけたのが運の尽きだったわけだ》

《僕は共犯者にはなりません。あなたの方がイカサマでないとも言い切れないし。たとえ本当だとしたって》

《殺そうという意図を聞かされただけで、共犯にはならないから安心するがいいよ》

《僕がオーグストに警告しに行ったら？　あなたは僕らにどんな危害を加えるんです》

《なにもしない》

シグモンドはわずかに俯いて、疲れきった気配で、不幸な少女がほんのり愛想笑うような微笑を浮かべた。

《何もですか？》
《ああ。一人殺す手間を考えるだけで手いっぱいだ。君らまで手が回らない》
だから契約でも脅迫でもなく、あくまでも約束なのか――と、エリオットはシグモンドを見返した。シグモンドはやはり淡々としたままで、
《ただし下手に動くと君らはもうここに住んではいられなくなると思うけどね。ナターリアは実家に連れ戻されて、君は誘拐犯あつかいだ。二人で路頭に迷うのもいい。君らで力強く、よりよい生活を見つけだすチャンスとなるか……物は捉えようだからね。好きにするがいいさ。ただ判断つけるのは君次第だが、「オーグスト」に警告しに赴いたら、たぶん君が「オーグスト」にやられるよ。余計な首は突っこまないにかぎる》
《首を突っこむ？　こちらが好きで首を突っこみたがっているような。妙な事情に僕らを巻きこんで――》
《それはお互いさま》
シグモンドは、此の世の仕組みをなんでも見抜いた上で、敢えて目を瞑っておくような冷淡な沈着さで言い切った。
《人間、秘密をたった一つ知るだけでいい。なにをするでも、させられるでもなくたって、とんでもなく巻きこまれた気分を味わうものさ。――だから関係の浅い相手を自分の人生に組み入れたいと思ったら、当たり障りのない、しかし本当に自分しか知らない秘密を、まず一つ打ち明けて、反応をみればいい。どんな場合であっても駆け引きは本気でしないと意味

がない。嘘偽りでは、化けの皮がいずれ剝がされるだけだからね。人間は多分に多面的だから、まず本気の自分のどの部分を相手に見せるかにかかってくる》

シグモンドは、内心で含み笑いを隠しているようなさらりと吹く論調で述べたあと、

《つまりエリオット。君が、過剰な恩義で重荷を感じるのは筋違い》

……以来、すっかり煙に巻かれたままだった。エリオットは環境の変化や、クリスティンとの二人だけの生活に気を取られていて、

――だけどやっぱりおかしいよ。

エリオットを出汁にして、クリスティンを目当てに家庭教師に通っているんではないとして、「ではなぜなのか」と肝心な用件を問い質せないままである。

シグモンドは質問に答えぬわけではない。答えをはぐらかすのとも違う。法や精神や真実を追究する哲学生のエリオットを相手に、下手に答えをはぐらかそうもんなら、たちまち見抜かれ足許を攫われるのがオチだ。普段であれば論破し、たくみに切り返すことにかけて素人でないエリオットが、すっかりシグのペースに嵌まって、嫌ではないが不可解だ。

(見破るもなにも、なぜかっていう問いを切りだす隙すら無いんだから)

オーグストを殺すのにエリオットが傍にいると邪魔だから――という理由自体にまず疑問があった。まさに理由は、原因や起因無しで語るべからずだ。オーグスト殺害にエリオットがいかにして邪魔になるか、具体的にさっぱり浮かばない。なぜオーグストを殺すのか。姉であるマルグレーテ＝アンナが殺された復讐だと、エリオットは早合点しかけたが、マルグ

レーテ＝アンナみたいな厄介な毒婦に手を出したのがあの男も運の尽きだの――姉の復讐を誓う弟の台詞には聞こえない。いつだって言動の端々から、シグモンドがマルグレーテ＝アンナを忌み毛嫌いしているのは伝わってきていた。

――だいたい僕がオーグストの下で仕事をする以前から、シグは僕に名刺を届けに来てるんだ。

シグモンドがエリオットを、人生の一部に組みこみたがっているにしろ、友人とも言いかねるし、師弟ほどの間柄でもない。同性愛の嗜好はなし、上司と部下と呼ぶにしては、エリオットはシグのために何の務めも果たしていない。シグモンドがエリオットのために、ただで家庭教師に赴いているのだ。共犯者にも足らず、加害者と被害者でもなく、医者と患者でも、犯人と捜査官でもない。身内でもなし、保護者にしては、約束次第で追い出すなどと匂わせて無責任だ。宗教でも、勧誘でも、負い目や罪の償いでもない。契約の気配は有っても不十分だった。いかなる人間関係のカテゴリーにも当てはまらない。それが不安だ。

と同時にエリオットには距離感が気楽だった。

シグモンドが部屋に居るだけで、エリオットは息を潜め、猫を飼っている他人の屋敷に上がりこんだような、よそよそしいのにくつろいだ気分になるのだ。

――客。シグの客人か。つまりは僕は。

「……できたの？」

手元が止まってぼんやりしていたエリオットを、クリスティンが見咎めた。

エリオットは我に返り、クリスティンの黒いスカーフにいったん目をやりながら、柔らかく妹を見つめ返した。

「クリスティンは出来たの？」

「いえ。でも目が疲れたから明日にするの。本当は仕上げちゃいたいけど」

クリスティンは裁縫箱に鉤針を戻しながら、「——ねえ。兄さんと昔、二人でこうしてクロスワードをしたわよね」

「しないよ。アンドリューと……君の兄さんとしたんだろ」

クリスティンが兄さんの記憶をちらつかせるので、エリオットは無下に否定した。

「だったらクロスワードじゃなかったかもしれないわ。でもわたし達は、今日みたいにマザアグウスの歌を、なぞなぞで」

軽く受け流すふりでエリオットは、口も利けないくらい、こみあげる幸福感に打ちのめされた。

「あったわね？　兄さん。やっぱり、ほら本当にあったのよ」

クリスティンは、内側が布張りの、籐の裁縫箱の蓋をパタンと倒して閉めた。黒い薄手の羽衣めいたスカーフを、ふわりと空気を包みこむようにゆったり畳んだ。テーブルに置き、肘掛け椅子から立ち上がって、

「ほんの子供の小さな時に、母さんが病気になって、わたしが預けられた家というのは、エリオットの所だったのね？　だとしたらエリオットはお金のために、わたしの兄さんを演じ

ていたばかりじゃなかったのね。どうして言わなかったの」

クリスティンは、エリオットの座るカウチの後ろをぐるりと回って、エリオットの隣に腰を下ろした。エリオットの袖につかまり、引っぱり寄せると自分の方を向かせて、微笑みながら見上げるので、

「覚えていたの、クリスティン」

エリオットは静かに頬を寄せるようにクリスティンを抱きしめた。

「今思い出したのよ。ちょうどクロスワードパズルみたいね。記憶の辻褄が一致した感じよ。それで充分よ」

クリスティンは、エリオットの肩に頭をもたせて「――このままずっと眠りこんでしまいたいわね、兄さん。半月も、一年も、夜は明けず、暖炉の火が尽きる日もこなくって」

「一酸化炭素中毒にもならずにね」

「そう、ならずにね」

互いに小さく肩を揺らして笑いあった。

「それから兄さんと同じ夢を見るの」

「夢を――？」

そうよ聞いてと、クリスティンは「夢の中でわたし達は傍観も出来れば、干渉も、参加もするのよ。どんなに嫌な夢を見たって目が覚めるとわかっているの。どんなに嬉しい夢を見ても目覚めると知っている。でもお互い同じ夢の記憶を持って来られるなら、それだって素

敵でしょ」
「それこそ夢のような話だね」
「ええ、夢のような」
クリスティンは本当にうっとりそのまま眠りに呑まれて、エリオットは、暖炉の火が落ちるまで、クリスティンの無防備な重みに、疲れた瞼の持ちこたえられるかぎり起きていた。
暖炉が暗くなると、エリオットはクリスティンを起こさぬように抱き上げて、階段を上がると寝室のベッドまで運びこんだ。クリスティンの部屋履きを脱がせ、きちんと毛布をかけてやり、自分の部屋に戻った。
冷たいベッドに潜りこむと、
フー　フー
梟（フクロウ）の声が聞こえた。
無口な鳥が鳴いている。エリオットは毛布に温かく体がなじむのを待ちわびる。
《……あの鳥を売り払えばいい》
そうシグモンドは言ったのだ。
《君にあげたものだから、不本意だけれど、どうしても何かせずにいられないって言うならね。だから仕舞って欲しい。気持ちはもらったよ》
クリスティンは黙ったまま、並べて見せた実家から持ち出した宝石を、宝石箱に戻し始めた。ブローチを小さなビロード張りの箱に入れたり、ネックレスを絹のハンカチで包んだり、

その傍らでエリオットは、
《いい？》
と、クリスティンを軽く覗きこんで確認してから《ではこれを》
例の小鳥の剝製を、箱ごと机に滑らした。
メイプル・ドライヴの小さな館は通いの家政婦までついていて、平日には決まって欠かさず午前十時に、市場で仕入れた食料や、必要雑貨を届けに来てくれるのだ。シグの手配したその手際の良い中年女性は、ついでにさっさと掃除をし、台所で夕食までの仕込みを済ませて、昼前には戻っていく。エリオットも、クリスティンも、ただではとても居られない気がしたのである。
シグモンドはしかし小鳥の剝製を受け取らず、上着の内ポケットから古物商の名刺を探し出し、テーブルの上に置いた。
《剝製を扱っている。近くだし信用が置けるから、自分であたってみるといい。木曜だけ遅くまで開いている。夜に行けば人目にもつくまいさ。かわりに金曜は日の入りが近くなるとすぐに閉まるよ。私は店主と顔なじみでね、わけあって今はなるべく顔をあわせたくない。――言ってみれば小鳥の死骸だ。加工技術を足したところで、元はゴミ同然の代物にどれほどの値がつくか見ものだが、売ったお金でできたいくらかで、お返しをしてくれればいいから》
シグモンドが、あちこち旅行をしていた折に、磯を散歩していたら岩場に死んだ小鳥を見

つけた。憐れに思って拾い上げ、加工したらしかった。シグモンドは幾分嬉しそうで、
《しかし二人で夜陰をぬけて逃げてきたのに。その小鳥を持ち出したとは良く気が回ったね。
――古代文明では、鳥は霊魂の水先案内をするというよ。エリオット。幸先がいいから暫くはなるべく大切に持っておいで》
だがエリオットは早速木曜日、古物商を訪ねたのだった。今日の夕刻のことである。
古物商の老人は、小箱の蓋を開け放つと、毛糸の黒い帽子の上から頭を掻いた。
《こいつはうちでは扱えんなあ》
《人から聞いて、ここならばとやって来たんですが》
早々に厄介払いかとエリオットは、鹿の頭部の剥製やら、牙をむいた虎の剥製などが手狭に飾ってある薄暗い店内を見回した。
老人はカウンターから身を乗り出して、
《買い取りたいという人なら紹介できますがねぇ。いいですか、博物館に持っていく手もあるが、お金が要りようだったら直接収集家をあたるのが一番いいんですよ》
《僕から今、買い取っていただいて、お宅で売り払ってもらえませんか？　代行賃なり、差し引いてもらうのは》
案外と高値がつく気配に、手数料を引いてもまだ手取りは残りそうだとエリオットは見積もった。
ですからね、いいですか。老人は、白い眉を大きくあげて、目を見開くと

《安くても£一〇〇，〇〇〇、うちには立て替える金が無いんですよ》
《だってここは質屋もかねて古物商をやっていると、もしも僕が今すぐにでも現金を要りようだと駆け込んで……£一〇〇，〇〇〇？》
家屋敷も手に入る。
《安く見積もってもですな。探せば£五〇〇，〇〇〇出す人だってあるかしれません。金は有るところには有るもんですからな。こいつぁ持っていればいるほど価値が出そうだ、場合によっては投資家の買い手がつくかもしれんよ》
いいですか、と老人は名をディヴィッド・ポランスキーと名刺に有ったが、
《この小鳥はスティーヴン岩サザイ。生息はニュージーランドで一八九四年以降、確認されていないんですな》
《だから希少価値なんですね。じゃあひよこじゃないのか。成体なんだな……》
《希少価値も何もいいですか、ニュージーランドにしか居ない鳥で、一八九四年の絶滅種ですからね》
《絶滅種っていうと》
《ですから絶滅ですよ。世界を探しても、もう存在しないわけですからな。どこにもね。生息していたという記録以外は》
《あの、でもどうかな》
エリオットは、しらばっくれてそういう話にしておこうかとも思ったし、一瞬値段を耳に

して上擦ったのは確かだが、いずれ分かることだ。二度手間を踏むよりはと……《そのスティーヴン》
《イワサザイ。スティーヴン岩サザイ》
《スティーヴン・イワサザイの、こいつは亜種じゃなかろうか。或いはその一八九四年？ニュージーランドの入植者も増えたし、その頃を境にしてどこか住みよい所へ散りぢりに》
なにしろ一八九四年となれば、シグモンドは生まれているかいないかの時分だろう。
老人は、白い手袋をはめると指先で剝製の丸い羽先をなでつけながら、
《いいですか、確かな事は言えませんがね。いくらチビで手の内に納まる鳥でもね、こいつのちっこい丸い羽先で、空を飛んでいたとは考えられんわけですよ。飛び跳ねるくらいはともかくとしてですな、ニュージーランドから姿を消して、大陸と大きな海をいくつも越えて、移動しただのね。無理ってもんです。あんたどれほど学があるか知らんが、わたしゃあ、鳥についてはあんたよりも詳しそうですなぁ》
《僕はこの剝製を実際に作った人から、好意で貰い受けたんです。だとするとそのシグを疑うか、あるいは貴方の言うことを……何しろあまりに予想外だ》
《シグとやらを疑ってかかったほうが良さそうですよ。大体ねえ、たかが好意で、かかる価値の代物をうっかり手放し、寄越すだの、鳥についてはなんの知識も無いに決まっていますからな。悪いこたぁ言いませんから。私のいう場所に持っておいきなさい》
《紹介すると、お宅には手数料がまわるの？》

まあ、そういう事情もねぇ、とポランスキー老人は、ふっふっと笑って《しかし金の為も勿論だが、伝説とも呼べるスティーヴン・イワサザイがですよ、剝製とはいえ、目の前に現われる日が来るとはね。あんたにこの感極まる気持ちは分かるまいなあ。まだお若いからね》

お待ちくださいよ、と言い残してポランスキー老人は手袋を外しながら奥に行った。戻ってくると、皺皺の手でエリオットの目の前のカウンターに、一枚の名刺を据えた。

《収集家ですよ。御自分で拵えもするから目が高い。十年以来の付き合いでね——いや、ここ幾年も連絡がないが、もうそろそろ二十年越しのお得意様です。なんたって御父上の世代から懇意にさせてもらって、御子息がまた、父親の若い頃にそっくりだという家内の話です。この人がダメだったら、また足を運んでくださいよ。あと幾人かまだ候補はおります。ただこちらの方は、うんと手間賃も弾むんです。いくら価値が有ったって、買い手がつかなきゃこの手の話は成立しません。お得意様は成金も居れば、高貴な方も多いですが、中でもひときわ稀な、なんといっても海峡を越えてきたヨーロッパの伯爵様で》

エリオットは見覚えのある名刺を手に取った。

シグモンド・ヴェルティゴ

伯爵だったのか。もしもこの耄碌しかけた古物商のいう中身が半分も正しければ——。

(シグにただで貰った剝製を、シグに売りつけるだって?)

ぐるぐる廻ってどこにもたどり着けない。輪の外から出られやしないじゃないか。

……フー……フー

梟(フクロウ)の声がする。無口な鳥が鳴いている。

無口な鳥は、死んだ鳥だ。剝製のスティーヴン・イワサザイ。剝製が生きて口が利ければ、秘密を握っているはずなのだ。

大空へ飛びたつ翼ある鳥は、魂の水先案内をすると古代文明で謳(うた)われただけあって、この空を飛べない無口な鳥も、輪を断ち切って謎を解き、エリオットをきっと導いてくれる。

（しばらくは大切に持っておいで――と）

しばらくは大切に持っておこう。

追究するのは後にしよう。

今はまだ輪の外へ出たくない。エリオットは、やっと温まってきたベッドから抜け出たくはない。ようやく落ち着きつつあるクリスティンとのやさしい生活に……昔のように、エリオットの肩を枕にして、眠りにつくようになったクリスティンとの間に、新たな空気を取り入れる必要はまだないのだ。

エリオットは、頭が一部奇妙に冴えて、モーターがキリキリ回転し続ける思考を喰いとめ、ようやく眠気に全身ゆだね呑みこまれた。

Ⅲ:v　A＝B、A＝C ∴ B≠C

「どうしてシグは兄さんに子供の本を読ませるの」

三日ほど前に、エリオットがシグモンドから読んでおくよう手渡された二冊の本は、教材といっても綺麗な挿絵の児童小説で、少女アリスが[11]不可解な世界にまぎれこみ、珍奇な体験をする物語だった。ウサギが喋ったり、顔の有るトランプやチェスの駒が罵りあったりする。

「子供のころ私も読んだわ。女の子なら大抵読むの。有名よ」

エリオットが、渡された本を暖炉の前で読んでいると、クリスティンは立ったままで、テーブルの上のもう一冊に手を伸ばし、本を開いて挿絵を眺めた。

「そう、挿絵が可愛いしドキドキして面白いのよね。でも話はなんだかすっきりしなくて、登場人物も変テコで。互いに好き勝手を言うだけで、噛み合わないのよ。意味がわからなくって、筋道が通っていなくて、先へ読んでも読んでも空振りな感じがして、愉快どころか不愉快だったらなかったわ。おちょくられている気がしなくって？」

クリスティンは手元の本を閉じて、テーブルの上に元のように置きながら、藍色の無地の表紙に金文字で彫りこまれた名前を読み上げた。

「そうそう、作者はルイス・キャロル」

「ルイス・キャロルか……」

エリオットは、読んでいた頁に指を挟みながら、手にした本を一旦閉じた。著者名を確認してやっと気付いた。「この名前……そうだ確かチャールズ・ラトウィッジ・ドッヂソン――論理学者だ。ルイス・キャロルはドッヂソンの筆名だよ」

ならばシグモンドの意図もなるほど理解できる。

「あら」

するとすクリスティンが、「アリスの物語でシグがどんな哲学の講義を展開したのか、後で気が向いたら教えてちょうだいな。兄さん」

――というわけで、エリオットは今日の講義ばかりはシグモンドに匙を投げられては困るのだった。

「論理学なんて言葉遊びの一種だ。君が嫌ならやらなくたっていいよ」

カウチのアームに頰杖を突きながら、シグモンドが突如言い放った。

さっきから答えに詰まって黙りこくっていたエリオットは慌てて弁解した。

「いえ、やります。苦手なだけで、嫌いってわけでは……」

「苦手なのに好きなのかい。なら、すまないことを言ったね。私が好かないのさ。ついそれ

11《不思議の国のアリス》（一八六五）と《鏡の国のアリス》（一八七一）

で」

論理学者チャールズ・ラトウィッジ・ドッヂソンことルイス・キャロルが書いた児童小説は、アリスの迷いこんだ異世界が、ぞっとするほど恐ろしいとか、幸福のメルヒェンだとかではなく、辻褄や帳尻の合わない横柄で不愉快な非常識世界なのが奇妙である。大冒険の修羅場もなく、ナンセンスな会話が続いて、アリスも苛々と当惑する。子供向けの不思議な話を装って、話の裏に論理学上の問題点が延々と並べられていて、不可解な話を助長してあるのだ。

「挿絵の動物やなんかが洋服を着て可愛らしいから、児童書でも通用するかもしれないけど、シグ、哲学書としてはえらくひねくれた教本だよ。なにしろ結論が無いんだし」

はたしてアリスの迷いこんだ奇妙な異次元は、論理学者の創り上げた理想世界なのか。或いは論理学者がゆえに、役にも立たない論理学の内実に嫌悪し、問題点を論う物語を創り出した結果か。

「シグの指摘通り。やっぱり僕も論理学は嫌いなんだ」

本に視線を沈めていたシグモンドは、ぴくりとわずかに眉を顰めて顔をあげた。そのシグモンドと、エリオットはチラッと目線が掠め合い、可笑しくなった。互いに揃って神妙な顔をつき合わせて、児童書の問答に真ッ向から取り組んでいたのがだ。エリオットが笑い出したら、シグモンドも苦笑して、目を掻くような仕草をした。

「シグが教材を用意するなんて初めてだもんね」

「論理学は言葉の組み換え、つまりは言葉遊びだからね。細かい規則で言葉をしばって、ルールで暗号化し、式で示す。簡略化するはずが――暗号にして誰に知られたくないのやらだ」

たとえば論理学では、

A＝B

B＝C

ならば、

A＝Cとなる。

三段論法の基本である。或いはA＝B、A＝C、ならばB＝Cとなる。何を主語にし主体として捉えるかで、根本的には同じ理屈だ。

「しかし、君がいつぞや話してくれたね。エリオット。グレタ・ガルボの肖像画の話だよ」

あの話だと、

肖像の絵＝ガルボ夫人の娘。

肖像の絵＝グレタ・ガルボ。

しかしガルボ夫人の娘＝グレタ・ガルボとは別人である。ゆえに、

A＝B、A＝CだがB≠Cとなる。

論理学上ありえぬ矛盾が起こるのだ。

「でも君の読み取りかたと解釈ならば、ちゃんと筋は通ったね。複雑怪奇な説明式を組み立

てるでもなく、そんな証明を片手間にやられたら、教授は、君をT・Aに雇えるはずがなかったんだよ。解答の趣旨や、意向うんぬん以前の話で」

論理学は、言葉を簡略化した記号を使って、叙述の整理をつけていく。

哲学を論じるのに或いは確かに有用だ。

だが論理学の暗号を、再び言語に変換しなおすと、アリスがまぎれこんだような、いびつに空回りした世界が出来上がりかねない。

「論理学が哲学に組みこまれるのは良いとして、論理学は、真実をめざす道のりの良き杖になるかもしれないが、誰も杖をめざして長い道を歩いてきたわけではないだろう？」

杖は足の頼りになるが、長すぎても短すぎても却ってつまずき、歩みを阻む。

「だいたいチャールズ……ルイス・キャロルは言葉遊びの中毒だ。とくに綴り換え狂（アナグラム）でね。中毒を職業にしたくらいだ。本を書こうと思いたっても、やっぱり中身は中毒の話さ」

そうシグモンドは、二十年以上も前に死んだ大御所の作家を取りあげて、ひよっこでも譬（たと）える物言いをした。

「なにしろ中毒でもなければ一体どんな人間が、〈2＋11〉と〈1＋12〉の双方の答えが13になるだけでなく、完璧に同じ文字を使って綴ってあると気付くとおもう」

エリオットは、シグモンドの口にした数字の単語を、
two plus eleven ＝ one plus twelve
本の端に鉛筆で綴って、一ツ一ツアルファベットを消していきながら、呆気に取られた。

「シグ、まるで見てきたみたいだ。ルイス・キャロルに会ってきたみたい」

エリオットは、シグモンドの話に聞き惚れて、思わず驚嘆の声をこぼした。

すると俄かにシグモンドは、話を切り上げ、肘掛け椅子から腰を上げた。

「今日はここで。あすはもう少し詳しくやるから」

「ねえ、シグ」

エリオットは座ったまま、呼び止めるようにシグモンドを見上げた。「アリスのこのハンプティ・ダンプティはさ、本当は誰に落っことされたんだと思う？」

アリスの話に出てくるハンプティ・ダンプティは、大きな卵に目鼻と手足をつけた転げやすい形のくせに、気取って高い塀の上に足を組んで座っていた。だからバランスを失って勝手に落ちたのだと本にある。挿絵でも、今にも転がり落ちそうなハンプティ・ダンプティに、アリスの後姿が、ハラハラしながら腕を伸ばして、受け止めようと背伸びをしていた。下卑た顔つきの気取った卵は、口角を出来うる限り左右に吊り上げ笑ってみせればみせるほど、不気味でやましげな恰好になる。巨大な卵のように太った年配男の表情だ。少女を見下しながら色目を使ってよろめいて、老醜の哀れな影さえ一抹、窺える。アリスの後姿は、醜い卵男を折あらば引っぱり落としてやろうと、背伸びをしながら手を伸べる女の子にも見えてくる。卵男がまぶたと唇を赤くしながら、自分を見下ろしよろけるのを良いことに。

シグモンドは、別襟仕立てでこっくりした栗色のカヴァートコートのボタンを留めると、いつもは荷物を持ち歩かないが、今日は鞄に本を仕舞い、

「マルグレーテ＝アンナ。このアリスは振り向いたらきっと幼い頃のマルグレーテ＝アンナさ」

淡々と両の手に、手袋をはめた。

咄嗟にエリオットは、ハッとひらめいて、

「シグ。あなたの姉さんはクリスティンと似ていたの？——だからあなたはクリスティンが苦手なのか。なぜって僕は、初めて頁を繰ったとき、文章を読む前に真ッ先に目に飛びこんできたこの挿絵を、子供の頃のクリスティンによく似ているって思ったから。水色の小綺麗な服を着て背伸びをしているリボンをつけたアリスの後ろ姿が、髪のウェーブといい長さといい、クリスティンの小さい頃に重なった」

シグモンドは、君らしいと言いたげな幽かな愛想笑いで、ほんのり優しくエリオットに向きなおりながら、

「いや。マルグレーテ＝アンナは、君のクリスティンと見た目も中身もまったく似ていない。いわば二人は正反対なくらい。私は本当は、幼い頃のマルグレーテ＝アンナを全く知らないんだ。また君が思うほどあの子を苦手に思っていないし」

シグモンドは、いつも涼やかで隙のない面持ちが、おっとりとした諦めで、温かくはにかんでいた。「こうしてみるとエリオット、A＝B、A＝C、だがB≠Cなんて、日常に結構あるのだよ。絵を見る感覚は理屈でないしね。たとえば同じ赤い色を見ていても、エリオット、君に見えている赤い色と、私に見えている赤い色が、同じような赤だとは言い切れない

よ。同じアリスの絵を見ても、君が受ける印象と、私が受ける印象がこうも違う。としたら、世界は自己を映し出す鏡で、私達が受け止める印象は自分勝手の占いも同然さ。その中に、真実あるがままの実体をなんであれ見つけ出すのは困難だ」

シグモンドは、むしろ何事も記号数式で合理的に、正誤をはっきり表せたらどんなに楽かと言いたげな、心許なく寂しげな口ぶりをしていた。

「論理学者の苦心や使命感も、発端はあながち見当違いでもない。ただ彼らは無駄足だと気づいていないだけの話——」

門扉が軋む音が聞こえた。

「——どうやら妹が戻ったようだよ、エリオット」

シグモンドと入れ違いで、クリスティンが階段を昇ってくる。

シグモンドの落葉を潰す低い足音は、扉越しに遠くなる。

その晩、エリオットがいつもどおり神経質に戸締りを確認しなおし、肘掛け椅子に腰掛けたのを見計らうように、

「で、兄さん。ルイス・キャロルの件はどうなって？」

暖炉端のカウチで、クリスティンが切りだした。長い夜をゆったりと過ごす口調で、足を組みかえた拍子にずり落ちたタータンチェックの膝掛けをたくし上げながら、

「アリスの話で、シグはどう講義をしたの」

「論理学は言葉の組み換えで、ようは言葉遊びだってさ。実はまだ導入の入口というか、あんまり深くやっていなくてね。僕もシグも、論理学は好みの分野じゃないんだよ」

正直にエリオットは苦笑まじりに白状した。

「あら、シグにも嫌いなものがあるなんて。意外だわ」

「——そうか？」

「だってあの人、何もかも疎（うと）んじているみたいだもの。言ってみれば何もかもを嫌いな感じ。冷たいくせに器用に親切なふりなんかして。きっと誰も愛さないし、愛せないのよ。見るからに恵まれているから、執着心や愛着だなんてシグには馬鹿に映るんじゃないのかしらね。てんで鼻もちならない——けど、そんなシグが論理学を嫌いだと特に言及したなら、きっと好きな事柄もあるってことよね」

「そうだな。でも、どうだろうね」

「論理学が嫌いって、兄さんは言葉遊びも嫌いなの？」

「僕は言葉遊びだったら守備範囲」

エリオットはゆっくり笑いかけながら、シグから聞いたエピソードを披露した。「遊びが嵩（こう）じて、ルイス・キャロルは《綴り換え狂（アナグラム）》だったわけ」

「それだわ。アリスの話は物語というより、言葉遊びの集大成よ」

クリスティンは思いのほか納得して、ふと思いついたようにふわりと身軽に立ち上がった。

「ちょっと待ってて」

ウールの膝掛けを腕に巻きつけるように纏(まと)いながら、真ッ暗な奥に向かっていった。

エリオットも腰を上げ、暖炉に石炭を足して蓋をすると、小さな窓から覗く焔の色を確かめた。

台所からやや寒そうに舞い戻ってきたクリスティンは、化粧箱ぐらいの、割に大きな荷物をいくらか重たげにカウチの前のテーブルに下ろして、蓋を開けた。

「これを先日トミー・コレットが、わたしにね」

長い箱の中に、大きなジャム瓶ほどの硝子(ガラス)容器が五ッ並んで収まっていた。緑の瓶、黄色の瓶……中身はぎっしり詰まった乾燥マカロニである。ほうれん草が練りこんである緑色のマカロニで埋まった瓶や、サフランで色づけした黄色のマカロニの瓶、乳白色をした普通のマカロニの瓶もある。注目すべきはアルファベットだった。全てのマカロニが、ブローチほどの大きさのアルファベット。

「トミーがくれたって？」

するとクリスティンもエリオットに同調して可笑しげに、暖炉の火が映って瞳孔(どうこう)が赤く閃(ひらめ)く、暗がりの透ける青い目で、くすぐるような目つきをしてみせた。

「ええフルセット。裏道のウィンドウケースに飾ってあるのを見て、トミーが、どうしても中に入りたいって言いだしたの。食べなくても飾っておくだけで素敵だろうって。初めてのプレゼントだわ。なんでもアルファベットの所がたまらなく気に入ったんですって」

ブローチでも、指輪でもネックレスでもスカーフでも、ガールフレンドにはそれらしくアクセサリーの類、他にも手袋、もしくは帽子。なにか身につけるものを。それから花束、何よりも花束だ。初めて贈るプレゼントがアルファベットのマカロニじゃなくたって有りそうだが、あまりにトミー・コレットらしい思いつきではないか。エリオットは、トミーの人柄におかしみを覚えながら、わずかに言葉を交わしただけの学友を、いとおしく思い起こした。

クリスティンは、ハンカチでテーブルの上をさっと撫でるように拭いてから、乾燥マカロニの瓶の蓋をあけて、中身を全部ざざっと撒けた。山と積みあがったマカロニを前にすると、オットマンに腰掛けて、テーブルに身を乗り出した。

応じてエリオットも、肘掛け椅子のクッションを引き剝がして、ラグの上に置くと牀に腰を下ろした。片足は立て膝で、ゲーム駒を配置につける勢いで、二人で各々、思いつく単語を片ッ端から組み替えた。

「Nは有る？　クリスティン」

「ちがう兄さん、それはZよ。Nはこっち」

「uじゃないのか。これがnなら、じゃあUは？」

硬くて脆いマカロニが欠けぬよう注意して滑らせながら、寄せ集めたり、選りすぐったり、ひっくり返しては裏返して、夢中になって交換しあった。

「──もしかして最初に全部、混ぜちゃったのがいけなかったかしら。瓶の中身が母音と子音に分かれていたりして」

「まさか、ないよ。だってマカロニなんだ」

エリオットは笑った。

三時間あまり、次第に暖炉の焔が弱くなり、これが駄目ならもう終わりにしようと言いながら、二人して火の消えるまま放っておいた。

「――ほら」

「ほんとね」

寒いからいつの間に寄り添って、夜更けまでかけて仕上げた綴り換え(アナグラム)。

――circumstantial evidence[12]

(ルイス・キャロルもあっと驚く出来映えじゃないか)

疲れた瞼でしげしげとエリオットは、テーブルの上のマカロニの綴り字を見下ろしながら立ち上がった。

クリスティンは綴り変えた文面に満足して、

片付けるのは明日にしましょ、

と柔らかく微笑むと二階に寝に行った。

――can ruin a selected victim[13]

---

12 状況証拠

13 えりすぐった生贄(いけにえ)を破滅に導ける

Ⅲ:vi 状況証拠

「ああ、君」

シグモンドがエリオットの家庭教師をしおえた帰りの、いつも通りの夕刻である。メイプル・ドライヴを下っていると、赤毛のトーマス・コレットに行き会った。

トーマス・コレットは、軽く帽子を浮かせて一揖（いちゆう）する。

「ヴェルティゴ氏。お帰りですか」

「君はナターリアに会いに？」

「ええ、はい」

トーマス・コレットは事もなげに返事をしたが、次第に真っ赤に、はにかんだ。

(——ふうん)

シグモンドは、照れているトーマス・コレットをまじまじと眺めた。

「あ……手袋を」

エリオットの書斎に忘れてきた。思わず口走ったのを、トーマス・コレットが門扉を開いて待ってくれるので、シグモンドは踵（きびす）を返して、玄関の扉を叩いた。

カンカンカンカン

金具をドアに打ちつける音が響きわたる。シグモンドが合図のノックを最後まで打ち終わらないうちに、鎖を外す音が聞こえ、鍵があいた。ノブが動く。

扉が開いて、

「シグ、やっぱり戻ってきたか。手袋をここに忘れ――」

シグモンドは、エリオットをまっすぐ見ずに、わざと目を逸らした。エリオットが手にしていた手袋を、よそよそしく掴み取った。エリオットは口を噤んで不信感を募らせた。ようやく、シグモンドの背後に人影を見つけて、全身で強張った。

「シグ、いったい――」

「アンドリュー！　きみ……生きてたのか！」

トミー・コレットが呆然となって口を開いた。

《アンドリューの御学友》がこれ以上厄介な大声で何某かを口走らぬうちに、目を見開いて立ちつくすトーマスを促して、シグモンドは扉を閉めた。

エリオットはトーマス・コレットと真っ向からむき合うと、

「僕は……」

いったん口ごもり、苛立ちを燻らせたあとで、開き直ったように突ッ慳貪に言い放った。

「アンドリューは、君なぞ知らないさ」

トーマス・コレットは裏切られたような顔で、そばかすだらけの眉間に不愉快そうな皺を

寄せた。見兼ねてシグモンドは、

「コレット君と偶然そこで会ったんだ。エリオット」

エリオットはシグモンドを咎める暗い目を剝いたが、構わずシグモンドは、

「ドアのノックのサインを最後まで聞き届けなかったのは君だよ。エ、エ、エリオット」

「……エリオット？　彼女がよく口にするエリオット・フォッセーって、きみか……！」

トーマス・コレットが喘ぐように、愕然と掠れ声を上げた。

「――きみは一体何者なんだい。アンドリュー・ボーデンは死ななかったのかい？」

「僕は、クリスティンの兄貴であるアンドリュー・ボーデンの替え玉さ。アンドリューが死んだから、お払い箱になったんだ。それだけだよ」

棘々（とげとげ）しくもエリオットは、二階へと続く玄関ロビーの階段のたもとに力なげに腰を下ろした。

「他言したら許さない、いいかいトミー・コレット、ただじゃおかないよ」

「用済みになった腹いせに、きみはクリスティン嬢を言いくるめて連れ出したのかい？　ボーデン家のお体裁をつくろうための雇われ人が、多額の口止め料でも請求するために？　それが情でも移って、彼女をいま少しだけ傍（そば）に置いておきたくなったんだ」

エリオットはトミー・コレットを見返した。相変わらずトミーは見当違いでも、的は射ている。

見事な推測だ、動機の説明も、客観的に鑑みるなら、自分自身さえ納得しかねない理屈であった。金切り声で泣き叫びたいほど絶望的な反駁と、むらだつ憎しみを、エリオットは呆気なくなだめつかせた。トミー・コレットでなくたって常に第三者は利潤を第一に計算する。計算で弾きだせない理由に関して、他者へ理解を強いるほうが無謀なのだ。

エリオットは一息深く吐息をついた。

「口止め料だの、そいつは君の憶測だよ。トミー」

「だったらきみは彼女の恋人かい？」

不安げに、覚悟を決めた真剣さでトミー・コレットが問いただすので、

「違うよ。信じられないならクリスティンに訊けばわかる」

「じゃあきみは、あとあなたも」

と、トミー・コレットはシグにちらりと目をやって、

「いったい何者だっていうんだ」

エリオットは、やり過ごすようにシグモンドを見やった。シグはシグでエリオットを見つめ返し、答えを任せるように黙ったままだ。

いいかトミー、とエリオットは、トミー・コレットを再び自分に向かせて、

「君、今日は帰りなよ。だいたいクリスティンは留守だよ。クリスティンに会いに来たんだろ。――クリスティンは君と会っているんだとばかり思っていたけど。君との待ち合わせに出掛けたんだよ」

トミー・コレットは気が殺がれたか、首を軽く横に振りながら、

「今日は会ってない。おかしいな。入れ違いになったかな」

「でも、午後二時の待ち合わせに間に合うよう出掛けていったよ」

「――今日は夕方の約束を」

「トミー。君はクラスにも滅多に遅れなかったし、クリスティンが時間を間違ったんだろう。大丈夫。君が現われない時点でクリスティンは美術館にでも行ったさ。目の悪かった昔を取り戻すように、好きな絵でものんびり見てまわって。特に用事がなければ、いつも日暮れまでには戻るから。もうすぐ――そのうち」

「ならばここで待たせてはもらえないかい」

なるほど。で、待たせればやはり、根掘り葉掘りとトミー・コレットは問い質してくるに決まっている。気が重かったが、駄目だ帰れとエリオットはトミーを追い返せなかった。

トミー・コレットは帽子を脱いだ。玄関ホールの焼きタイルに、ぽつん、ぽつんと二脚だけ置いてある、曲線の美しい豊かな肉づきの背もたれ椅子に、コートを着たまま浅く腰かけた。

シグモンドは、カツ……カツと一人、低い靴音をたてながら、手袋をポケットに突っ込むと、黙って館を出かけたので、

「シグ」

エリオットは呼び止めた。

シグモンドは心得たように言いなりで引き返してくると、

「では上にいる」

トミー・コレットの前を素通りし、カヴァートコートのボタンを外しながら、階段に腰掛けたエリオットの脇をすり抜けて、二階に上がった。

シグモンドが二階の扉を閉める音が響くや否や、トミー・コレットは座ったまま音をたてて椅子をずらし、早速にエリオットへと向き直った。ひそひそ声で、

「彼はだれ？　きみの家庭教師だってクリスティン嬢から聞いているけど。家庭教師にしては、きみたち友達同士みたいだ。でも友人にしてはやや威圧的だし。きみの親戚縁者？」

おっかなびっくり好奇心いっぱいの仔鹿みたいなトミー・コレットを、エリオットはまっすぐ見返した。

「シグと僕とクリスティン、三人とも、なんの血のつながりもない。――シグは小鳥の剝製しかこしらえない魚の剝製師で、僕はクリスティンと血の繫がらない兄で、クリスティンはCでなく、Kのクリスティンなんだ」

「……他にCのクリスティンがいるのかい？」

「いや。居ないよ。ただ、クリスティンはKのクリスティンなのさ」

そうか――と、トミー・コレットは神妙な顔つきをしながら、いやに呑みこみよく、しみじみ貫禄のある笑みをして「エリオット」

と、初めて本当の名を呼んだ。

「エリオット、今度いっしょに海辺の家に行こうよ。きみの妹と三人で。家にも遊びに来てくれよ。僕は三番目でね、一番上に年の離れた兄貴が居るんだけど、今はロンドンなんだ。父親は仕事が忙しいとかで殆ど戻ってこないし。家には母親にべったりの姉さん一人と、負けん気の強い妹が一人居て、女だらけさ。気立てのいい姉さんと、好奇心旺盛の妹で、どちらも好きだけど、久しぶりに戻る時なんかは、やっぱり居心地が悪くってさ。女の人って身内の男を相手にすると、どうしてまるで自分だけはとても利口だっていう口のききかたをするんだろうねぇ」

かなわないやと心底、困り果てたようにトミーが溜め息をついたので、エリオットは可笑しくなった。思わず笑うと、気を良くしたのかトミー・コレットは、

「良かったら、きみに一度紹介したいな。無理にとは言わないけど、姉さんや妹に会わせたいな。会ったら、とても優しくて朗らかなのも、機転がきいて可愛らしいのもわかると思うよ。もしも嫌でなければ、ヴェルティゴ氏も一緒にどうだろう」

「どうだろう。シグへこの手の話にあまり水を向けた例がないけど」

と、エリオットはちょっと本気になりかけた。

貧乏人の自分はさておき——なにしろT・Aの試験を受けたくらいだ。似た境遇だろうと我ながら何を勘違いしたかノートを借りに夏休み、エリオットはトミー・コレットの家に赴いて、ボーデン家とは比較にならぬが、エリオットからすればかなり裕福なコレット家の様子を目の当たりにして、密やかに己の心積もりを恥じたのだ。だから同様におそらくトミー

・コレットも、今やエリオットの正体が貧しい雇われ人だったと承知しているとはいえ、同じ学校に在籍していただけに、あくまで自分を基準にしていくらか差し引いて考えている位のはずだ。
シグモンドとくればしかし話は別である。仮にも古物商がどこぞの「伯爵様」と見誤る。前にエリオットがクリスティンに会わせたいと頼んだ折も、頓着せず構わないよと承諾したくらいだし、シグさえ良ければひょっとしたらと、

「善は急げだ。呼んでくる」

エリオットは二階に上がって、書斎をノックした。

エリオットがドアを開けると、書架の前で立ったまま本を開いていたシグモンドは、黙って振り返った。エリオットは後ろ手に扉を閉めた。

「シグならトミー・コレットをうまくかわせなかった筈がない。半分はわざとだ。そうだろう」

だしぬけに声色を変えたエリオットを見透かすように、シグモンドは本を開いたまま、セピア色の目線を上げると、

「状況証拠で人をつるし上げる気かい。手袋を忘れたのさえ故意だって？　そのとき私はトーマス・コレットがこの館に向かっていたことすら知らないよ。――まあ確かに、かわせなくもなかったが。急いで扉を開けたのは、しかしエリオット、君の落ち度だけどね」

「じゃあ全ては僕の不用心ぶりを確かめる魂胆だったってわけ」

「いや。そろそろ潮時では？　あいつはナターリアと会っている。遅かれ早かれあの子が話したさ」

「クリスティンを信用してないんだね」

「さあべつに、トーマス・コレットに知れたところで、君も一体なにをびくつくわけがある？」

シグモンドは悠然と、落ち着き払って本を書架に戻す。

エリオットは、ドアノブに手を掛けながら、

「トミーがあなたを姉妹に紹介したいって。いずれ時が来たらあなたはクリスティンの保護者として顔を出してよ」

扉を開いて、シグモンドを廊下へと促した。

シグモンドは黙って大人しく部屋を出ると、廊下の手すり越しに、玄関ホールのトミー・コレットを見下ろした。トミーは気付いて、椅子からいったん立ち上がった。

エリオットは開いたままだった二階の窓を閉めて、少し遅れてグランドフロアに降りると、階段の手すりにもたれかかった。二人のやり取りをほとりで聞き流していた。

「へえ、すごいな！　まったくよく御存知ですね！　ヴェルティゴ氏」

トミー・コレットが頓狂な声をあげている。物珍しい芸当でも目の当たりにしたように目を輝かせていたが、次第に不可解げに、

「すごいな、よくご存知だ。一分の隙もなく正確な記憶力。僕の家系をそこまで調べあげて、

ヴェルティゴ氏、探偵でも雇ったんですか。まさかあなた御自身で調べたわけじゃないでしょうけど。クリスティン嬢と付き合わせるのに真ッ当かどうかと……因縁つけて、彼女と会わせまいとでもするんで」

「君とナターリアの関係を壊そうだなんて誰も考えないよ。私も。またここに居るエリオットも」

癇に障った。エリオットは無言でシグモンドを見返した。

シグモンドは立ったままで、もう一脚の椅子の背にかるく片手を突いていた。エリオットの非難がましい目つきを躱すように、虚ろな目線をすべらせた。ふだんの淡々とうんざりしているような流し目とは全く異なっている。

「私が言いたいのはね——君の父親、ヒース・コレットの、その母親であるメアリー・シュー……君の祖母だ、その父親セオドア・シュー……君の曾祖父、その母シャロン・ヒックスは、ロバート・ヒックスと妻ミュリエルとの間に、結婚二年目に生まれた初子だ。また君の母親ラヴィニア・ヒューの、母親であるリリイ・ウェラー……君の祖母だ、その母親であるトーニャ・ヒックス……君の曾祖母、その父親であるヘンリー・ヒックスの、親父キール・ヒックスは、やはりロバート・ヒックスとミュリエルの間に出来た子供だ。コレット家のきょうだいの中でも特に君は、ロバート・ヒックスの長身と、根っから紳士の性格と、ミュリエルの赤毛、やや色褪せた青い瞳を受け継いだ」

「ロバート・ヒックスとミュリエル。その二人のトミーの御先祖が、一体なんだって？」

そうエリオットは、トミーが問いただすより先に、口を挟んでシグモンドに切りこんだ。

「なんの面当てか、当てこすりだか知らないけど、尋常じゃなく呪文のように他人様の家系図を延々と名前を連ねて言い出したかと思ったら。……トミーでなくとも誰だって気味悪がる」

エリオットは内心酷くかき乱されて、おそらくトミーよりよっぽど気分を害していた。ねめつけるエリオットの視線に、シグモンドは、やや顔つきを引き締めると、トミー・コレットへと向いた。

「君の御先祖ロバート・ヒックスと、ミュリエルという名前に、私は聞き覚えがあるんだよ。それをちょっと披露したくなっただけで、気分を害すつもりはないんだ。すまないね」

正面切って謝られれば、トミーはすっかり機嫌を直し、好奇心旺盛の普段に立ち返った。

「僕の御先祖が持っていた館でも、貴方が田舎に買い取ったとか、そうでしょう？ ひょんな事から人ってどこでどう繋がるかわかりませんね。その僕の御先祖・ヒックス夫妻の肖像画でも、貴方の家に残っていたんだ。是非、見てみたいなあ」

「私の家にはない」

もの柔らかな口調で間髪おかずシグモンドは、有無を言わせず、すっかり話題を煙に巻く。

少なくともトミー・コレットは撹乱されていて、完全にシグのペースだった。

「エリオットは遠慮深くてね、貧乏人だのと理由をつけて、君の姉妹に会うのは、まるでふさわしくないと、ためらっているのさ」

「そんな、きみ」

水臭いというようにトミー・コレットは、手すり端のエリオットを見上げた。

「ああ、まあね」

気のない返事をしつつエリオットは、軽く両肩を竦ませて恐縮してみせた。トミー・コレットの好意をよそに、シグモンドの唐突で奇怪な言動について、考えを巡らせながら「――なんたって僕は無職で、大学も自分の名前で出ちゃいないんだ」

「きみが優秀なのは、ぼくはよく知っているもの、エリオット。なんならジェローム兄さんに話してみていいかい？　知人が起業するんで人材を物色してると、実は先日、有能なのが居ないか打診されたばっかりだ。きみが乗り気ならいつでも仕事の話は都合できるよ」

「ありがとうトミー、ではいつかきっとよろしく頼むよ。本当に助かるよ。ありがとう」

エリオットは、真に受けているトミーを裏切った気分になった。トミーの心遣いはしみじみ嬉しく、心から感謝していた。ひょんな事から思いがけない話の運びに、飛びつけば良かったが、目下――シグを問いただすほうが先だ。

シグモンドはトミーが欲しい。でなきゃ今日だっていくらなんでもシグはトミーをすんなり館に通しすぎだ。いかなる理由でなのかは知らないが、

（僕は餌。シグがトミー・コレットを釣り上げるためだけのおとり）

いつまでたってもやっぱり自分は葡萄畑のバラとおんなじだ。替え玉だとか、シグモンドがトミー・コレットを掌中に収めるための、媒介にすぎないか。

Ⅲ：vii

青い血

クリスティンが戻って来た。

エリオットとトミー・コレットが出くわした手違いにさして驚かず、クリスティンはむしろ安堵の面持ちで、

「トミーはすぐに気付いたの？　逃げる途中で兄さんは鳶色の髪を、焦げ茶色に染めたのよ」

外套も脱がず、エリオットの背中にしがみつくように抱きついた。手袋をはめたままの指で、軽くエリオットの髪を掻き乱してみせた。そろそろまた染めなくちゃね――そう甘い目線でくるむと、なされるがままになっているエリオットを優しくそっと撫でつけた。トミーは別段、顔色も変えず、にこやかにクリスティンに片腕を差し出す。クリスティンはトミーの腕に軽く手をくぐらせて、連れ立って出て行った。

「今日は遅いから公園の端をちょっと散歩するだけで戻るわ、兄さん」

扉が閉まるとエリオットは、今度こそ帰ろうとしてコートの前ボタンを留めているシグモンドへと向き直った。

「もうたくさんだ、シグ」

目を剝いて喰い入らんばかりに睨みつけながら、滅多にカッとしない分、エリオットは制御が利かないくらい、鬱積した憤りに自分でも説明がつかなかった。「もういやだ、こんなのは！　たくさんだ。なんだか知らんが、シグの御先祖だかの古い知人の血を引くトミー・コレットを手に入れるために——いい加減に、人を巧みに利用するのは、やめて」

胸が痞えて、何に苛立って失望しているのか、エリオットは自分自身が仕掛けた罠に嵌まったようで腹も立った。

「黙ってないで何か言え。シグ、僕を納得させろよ。嘘だ……誤解だと取りあえず弁解してみろ。——分かってる、どうせあなたの言う事は全部嘘なんだ」

「いままでのなにが嘘だった」

やっと口を開いたシグモンドは、淡々といつもどおりの突き放した口調である。

「前にもいちど言ったけれど、嘘なぞついても、化けの皮がはげるだけで、私は君には少なくともそんな馬鹿を晒さないよ。私は嘘と、愚かさが嫌いだ。愛のつぎくらいに。オーグストがその昔はベネディクトと名乗っていたことも、恋人だったマルグレーテ＝アンナ——私の姉へ刃傷沙汰に及んだことも、今まで私が君におしえたすべての説明に嘘はない。いっさいは本当の叙述だ。——問題は、すべて本当で事実な中に、どれだけの《真実》が有るかだよ。でも殺す云々だのという私に対して、厄介事にかかずらわない意思表明の意味もあってか、深く訊ねてこなかったのは君だろう？　エリオット。事実だけでも君が納得あそばすなら、べつにそれでよかったからね」

「あああまたか！　シグ、この期に及んで哲学の謎かけにすりかえるのは無しだ」

エリオットは混乱して、くしゃくしゃ頭を搔き乱しながら、顔を歪めて失笑した。シグモンドは同情めいた顔つきを向けた。

「哲学の謎かけとは、すなわち人間の……あるいは人類の……この世界の……我々の問題だろうに。エリオット」

シグモンドは、遠く何かを思い返しているのか、向こう半分、影の薄い存在感で、いくらか優しい声色をしていた。

「シグ、あなた一体何もんなんだ。僕を匿ったり……トミーの血筋を。このエセ――」

「血の濃い子供のパラドックスと、民族浄化のジレンマだよ」

シグモンドは物思わしげに沈んでみえた。億劫げに椅子に腰掛けた。別段これといって腹を括ったふうもない。

「信じるのは君次第だよ、エリオット。私は老いないんだ」

――べつに私は不死ではない。死んだためしがないからはっきりとは言い切れないが、エリオット、君だって死んだ事はないけれど、まあまず間違いなく不死でないと判るだろう？　私は人間だから、刺されたり撃たれたりすれば痛みに苦しむし、たぶん呆気なく死ぬだろう。死んだらそれっきり生きかえるまい。だが年をとらないのさ。いつからか、気づけば年をとらなくなっていた。昔ミュリエルが、あなたは年を取らないみたいだと言った。今から思えば、やはり彼女は直観的に鋭くて……あの人の正しい心根のありようが、いつも私を虚ろに取りのこして、けっして陽気にしてはくれなかった。年を取らないみたいだと言われて当初は、非常に厭味っぽく聞こえた。厭味っぽいのはもっぱら私で、実際、厭味なんて口にするミュリエルではなかったが……でも皮肉を込めて言われただけの事情が有った。年をとらないとは、死ぬことだと言い返した。自分自身で老いないと勘づいたのはずっと後で、あの人と会えなくなってからだ。正確に言うならば今だって年はとっているしね。……ただし老いる気配が無い。もう何十年も生きて……いや、もう百年余りになる。

「どうして」

「私はひときわ血の濃い子供で、父と姉との間の息子だ。非常にスキャンダラスな響きだけれど、私にはよくわからない。気づいたときには出来上がっていた人間関係だからね。自分を産んだ女であるからには、マルグレーテ＝アンナは母だろうが、共通の父親を持つ以上は、やはり姉だ。君が先日言い当てたように、私はマルグレーテ＝アンナを疎ましく思っているよ。父だ母だ、姉だのなんだの、不可避の血縁の名称に無関心、不感症だ。なぜ私は老いないかは——特異体質というくくりがどれだけの度合いを指すのか知らないが、私は人間なのだから、老いないのはやはり特異体質と呼ぶよりほかにない」

「……へえ?」

エリオットは、厭味ったらしく尻上がりのイントネーションで聞き返した。まだ腹を立てていた。もう一脚の椅子に腰を下ろしてシグモンドと向き合った。

今回ばかりは、目新しい情報や新展開に誤魔化されずに必ず忘れず、僕を出汁（ダシ）に使った件をゆっくり突きつめてやる――。

「とするとシグは、百年近くも生きていて、だいたいあなたに分からないことなんて滅多に無いじゃない。自分にまつわる事なのに、まだ自分が何者か自分なりの答えすら出せないって」

差しこむ夕陽で玄関ロビーに濃い影が伸びる。

シグモンドは珍しく幾らか居心地悪げに、重たげな口を開いた。

「翼ある鳥は、霊魂の水先案内をする――と、東西問わず広く古代文明で謳（うた）われて来たようにね。それ以上に、不老長寿はいずこを問わず古くから人類普遍の夢なんだよ。不老長寿に効くと謳われた薬草は数知れない。呪術や、儀式や、宗教や……実際に不老長寿に、わずかでも効果があったかは別にして。不老長寿の謳い文句はいかに広く人間を魅了するキャッチフレーズか。不老長寿のためには人殺しも厭わなかったエリザベート・バートリーの実話は、そう前の話でないし、今に至っても悪名高い語り草だ。エリオット、君も一度は耳にしたことがあるだろう」

女吸血鬼のモデルにまでなった十七世紀の伯爵夫人だ。ほうぼうから若い娘をさらっては切り刻み、絞り取ったその血を浴び、塗りたくっては浸かった事件だ。若い娘の血液で、肌がいきいき艶めくと妄信した。血を浴びれば浴びるだけ、美しいまま生き永らえると――エリザベートが捕まった時には、城の裏から六百人もの若い女の死体が出た。

「三百年ちかく前の、私ですらも生まれる前の事件だけれどね。不老長寿に関する文献を漁っている最中に見つけた歴史さ。父親の書架に有った。《名家の出の、裕福な伯爵夫人が、残虐行為に酔った動機は——美しくありたい、いつまでも若々しく——不老長寿の願望がすべてだ》と著者は述べた。彼女は狂人で異常な例だけれども。人は不老長寿のためなら、ときには狂うほどなんだよ。いまどきね、鳥を霊魂の水先案内だと思っている連中は少ないさ。知りもしないだろう。だが不老長寿にかぎっては、人は、たゆまぬ努力と研究を怠らない。昔から今もなお熱心に人類が求める夢だ」

死の恐怖が人間の根源的な恐れである以上、不老長寿は過去・現在・未来を問わず、だれもが等しく抱く願望だ。実際、医療技術が進んで、人は寿命を伸ばしてきている。

医療技術は、人間の手に入れた不老長寿への知恵と手段、足がかり、道具になりえる。今こそ誰にも等しく不老長寿に近づくためのアクセスを得るチャンスが、現実となりつつある。

「いくら人類普遍の夢だといっても、昔はね、日々の暮らしに事欠いて毎日のパンに困っていた庶民が、不老長寿を連日、夢に描いて、念頭に浮かべながら暮らしてはいなかったよ。すぐに老いて死にたいと望む者はない反面、不老長寿の夢は非現実な高望みだ。至福のときを一日でも長く伸ばさんと欲張るだけの、呑気で、目先の苦労とは縁遠い連中が、不老長寿に熱心な思考をめぐらせた」

「つまりは——？」

「王家や公家、もっぱら特権階級の連中が」

不老長寿の願望が、古来より広く息づく根源的な人類の夢であって、その無謀で果てなき夢の追求が許される身分の連中。

「そんな王家や公家・特権階級の連中が、人種や民族、地方を選ばす、共通して神経質にこだわり守った戒律がなんだかわかるか。エリオット」

「……血統を尊ぶこと――」

「そうさ。血族を絶やさぬことだ。一族の血筋を守ること。血統を重んじること。青い血の血筋を濃くすること」

青い血。貴族の血統、貴人の血族を英語でそう呼ぶ。

エリオットは、シグモンドの手にうっすら浮きでる仄青い血管を盗み見た。ギリシャ彫刻の女神さながら、白皙(はくせき)の手指だ。

「紀元前においては至るところで近親婚はむしろ望まれる結婚だ。ゾロアスター教では七つの善行の二番目とされていたくらいだ。親子や兄弟姉妹間の、血の濃い近親婚は、悪魔に対する最強の防壁とさえ考えられたのさ。旧約聖書でも、腹違いなら、兄弟姉妹間でも結婚できると記されている。だが近親婚には大きなデメリットが二ツ」

「遺伝的デメリットだ」

「それから社会的デメリットだよ、エリオット。近親婚の遺伝的デメリットに、我々の祖先がいつごろから気付いたか私は知らない。いずれにしてもそれはかなり近年になっての話さ。

遺伝学について人々が知識を得るようになってからだ。それに、たとえ子を作らなくとも近親相姦はやはりタブーだ。その禁忌は社会的デメリットから生じてくるのさ。旧約聖書のサミュエル記Ⅱ十三章は知っているね？　ダビデ王の娘タマルを、腹違いの兄アムノンが恋い慕うエピソードだ」

兄アムノンが恋にやつれて病の床に就く。なにも知らずにアムノンの異母妹タマルが見舞いにいく。アムノンが一目会いたいと頼んだからだ。

タマルが見舞いに来ると、即座にアムノンは召使いを下がらせる。

二人きりになったところで、食事を寝台まで運んでくれとアムノンはタマルを傍に呼ぶ。兄を心配して、枕辺に食事を運んだ妹に、アムノンは無理強いする。

「ダビデは実在の王だ。この事件も事実だろう。……エリオット、君は人類初の殺害が兄弟間に起こったと言っていたけど、聖書史上、人類初のレイプ事件が、近親間の手によるとはね――。人間の犯しうる二大犯罪――殺人と強姦が――近親間で最初に起こったと記載されているとは皮肉だね」

旧約聖書サミュエル記Ⅱの十三章で、兄アムノンは妹のタマルを犯す。

「アムノンはタマルを好きだったようだが、タマルが馬鹿はよしてと何度も必死で頼みこむのに、耳を貸さないで無理矢理だから、レイプに間違いない。さらには事が済んだ途端に、それまで感じていた恋慕などどこへやら、アムノンは性欲を解消するや否やさっさと出てけと怒鳴りつけ、タマルを足蹴にして、乱れた姿のままの妹を部屋から放り出したと。たいした非道だ。けれどタマルが、兄アムノンを拒絶したのは、近親間を厭うたからではなかったね？　父に申し出てくれれば、すぐに結婚の承諾をくれるはずだからと言って、アムノンを鎮めようとしたと書かれてある。アムノンは、妹との結婚が許されぬせいで自棄になったわけではなかった。腹違いのきょうだいならば結婚もできる時代に、妹のタマルに狼藉を働いた」

「シグ、あなたは聖書に書いてある事を全部信じるの」

「私が聖書を引用するのは、聖書の歴史に価値があると思うからだよ。聖書は文化の変遷を学ぶのに役にたつ。内容の信憑性より、描かれた中身が世紀を越えても、ほぼ原型のまま人に読まれて、語り継がれている点にね。好き嫌いはべつとして……信仰できるか否かはさておいて……聖書が世紀をこえた世界中のベストセラーなのは目を逸らせぬ事実だから」

旧約聖書サミュエル記Ⅱ十三章に書かれているダビデ王の時代、近親相姦は容認されていた。タマルが必死に逃げて兄を止めようとしたのは、神前でも誓わず、父の赦しも得ないで男女が関係すると、イスラエルでは大罪だったからだ。世の中に顔向けできない、恥辱だからという理由である。

「本当はタマルはアムノンが嫌だったから、一時しのぎの苦しまぎれで結婚だの体面だのと言って逃れようとしたのだろうし、その嘘を察したからこそ、アムノンも焦ってタマルを手籠めにしたのだろう。ただ、ここでとにかく明らかなのは、水が低きに流れるように、閉塞した家庭内で弱者はかならず犠牲になるという法則だ。畏れおおいダビデの王女だろうと、家庭内では関係がないから。下手すりゃ容易に性的餌食にされるんだ。近親相姦の禁忌は、家庭内の弱者が性的虐待の犠牲者に陥る懸念から、徐々に確立された、弱きを守るための、あくまで倫理上のタブーだよ」

イスラエルの規律を記したレビ記の時代には、近親同士の結婚が禁止となる。

「レビ記十八章には、腹違いであってもきょうだいで結婚してはならないと載るまでになるね？　ほかにも義理の娘との結婚は禁止。父の妻であった継母との結婚も避けるべきだとあるから、問題は血縁ではない。なにしろ未亡人が、亡夫の兄弟に娶られて子を作り一家の血筋をたもつ嫂婚は、むしろ《美徳》でまかり通り続けるんだ。《血筋のためには兄弟の古女房を養うも良しとする》と器の大きさを尊ばれてね」

レビ記は表向き、サミュエル記以前にモーセが神より受けた啓示を規律にしたと伝えられている。実際には長年かけてイスラエルに定着した倫理秩序を、モーセになぞらえて記した規範書だ。

「聖書がイスラエルの長い歴史の中で禁じるようになった近親婚は、あくまで倫理的な建前と良識だ。血統を守る……モダンに述べるならば一族の遺伝子を受け継ぐうえでは、近親婚は紀元をまたいでむしろ尊ばれ続けた。とくに家柄を気にする貴族の間で――」

シグモンドはあくまで客観的な物言いをする。聖書を引用するのも、おそらくは客観性のためだ。それで却ってエリオットは、この老成した美青年は、本当に青い血の生まれなんだと理解した。口を割りこめない気位が、冷えびえと伝わってきていた。

「西洋キリスト教文化圏で、近親婚がようやくまともに嫌厭され始めたのは中世だよ、エリオット。社会的デメリットを懸念した二度目の波。封建社会よろしく貴族らしい利己的な観点で。濃い血の影響――遺伝――生物的デメリットにはまだ気づかない。生命の誕生は神から与えられて、人の運命は神の定めに沿うよりないとした時代だからね。――男女で子供を作るとは知っていて、それで納得できるとは、私には度しがたいが、聖油や聖水で病が癒されるなんて誰もが大きな顔をして堂々と述べた時代だからね。田舎娘のジャンヌ・ダルクが神の使徒としてフランス軍を率いて、魔女としてここ英国で、焚刑になるような世紀だ」

結婚は家族を増やし関係を広げる。

近親婚は、他者を受け入れないから関係が閉塞する。

「中世の貴族社会は、血縁に依存するコネクションがすべてだ。近親同士のかぎられた交流は、いかにもデメリットが大きいよ。ことに近親同士で即位や爵位を争奪しあった暗黒時代に、これでは一族の血筋が残らない。近親婚は好まざる結婚となったってわけさ。にもかかわらず、尚も多くの貴族が近親婚を実行した。家名を継承するためだけになら、一族の嫡子が身分相応の娘を娶ればいい。それが無理でも、君らがいまだに処女王と仰ぎたてまつるエリザベス一世は私生児だったし、王家の血なんて一滴でも混じっていれば、戴冠するかどうかは運と政治と才覚だ。くりかえし歴史がそう証明しても、数多くのリスクを負って、連中は濃い血に執着した。ハプスブルグ家に至っては、度重なる近親婚で遺伝的デメリットの打撃を真ッ向から受けて、一家が滅びてまでね。なぜ、そこまで濃い血を必要としたと思う？」

　よどみなく語るシグモンドは終始ほとんど無表情だ。ふだんの人を見透かす滑らかな感情の起伏や、つかみ所のないしなやかな狡猾さは見あたらない。まるで数十年もの間、自分の内で幾度も復唱し、繰り返し思い起こすたびに言葉が響きを失って、決まり文句や呪文の常套句さながらに、口に出しながら既に感情が乾いているようだ。エリオットは、重たい空気に呑まれかけながら「ここでつながるんだね……不老長寿と」

　メイプル・ドライヴの楓を木枯嵐が巻きあげて、落葉が扉や窓に当たる音がする。

「奴ら……王侯貴族の連中は、不老長寿のためなら多少の犠牲を惜しまなかった。純度の高い濃い遺伝こそ、不老長寿に必須だと信じたんだ。そうなんだろ？　王侯貴族と民衆の差異はなにかって——才覚、教養、エレガンス？——才覚や教養、エレガンスさえ兼ねそなえて、貴族でなかった者は絶対いたろ？　才覚も教養もエレガンスもなくたって、王と呼ばれた者も居る。王族と民衆の唯一の違いは、血筋だもんね」

　王侯貴族とは、血統を守る種族を譬えた別称なのだ。

「不老長寿には純度の高い血が必要だっていう古来思想と知恵……あるいは秘密。暗黙裡の約束が青い血の連中には脈々と受け継がれていた。シグ、そうなんだろう？」

「そう——。すくなくとも私の父親がすり込まれていた考えは」

　シグモンドは初めて一瞬だけ、いかがわしい場面でも遠く目の当たりにしたように、わずかに眉を顰め、故意にそらぞらしい面持ちになった。

次の瞬間にはしかし元の無表情のとばりを下ろしていて、

「多くを私は、父の所有していた書架から学んだ。我が家の蔵書は大変な量で、ほとんどが父一代で集めたものだったよ。大半は歴史書と、昆虫図鑑、歴史家の書いた哲学書で、中でもとくに不老長寿、血統に関する文献が主だった。内容を確かめながら蔵書を整理しはじめると、あきらかに父親が不老長寿に異常な情熱を持って、血統との隠れた因果関係を探っていたかが読みとれた。伝統思想から、父自身は科学的な仮説を導きださんとしていた。……マルグレーテ＝アンナが死んで、ミュリエルと——色々あったすえ私は一人で屋敷に戻って、蔵書を整理するくらいしか他にやる用もなかった。……誰とも会わずに、父の本に一冊一冊丁寧に目を通すのは、適度に時間を喰う、当時の自分にまったくふさわしい作業で……しだいに没頭したんだよ」

ミュリエル、

そうシグモンドが長い説明の中で幾度か何気なく口にする。エリオットは用心深く聞き漏らさずに、寡黙に話の続きを待った。

「父の手記は父親が死んだ時点で、私はいちど目を通していた。悪筆でね、おまけに変な暗号で書かれていて。中身も字面も一見まるで狂人の日記だよ。暗号自体は難しい手口ではなく、すべての単語の末尾の文字を、単語の頭に持ってくる。Vertigo ならば、Overtig というぐあいに。解読はいたって簡単だった。それでも長年の手記で量もかさむし、感傷的な苦悩の羅列で辟易したよ。マルグレーテ＝アンナの泣き言を聞くだけでも手いっぱいだったから、多くはそのまま放っておいた」

それをいざ読み返してみると、《生死のスパンが短ければ短いほど良い》と。

「生死のスパン？　短ければ短いほど？　――ふつう逆では」

エリオットは首を傾げた。

「そうエリオット。短ければ短いほど良い。当初私は、父が最初の妻の死を儚んで、生き永らえているおのれを憂えて書いたのだと思いこんで見過ごした。きちんと手記を読み進めるにつれて、どうやら全く異なる意図が浮かびあがってきた。不老長寿と血の濃さの隠れた因果関係を、父親はとっくに見抜いていたんだよ。

父親は、最初の妻、つまりマルグレーテの母親アンナが死んでから、生と死について尋常でなく日々深い思いに耽っていたようだ。マルグレーテを、マルグレーテ＝アンナと呼んで溺愛しながら、いっぽうではその幸せが双方どちらかの死によってあっけなく崩れ去ると思うだけで、なにかしないで居られなかった。

私の屋敷には北向きの温室があって、私の知りうるかぎりで温室として使っていた例はない。いつも荒れ果てていた。楡の大木で囲まれているせいでね。太陽は常に北側に対して疎く、楡の大木は一日にしてならず、なぜそこに温室を建てたんだと不可解だった。荒れ果ててはいたが、全面に硝子がはめこまれていて、楡の大木が育つ以前の技術ではない。森番が洗濯物の陰干しに使うだけでは、あまりに贅沢がすぎた造りだ」

シグモンドの父親は、昆虫を飼育したのだ。昆虫の交配に温室を建てた。

「屋敷には空の水槽がたくさん残っていた。父は、血の濃さと不老長寿を結ぶ隠れた因果関係の仮説に自信を持っていたんだろう。あとは実際に裏づけをすればよかった。人間でためす前に、父はどうやらまず動物で実験したらしい。ところが立証するのに動物では成長に時間がかかる」

《生死のスパンは短ければ短いほど良い》

「昆虫なら話が早い。ただし昆虫だと厄介なのは、越冬せず多くは寒くなると死ぬ点だ。だが身近にヒオドシチョウという……成体で越冬する蝶が居た」

虫の生活で採光の役割は重要だ。屋外に硝子張りの温室が必要だ。

手記は主にシグモンドの父親の感情面のジャーナルで、実験用の記録書は残っていなかった。実験観察の細かなログが残っていないのは、どうせ明晰な結果が出なかったからだとシグは言うが、どうだろう。

もしかすると度重なる交配の末に、シグの父親は不老長寿の足がかりとなる結果を得て、世紀の発見がたやすく人に漏れてはたまらぬと、記録書を燃やしたとも考えられる。なにしろ現実にシグモンドが生まれているのだ。

「遺伝の法則に気づいたメンデルより、数十年も前に、私の父が遺伝の解明をしたとは断じて言えないよ。珍種を生み出すのに交配させるだけなら、薔薇や菊ですでに人は東西を問わずにやっていた。ひとえに私の父親の目的は、不老長寿の生命体を生み出すことだった。遺伝の法則を正しく立証しようだのという気は、毛頭なかっただろうから」

立証できない仮説を、誤りだとは結論づけられない。立証できないという証明が成立せぬかぎりは。立証できぬ仮説を信じる行為は、しかし信仰だ。

「私が五体満足に生まれたのを極めてまれだと記してあるのを見れば、父は、血の濃い子供特有の疾患や、短命な傾向と摂理について、実験と見聞を通じて知ってはいたのだ。といって父が不老長寿の子をもうけたどれだけの確信があったかは分からない。赤ん坊が無事に生まれ、出産を終えたマルグレーテ＝アンナが元気なことを神に感謝して手記は尽きていたから」

チク、タク

チク、タク

チク、タク……

壁際に寄せてある縦長の大時計の振り子の音が、妙に耳についた。

「不老長寿とはつまりどういう意味なの？　シグ。あなたは成長してきたんだから、年を取らないわけじゃないいね？　でも老いない。どういうことさ」

「細胞が分裂の限度に達すると、人は老いる。人の正常細胞は、あらかじめ決まった分裂回数しか分裂できない。これが細胞老化のしくみだよ。たとえば赤ん坊の細胞を培養すると、六〇回分裂した。つまり赤ん坊の細胞は、一つの細胞につき、あと六〇回分の未来がある。六十歳の人の細胞は、四〇回。ウェルナー症患者の細胞はたった一〇回余」

「ウェルナー症？」

「俗に言われる早老症だよ。ウェルナー症候群。二十年余前、ドイツの眼科医ウェルナーが報告した。一九二八年の今現在では、治療法はまだ見つかっていない。思春期以降すぐから老化現象が出て、三十歳で、六十歳の容貌になる病だ。白髪、皮膚の萎縮、筋肉の萎縮、骨の老化、それから白内障。三十代で皺だらけに弛み、骨折しやすく、眼球は白濁」

虚脱めいた正確さで、シグモンドは事務的な口をきいた。

「成長は止まってもヒトは新陳代謝をしつづけるメカニズムだ。だが年をとると新陳代謝が衰える。新陳代謝の衰えが、すなわち老いだよ」

「じゃあシグには成長が止まってからも、細胞が一定のリズムでバランスよく分裂をし続けて、さかんに一定の新陳代謝を保ち続けるメカニズムが、生まれつきセットされているってこと？」

「あるいはね」

と、シグモンドは静かに吐息をついた。

「ねえシグ、その早老症とは、細菌感染とかウィルスで、僕やクリスティンやトミー・コレットでも、誰でも罹る可能性の有る病気なのかい？」

「早老症の病因はよくわからない。でもおそらくエリオット、君は罹らない。それからナタリーリアも。早老症は劣性遺伝疾患だから。劣性遺伝疾患とはなんだかわかるかい？」

エリオットは目を逸らさぬまま、無言で小さくかぶりを振った。

「劣性遺伝疾患とは、近親間でできた子に多く発生する病気だよ、エリオット。ウェルナー症の病因全てが近親婚ではないにしても、これは医学的な事実。現代において近親婚が嫌忌される最大の根拠」

劣性遺伝とはほかの遺伝要因に隠れて表に出にくい遺伝のことだ。劣悪な遺伝要因という意味ではない。たとえば金髪碧眼も劣性遺伝だ。

「老化を加速する独自の遺伝子を保有しているとウェルナー症になるのか。あるいは細胞分裂を促す遺伝子が欠如しているとなるのか。ウェルナー症患者独自の細胞分裂のメカニズムが、いかなる原因で起こるかは不明だよ、今はまだね。ただ通常なら保因しても次世代になかなか現われない劣性遺伝が、近親婚では血が濃いだけに発現しやすい。近親間の子供は、通常ならば現われにくいたぐいまれな遺伝子の秀でた財産も、ごくまれで研究が進まない病気の負荷も、どちらも通常より色濃く背負いやすい」

早老症が、濃い血で発現しやすい劣性遺伝疾患の一種で、特に血の濃いシグモンドが、正反対の体質を持つ事実は果たして何を意味するんだ。

「近親婚とは、共通の祖先を二人以上持つ結婚をいうんだ、エリオット。とするとトーマス・コレットですら血の濃い子供の範疇にあてはまる。トミーの両親は、二人の共通の祖先を持つ近親婚だから。トーマスの父親は、ロバート・ヒックス&ミュリエル夫妻の五代目の子孫で、トーマスの母親にいたっては六代目。百年も前の遠くの御先祖が共通なだけで、医学上では血が濃いと。いささか大袈裟だとは思わないかい。トーマス・コレットは全くの健康体だしね。だがそのいっぽうで実際、四人きょうだいの中で一人トーマス・コレットだけは、ミュリエルとロバート・ヒックスの特徴をそっくり受け継いでいてね――」

「そうなの？」

するとシグモンドは無言でエリオットに頷きながら、やわらかく目色で威嚇した。咄嗟にエリオットはそれ以上、訊けなくなった。

「私の場合はね、父親と、最初の妻アンナがまず従姉弟同士だった。いとこや、はとこ同士の結婚は、血統を重んじる貴族内では、まだしきりに流行っていた。殊に私のヴェルティゴ一族は、分家は争いのもととなるから、永続する分家を出さないために遠戚同士の近親婚を常習的に行っていたんだよ。マルグレーテ＝アンナはそもそも長年の近親婚で出来た娘。そのもともと血の濃い娘が、父親との異様な関係の末に産んだのが私だ。トーマス・コレットで血の濃い子供なら、私は度を超えて濃い血の生まれだ」

シグモンドは、やや息をつめた。早老症は、明らかに自分と正反対の症状でありすぎる。

「早老症に作用する独自の遺伝子の問題を、私もやはり抱えているのかもしれないよ。老いないのは、早老症の遺伝要因の発現を食い止める抗体が、体内でなにかの折に構成されたのかもしれない。とすれば私の不老長寿は、あるいは早老症の発病を喰い止める抗体の皮肉な副作用かもしれない。これが今のところ私が到達している自分なりの見解だ」

と、シグモンドが締めくくる矢先から、

（――そうだろうか）

エリオットは考えあぐねた。

た道」

「あの剝製？」

　頷くかわりにシグモンドは、真っすぐこちらを見返した。

「不老長寿がどんなに素晴らしい夢で、これからの将来も、人間があらゆる情熱を注ぎこんで叶えんとする事業でも、私に施された方法は実用的ではない。わかるね？　たとえ私がほんとうに血の濃い子供特有のたぐいまれな不老長寿であったとしてもだよ。圧倒的な率で劣性遺伝疾患が充満するなか、倫理的タブーを犯してまで、万に一つで生まれ出る不老長寿の確率のために、父や娘、母や息子、兄弟姉妹で子を産みだす狂気がまかりとおってはならないから」

「シグ。人には良識もあれば信仰もある。現在の人間はくわえて医学知識も持っているよ」

「できるのにしてはいけない、だからできないとは、思いのほか難しい禁止なんだよ。会いに行けば会えるのに会ってはならないのと同じでね。誰がそんな馬鹿げた近親交配の発想に取り憑かれるかと、エリオット、君ならば思うかもしれないが……貴様の親父が真人間でなかったからって、誰もがおかしいわけでないと。好きな娘と一緒に暮らして赤の他人なのに妹だと——それでいいと言い張れる君ならばさ。だが事実アーリヤ人の民族浄化だのと、強烈な思想を掲げて旗揚げした鉤十字の政党が、とみに最近、欧州大陸で人気を博して来ているのを知っているだろう？　昨今ぐんぐん支持率を伸ばしている。民族浄化、近親相姦、おなじ趣向だ。他民族の血が交わると民族が穢れて、民族浄化が必要だという理屈がとおるなら。近親婚で生まれる子供は最も純粋、純潔な血統だ。血の濃い子供に起こりうる先天的な不老長寿の可能性が、いま情報筋に伝わったら、どんな奇形な国家が誕生するかもわからない」

他者の排除は絶滅を避けるのに、時には有効だ。でないと狩られて、侵入者に蹂躙され、個体数は減るばかりだ。民族自決はいつだって有意義だ。

しかし隔絶された状況下で民族浄化を行えば、近親相姦と同じで自滅する。世の中の全てが近親婚の子供で埋まり、血の濃い人間だけの世界となれば、人類はいずれ絶滅する。

だが本当にそうか、とエリオットは、

(パラドックス)

万に一ツの確率で生まれる血の濃い子供は、不老長寿。遠い不死人。

だとすれば子孫は必要ない。血の濃い子孫は完成体なのだ。ニーチェが唱える此の世のカリスマとなる超人で、ダーウィンの唱える、アメーバーから始まって、猿……猿人……原人……人間と経て進化して来た完成体だ。血の濃い子供は生物の完成体。

シグの体はヒトの進化が行きついた完成体。

シグの目は琥珀がかったヘイゼル色だ。青くない。髪の色もプラチナブロンドとまでは譬えがたい、ハシバミ色だ。欧州の鉤十字の政党が掲げる、プロパガンダの謳い文句《人種の最高峰》に位置する望ましい典型とは幾分異なっている。アーリヤ化ほど露骨でない分、しかしシグモンドの存在は、普遍に浸透する信憑性を孕んでいる。血の濃さは人種を問わない。

近親婚の歴史は文化の東西を問わないからだ。

近親相姦の語は、独自の忌まわしい響きを孕んでいる。暗く歪んだ王国の、閉ざされた墓所に沈む、彎曲（わんきょく）した鏡にもまっすぐ映る、まるで《アッシャー家》の人影の。

同じ倫理的タブーでも、例えば強盗や殺人という究極の語ですら、近親相姦という犯罪の持ちうる有毒の、はっきり見えない鉛色の陰鬱からは免れている。生物学的デメリットにしても、例えば心臓病とか、白血病という深刻な病名ですら、血の濃い子供が背負いうる遺伝病の奇異で厳しい息苦しさからは、解放された感が有る。

近親相姦の響きがなぜそう特殊か。

その秘密は、血の濃い子供に進化の完成体たりうる可能性が内在しているからではないか。いかなる神の領域をも侵し、神などいらぬ超人を作りだす力の源が。だからこそ近親相姦の語が孕む兇々（まがまが）しさは、宗教的な烙印くらい後ろ暗い厳粛さと、麻薬のような禁忌の匂いじゃないのか。近親相姦に、人間の完成体を生みだす宿命が潜んでいなければ、そこまでこの語が忌み嫌われるタブーとして現在に鳴りを潜め、陰湿な呼称と成り得たか――。

「《血の濃い子供のパラドックスと、民族浄化のジレンマ》ね……」

これまでさらりとシグモンドが言ってのけた台詞の裏に、蒼然たる思惑や真実がいくつ隠されていたのかと、エリオットはいつにも増して錯綜した疲れを感じた。

好んで敗北を認めるようなシグモンドの面持ちを、ただ見つめ返した。

「遺伝子レベルで調べれば、私の中で不老長寿をもたらす因子を突き止め、解明できる日がいつか来るかもしれない。どうせ私はその日まで生き永らえているからね。その時には、長年人類が思い描いてきた大きな夢に貢献できるかもしれない。ただ今はまだ実験台で見世物になるのはごめんなのさ、エリオット」

シグモンドは疲れを知らず淡々と相変わらず物静かな口ぶりだ。或いはもっと以前からずっと疲れきっていて、この手の疲労に慣れているようにも受け取れた。

「子孫を残してあわよくば不老長寿の固定種などとは、私は思いつきもしなかったよ。むしろ私はずっと前の若い頃から、ひときわ血の濃い自分が子供など作り出してはならない気がしていた。べつにね、私が人類の夢の体現なら、必要以上に自分を憂えるのは不釣合いだし、財産も有って健康だから、誰の助けも必要ない。ただエリオット、君が仮にこれから先、ナターリアがよぼよぼの婆さんになっても、自分だけがいつまでも今と同じく若いとしたら……？」

中庭に埋めた梨の種を、クリスティンと芽が出るかそろって毎朝見に通った遠い昔を、エリオットは唐突に思い出した。

「私がかけあわせになりたい人はもうここにはいないしね。どこを探しても、いつまで待とうと。私がヒックス夫妻の子孫の行く末を追ったのは、懐かしい顔が世界中を探しても、もうどこにも居ない、自分はここにいるのに、なぜなんだろうと思うと居たたまれなかったから。私の素性を知りうる人間は此の世に残っていない。私のまわりで一切は行き過ぎる。ただ、一人で不自由を覚えることは別段ないよ。むしろ今さら誰かと一緒には暮らせないさ。

たまにどうしても会いたくなる。年を経てもやはり私は老人になりきれない。かといい血気盛んな若者や、気のいい青年、不埒な若輩者とはどうしたって一線を画するしね。故郷の屋敷にも数十年ごと、自分自身のせがれのふりをしないと、そうそう帰れはしないから――。故郷の国に戻れば屋敷はまだ残っている。いつでも、いまでも、帰ろうと思っているよ。だがいざ帰ると途端に恋しくなる。古い知人の子孫が残っているこの国が」

エリオットも、もしも故郷に帰ったとして、すぐにもクリスティンの居るここに戻りたくなるのは予想がついた。

「エリオット。たしかに私は、最初トーマス・コレットに会うために大学を訪れた。トーマス・コレットはすぐにわかった。昔の二人にとてもよく似ていたから。今まで私は、二人の子孫の誰にも話しかける真似に及びはしなかったのに、声をかけてみるのもいいと思いたったほどだったよ。それで私は、トーマス・コレットをしばらく張ったのさ。すこし様子を窺ううちに、トーマス・コレットがなんとなく話したげにしている相手が目につくようになった。《アンドリュー・ボーデン》が」

「それで僕を利用しようと。トミーに近づく口実に」

シグモンドは、エリオットの言葉が全く聞こえぬようにそのまま続けた。

「《アンドリュー・ボーデン》は実に影のような人物で、一緒にいると非常に存在感が薄いくせに、いなくなると途端に違和感を覚えさせて、なにか足りない、ああ……あいつが居ないからだ――。いつだって人の印象に残らぬよう逃げ隠れて、ことさら他人に無関心で、唯

―愛してやまない妹だけには足しげく会いに通い、兄ではないと言えずにいた。……心の隙間を埋める懐かしいまなざしに会いたいなら、それが本当にトーマス・コレットのでなくてはならない？　私と同じように、自分の素性を隠蔽（いんぺい）するのに飽きあきしながら、自分の素性を明かすことにも別段強い衝動や情熱を覚えずに、いつも居場所を探しながら行き場がなくて逃げている。ひょっとしたら有りもしない真実を本気で探し求めている哲学生。エリオット・フォッセー、君であっては、ならないかと」

日が落ちたらしく、楓色に滲んでいた伽藍（がらん）とした玄関ホールは、暗がりに沈んでいた。

エリオットはいつだか告げられ、非常に心が鎮まったシグモンドの台詞を借りて静かに誓った。

「シグ、わかった。二度とは同じ質問で、あなたを煩わせたりしない」

「ああ。そうしておくれ」

シグモンドは真顔で吐息をつき、さらけた古疵（ふるきず）を羽毛で包みかくすように低く答えた。病み上がりめいた淋しげな翳りが掠めた気がした。

前にシグがチラリと口にしたっけ――。血縁でも色恋でも主従でもなく人が絆で繋がるには、秘密を交換すればいいんだ。エリオットは実感し、納得していた。シグモンドの秘密を共有し、今は面倒を押しつけられた気はしなかった。出来うればもっと共感したいと。

「さぞかしシグ――」

あなたはさみしいだろう、

そうエリオットは言いかけ、口を噤んだ。

不幸だとか満足だとかは相対的な比較なのだ。よく、幸せとか不満だとかは当人次第の絶対評価で、各個人の精神的苦痛の度合いを周囲が客観的に裁くべきにあらずと、立派な心理学者が定義する。だが、そもそも精神が周りと比べて自分を哀れんだり誇ったりするのである。自覚しない苦痛は確かに苦痛ではないけれど、自覚とは多分に相対的なのだ。屋根から落ちて足を骨折した怪我人は、健康な友人を前にしてなら不幸自慢も出来るが、戦場で両脚を切断した隣人の傍では、自分はずいぶん幸運だと縮こまる。大っぴらに口にできる苦痛とは、常にこの世の、その場その場の相対的な状況下で、賛同と共感を確立できるものに限られるのだ。

シグモンドの苦痛は、人に容易に理解してもらえぬ点にあるのだ。安易に共感してみせては却って無神経だとエリオットは思い直した。

椅子から立ち上がるとエリオットは、壁掛け式の電燈に明りを入れた。

天瀲んだ光に映し出されるシグモンドは、誰もが羨む際立った容貌に、頭も理知に富み、天が与えぬ二物を既に持っている。光の加減で時おり、いまも左右の目の色が異なって映る。すべてを見通す霞まぬ瞳で、相手の腹の底まで読む。涼やかな空気を吹くように素っ気ない口を利き、衰えを見せぬ俊敏な肉体は、身ぎれいで根っから育ちがいい。凡庸な汚点が一片も見あたらない、美貌なインテリ。財産持ちでも悪趣味だとか、気取り屋で音痴とかならば可愛げも有るが、長年を経てもなお追いきれぬ謎を背負って、答えを探し、独自の生きる目的や使命を見失わずに居る。

「人と比べて、あなたは随分と恵まれて」

《幸せ》だろう？――さみしいだろう？

《幸せ》であればあるほど、満ち足りていればいるほど。だって愛する人が居ない。望めば誰からでも愛される素質は幾らでも備えているのに。

「文句なんて、シグ、あなたはとても言えやしないんだ――」

「ああ」

シグモンドは空に儚い視線を横たえた。

エリオットは、シグモンドを柔らかな毛布でくるんでやりたかった。そうだ幽かな愛想笑いはいつだって寂しげだと気がついた。紅茶に落とした甘いミルクが、靄を描いて揺れひろがるのを、かき混ぜずに湯気を浴びつつゆっくり眺めていたくなる、あの感じ。とどめておけない、厳然と形に出来ない、しかし確かに今まさに目の前にあり過ぎていく、いっときだけの安息を捕まえたかった。シグに深く思われたら嫌悪する人間はまず居なかろうに、シグモンドは愛情ほどの毒は無いとみなしている。やりきれないよ――愛情は毒にもなるし副作用も大きいけれど、その分どんな薬に優る時だってあるだろうに。

シグは概して他人に甘かった。が、決して優しい性根に見えない。シグは「毒」しか語らない。美麗な厚顔に淋しさを刹那浮かべて、みずみずしく清んだ精神の冷たさに塞いでいる。枯れた木々や、灰まみれの冷えた暖炉、痩せ衰えた老人のあばら骨などとは全く別の――正反対の孤高な近寄りがたさに独りで、身をゆだねているからだ。

「……あれ？　シグ、でもちょっと待てよ」

感傷的な思いやりに耽りかけたやにわ、エリオットは思い出した。

「オーグスト・ヨンゲンは？　あなたがベネディックトとかベネディクト・ヨンゲンと呼んでいる——奴がシグの姉さんを刺し殺したなら昔の知人なんだろう。あなたの仲間ではないの。血の濃い不老長寿の命を持った」

「そろそろナターリアが戻ってくるころだ、エリオット。ベネディクト・ヨンゲンについては後日また説明を」

シグモンドはまるでクリスティンの足音でも聞きつけたように立ち上がった。手ざわりの贅沢なコートを着込んだままのシグモンドは、帰り支度にあとは帽子を被って、

「いま君に手短に言えるとすれば、ベネディクトはもはや真人間ではない。影ノ国の住人だって事だ。突然変異で異形の私が言えた口かと、君は笑うだろうけどね」

エリオットはちっとも可笑しいなどと思わず、真顔で聞いていたのだが、シグモンドは諧謔精神たるものを忘れんとするかのように、上品な口元で朗らかにそっと含み笑った。

「私と奴は、似て非なるもの」

「オレンジとレモンのような？」

「いいや。あくまで似て非なる——エミュとダチョウといったところ」

エミュとダチョウと言えば、見た目が似ているが、生態系の起源は別種の鳥である。

どちらも首が長く、逞しい足で草原をかけり、南半球に生息する飛べない大鳥だ。一見すると、同じ類目・同科の鳥類が、進化の過程で枝分かれしたかに映る。だが大もとが全く異なり、エミュは*Dromaius novaehollandiae*（ヒクイドリ目エミュ科）、ダチョウは*Struthio camelus*（ダチョウ目ダチョウ科）。ダチョウはかねてより羽飾りに好まれたが、エミュは人知れず羽箒（はねぼうき）になっていた。そのエミュがダーウィンの『種の起源』以来、一躍アカデミックの場で生態系や学名がいちいちダチョウと引き合いに出されて名を揚げた。

（ダチョウとエミュねぇ）

どちらにしても、シグモンドや、オーガスト・ヨンゲンにすら似つかわしくない気がする。シグモンドが背を向けてノブに手をかける。つれないがいちいち無駄なく物柔らかな立ちさばき、凛としたシルエットを見送って、エリオットは玄関扉を閉めた。

ほどなくしてクリスティンが戻ってきた。じゃあねトミーと、扉越しに聞こえたかと思ったら、

「寒いわ」

木枯嵐（こがらし）に押されるように駆けこんできた。エリオットはドアを閉めながらクリスティンの冷え切った体を抱きしめた。夜露にうっすら湿った外套の上から、しなやかに華奢なクリスティンの背中をごしごし擦ってやりつつ、

「さあ夕食にしよう、クリスティン。あたたかな」

Ⅲ：viii

真実と実存と〝Quid est veritas? → Est vir qui adest〟

エリオットは空になった皿の上で林檎の皮を剝いていた。相手に合わせてゆっくり食事を取ることにまだ慣れない。いつも先に食べ終わるから、デザートの果物はしぜんエリオットが食卓で剝く手筈になっていた。クリスティンは足を組みかえたらしい、テーブルの下で、エリオットの靴底に足をぶつけた。椅子の脚だと思ったのか気付きもしない。

エリオットは、食の進まぬクリスティンを見咎めて、

「どこか具合が悪いのかい」

クリスティンは、シチュー皿にスプーンをカチンと置き去りにすると、ナプキンで口の端を拭って、吐息をついた。

「兄さん、きっともうわたしのこと、好きじゃなくなるわ」

「――なんだい？」

エリオットは事実よく聞こえた上で驚き、質問を呑みこみきれず、聞き返したのだったが

――クリスティンは、単にエリオットが聞きそびれたのだと思ったらしい。

「兄さんはわたしをもうきっと好きじゃなくなるわ」

緊張した面持ちで繰り返した。エリオットは、ギクリとした。銀食器にぼんやり映る自らの表情が俄かに色を失った。

「どうして。なんでそんなこと言うんだい。僕がクリスティンを嫌うはずないじゃないか。クリスティンが良かれと思って行動を起こしたなら、僕はクリスティンの気持ちをいつだって尊重するよ」

と、身構えながらエリオットはその言葉どおり即座に覚悟を決めた。大方トミーとどうとかしたという話――いずれそうなるって、分かってたじゃないか。

「わたしね、昼間オーグスト・ヨンゲンに会って来たの」

エリオットは、林檎と皮の隙間からナイフの刃を引き抜くと、皿に置いた。

「お願い。怒らないで」

威嚇するようにクリスティンは短く言い捨てる。

怒るどころか怯えていた。エリオットは、クリスティンが何のために会いに行ったか分からなかった。オーグスト・ヨンゲンとだけは顔を会わせるなと、シグモンドに前々からきつく言いつけられているのに。オーグスト・ヨンゲンと顔を会わせさえしなければ、何をしても……しなくても、この幸せが続くのに。

「お兄さんによろしくと託（ことづか）ったわ。それからシグに伝言のメモを手渡してくれって」

と、クリスティンは語尾を強く、口早に白状する。

「……渡されたメモは？」

エリオットは、クリスティンの思惑がさっぱり読めなかった。

クリスティンは、スカートのポケットから小さな紙切れを取り出した。二ツ折りになっているだけの紙である。封がしてもなければ、封蠟で留まってもおらず、折り目を開けば誰でも読めた。

“Quid est veritas? → Est vir qui adest”

「どういう意味なの。ラテン語なんでしょ？　綴り換えなのは見ればわかるけど」

畳み掛けるクリスティンを、エリオットはいくら見つめて、視線が真っ向からまぐわっても、理解し難い心地のまま、我ながら虚ろな声で——

「〝真実とは——此処この人物のこと〟……」

「会って来たと言ったの。会いに行っただなんて言ってないでしょ」

クリスティンは、エリオットが愕然と言葉を失くした心根を読んでか、こちらの不安を見透かしたような台詞を吐いた。

「いくらわたしが向こう見ずだって、あれだけ止められて、わざわざオーグストに会いに行ったりなんかしないわよ。兄さんとシグがいつも一緒で気に食わなくとも、ぜんぶ台無しにしてまで引き離そうだなんて思わないもの。向こうが待ち受けていたの」

本日昼過ぎに美術館前で待ち合わせ

さもトミー・コレットからの伝言と偽るように、郵便受けにメモが入っていたという。

クリスティンはオーグスト・ヨンゲンから預かった紙片を、エリオットの手から引ったくると、

「シグにはわたしが手渡すわ。トミー・コレットだと思っておびき出されたと弁解すればいいんだもの。わたしは兄さんと違って、オーグスト・ヨンゲンと面識がなかったのだから、相手が名乗るまで、目の前の男が確かにオーグスト・ヨンゲンだと知りようがないでしょう？　オーグスト・ヨンゲンの写真を見せられた覚えもないんだから。ただわたしは、知らなくっても気付いてはいたの、本当は。当然、郵便受けのメモの差出人がトミーじゃないことは一目瞭然で判別がついていたわ。トミーの字は、ノートを返しに行った時に中を覗いたから知っていたのよ。薄めのインクに細字で、ちょっと女性が書いたみたいな綴り字なのよね。なのに女らしい字体と言えないのは、神経質げに行間を詰めて書くからよ。でも郵便受けの伝言は、インクが濃くて骨っぽいぶっきらぼうな字体だったもの。これと同じで」

クリスティンは反省しているのでも開き直っているのでもなく、ただ正直だった。

「メモを見た途端、すぐになぜだかオーグスト・ヨンゲンに違いないと閃（ひらめ）いたの。でも、気付かないふりで会いに行ったわ。それを兄さんにはやっぱり隠しておけないの。しらをきれないの」

「――クリスティン」

「だけど会っていけないといっても、本当に会っただけでいけないだなんて有りえないわ。病原菌じゃないんだから、見ただけで眼がつぶれるのでもないでしょうし。地獄の蓋でもな

いんだから、目にしただけで呪われもしないでしょう？　だってわたしは会いに行ったんじゃなくて、会ってしまっただけよ」

平気なそぶりで、内心クリスティンが一番、自ら口走る中身を信じていないように見えた。

「大丈夫だよ、クリスティン。話せばシグはきっと分かってくれる。もちろんトミー・コレットだと思って会いに行ったという事にして……。実際今日、クリスティンがトミーと行き違ったのをシグは知っているし」

エリオットは、口先でそう宥め聞かしながらも上の空でいた。——分かっていたならクリスティン、どうして会いに行ったんだ。

「兄さん、オーグスト・ヨンゲンはこの家を知っているってことよ。ここの郵便受けに、美術館で待ち合わせというメモが入っていたんだもの」

誰にも邪魔されない二人の暮らしが侵される兆しに、エリオットは途端に自分こそ目の前の何ももう咽喉を通らなくなった。

「ちょっと見ただけでは、あの人がどんなに悪い人間かは分からなかったわ。偏屈そうな難しい暗い表情をしていたけど、不躾でもなかったし、乱暴な気配もなかった。でも何しろほんのちょっとの間だったから。シグがあれだけ会うなというオーグスト・ヨンゲンに、わたし達の住所を知られているなんて気味が悪いわ。いったい何のつもりかしら」

クリスティンは、オーグスト・ヨンゲンからシグに渡すように言いつかった小さな紙を、余すところなくよく眺めながら、

「まるでわたし達に読ませたいみたいじゃないの。シグに宛てたのは建前で、本当は盗み見られると承知した上で……でなければどうしてシグに直接渡さないの。郵送にしたっていいわ。オーグスト・ヨンゲンは、わたし達に何かを仄めかしたいんじゃなくって？」

〝真実とは？↓此処この人物のこと〟

この叙述において「此処この人物」とは通例イエス・キリストを指す。この綴り換え（アナグラム）はキリスト教布教時代の諺（ことわざ）である。

真実＝イエス・キリスト

この教えを〝Quid est veritas〟（真実とは）から〝Est vir qui adest〟（此処この人物）に綴り換えてあらわすこれは一種の経文なのだ。人類救済のために神が地上へ自らの子イエス・キリストを遣（つか）わしたことは真実で、イエス・キリストの存在こそ神の真実、真理の証であると伝えるアナグラム。

そうエリオットがざっと説明すると、クリスティンは、弁解と好奇心とで強気にまくしたてていた気勢を弛（ゆる）めて、青い瞳を不安げに見開いた。大きな目のその端でエリオットをとらえるように恐るおそるこちらを見つめ、

「ねえ兄さん。《真実此処この人物》って、もしかしたらオーグストは、自分自身を宣言しているんじゃないかしら」

だとしたら確かに危険だとエリオットは思った。この世で自分を神だと思いこむ人間は、碌（ろく）な真似をしでかさないからだ。

子どもの頃は
理知だけは有ったものだが、
それもずいぶん昔になった、
今ではもう無い
これから死ぬまで
得ることも有り得ない、
長く生きれば生きるほど
日増しに愚かとなるがゆえ。[14]

遠い思いに暮れるようにシグモンドは、或る種、無感動の丁寧な距離感でエリオットの寝顔を見下ろした。預かった他人の赤ん坊がようやく寝静まったのを、揺りかごの縁にそっと手を添え見守るように、

「目をおさまし——エリオット」

呼びかけた。

エリオットが目覚めたと分かると、シグモンドはすぐに立ち上がりながら、

「魘（うな）されていたよ。そんなところで寝るのじゃないよ」

14 マザアグウス

「シグ？」

カウチで毛布にまるまり横になっているエリオットは、眩しそうに渋い顔を起こして、掠れ声をあげる。

「もう昼なんだ……？」

エリオットは身を起こしながら何か言いかけて、忘れたらしく、しめやかに通りを濡らす雨音に耳をすましていた。まじまじと毛布へ目線を沈めて撫でている。

「これ……シグが？」

有難うと言いかけるエリオットを遮ってシグモンドは、

「その毛布ならナターリアだよ」

するとエリオットは、掛かっていた毛布を背負うように体に巻きつけ、ぶるりと寒そうに、カウチの上でくるまった。

「クリスティンが？」

悠長にまわりを見回した。ようやく何事かをふと思い出したように、エリオットは才気走った眼光を、おとなしげな目線の奥に取り戻した。

「クリスティンは？」

一気に眠気も吹っ飛んだようである。

「ナターリアならトーマス・コレットとデートでは」

シグモンドは、手元のカップに目を伏せた。

「こんなに早くから？　トミー・コレットは講義が有るよ」

「ではエリオット。他に心当たりがあるのかい」

口ごもるエリオットを、シグモンドは助け舟を出さずに、ただ黙って見下ろした。

「──もしかしたらシグ。あの子は、オーグスト・ヨンゲンと会っているかもしれない」

「なぜ」

「……ちがうんだ。待ってシグ、だってあの子はなんにも知らない。うっかり知らずに会いに行ってトミー・コレットだと思ったからだと……クリスティンは悪くないんです」

「心配しないでいい」

シグモンドはカウチの前の、カフェテーブルの上のティーポットからカバーを外した。前屈みに腕を伸ばして、盆で伏せてあるカップを受け皿の上に起こし、皿ごと持ち上げた。大分ぬるくなったお茶を注ぎ、エリオットの目の前に下ろすようにして差し出した。

エリオットは受け取った器を膝に載せて、眠いのか考え事をしているのか。無言でいた。カップを持ち上げると一口含んだ。飲みこんでから、

「……シグ。いつからここに居たの」

冷めかけた紅茶からシグモンドが来た時間を推し量ったようである。

「午後の三時に来たのだよ」

暖炉の上の置時計は、三時半を指していた。

「エリオット。酔いつぶれて夕方近くまで寝ていては、いまにナターリアに嫌われるので

は？　それともあの子になにか飲まされたかい。――煮え湯でも」

「雨降りで翳っているせいだ」

憮然として、エリオットは足下に転がっている空の酒瓶を起こしながら立ち上がった。

「雨で、朝か昼かも分からないから寝過ごしたよ」

毛布をカウチに置きざりにして顔を洗いに引っこんだ。

一瓶あけたにしては、エリオットは寝起きにまったく酒臭くもなかった。シグモンドは、自分のカップを受け皿ごとテーブルの上に置くと、あいたカウチに腰を下ろした。足下の酒瓶に手を伸ばし、瓶の口に、鼻を近づけて用心深くにおいをかいでみた。確信は持てないまま――ふて寝するのに見てくれだけでも酔った振りをしないと居られないのなら、エリオットは相当に勤勉家で貧乏性だと思った。

エリオットが戻ってくる足音がして、シグモンドは元通り酒瓶を牀に寝かせた。

身支度をあらため、こざっぱりして戻ってきたエリオットが、放り投げてよこすので、反射的に受け取ると林檎である。

「この時間なら、クリスティンはじゃあ本当にトミー・コレットとデートに行ったね？」

薬缶を沸かしてきたらしく、ポットに熱い湯を注ぎたすと、エリオットは小脇に抱えてきた自分の林檎に大口で齧りついた。バキバキ嚙み砕きつつ、

「話をつけようじゃないか」

ぬるい紅茶に熱いのを足した。品の良いティーカップの、耳の形めいた瀟洒な持ち手を取

らずに、エリオットはショットグラスを上から摑みあげるようにして、立ったまま一気にぐいと飲み干した。

「冬場の雨だし、外套の襟を立てて傘をさせば、誰も僕だと気付きゃしないさ。シグ、オーグスト・ヨンゲンの所に二人で乗りこもう」

エリオットは、いつになく歯切れ良い、冴えざえとした話ぶりだ。早速に外套を着込みながら、温和な目をして涼やかに笑いかける。

「あなたのためにじゃないよ。シグ、クリスティンのためにだ。あの子が今後オーグストにつけ狙われては困るから」

シグモンドは、本気だろうかと用心深くエリオットを見返した。

Ⅳ

Ⅳ：i 振り子の時間 × 漏斗(ろうと)の時間 × 生体時計 × タイムライン

シグモンドは傘を広げると、エリオットが扉に鍵をかけるのを待った。

「あの子は鍵を持って出たかい？　ナターリアは」

「わからない。……でもトミー・コレットと一緒だから、寒空の下、ひとり玄関扉の前で待ちぼうけって羽目にはならないよ。トミーは必ずドア前まで送りに来るし」

と、エリオットはポケットに鍵を仕舞いこみながら、

「でも、じゃあなるべく早くに戻れるように、急ごう」

促されてシグモンドは、先に門扉を開けて小路に出た。

落葉の濡れる雨降りのメイプル・ドライヴを抜けながら、エリオットは急きたてるような足取りで、白い息を切らしつつ、

「あの子がオーグスト・ヨンゲンと会ったのに、怒りもしないのはなぜ？　シグ、オーグストからのメモは見た？」

向かいから人が歩いて来る。エリオットはやや落ち着きなく目深に傘を傾ける。伏目がちで周囲をうかがうものの、主にカツカツと靴音をあげて早歩きで、脇目もふらずに目的地を目指す。

「メモなら受け取ったよ。エリオット。君が寝ている間にね」
シグモンドがノックをすると出てきたのはクリスティンで、扉を挟んでトーマス・コレットが立っていると思ったらしかった。ドアを開けながら、シグモンドに一瞬ちょっと身構えた。すぐに、おねがい兄さんを起こさないようにしてとヒソヒソ声で、一旦奥に引っこんでから戻ってくると、小さなメモを寄越したのだ。誰からどう渡されたかも説明してこなかった。シグモンドは紙を開いて、横たわっている見覚えのある字体とラテン語の一節に、すぐさま差出人はA・J……オーグスト・ヨンゲンことベネディクトだと。クリスティンを詰問せずとも、事と次第の予想はついた。
《兄さんを怒らないでよ。叱られるならわたしですから。でも、わたしだってほんとうに悪くないのよ、シグ》
今度こそトーマス・コレットのノックに呼ばれて、クリスティンは扉のノブに指をかけながらも、返答を待っている。
《もういいから。行くといい》
《では行って来ます》
クリスティンは、念を押すケンカ腰の強い語気に、降参の入り混じった、はにかみを残して、結んだままの傘を片手に扉を開けた。
（――いってきます、か）
まるで家族同士の台詞だ。シグモンドは手渡された紙片の文字を眺めなおした。（――べ

ネディック。いつもお前は人の先手を打つんだな)

「先手を打とう」

エリオットが、ふとシグモンドの胸中を見透かしたかのように口火を切った。水溜りを大またで跨ぎ越しながら、

「だいたいオーグスト・ヨンゲンを成敗するはずのこっちがさ、逃げ隠れて、向こうが挑発してくるなんてどだい変だよ。ずいぶん馬鹿にされてるじゃないか。隠れて静かに暮らすのと、敵を恐れてびくびく暮らすのとは違う。クリスティンの身の安全を心配しながら怯えて暮らすのはまっぴらだ」

シグモンドは、足早に闊歩するエリオットに歩幅を合わせて足を運んでいたが、立ち止まって手を挙げた。エリオットは一歩先で振り返る。

「乗っていこう。エリオット」

シグモンドは車を拾うと、傘を持たない手を下ろした。タクシーが停まると、先に乗りこんだ。エリオットが傘を閉じて車に乗りこむのに少し手間取っているあいだ、シグモンドは運転手にむかって告げた。

「街中(まちなか)、裏通りの十一番地まで」

「街中、裏通りの十一番地まで」

雨音の中でも滑らかに通る声色でシグが告げる。

数箇月ぶりに日中せっかく外に出られたと思ったら自動車だ。歩いていける距離なのにと、エリオットは、窓ガラスの雫で外が見えない閉塞感に、重く吐息をついた。

「雨足がひどくなってきたからね」

弁解じみてシグモンドは、勇んで出てきたエリオットの気を殺ぐかのように「ベネディクトは、もしかしたら居ないかもしれないが」

「じゃあシグ、僕らは今なんで十一番地にあるオーグストのオフィスまで向かっているんだ。自動車に乗ってまで。まさかなんの目的もなしで？」

エリオットは、進みだしたタクシーの窓の桟に片肘をつきながら、シグモンドを見ずに不平を述べた。左耳を貼りつけるように冷たい窓に寄りかかり、ぼやけるガラス越しに外を横目で透かし見た。

「目的ならちゃんとある、エリオット。ただこちらに先手は打てないしくみで……時間を遡れはしないように、奴の先手は打てないのさ。ただし先手は打てずとも、君となら、或いは裏をかけるかもしれないから」

「下見するの？　だったら無駄足を踏まないように──詳しく要点の指示を出して。昨夕から、僕はあなたの説明の続きを待ちかねてるんだ」

「そう、影ノ国の住人なんだよ。あいつはね──」

シグモンドは言いかけてから、ふと思いついたように「いま何時かわかるかい？」

エリオットは、わずか腕を振り払う所作で、袖口から覗いている自分の左手首の腕時計を確かめた。シグモンドが懐中時計を持ち歩いているのを知っていたが、シグは、オーバーコートの下に着込んだ、上着と揃いのジレのボタンホールに鎖をつなげて携帯している。黒い革手袋をはめているシグモンドは、狭い車内で、まず手袋を片手から抜き取ったら、オーバーコートの前ボタンを全部はずし、上着のボタンをはずし、ジレのポケットをたどって、やっと懐中時計を取り出すと、蓋を開け、中を見てはじめて時刻がわかる具合だ。たしかにエリオットに時刻を尋ねたほうが、よっぽど手っ取り早い。

「四時十三分だよ。シグ。午後のね」

ついさっき目が覚めただけに、エリオットは午前中を過ごした感覚が全くなくて、時刻を伝えながら内心、狼狽(ろうばい)気味でいた。

「午後四時十三分か。四時半までにはベネディックの所に着くな」

「あと十五分ちょっと」

「そう、あと十五分少々。——この現在午後四時十三分で、あと十五分少々で着くなどという時刻や時間は《振り子の時間》だね？　エリオット」

と、シグモンドは、

「わかるかい？——」

エリオットは頷きながら、これはシグモンドの説明の切り口なのだと、すみやかに理解した。「ええ、わかります」

シグモンドは無言のまま意地悪く企むように少し笑んで、自分によく応えてくる生徒に満足感を覚えたみたいだ。君は実に呑みこみがいいとでも言いたげに、はすからエリオットを目尻でそよぎ見た。

「エリオット。時間には四種類あるね？　振り子の時間、漏斗の時間、生体時計、タイムライン」

「振り子の時間とは、時計で測れる時間でしょ」

タクシーの車体がやや大きく弾んだ。

「そう。エリオット。たとえ六十進法でなくともいい。地球がまわって、日がのぼり朝がくる。日が沈むと夜になる。朝・昼・晩の時間の周期が振り子の時間さ。君の腕時計が壊れても、私の懐中時計が止まったとしても。いまは午後四時過ぎにちがいはないし、明日の今頃はまた午後四時過ぎになる。くりかえし一般に使うふつうの時間の概念が、振り子の時間。簡単だね？　時計が読めれば振り子の時間についてさして問題はない。では《漏斗の時間》はわかるかい？」

「砂時計のこと？」

エリオットは、あさがお型のじょうごを思い浮かべながら自信がなかった。

シグモンドは真顔で物静かに、

「たしかに砂時計は振り子がない。しかし砂時計はやはり振り子の時間だ。振り子で測れる時間だからね。ここで言う漏斗とは濾過のことさ。薬剤をこしたり、液体から不純物を取り除いたりするのに、漏斗にろ紙を貼りつけて濾過するね？」

砂時計はなるほど濾過ではない。エリオットは、冷たく滴る窓外の水滴が、ゆらゆら震えてガラスに張りつくのに目を凝らした。

「たとえば夢を見たとする、エリオット。耐えがたい悪夢を二度ばかりくりかえして。君はそれをどう説明する？　いやな夢を見た、たまらなかったとこぼすか。いやな夢を見る、たまらないと訴えるか」

同じ悪夢を続けて二度見たからといって今夜も明日も、また同じ夢を見ると決まってやしない。二度とは同じ夢を見ないかもしれない。夢の訪れは不確かだ。

「たとえ同じ夢を見たくとも、見ようとしたって、見られるものではない。それでもイヤな夢を見る、たまらないと、あくまでも現在形で、あたかも今夜……あるいは近々、同じ夢を繰りかえし見る予測をして訴える時点で、君の中では過去の出来事が終わっていない。昨晩見た悪夢の体験がまだ継続している」

何を過去とみなし、現在と心得るか。人それぞれ違う感覚を、漏斗の時間と呼ぶのだと。

「――で、エリオット。君は悪夢を見る？」

「僕はあまり見ない」

朦朧（もうろう）とした眠気の渦で、たゆまずぐるぐる何某かを考えている時はある。目覚めると大概忘れている。その夢の中のぐるぐるが、シグモンドのいう「濾過」の作業に当てはまるのかもしれない。

「悪夢を見なくとも、君にはやはり悪夢のような記憶がある。そうだね？　エリオット。君が前に言っていた。気持ちが結晶化して凍りついた、止まってしまったって」

ああそれ——。エリオットは、クリスティンを妹として可愛がったのを、

《いったいお前は、あの子に何をしたんだい》

そう追及をうけて止まった——いまだにこごって、サラサラと流れ落ちない凝縮した濃度の思いが蘇るままに、「漏斗の時間——もういいです。これは判りました」

雨音が激しくなってきていた。車の屋根を激しく叩いている。

「——するとシグ、現実の時間とは異なった、各自の時間感覚が《漏斗の時間》なら、僕が今日、午前中そっくり寝過ごしたせいでもう午後なのが信じられないのも《漏斗の時間》のせい」

「いや。それは《生体時計》のせいだよ。生活のリズム、空腹のリズム、睡眠のリズム……体内に刻まれた時間感覚が《生体時計》だ。同じ年齢でもたとえば老けている人もいれば、ういういしい人もいるように、暦の年齢とはべつの、各身体に設定された老いの度合いや個人差も、《生体時計》の作用に含まれるだろうね」

「でもさシグ、精神が刻一刻と針を進める時間が《漏斗の時間》で、身体が刻む時間が《生体時計》なら、やっぱり双方互いに干渉しあうのでは？　だって精神は肉体に、肉体は精神に作用するんだから」

たとえばシグモンドは百歳をゆうに超えるはずだが、体が若い青年であるだけに、高齢のご老体とは思考回路が異なっている。といって見た目の若さに比べて、悠然と肝が据わって、

思惑は常に落ち着き払っているのも確かである。肉体と精神の相互作用は、いちがいに区別し、切り離せまい。

「むろんさ。エリオット。なにしろ四ツの時間すべてに関連性はあるのだから」

シグモンドが少し意外そうに、わずか首を傾げたので、エリオットはかすかに不安になったが、

「遠まわりでは？」

シグモンドは前の座席の運転手に呼ばわった。エンジン音と雨音が響く中、やや身を乗り出した。運転手は、

「どしゃぶり雨で、道が悪いんで。樫の木通りからメインストリートに抜けられるんすよ」

「ああなるほどね。わかった、ありがとう」

シグモンドは曇ったガラス窓を、革手袋をはめたままの右手でこすると、外を見やった。

「で、最後の……四ツ目の《タイムライン》って？」

エリオットは催促した。

シグモンドは内に向きなおりながら、にべもなく返答した。

「過去—現在—未来、この一直線の時間の流れがタイムライン。言葉どおりそのままにね。君も私も、前の座席の運転手も、だれもが等しく逃れられずにいる平等な時間の流れがタイムラインさ。いまこうして話しているこの時も、あっという間に過去に流れ去る、わかりきったこの事実」

世界は時間の流れの中にある。

目の前にある道は、一秒前の道より、一秒ぶんだけ老朽化している。

「だけどシグ、地球が一回転するから時刻は移り、一日が終わるとまた新しい日を迎える。地球が太陽のまわりを一周するから、季節はめぐり一年がすぎる。それが時間だ。それが時刻だ。そうではないの？　だったらシグ、地球が回転をやめたとしても時間は流れ続ける？太陽が或る日、忽然と消えたとしても、未来はいつでも今にたどりつき、今は常に過去へと消え去っていくものだっていうのかい？　僕が死んでも、時間は変わらず果てなく行きすぎると決まっているようにさ。たとえ僕の心が壊れて、どうにも気フレで、《漏斗の時間》が詰まってこごっても、世界は変わらず動き続けるようにさ。あなたがたとえどんなに若いまで居つづけて、《生体時計》の発条が途切れる日はやってこなくても、やはり時は刻々と過ぎて、あなたの愛したミュリエルや、ロバート・ヒックス、ルイス・キャロルをも死に導いて連れ去ったのと同じくさ。——自転や公転がやんでも時間の流れは止まらない？　自転や公転が、時間の流れを作っているのじゃないの」

「時計が壊れようが時間は流れ続けているようにね、日が昇らなく、夜が続いて、朝が来なくとも、時間は流れるだろうよ」

と、シグモンドは閉じた傘の柄をステッキのようにして、もたれつつ、冷淡だった。

「まあ太陽ほどの質量が忽然と消える事態が起これば、タイムラインにもなんらかの歪みが生じるだろうけどね。べつに自転や公転の周期が、過去―現在―未来の流れをつくっているわけではない。自転や公転は、反復する繰り返しの《振り子の時間》だ。一直線に経過するタイムラインとは別物だよ。もちろん地球の動きは単なる時計とは違う。自転と公転は、地球の時計そのものだ。だからといって、地球の時間そのものではないのさ」

「だったら時間の流れって一体なに」

今をつかむ事はできない。カーペ・ディエム[15]は不可能だけれど、今を生きているのも事実じゃないか。

確かに「昨日」は存在していたのだ。

「昨日」という過去はげんにここに有ったのだ。

灰になったダイアモンド。死んじまったアンドリュー。滲んだ楽譜、絶滅した旅行鳩、剝製のスティーヴン岩サザイ——全てもとに還れない。タイムラインの作用があるからこそだ。けれど、

（なんだか空（くう）を摑むような話だ）

狭い車内に閉じこめられた揺らぎの中で、根（こん）を詰めて考えるせいか、エリオットは些（いささ）か息苦しかった。

「時間って……タイムラインの時間って、もしかすると神の別称なのかな。時間の流れは何人（なんぴと）に対しても公平でしょう。自由な人間、束縛された牢屋の囚人——どちらにも同じだけ公平に流れ訪れてゆき過ぎるだろう。誰に対しても絶対的な支配力を持っている。それが時間（タイムライン）」

神ガ世界ヲ造リ、人間ヲ創リ出シタなんて耳にすると、おおぎょうで違和感がよぎる。が、神＝時間であるなら、時間の流れが出ずる所に、世界が生まれ出たとしてまかり通る。

「時間は既に起こった惨事には残酷なくらい他人事だ。思えば我らの慈悲深き神も、絶対的な全知全能を誇るわりに、死んだ人を生き返らせて欲しいとか、犯した過ちをやり直させてほしいとかの、時間を戻る頼みごとには例外なくとことん薄情だろ？」

人を殺めてから神に祈ってすがって泣いて、どれだけ深く後悔し、起こした過ちを——起きてしまった運命を、戻してくれと——殺した人を生き返らせてくれと頼みこんでも、祈って死人が還りはしない。

その手の頼みは、たとえば物語の中でさえ、悪魔が叶えんとする悪徳だ。

「神様がなんであれ、神は人の迷いを諭してくれるかしれないが、既に起きた悪い事態を変えはしない。……できないからだ」

なぜなら時間は常に一方向へ流れるからだ。神が時間の流れそのものである以上、時間を戻せとか、過去に遡ってやりなおしたいとかの、時間の矢の向きを曲げたり逆さにする頼みは、神＝タイムラインの存在自体を覆しかねない。だから断じて聞き入れられない。

「全知全能であるべき神が、実は、時間の流れを自由に操れない。となると人間だって全身全霊の祈りを捧げる気が薄れるよ。そこで神は罪を許すという切り札を使うんだ」

神様は時間を曲げられぬかわりに、人間に改心するチャンスを与え、罪の贖いによって自身の力と威厳を保つ。だから罪の告解、懺悔による過去の悔い改めが活きてきて、神の前に素直な心で赦しを乞う必要性が生じてくる。

「つまり神とは時間をつかさどる宇宙時計の守役で——いやむしろ宇宙の絶対的なたった一つの時間の流れそのもので、時間を具象化した別称じゃないかって」

アハハ　ハッ

シグモンドはエリオットが言い終えるのを待ちきれぬように、乾いて呆れた笑いをこぼした。実に可笑しげに、

「宇宙時計、絶対時間？　相対性理論が話題の昨今に、なんて懐古趣味なんだエリオット……！　君はニュートン世代の申し子なのかい。ずいぶん時代錯誤の理念を言うね。この私ですらがそう思うのだからね」

シグモンドが笑い声をたてるのをエリオットは初めて聞いたが、ちっとも愉快でないどころか、もろ不愉快だった。ひがみっぽく露骨に厭味を言ってやった。

「トミー・コレットだったらきっとこの手の話題によくついて来ますよ。トミーは論理学とか物理学……哲学でも理数系なんでね。僕じゃあさぞ使い物にならないでしょう」

「いや。君でないと困る」

シグモンドは、凪に吹き消された蠟燭みたいに笑みを消して、真顔になった。

「着きましたぜ、旦那」

「ありがとう」

シグモンドが運転手へ支払いを済ませる間、エリオットは先に降り、傘を開いて待った。冷たい外気が気持ちいい。雨に閉ざされた狭い空間で揺られた分、エリオットはうっすら眩暈がした。固く平らな地面で足下が揺らぐ。

シグは自動車から降りてくると、傘をささずに、エリオットの傘の中にすっと肩をすくめて入りこんできた。行こう、とそびやかすような淡い眼差しをくれると、傘から出た。素早く建物へと入っていく。内側から扉を支えて待っているので、エリオットは追うように自分も中に入ってから慌てて傘を畳んだ。

「いまの君の話だけれどね、エリオット。絶対神の存在は時空の具象化だという着目点には賛同するよ。一理ある。ただしね、タイムラインの時間は絶対ではないんだ。客観の時間なのさ」

シグモンドは、蝦茶色した絨毯が敷きつめられた急な階段で一歩……一歩、エリオットを待つように段差を踏みしめ、ゆっくり昇りながら、

「たとえばエリオット、君の《漏斗の時間》は幼い頃ナターリアと別れた嫌な思い出を、昨日のように記憶しているし、私の《生体時計》は百年近く進まない。でも客観的に見るなら、やはり時は確実に流れているね？　閏年の二月二十九日に生まれた子どもが《振り子の時間》で四年に一度しか誕生日を迎えなくとも、他の日にちに生まれた子どもの四分の一の速度でしか時間の流れを体験しないわけではないように」

二階の踊り場に着いた。

シグモンドは自分の仕事場の階を素通りして、さらに階段を昇りつめる。

「アリスの挿絵を見たときにも言ったけどね、物事をありのまま、一〇〇％客観視するのは不可能だよ。理論や数式にしてみたところで、トミー・コレットが数式に感じる興奮と、エリオット、君が数式をみて感じる嫌悪感とが同じでないように。十人乗った船が転覆して、五人死んで五人救助されたとき——五〇％という同じ値を、半分も助かったと考えるか。半分も犠牲になったと捉えるか。両者はあまりにかけ離れているように。常に主観がつきまとう。客観的に論じられたとしても、客観になりきるのは不可能だ。だがまたどんなに君が一〇〇％主観になりきろうとしても、なりきれない。どんな時でも人間の主観に割りこんでくる不可抗力な客観性。そいつが時空さ。タイムラインの時間と、この三次元空間だ。たとえ心だけ過去に飛んでも、もう懐かしい人に会えないのは事実だ。気持ちだけ宙に浮いても、肉体は空間につなぎとめられて、重い足取りで階段を上がるんだ。私がどんなに生体時計の常識を裏切る人間でも、時空を自在に駆け抜けられないのは、道の石ころや、雨音や、花瓶などと一緒であるようにね。——ただこの不可抗力の客観性は、絶対性と似ているが別物だ。上から下に物体が落下する重力は、地球上では不可抗力でも、いったん宇宙に出れば適用しないというね？　無重力空間は存在する。とすれば重力は絶対的作用ではない。同様に、タイムラインの時間の流れも、宇宙規模で見れば絶対的ではなくて、相対的なんだよ。だから君の言う、たった一つの宇宙時計とか絶対時間、絶対空間のアイデアはいただけないのさ。

だが機嫌をそこねたのならすまなかったね、エリオット」

神妙に謝るところを見ると、シグモンドは先ほどは人を小馬鹿にしたのではなかったらしい。

(百年余生きている人間のユーモアは解しがたい)

エリオットは内心で、肩を竦めた。

「シグが僕に肩入れしてくれるのは嬉しいけど。相対理論の常識もない僕が、正直、シグの助けになるのかな。四種の時間についての説明を聞いたところで、僕はオーグスト・ヨンゲンがいかに真人間でなく《影ノ国の住人》なのかもさっぱり見当がつかないままだ。今ここにきて逃げ出そうってわけじゃない。ただ、役に立つか自信がなくなってきた」

エリオットは真っ直ぐに白状した。

シグモンドは愉快げに、エリオットに笑いかけると、

「役に立つから君を巻きこんだわけじゃない。肩入れなんかしていないから安心おしよ。どのみちベネディックの正体は、常識では解明しきれないし」

暗い階段を昇りきって三階に着いた。

仄暗い電燈がぼんやり灯る廊下を歩いて、オーグストのオフィスの前まで来ると、シグモンドはドアの桟の上に手を伸ばした。手探りでたどる。

「鍵なら……ドアマットの下に合鍵を置いておくって前に言われた。今でもどうかな」

シグモンドが脇によけたので、エリオットは屈んでドアマットを裏返した。

小さな鍵が平らかに冷たく寝ている。エリオットは鍵を拾い上げてシグモンドに手渡した。

「なるほどね」

シグモンドは滑らかな小声で言い捨てると、鍵を受け取り、錠をまわした。ノックすらしない。留守だと確信が有るらしい。

Ⅳ:ii
落下傘

雨音に封じこまれたヴィクトリア式の建物の三階は薄闇に没している。部屋の中に入っても寒いままだ。雑然とごったがえして暗い部屋に、シグは明りを灯し、薪ストーヴに屈みこんで火を入れる。

「科学、科学とわめいても、この世には現にベネディクトのような化物が存在するから」

すっくと立ち上がって、悠長にオフィス全体を見回した。

「シグ、もしオーグスト・ヨンゲンが戻ってきたら――」

「かまわないさ。こちらは乗りこんで来たのだよ。しばらく待ち伏せていよう。ちょうどいい」

シグモンドは平積みの本で埋まった仕事場の、乱雑な机の上に手を伸ばした。一冊の手頃な厚手の表紙を、むだのない指先の仕草でそっと招き起こすと、無表情に見下ろした。立ったまま視線を沈めていたが、パタンと素ッ気なく蓋を閉じるように、表紙から手を離した。まるで宝石箱の中身が案外チャチだったみたいに、俄然、興味の失せた美しい仏頂面で、近くにあった椅子を引っぱりよせて腰掛ける。

本の表紙は無気力に倒れ、頁を閉じた。

エリオットは、閉めた扉の内側で立ったまま躊躇(ためら)っていたが、寒いので結局、火の傍に寄った。シグモンドが見ていた本がなんなのか、横目で盗むように確かめて、

「ああ……これ！」

美しい装丁の年季のいったラテン語辞書だ。エリオットは思わず字引に手を伸ばした。

「ほらここ。《ベネディクト・ヨンゲンへ　愛をこめて》って……こすれた金文字で残っていたから、僕はてっきりオーグスト・ヨンゲンの御先祖の名前かと思ったんだ」

エリオットは辞書の背表紙をシグに向けた。シグは、白フクロウの金色がかった瞳に似た、冷酷な眼差しで辞典を一瞥(いちべつ)した。エリオットは、シグモンドの素顔を初めて目の当たりにしたような、刹那、全く知らない人といる殺伐とした感触に立ち竦んだ。

（なにか書いてある）

居心地悪さから逃れるように、エリオットは手元の辞書の頁をめくり、表紙の内側に、ラテン語でインクの綴り字が残っているのを発見した。時を経て、紙に一体化した字体は、おそらくベネディクト・ヨンゲンが大昔にしたためた文である。

《ああ、その深い茂みに潜りこんだときの安らぎ――馴染むほどの色めく君の素肌と柔肌にせめぎあう動揺と、うつつに焦がれる衝動は、あながち引き潮の滲みと思えぬ呟く叫びが貫く気持ちに拍車をかけてここに来る》

（――なるほど、そういう……）

ラテン語だと響きが硬いな――。春本だろうと難解で、深遠に、格調高く化けるだろう。

「シグ。この《君》ってあなたの姉さんのこと？」

「その通りだよ。エリオット」

シグモンドはつまらなげに、

「昔、マルグレーテ＝アンナが奴に贈ったラテン語辞書さ。私がベネディックにラテン語を教わる御礼にとかこつけて、これで奴が愛読書の『Summa Theologica（スーマ セオロジカ）』を読めるように」

「スーマ・セオロジカ」

「――そう」

「前にオーグスト・ヨンゲンがこの辞書を持って大学の図書館に来たときも、神学大全（スーマ・セオロジカ）を借りていった」

エリオットが夏の記憶をたどると、

「ああ、そうだろうね。奴の化物たるゆえんは、おそらく、そのあたりに隠れているんだし」

と、シグモンドは、そらでスーマ・セオロジカの一文を呟いた。

《魂は身体活動の一部であり――ただし個別に存在しえる》

†

“I saw I was I.”

私は私だったのを見た――

紙の隅には、例の如くA・Jとイニシャルが小さくサインされていた。

ベネディクトの双子と偽ってオーグスト・ヨンゲンが現れ、執事長フレデリック・ヴァイハンが急逝した四年後だった。ベネディクトの影が再びシグモンドの前にちらつきだした。つまり、シグモンドがオーグスト・ヨンゲンを敷地内の裏山で殺害し、戻ってみたら執事長が死んでいた、ベネディックの死体をあとで探しに行ったら見当たらなかった。あの四年後である。

フレデリック・ヴァイハンが頓死した翌年も、さらに次の年の命日も何事もなく、三年目も無事に過ぎ、一切の奇妙な音沙汰は無かった。四年目になってまたいきなり――一週間もすれば、ベネディクトとマルグレーテ＝アンナの命日の十二日だ。シグモンドに届いた一通の短い文言は、間違いなくベネディックからの前触れだった。

シグモンドは森番の手を借りて、長方形の穴を温室内に掘っておいた。身の丈よりもまだ深い陥穽だ。掘り出した土は山となった。森番には、腐葉土のできあがる過程と最適な条件を実験ではじき出すのだと説明した――お前をふくめ、しばらく誰も立ち入らぬようにしてほしい、いいね。掘った穴は落葉で埋めて、隠しておいた。

立派な樫の柩を手配するかたわら、使用人には綺麗な造花をこしらえさせた。冬場にむけて咲いている花は数少なく限られていたのだ。屋敷の者には、マルグレーテ＝アンナの命日に、柩を花でいっぱいにし湖に沈め、死者の霊魂にたむけるのだと、些か詩的な説明をした。

約束の十二日、オーグスト・ヨンゲンと名乗って、ベネディクトは現れた。

夕暮れ前に、正面玄関から客人として入ってきた。

使用人は誰ひとりとして、この《双子》が、執事長フレデリック・ヴァイハンが死ぬ晩にやってきた客人なのを、全く覚えていなかった。執事のフレデリックは日々、来客や屋敷で起こった出来事を日誌につけていた。当のフレデリックが死んだので、引き継いだ次の執事は十一月十二日の日誌にフレデリック・ヴァイハンの急逝を記しただけだったのである。

とはいえオーグスト・ヨンゲンの顔は、ベネディックに瓜二つなのだ。皆、強烈に記憶にあった。《ベネディクトの双子》はすんなり屋敷に通された。

シグモンドはベネディックと二人で、空の柩をおもてに運び出した。大きな柩の把手を、前と後ろで持ちあげた。柩は本来六人で担ぎ上げる。花で埋まっただけの箱は、しかし二人で運べたのだ。

誰もついてきていないのを確認しながら、シグモンドは、マルグレーテ＝アンナとベネディクトが事件を起こした例の温室に足を向けた。用意しておいた荷車に柩を載せ、けっこうな道のりを、ベネディクトと黙々と引きずった。いささか使い慣れない道具を転がして、荒れ果てた四番目の温室まで柩を運びこんだ。

血の涙の噂が鎮まってから温室は常時開放されていた。シグモンドは、古びた硝子扉の蝶番を軋ませながら、ベネディクトと一緒に荷車ごと中に入った。

二人で荷車から柩を下ろすと、棺桶の蓋を開けた。ベネディックは、柩の中の色とりどりの造花と、はかなげに冷たくしっとり濡れている冬薔薇の生花を目のあたりにすると、気味悪がるかと思いきや、心打たれた顔をした。

《貴様が死んだら今度はこの柩に入れて埋めるよ、ベネディック。きちんと柩の釘を打ったら、こんどは焼かずに土葬にする。それでいいね？》

応ずるようにベネディクトは帽子を脱いだ。黒く長いマントを外して、頭をたれ、跪くと、

《——思い残す事はないよ》

《ベネディック——一ツ教えてほしい。どうしたらおまえにとどめを刺せるか》

ベネディクトは暗い瞳でシグモンドをふり仰いだ。

《——さあ、それが分かればな》

シグモンドは棺桶の隅から、花の下に隠しておいた注射器を取り出した。手袋を片方取って、かじかむ指先で注射針を取り付けると、薬瓶からストリキニーネを吸い上げてシリンダーを満たした。

——はたして人でない化物に毒が効くか。

ベネディクトの形容は人間で、実際、たしかに生きてもいるのだ。シグモンドは、跪いたベネディクトの背後にまわり、屈みこむと、首に注射針を突き刺した。一気に親指でぎゅう

とピストンを押しこみ、毒液をベネディックの血管に注入した。

ベネディックは前のめりに昏倒した。シグモンドはベネディックを転がし仰向けに寝かせると、上に跨り、とどめに心臓へ短剣を突き刺した。引き抜かぬままで立ち上がると、棺桶を倒して、中の花を地面に撒(ま)けた。ベネディックの背中を羽交い締めに抱えて、まず上半身を棺桶に寝かせると、足下に回って、はみ出た両脚を抱え持ち、柩の中に収めた。ベネディックが脱いだマントを遺骸に掛けてやり、帽子を頭の端に置いた。撒けた花を手際よく、遺骸と柩の隙間を埋めるように中に戻した。脈が消えたのを確かめ、柩に蓋をした。

シグモンドはシャベルで、森番と掘っておいた穴の落葉を掻い出した。途中からは窖(あなぐら)に下りて掻き出してから、シャベルを立てかけて、柄(え)を足がかりにして地上に上がった。温室のプランターに仕込んでおいた釘と金槌(かなづち)を取り出すと、手袋をはめなおし、白い息を吐きながら、柩の四隅に、長い釘を打ちこんだ。

縄(ロープ)を柩にくくりつけ、ベンチに上がると、シグモンドは長い縄の先端を、屋根を突き抜けて伸びている楡の頑丈そうな大枝に引っかけた。日が暮れた余韻の、滲んだ夕焼け空が、曇った硝子(ガラス)と楡の枝の隙間に覗いていた。

枝を軸に釣瓶落としの要領でロープを垂らす。縄の先端を手にして、ベンチから降りた。たるんだ綱を手繰りよせ、ぐっと腰を据え引っぱると、棺桶にくくりつけた反対側が柩を持ち上げる。

寒空の下、シグモンドは汗をかきながらぎりぎりと踏みとどまり、ロープを強く引っぱり続けた。長方形の墓穴の上に柩がぶらさがると、シグモンドはロープを戻して柩を下ろしていった。

途中で力が萎え、持ちこたえきれずに手から縄がすり抜けた。柩は四角い穴の底に嵌まりこむようにどしんと落ちた。

シグモンドはシャベルで柩に土をかけ、落葉をかぶせ、盛り土をし、層にして穴を埋めた。殺伐とした秘密の重労働を終えて温室から出たときには、日は没しきって夜だった。

楡や白樺、針葉樹の暗い木立を急いで抜けながら、シグモンドは屋敷に戻った。

ぱっと明りが眩しい屋内に入ると、血相を変えた使用人がシグモンドを出迎えた。

《リラが、台所女のリラが、さきほど少しばかり前に》

息を引き取ったと聞こえて、

《いまなんと言った？》

《夕食の支度に忙しい台所で、リラはジャガイモの皮を剝きながら》

立って居眠りを始めたから、料理長がいきりたって怒鳴ったが、意識がなく、目を覚まさなかったのだと。すぐに寝かせて、料理長が粉だらけの手でリラの脈をみた。その時にはゆっくり弱く打ちつけていたのだが、

——お医者をよぶんだ。でないとだんな様にどやされるぞ。

心臓に手を当てた。この時、リラの鼓動も呼吸も、もうこと切れていた。

シグモンドは、神父を呼んで惜しみない埋葬の手配をす

シグモンドがベネディックを水に沈めて帰れば、管理人のレオーベン夫妻……糸杉（サイプレス）通りの館の管理人の旦那の方が、陸に上げられた魚さながら口を開き、空（くう）を掻いて喘ぎ、もがき苦しんだあと、痙攣を起こして死んだと報せを受けた。

シグモンドがよく切れる人斬り刀を東洋から取りよせて、振りかぶってベネディクトの首を落として戻った後には、マルグレーテ＝アンナと同い年で、使用人の中では出世株でやり手だったアルフレッド・シュタインベルグの首が転げ落ちた。張り替えたばかりの西向きの温室の硝子（ガラス）板が、屋根から外れ落ちて、下でいっとき靴の紐を結びなおすのに屈みこんだシュタインベルグの首を根元から切り離した。

シグモンドは、悪い偶然が重なっただけだと思いこもうとした。また事実そうなのだ。悪い偶然が重なるだけ。シグモンドは何度もベネディクトの影を殺し、その都度かならず誰かが死んだ。身近な者が突然に。

ベネディクトの化物が、最初に姿を現してから二十四年後、六度目の予告を受けたとき、シグモンドは屋敷を最小限の使用人にまかせ、あとの者にはかなりの金をやって暇を出した。

ごくたまに不吉な人死（ひとじに）が起こる屋敷であるが、シグモンド自体は、結婚するでも派手な晩餐会や舞踏会に明け暮れるでもなく、淡々と毎日同じ日々を過ごしていただけだから、慣れた使用人にとっては落ち着いた良い仕事場だったようだ。少なくともマルグレーテ＝アンナが生きていた頃の、病気じみた気まぐれに振り回された時分に比べれば、随分とましなのはシグモンドから見ても疑いなかった。事故があっても妙な噂も立たず、もはや誰一人、屋敷を去らなかった。シグモンドが暇を出すと告げた時には、だから皆、一様に屋敷に残らせてくれと随分粘った。

だが、あるじと使用人が家族さながら打ち解けていたわけでもなかった。シグモンドが最後の賃金を倍額にすると、皆すんなり引き下がった。総じて金で片が付き、一週間以内にほとんどの使用人が荷をまとめて立ち去った。

シグモンド自身も荷を持つと約束の十二日に屋敷を離れた。革命の火の粉が、欧州のあちこちに飛び火しては、ヴェルティゴ伯邸のすぐ間際にまで迫ってきていた。あるじが行く先も告げず、いつ戻るか分からないと言って、残された数少ない使用人も不審には思わなかった。お屋敷は私共で出来るかぎりお守りいたしますと。シグモンドはひっそりと送り出された。

あてもなく馬車で街まで下りたシグモンドは、朝から教会堂にずっと居た。乳香と没薬の御香がたちこめていて、服や髪がやんわり焚き染められてくるなか、ぼんやりとしていた。敢えて言うならベネディクトの為に祈りの言葉を心の内で呟いていたら、肩を叩かれた。

振り向けば、ベネディックが立っていた。

ベネディックはシグモンドの隣に腰を下ろし、ギロリと暗く三白眼気味の横目を剝いて、

《シグ。いつも思うが君だけはまるで変わらないな。冷酷に美麗な青年だ。毎回装いは異なっても、君自身は変わらない。いつも若々しく清廉潔癖、冷酷に美麗な青年だ。まるで雪の結晶を標本に仕舞えぬような、清潔で口惜しい端麗美だ。どこに居ようがいつでも分かる》

《どこに居てもわかると？》
《どこに居ても。君が年でも取らないかぎり》
《私は年はとっているよ。ベネディック》
《爺のくせに、では君はいつ会っても若い俊敏な知性が美しさから見え隠れする、この通りの眉目秀麗な若者なわけか》
と、ベネディックは嘲って、滑稽だと、はなからシグモンドの言い分を信じていないらしかった。シグモンドが変わらぬうちは、いかに暦が切り替わろうが、本当はさして時間が経過していないと、ベネディクトは頭から決めつけていた。だがたしかにベネディックは、シグモンドがどこに居ようが、逃げ隠れていようとも必ず探し当ててやって来た。シグモンドが地球の裏側で鳥の剝製をこしらえていようが、小さな家を見つけて住んでいようが。人であれば盲点が有る。一人相手に、逃げ切れる自信も有ったが、化物相手にシグモンドはどう抗っても通用しない気がした。
《やめたいんだ。ベネディック。おまえを助けられない。正体すらわからないのに》
正面切って、はっきり告げた。
《ではシグ、君は自分の正体を問われて何者か答えられるか？》
《ああ。……おそらくおまえが自分自身について知っているより多くのことは》
だから私が死ぬまでの嫌がらせに来ているとするなら、おまえこそ、逆に私の存在に終わりもなく囚われる破目になるよ。シグモンドは言い放った。《あと何回殺されてみれば気が

済むの。ベネディック》
《出よう。馬車を待たせてある。馬車の中で俺が知りえた自分の正体について話す》
と、ベネディックは、シグモンドをおびき出した。
シグモンドは、嘘でもいいからひとまずベネディクトが何たるかの手がかりが欲しくて、ついていった。
ベネディクトが馬車の中で明かした話によれば、仲間や同種の存在と会った例はない。だから様々な文献を当たって、本を頼りに知識を得た。だが真ッ当なヒトであれ人間たる生物が何者で、いかなる正体かと問われれば、本や他人の意見と、自分の体験とをすりあわせて、常識的な見識を見出すだけだ。ならば異質な存在であれ同様のやり方で、或る程度まで確かな仮説を導き出せる。
と、ここで神学大全を引用し、
《The soul is an act of the body —— But can exist separately》
魂は身体活動の一部であり、ただし個別に存在しえる——と言い張った。
《……殺してくれなどとそう幾度も人に頼むものじゃあないよ、ベネディック。二度と私の前に姿を見せるな。来たところで私はおまえになんの手も下さない。私の身のまわりでまた人が死ぬのはうんざりだから》
《ならば君はやっぱり責任逃れの卑怯者だ》
《ああ。それでいいベネディック。今度で最後だ。今回でもう本当に》

午前中から遠出をして、日暮れまで馬車を走らせた。途中からは徒歩で、高波が打ちよせる崖っぷちまで足を伸ばした。ベネディックを断崖から岩場に突き落とし、夕闇に追われながら戻る途中で、シグモンドはやっぱり死体を見つける。待たせておいた馭者が馬に蹴られて、内臓破裂で死んでいる。

†

「十一度目。私は断固、首を縦に振らなかった。ベネディックは寂寞（せきばく）とした顔つきに翳ると、目の前で淡々と襟元のアスコットタイをほどいた。椅子の上に乗ってタイを階段の手すりに結びつけた。台を蹴って、首を吊って死んでみせた。化物であろうとも、私が目にしたのは人の無惨な死にようで――その死様を巫山戯（ふざけ）ている……馬鹿げていると辟易として、一抹も深刻な衝撃や、蒼褪（あおざ）めた恐怖で背筋を貫かれもせぬまま、冷淡にただ眺めたよ。

　己自身を嫌に思って、たまらなく私は目を伏せ、黙って家を抜け出した。扉を閉めると、隣家の母親が半狂乱で、馬車に引きずられた女の子の亡骸を追いかけていた。よく家の前の通りで影踏みをして遊んでいた。名前も知らない小さな女の子だった。たまにせがまれて、枝に絡みついた風船を取ってやったり、凧（たこ）を揚げてやった――。その日も影踏みだか、隠れんぼだかの一人遊びをしている最中に、停まっていた馬車の車輪に襟巻きが引っ掛かり、馬車が気付かず走り出したから、首が締まって死んだんだ。私は、閉めたばかりの扉のノブを後ろ手にねじると、家の中に舞い戻った。ベネディクトの遺骸は見あたらなかった。私は二階に上着を取りにいって」

上着を羽織ると、石畳の上を足早に、そのまま二度とはその家に戻らなかったのだと。

「四年に一度——四十四年にわたって考えても答えを出せずに、長い人生をこれからも半永久的にベネディックの亡霊に追われ続けるのは、私はもう懲りごりだった。ベネディックが今後いくたび自殺を重ねようが、誰を巻きこもうが関わらない。もう無関係だ。ベネディックも、もう会いに来ないだろうと私は確信していた。予想通りベネディクトは、以来、私の目の前に姿を現さなかった」

そしてシグモンドの方がベネディクト・ヨンゲンを見つけたのが、今からたった数箇月前の春先だったのだ。

「ベネディックはロバート・ヒックスと遠縁だからね。折を見ては墓所に立ち寄ってヒックス家の行く末をたどっていた私と、数十年ものあいだには、同じ時に同じ場所で行き会っても、思えばさして不思議な話でなかったよ。一連の《悪い偶然》と比べたら」

疲れきった顔つきでシグはそうエリオットに告白した。

「そんな、シグ」

ありえない、とエリオットは言いかけて、言葉がなかった。

シグモンドは、まるで気が狂うほど酷く泣きはらした後の、穏やかで清々しい諦めにも似た甘い微笑を、やんわり燈した。

「ありえないと証明したかった。或いは私は、ありうるという事でもいいとすら思ったよ」

シグモンドは外套の内ポケットから、分厚い財布(ポケットブック)を取り出して寄越す。

エリオットは中身を改めた。外国の旧紙幣らしき札びらと、あとは折りたたんだ紙きれがぎっしり詰まっていた。

エリオットは紙束を引き抜くと、一枚、一枚、丁寧に広げて、散らかったベネディクト・ヨンゲンの机の上に並べて載せた。

紙片は擦り切れて皺々だし、しかもベネディクト・ヨンゲンの字は癖が強いのだ。にもかかわらずエリオットはすぐに読めた。英語だったからである。

✝　私は私が私であったのを見た。
✝　否、それは反対だ。
✝　私が見たあれは蝙蝠(こうもり)か？
✝　ライオンオイル
✝　畜生！　狂犬
✝　肯くな
✝　邪悪に生きよ
✝　どうか、おお神よ、悪行を成さず、生き続け、善行を成せ。
✝　ドグマ：我は神なり
✝　私が見かけたのは一匹の猫か、それとも一台の車だったか？

「これまでの予告文？」

謎掛けのようである。

各々の死様を暗喩しているとか、それぞれの内容に関連性が有るのでもなさそうだった。

全部で十枚。

「十人の命と引き換えに？」

「十一人だよ。目隠し鬼の唄やなんかがあった。最初はとっておかなかった。当時は一回きりの怪事件だと思ったし。それから十度、奴を殺してみても、私はなにもわからないままで」

「あきらめたの」

「そうだよ」

シグモンドは弁解すらしない。手袋を脱いで、外套のポケットに突っ込んだ。居直っているふしもなく、本当にただ諦めたのだ――。

「待ってシグ。本当にそうだったの？　つまりシグは十一人の命と引き換えにして、オーグスト・ヨンゲンを殺し続けた道理になる？　前に説明してくれたろう。理由と起因と原因さ。たしかにシグがオーグスト・ヨンゲンを殺すたび、誰かがそっくり似た死にかたをしたかしれない。たしかに台所女リラの死の理由は、シグがベネディクトを殺した行為に有ったかもしれないよ。他にもすべて、使用人のアデリーネ、やり手のシュタインベルグ、サイプレス通りのレオーベンの旦那……彼等全員の死の理由はね。また彼らの死の原因は、心臓発作、呼吸困難、窒息……その他、逐一オーグスト・ヨンゲンの死因とぴったり呼応したとして、それでじゃあ、シグがオーグスト・ヨンゲンを殺害したからシュタインベルグが死んだと言い切れるかい？　例えば温室の硝子が外れ落ちなけりゃ、シュタインベルグの首は落ちなかった。起因……エイジェントは、いつだってシグだったかい？　違ったろう」

「まさに君の言うとおりさ、エリオット」

シグモンドはどことなく、母親が眠った子供を見下ろすような穏やかさを湛えながら、エリオットを見返した。

「だから私は何もわからないままなのさ。エリオット。不幸で悪夢のような偶然をベネディクトの死と関連づけられなかった、かといってベネディックの死と関連がないとも立証できなかった。躍起になろうにも奴は四年に一度しか姿をあらわさない。悪い偶然。今度こそはちがうだろう――四年前の遠い記憶だ、たまたま奇妙な不幸が四年おきに命日に重なって起きただけだ。そう思い直すほうが簡単だった。げんに四年なんてずいぶんな年数だ。四年のあいだには、他にも使用人が、一人は夏に病気で死んだし、もう一人は老衰で春先に静かに息をひきとった。たまたま自分が罪悪感に囚われて、十二日に起きた不幸を私のせいだと背負いこむ気のせいだ。事実かくも気味の悪い屋敷なのに、使用人は辞めていかないではないか。毎度そう気持ちを改めて、事に及んだ。そういった具合さ――エリオット。なにがわかる？　なにがわからない？　私の屋敷の敷地内にはベネディックの秘密の墓所がおよそ十ちかくもあって、いずれも中身は空なんだ。巫山戯ている。とんだスーマ・セオロジカだ」

《魂は身体活動の一部であり、ただし個別に存在しえる》

このくだりが本来意図するのは、

《死して自由に解き放たれる霊魂は、肉体においては精神という役割で存在する》

魂とはすなわち精神だという真っ当な思想である。

「神学大全(スーマ・セオロジカ)って中世の名著でしょ？　生前の霊魂と、死後よみがえった霊魂が同一かは不透明だって記されているやつさ。死して甦(よみがえ)ったイエス・キリストが、生前のキリストと同一人物であるか否かは、論理的には不透明だっていう。神学書にしては異端めいたくだりで面白かったのを覚えてる。信仰心で理解せよって意味なんだけどさ。神学者で哲学者のトマス・アクィナスが書いたやつだろ？」

シグモンドは研ぎ澄ました目つきをエリオットに向けながら、

「そう。曰くあいつは、死んで生まれ変わって自分はもはやベネディクト・ヨンゲンではないと言い張った。オーグスト・ヨンゲンという名は、あながち他人を欺く目的だけではなくて、もはや自分がベネディクト・ヨンゲンではない証として心底あいつに必要だった。なにしろ、何をしてもしなくても死なない自分は、生前のベネディクトでは考えられないからという」

硝子(ガラス)窓が、暗くなった外の闇を背景にして、鏡さながら反射して室内を映しだす。

シグは窓に映ったエリオットを横目で見てから、涼やかに向き直った。

「エリオット。君は自分の姿を鏡に映して、中に映る人物をだれだと思う？　どんなに磨かれて曇りひとつない均一な鏡でも、鏡に映った人物は、正確に言うなれば、君とはすべて左右のつくりが正反対の別人だよ。君の左手は右には無い。君の心臓は右には無い。君はその鏡像をしかしオスカーとかジョセフだのと命名したりはしないだろう？」

「しないよ。鏡の中に映った人物に呼応するのは、この世の中で僕しかいないと分かっているから」

「とすればやはり鏡の中の姿は、君自身だとエリオット、君は納得するね？　むしろ鏡の自分にべつの名前を、人格を、あたえる時点で、おそらく人は狂いだすのだ。——いくらベネディックが鏡の自分をオーグストだと名づけたからって、鏡に映った奴の姿を私はベネディクトと呼ぶ。同じように、死んで出てきたベネディクトが、オーグスト・ヨンゲンだなんて綺麗事では済ませられない。あいつに生前の記憶がまったく無いならまだしもだけど。私はしつこくあいつをベネディックと呼びつづけたよ。今でもあいつをベネディクトと呼ぶ」

エリオットは、雑然とした部屋の中を映しだす暗い窓辺から目を逸らした。ストーヴの小さな窓に閉じこめられた焰が赤々と揺らめくのを眺めた。

「——ねえシグ。奴は……オーグスト・ヨンゲンは、ただの幽霊だったらふつう心残りを果たせばもう二度とは戻って来ないよ。ということはドッペルゲンガーなんじゃないかな。ベネディクトの影なんだ。だから《影ノ国の住人》——そうなんだね？」

エリオットは口に出しながら、目から鱗が落ちた心地がした。「ベネディクトの影、ドッペルゲンガーがオーグスト。オーグストはきっと、ベネディクトから乖離していた時に、ベネディクト当人は死んじまって路頭に迷ったんだ。帰る肉体を探したろうに、遺体は焼かれて戻れる場所を失くしたんだ。ドッペルゲンガーは生霊だから、死んで肉体から離れるという死霊とは異なるし、更にドッペルゲンガーは、当人からは影になって隠れた性格だから、自らを別の名前で名乗ったりもする」

死んだベネディクト・ヨンゲンのドッペルゲンガーだから、オーグストはいつまでたっても戻る肉体を求めては、やってくる。

「オーグスト・ヨンゲンが煙でも幻でもなく、実体を伴って、シグに殺され、他の人物が死ぬのはだからじゃないか？　既に死した己と一体化して浮かばれるために、奴はシグに殺されに何度でもやってくる。戻ってくるのは奴の意志であると同時に、抗えない使命なんだ。不安定な電子が陽電荷を帯電しようとしたり……磁石のN極がS極を追いまわして一緒になろうとする、そんな不可抗力と同じでさ。なにしろ意志でコントロールできない精神の闇が乖離して、ドッペルゲンガーになるというだろ」

エリオットは次第に早口になって息巻きながら、シグモンドに同意を求めた。

部屋が温まってきた。シグは暑くなってきたのか、外套を脱いで、

「ああ。私もあいつをベネディックのドッペルゲンガーだと思う。生前あいつは血塗れで喘ぎながら、苦しいから殺してくれと懇願した。死が長びくのが怖いと言った。ベネディックが助かる術はなかったが、私は手を下したくなかった。あいつの意識はしっかりしていた。私は医者に頼んで薬を嗅がせて、ベネディックを無理やり眠らせたんだ。ベネディックは薬で眠らされたまま、数時間は生きていた。たぶんそのときにあいつの精神は生きたまま本体から乖離して、死にたい意志だけ背負ってそのまま苦痛を伴う肉体には戻らなかった。——

だがエリオット、たとえあいつがドッペルゲンガーだという仮説が正しくて、なんになる？　けっきょく私は誰も助けられない。理由がわかっても、原因がわかっても、ベネディクトと皆の死を関連づける起因（エイジェント）を見出せない。私の知人・客人に手を出すなとあいつに話を取りつけてはみても、なにしろあいつ自身、誰の肉体の実体を盗んで四年に一度姿を現すのか、全くわかっていないんだ」

「……だったらなぜ黙って立ち去らなかったの、シグ。ヒックス家の墓前で行き会ったからって、なぜまたしてもベネディクト・ヨンゲンの影とかかずらったの」

たまたま鉢合わせする仕儀になったとしたって、年を隔てて二人ともがまるで変わらず顔を会わせるだなどと――そうでなければ互いに気付かず、すれ違っただけかもしれぬのに。なんて皮肉なんだ。

「なぜって――エリオット、君だよ。君が」

シグモンドは、部屋が暖かくなるにつれて、どことなく眠たげに、しどけなくなった。意志の希薄な洞声（うろごえ）で「……いや、こうなってみると、もうよく思い出せない」

（嘘だ）

エリオットは咄嗟に、本質を隠されている――まだシグは本音を隠していると確信した。なめらかな瞳の光沢が翳（かげ）ったシグモンドを穿（うが）ち見た。シグモンドは胡乱（うろん）な目線を、やんわりと泳がせる。脳裏の記憶を暗く探るようだった。

よろしい、上等だ。怪奇を伴うからと、それで安直に推理を断念するのなら、シグは経緯をかくも事細かにエリオットに聞かせたりはしなかろう。

「なぜって僕が……?」

口を閉ざしかけたシグモンドに、エリオットは、ただ丁重に鸚鵡(オウム)返しをした。真ッ向から尋ねても、おそらくシグモンドはすんなり口を割ってはくれまいから。

「君がどうしてベネディックのお気に召して、助手に雇われたかなら、私は今でもきちんと答えられるよ、エリオット」

シグモンドは、普段の落ちつき払った抜け目なさを取り戻していた。

「君もおそらく聞いているだろう。T・A試験の回答さ。ただしあの回答がなぜそうもベネディクトの興味を引いたか」

「説明でなく解答を出したのが僕だけだったからじゃなく?」

「そうではなく。君の時間感覚の欠落が——」

シグモンドは、エリオットを安心させるように口の端に消えいりそうな笑みをたたえ、やや口が重かった。

「ベネディックは見た目も肉体も人間だ。一見、化物とは形容しがたい真っ当な正体だが、まずなにが甚だ人間とかけはなれて異様かといえば、時間感覚の欠落だ。エリオット、君のT・A試験の記述も時間的感覚が破壊されていたよ。そこがあいつの気に入った。ベネディクトには四種の時間のうちの、たった一ツしかまともに無い。四ツの時間は互いに干渉しあうが、あいつには《漏斗の時間》しかない。《漏斗の時間》しかないとはどういう意味かわかるかい？　時空だけが人の主観を常に妨げる客観だ。つまり奴は徹底的に一〇〇％主観なんだ」

「それが僕と、どう関連が？」

エリオットは、Ｔ・Ａ試験の自分の回答を思い起こしながら、

「シグ。僕は四種の時間感覚すべてを把握できる。タイムラインでは少し手こずったかもしれないけど、それだって、巻き戻せない過去―現在―未来の、時間の矢の向きくらい弁えているよ。それに真っ当な人間だって、一〇〇％主観になりきれる時がある。夢の中だ。そもそも僕のＴ・Ａ試験の答えのどこが時間的感覚の欠如だって？」

「もちろん君は、説明を聞けばすぐに理解するよ。エリオット」

と、シグモンドは、人を軽く哀れむような目つきを寄こした。

「いいかい？――控えの間にはいくつもの見事な絵が飾ってあった。そうだったね？　控えの間にはいくつも見事な絵が飾ってあって、中でも《私》は一枚の油絵に興味を持った。屋敷の女主人ガルボ夫人が《娘です、わたくしが描いた》と言う。肖像画は、女優グレタ・ガルボにうりふたつ。そこで《私》は、《あなたのお嬢さんは、グレタ・ガルボなんですね》と驚く。ところがガルボ夫人は――否、娘はグレタ・ガルボにあらずと答えてから《でもわたくしは、グレタ・ガルボの古い写真をうつして絵を描いたのよ》と笑う。発言にいっさい嘘は無いとして、ガルボ夫人が、グレタ・ガルボ当人なら話の筋は通る。老いたグレタ・ガルボが、自分の古い写真をうつして、自分の娘の絵を描いた。ミセス・ガルボの発言に関し

て辻褄はそれで合う。君の指摘したとおりだ。ただそうすると奇妙なのが、語りべ《私》の存在なんだよ」

唐突に、シグモンドはエリオットに尋ねた。

「なんて名にするかい？　登場人物《私》の名前だ。ニックネームさ」

「え……とじゃあニックネームから取ってニック。《私》はニックで」

シグモンドは心なしかいつもよりも優しく見えた。処女の頃の若かりしシグの母親——姉のマルグレーテ＝アンナは、こんなふうに優しくて麗しい生き物だったのじゃないかと。エリオットがふと思うほどの中性的な涼しい気品で口をきいた。

「君の答えの時間感覚が破壊されている点はね、エリオット。君＝ニックでないのに、語り手ニックの時間感覚と、読み手である君の時間感覚が、一致するところなんだ。現在、ガルボはまだ若い女優だ。だから君がガルボと読んでまず頭に浮かべるのは、若き妖婦グレタ・ガルボだ。この若いガルボ像しかニックもまた念頭にない点が不可解なのさ。ニックには、登場している舞台上での時間的情報が欠如している」

シグモンドはもの憂げな影を仄かによぎらせながら、エリオットに向かって慎重に、

「いいかいエリオット。君の解答では、老いたグレタ・ガルボが自分の古い写真をうつして娘の絵を描いた。そうだったね？　だとすれば話の設定は、グレタ・ガルボに年頃の娘が居るくらいの年代だ。ならばガルボ夫人と同様、話の登場人物であるニックは、グレタ・ガルボという女優を知っている以上は、グレタ・ガルボを若い娘と思いこむはずがないんだ。ニ

ックは、大広間にガルボそっくりの絵を見つけ、

——あ、ガルボの若い頃を描いた絵だろうか——

咄嗟にそう認識するはずなんだ。

文間を読むとはこういうことなんだよ、エリオット。ニックはガルボに娘が居るかどうかを一切知らなく、ガルボ夫人こそグレタ・ガルボ当人だのとは思いもよらずにいたっていい。ただ、年老いたグレタ・ガルボが居る設定と同じ時空に、登場人物ニックもまた存在している。話の中身以前の、大前提だ。にもかかわらず、君の解釈で読み進めると、ニックだけまるで君と同じ読者の次元から、老いたグレタ・ガルボの居る未来へ、時空移動をしたようだ」

ニックだけが異なる時空から落下傘でポンと物語の設定に下ろされたみたいに無知である。他の登場人物と時間感覚がずれており、浮いている。

「エリオット、君の解答はぬきん出ておみごとだった。でも時間感覚に欠陥があればこそ導き出せた答えだった。その点をベネディックは嬉々と見抜いて企んだ。自分ほどでなくとも、時間的感覚が欠落している君ならば」

「僕ならば……？」

シグモンドが、いきなり押し黙った。それでエリオットも気がついた。ドア越しに歩み寄ってきた靴音が、立ち止まった。

実験心理学者オーグスト——ベネディクト・ヨンゲンが、扉を開けて仕事場に帰ってきた。

「やあ。シグ」

ドアの裾から明りが漏れていたのだろう。鍵も開いていたし、実験心理学者オーグストー―ベネディクト・ヨンゲンは既に腹積もりが出来ていたとみえる。室内に入ってくると、手袋を取る。重たげな外套を脱ぐと、本が平積みになっているカウチの背に放った。相変わらず、わずか頬のこけた顔に、くすんだ眼差しで眉間に皺を刻みこみ、黒いウェーブのバサついた前髪が落ちてくるのを、鬱陶しげに目を顰めている。

ベネディクト・ヨンゲンは、骨っぽくやせた長い指で、上着の内ポケットから四角いシガレットケースを取り出すと蓋を開いた。無断の侵入者である我々に煙草を勧める。中にはずらり、紙煙草が隙間なく並んでいた。葉巻やパイプでなく紙煙草といえば、低賃金労働者か、先の大戦から帰って来た復員兵が吸う印象が強かった。エリオットは一瞬、ケースの中身が紙煙草だと見て不思議な気がした。かといって不釣合いな印象もなかった。

エリオットは曖昧に首を振って、差し出された煙草を遠慮した。

シグも当然、かぶりを振るかと思ったが、シグモンドは情熱の失せた眼差しでケースを眺めて黙っていた。ベネディクト・ヨンゲンは引き下がらずにシガレットケースを開いて待った。シグモンドは器用そうな手を伸ばし、煙草を一本、指で挟み取った。

注射器の針をそっと気に掛けるような目つきで、切り口を上にし、顔に近づけて煙草を嗅ぐシグモンドの姿を、エリオットは全く不可解な気分で見守った。

シグモンドが手の煙草を、顔から遠ざけると、ベネディクト・ヨンゲンは腕を伸ばし、シグの指の間から煙草をすっと掠め取った。

エリオットは一瞬、目を瞠った。

シグは全く動じていなかった。餌付けした小鳥が怪鳥になって舞い戻ってきて、自分の手から生肉でも掻ッ攫ったかのように。成されるがまま受け止めていて、ベネディクト・ヨンゲンを陰鬱な眼差しで見定めていた。

ベネディクト・ヨンゲンは、油煙たちのぼる燈油ランプのほやを浮かせて、顔を近づけ、口に咥えた煙草に火をつけた。くゆらせもせず深く吸いこんでは、口から煙を立ちのぼらせるだけでは飽き足らず鼻からも吹き飛ばした。

「アンドリュー」

ベネディクト・ヨンゲンは咥え煙草でエリオットを呼ばわってから、煙草を指に挟みとって、

「久し振りだな。どうしていた」

「僕は、本当はエリオット・フォッセーです」

「……ああ。無論そうだ、君がエリオット・フォッセーだろう」

ベネディクト・ヨンゲンは自分に言い聞かせるようなくぐもった呟き声で、硬い表情を強張らせるでもやわらげるでもない。傍にあるカウチの肘掛部分に浅く腰を掛けた。

「君ら二人で仲良く一緒に来たってわけか。私立探偵の真似事か。家捜しでもするか」

「貴様からの伝言を受け取ったから」

と、シグは苦々しさを嚙み潰すように、素っ気なく言い放つ。卓上の蠟燭の焰が壁に映り、温かそうにやわらかくたわむのを、冷たげに見下ろしている。

ベネディクト・ヨンゲンは煙草の燃えさしを筋張った左手の指に持ち替えると、右手で小さな点眼瓶の蓋をつまんだ。瓶から透明の液体を吸い上げる。白目がやけに清みきっていた。おかげで目頭の粘膜がやたら生々しく赤々と陰惨なまなこに右——左と。一滴ずつ垂らして目を瞑った。

ゆっくり吐息をついてから目を見開いたベネディクト・ヨンゲンは、渋そうな表情で、

「で、君は何しに来たんだ。エリオット・フォッセー」

「あなたは、他人の《漏斗の時間》に時をそろえて、相手の実体を掠め取るんじゃないですか？」

エリオットが気色ばんでいきなりベネディックを問いただしたので、端でシグモンドはいささか面喰らった。

エリオットはあくまでも率直、かつ単刀直入で、

「あなたは人の《漏斗の時間》に下り立って根を下ろす。種子をつけた綿毛の落下傘が、地面に落ちて、土の養分を吸い取り、根を張り、芽を出すように。息を潜めてしだいにゆっくり芽を出すんだ。違いますか？」

「《漏斗の時間》からまず説明してみたらどうだ、エリオット・フォッセー。君の言葉は抽象的すぎてさっぱり分からん」

ベネディックは腰を上げた。机の端の灰皿にと、短くなった煙草の先端の、灰のまぶさった火先を愛おしそうにじわじわと押し潰して火を消した。

「――綿毛が地面に落ちて、土の養分を――？　良く言ったもんだ。エリオット・フォッセー。まさにだよ。綿毛は降り立つ大地を選べるか？　風に飛ばされ、気流にのり、どこに落ちるかは不可抗力だ。俺もまた開いた落下傘で、どこの時空に流され、誰の大地にどう下りるかは」

「どうかな。あなたは生き残ったドッペルゲンガーだ。あなたは百パーセント主観なんだ。だからあなたは、自分に起こった出来事になると時系列に並べなおして客観的に説明出来ないだけで、本当は誰がターゲットか体感しているはずですよ――！」

ベネディックはいったん鼻白んで、すぐ様あくどくほくそ笑んでみせた。

「ほうらシグ。彼ならば、あるいは謎を解き明かす協力者になってくれると。俺の目の付け所は間違いではなかったろう。時間感覚に欠陥のある彼ならばだ」

ベネディクトは革製のカウチへと、本を脇によけてからゆったり深く腰を下ろし、エリオットの若い気勢を殺ぐかのようにシグモンドに目配せした。

エリオットは、まるでシグモンドがベネディクトと実は前々からこっそり結託して、自分をここまで誘きよせたかのように、ギョッと怯えた目を剥いた。

疑いの眼差しで睨みつけられるままに、シグモンドはひとまず黙って責めを受け止めた。

「エリオット・フォッセー、君は酔いから覚めて自分の居場所や時間が分からぬときがないか。俺を襲うのはいつもそんな感覚でね」

ベネディクトは、前のめりで膝の上に肘を乗せた。口を歪め、やや白目を剝いた上目遣いで、

「想像してみるがいい。君は気を失って、どこぞで介抱され、気がついた怪我人だ。長いあいだ意識が無かった。目を覚ませば、ここはどこだ、今はいつだと周りを見回す。自分の着ている衣服を確かめ、あるいは無精ひげの伸び加減を確かめるのに顔をこすりながら、起き上がり、時間と場所を推測する。君が仮に、誰かにこっぴどく殴り飛ばされて、気がついたときには今その格好で、ここに立っていたら？　その場その場の状況から、今居る自分の環境を把握するしかない。で、理解する。君の属する場所はここには無い。この世界ではどこに居ようが異邦人だ。次の行動を、君はどう起こす。自分の欲求や使命感、成さねばならぬ義務感を頼りに運命に従って進むばかりの筈だがな。俺は生前の、死ぬ前の事ならよく覚えている。マルグレーテ＝アンナと深い仲で居た期間や、同時にこの——シグモンド・ヴェルティゴと親交を深めた時期や。糸杉通り（サイプレス）の館の軒先で雨宿りをしていた物乞い同然の卑しい女が、ミュリエル・バランチヌという名だったことすらな」

ベネディクックはシグモンドに、チラッと挑発めいた目線をくれた。

エリオットが、ミュリエルという名前に胸打たれたように敏感に反応し、控えめにシグモ

ンドの顔色を窺うのが分かった。

──そうか……。ベネディックは、ミュリエルが献身的に、なんの得にもならぬのに切れた喉笛を死ぬまでふさいでやっていたと知らないのか──

シグモンドは氷のように冷えびえと、沈んだ深い水底に一人で居る心地がした。

「酔いから覚めて居場所が分からない時のようだって言いましたね？」

エリオットは毅然として、まるでシグモンドの代わりに立ち向かわんとするようで、

「あなたの意識が無いとき、つまりあなたの百パーセントの主観が緩むとき、目覚める前に《夢》を見ませんか。その《夢》はきっと誰かの夢と共有しているはずです。あなたが見る《夢》はきっと他人の夢のはず。人間が《漏斗の時間》を一〇〇％維持できるのは睡眠中に夢を見ている時だけです。だからあなたは人様が夢を見る最中、そこに根を下ろし、夢の持ち主の《漏斗の時間》に自分の時計をあわせ、この時空に具現化して存在できるだけの実体を得る。人間は、一生のおよそ三分の一を睡眠で過ごすんです。そのうち夢を見ない深い眠りが半分を占めるとしたって、相当の時間を、ぐるぐると夢の中で思考しながら生きている。あなたはヒモみたいに人様の夢に集って、エネジーを吸い取り放題」

「エリオット」

シグモンドは静かに首を横に振りつつ、口を挟んだ。

「万一、君の説が正しくて、またベネディックが夢を正確に覚えていたとしても、その夢が、いつの時代のターゲットの夢だともわからないんだ。こいつは記憶を時系列に並べなおせな

い。思いつきや気まぐれで印象に残る記憶をランダムに蓄えられるにすぎないから。論文は書けてもね、論文は議論をすればいい。物事を時系列に思い起こして論ずる必要はない。このつの覚えている夢は、六十年前、八十年前のターゲットの夢の中身かもしれない。また仮に現在のターゲットの夢としてもだよ、虱つぶしに人をあたって、同じ夢を見たかどうか、事実上、人様に聞いては回れない。たとえ聞いてまわれたところで、夢を見た当人がその夢を覚えている可能性も低い。エリオット、君の案は限りなく実行不能だ」

「違うんだ、シグ。ひっかかることが」

エリオットは、ひどくせがむような口ぶりだ。

「もしかしたら……。僕には心当たりが少し有るんだよ」

「――ベネディック。夢を思いだせるか」

シグモンドが問いつめかけたとき、

コツコツコツ

部屋のドアを叩く音がした。

Ⅳ:iii

ライオンオイル

ベネディクト・ヨンゲンがおもむろにドアを開けに立った。中へ通された人物に、エリオットは呆然となった。

「クリスティン！」

「あら――兄さん。先を越されたわ」

クリスティンは悪びれもせずに、本だらけの手狭な部屋を見渡した。燈油ランプのきな臭さと、煙草の脂がくゆっている。

「クリスティン、こんな所へ何をしに？　一人で来たのか？」

エリオットが駆け寄ったら、続いてトミー・コレットが入ってきた。ベネディクト・ヨンゲンはドアを閉める。

「トミー、君」

「エリオット！　きみの妹がついてきてほしいと頼むから一緒に来たんだ。どうしても行かなけりゃならない所があるって言い出したんで」

トミーは明るく嬉しげで、背後に立つベネディクト・ヨンゲンに振り返ると、礼儀正しく被ってきた帽子を取った。

「あの、はじめてお目にかかります。トーマス・コレットです」

ベネディクト・ヨンゲンは、まじまじとトミーを見返す。

「会えて光栄だ。トーマス・コレット……ヒックス家の遠い子孫の」

「ヒックス家！　あなたがたといるときに限ってよく聞く名前ですね！」

「俺はヒックス家と遠縁だからな」

「……あなたが！　それでヴェルティゴ氏がいろいろ御存知だったのかぁ。じゃあ、ぼくとあなたは遠い血縁関係なんですね」

「いや。ここまで来たら赤の他人だ」

と言い捨てて、ベネディクト・ヨンゲンが無作法に話を打ち切ったので、トミーは居心地悪げな顔をした。シグモンドは、騒がずじっと事態の行方を窺っている。ベネディクト・ヨンゲンは、聞き取りずらい抑揚で、

「シグ、彼らは君の差し金か」

「いや」

エリオットは尋ねた。

「クリスティン、どうしてここが分かったんだい？　ここに来るのは今日が初めて？」

「もちろんよ。きのうオーグスト・ヨンゲンがわたしにメモを渡してきた後、車に乗って帰るこの人の後をつけたの。わたしも車を拾ってね。転んでもただでは起きないわ、わたしは」

と、クリスティンは得意気にちょっと笑って、

「十一番地まで見届けたのはいいんだけど、戻り道が分からないから、泣きそうになったのよ。運転手がよく覚えていてくれたから助かったの。だからあんなに帰るのが遅くなっちゃったのよ、昨日の午後は」

「御用はなんでしょうかね。ミス・ボーデン」

「用なんてありませんわ。ミスター・ヨンゲン」

クリスティンは、きっちり手袋をはめたまま、手首に下げていた紺碧のベルベットとサテンを剝ぎ合わせた美しい巾着袋の紐を緩めた。中からオペラグラスでも取り出す気軽さで、高価な象牙と螺鈿の装飾が施されているナックルを――引っぱり出した。突起のついたそのナックルに人差し指を差しこんで、安全装置のレバーを下げた。

「――だめだよ。クリスティン」

「よせ。ナターリア」

「あぶないよ、きみ、そんな」

声を揃えて口々に皆で止めた。

クリスティンは、弾倉のない小さなピストルに指をかけたまま、たじろぎながらも苦笑した。

「駄目なのなんて分かっているわよ。でも、こうでもしなけりゃどうするの？　これ以上、わたし達にかかずらわないでほしいの、兄さんにもシグにもわたしにも、ついでにトミーにも。――ミスター・ヨンゲン、約束していただけるかしら」

クリスティンは真っ直ぐに敵を見据える。仏頂面のベネディクト・ヨンゲンへ、ピストルを両手で構え、前に突き出した。クリスティンの青い目の焦点は緑青の出た鏡さながら、ただベネディクト・ヨンゲンの姿を眼球に映していた。

「クリスティン、いけない。君が危ない」

エリオットは歩みよると、クリスティンのしなやかな背中に左手を添えて軽く引き寄せながら、右腕を伸ばした。ピストルをそっと奪い取った。クリスティンはエリオットの手にゆだねて、引き金からすんなり指をほどいた。

エリオットは安全装置を戻して、トミー・コレットにピストルを手渡しながら、

「クリスティンたら、無茶するね」

微笑みかけると、クリスティンも屈託なく笑い返した。エリオットが抱き寄せるままに、身を任せた。

「だってこの人――わたし達に助けを求めに来たんだわ。死にたいのよ。そういうのって厄介なの、兄さん知ってる？　事と次第によれば誰だろうと巻き添えにしたっていいと思ってる――」

エリオットは思わずシグモンドに目線を投げかけた。あまりに的を射たクリスティンの物言いに驚いたのだ。シグは黙ってこちらを見守る。エリオットは優しく呟きかけた。

「助けを求めに来ただとか、死にたいとか……なんで君に言い切れるの、クリスティン」

クリスティンは、エリオットの肩から頭を浮かして離れると、トミー・コレットに腕を伸べた。エリオットの肩越しから、トミーがおっかなびっくり実弾の装塡してあるピストルを紺碧の巾着へ押しこんでいるのを見て、心配になったらしい。弾を抜くと、袋を手にとって仕舞いこんだ。元のように紐を引っぱって袋の口をすぼませて、

「――だってそのひと、兄さんにそっくりなの。エリオット、あなたじゃなくて、死んだアンドリューが最後に家を出ていった時にそっくりなのよ。アンドリューがフランスに発ったのは、人を一人殺したから。……後を追ってすぐ死のうとしたけど死ねなかったんですって。殺してから後悔したのか、同意の沙汰で自分だけが死にきれなかったか、わたしは知らないわ。子どもだったもの。ただ相手は女性じゃなく、男の人だった。……父はとにかく事故に仕立てて、アンドリューをフランスに追いやったわ。事の熱(ほとぼ)りが冷めるまで、夜遊びや女遊びでお金を湯水のように使っても構わないからと。アンドリューが立ち直るように。スキャンダルも警察沙汰も面倒だったし、送り出したわ。そのとき」

――神様のいるところに僕を連れていっておくれクリスティン。

それがこの地球上のどこでなくても構わない。追いやっておくれ、クリスティン――

「連れていっておくれと縋(すが)られた時にはゾッとした。アンドリューは誰かと一緒に死ねたらいちばん幸せなんだって気付いたわ。場合によってはわたしを巻き添えにしたっていい。あの暗く思いつめた鋭い目つきにそっくりよ。憂鬱な憤怒だわ。忘れないもの。わたしはね、人の巻き添えを喰って殺されるだなんて、まっぴら御免なのよ」

クリスティンは凛として真っ直ぐな物言いだ。エリオットはクリスティンの、歯に衣(きぬ)着せぬ本音で正直な言いぶりを、とても好ましく受け止めた。

「いいわ帰るわ。わたしよりも、兄さんとシグならうまく話を付けられるのね？」

クリスティンは言うだけ言うとすっきりしたらしく、ベネディクト・ヨンゲンを真顔で不(ぶ)

躾(しつけ)なほど凝(ジ)ッと見上げた。

「ではミスター。二度とわたし達の前に無断で姿を現さないでくださいな」

ベネディクト・ヨンゲンは無言で、むっつり真面目くさった仏頂面でいた。

「行くわトミー、行きましょう。付き添ってくれて有難う。――じゃあ兄さん、先に帰っているわね、家で夕食まで待ってるわ」

クリスティンは、ひらっとした足どりで裾を波立たせてエリオットに向き直ると、はにかんだ。

「すぐに帰るよ、クリスティン。――じゃあトミーも」

「うん。また。エリオット」

ドア先でエリオットが帰る二人を見送っていると、背後でシグモンドがそそくさと何やら支度を始めた気配がした。エリオットは振り向いた。

シグは懐から黒い革のペンケースを取り出していた。ケースの中身は注射器である。

シグモンドは慣れた手つきで注射針を注射器にとり付ける。小さな硝子(ガラス)製のアンプルと、鑢(やすり)を取り出した。アンプル内は無色透明の液体が波打っていて、シグはアンプルの繋ぎ目部分を、鑢の縁で擦(こす)ると、白いハンカチをあてがい手際よくポキンと手折った。注射針を中に浸し、一気に液体を吸いあげる。

エリオットはノブに手をかけたまま、ドアを閉めるのも忘れて、シグモンドの一連の滑らかな作業の美しさに見入った。

「能がないな、シグ。また劇薬のストリキニーネか？」

ベネディクト・ヨンゲンは白々と眼を剝いた。皮肉な嗤いが頰にうっすらと鈍く奔った。

「いや。エリオットを死なせたくはないのでね。だいたい貴様はまだ命日ではない。十二日の前に殺しても、どうせまたすぐに現われよう？」

「ラウダナム？」

エリオットは遠巻きで声をかけた。

「ああ。阿片チンキの類だよ」

「シグ、あなたいつもそんな物騒な薬を持ち歩いていんの」

「いつもじゃないよ」

シグはあくまで淡々として、ベネディクト・ヨンゲンに差し向かった。しんねりとした眼差しを注いで、

「すこし眠っていてほしい、ベネディック。多幸感に包まれながらね。いいかい」

「さっきの続きは——？　夢を思い出せるかと、訊かないのか」

「思いだせるのか」

「いや」

ふてぶてしくもベネディクト・ヨンゲンは、自分で袖口のカフスを外し、コツンと机上に据えて置いた。片腕を剝き出しにして、差しだした。

速やかに注射を施すシグモンドは、光の加減か、病気でむくんだ後さながら悄然と、鬱積

した傷みが進行したように荒(すさ)んで見えた。

「ベネディック、そこのカウチで横になっておいたほうがいい」

それを聞きつけてエリオットは、カウチを埋め尽くしている本を、慌てて牀(ゆか)へと抱え下ろしながら、

「シグ、ひょっとしてあなたは勘違いをしちゃいないか」

「なにを勘違いしているって？　エリオット、それが済んだら君も座って、休むんだよ」

シグモンドはうんざり嫌気が差したように目を伏せたままで、注射器をケースに仕舞う。

ベネディクト・ヨンゲンの弛緩しつつある瞳孔は、シグモンドの影がフロアを這って移動するのを不可思議そうに追っていた。エリオットがカウチをあけると、大人しく寝そべった。とたんに深く吐息をついて昏倒、夢うつつである。

エリオットは、フロアに積み下ろした本を倒さぬようにして、開け放したままだったドアをようやく閉めに立った。

「僕を死なせたくはないって、今さっきシグは言ったよね？」

シグモンドが顔をあげて、エリオットを見た。

いきなり階下で地響きが鳴った。

階段だ。悲鳴は聞こえず、誰かが搬入物でも転がり落としたような場違いな轟きだ。

閉めかけたドアを開けて、エリオットが飛び出したところに、トミー・コレットが牀板(ゆかいた)を打ち鳴らすような靴音で駆け上がってきて、

「エリオット！　大変だ彼女が転がり落ちた！　階段からクリスティンが」

エリオットは、トミー・コレットが言い終えるより早く階段を駆け下りた。


「目が覚めたねクリスティン。君は階段から落ちたんだ」

クリスティンの手袋を脱がせて、そっと手だけを握っていたエリオットは、めいっぱい笑いかけようとしながら泣きそうである。だからクリスティンがエリオットに真顔で、だしぬけにこう聞き返したのも無理はない。

「そんな顔しないで兄さん。……わたし、死ぬのかしら」

「手足の感覚はちゃんとあるかい？」

クリスティンは、束の間びくりと怯えた顔つきになったが、つとめて神妙で、

「感覚ならちゃんと有るわ。起き上がったらだめ？」

「いいよ。だいじょうぶだね。ゆっくり」

エリオットは、クリスティンの背中とカウチの間に腕をさしこみ、起き上がるのに手を貸して、シグモンドはそんな二人を見守りながら、消極的に立ち会っていた。シグモンドが、医者を呼びに行こうとしたのを遮って、エリオットが、要求するように引き止めたのである。いいからシグ、ここに居て。クリスティンの倒れた理由なら憶測がついている。お医者でどうにか手を打てる話とは思えない。

「こぶが出来ているみたい」

クリスティンは自分の頭の側面に手をやってから、袖口のボタンを外し、まくりあげた。

「ほらやっぱりだわ」

肘の真ッ赤な打ち身を見せた。

「足も挫いたみたい、膝も、肘も、挙句にほかにもなんだかあちこち痛いのよね」

「手当てをしよう。無事なのは良かった」

「ここはどこ？」

「シグの仕事場だ。オーグスト・ヨンゲンのオフィスの真下」

クリスティンは、起き上がったカウチの布地に手を這わせ、撫でながら、

「わたし達を吹き抜けのある石造り館に住まわせて、あなたはひょっとしてこんな天井の低い一室に暮らしてるの？」

シグモンドが答えるより先に、エリオットが失笑しながら優しく、

「このへんは市街地の裏道だから手狭なんだ。それに此処はシグの仕事場だよ。——そうだシグは、家はこの辺？」

「四番街のヴィクトリア・イン」

シグモンドは救急箱をエリオットに手渡した。エリオットは妹に跪きながら、靴を脱がせる。救急箱を開けて、まるで何事もない素振りを通すつもりだ。そらぞらしくも気楽な口ぶりで、

「ねえ、シグ。ヴィクトリア・インってさ、ここいらじゃすごく由緒正しい、立派な老舗の

サヴォワ風五ツ星ホテルだろ？　シグはホテルに幾年も暮らしているの？」

「初渡英で泊まった時に滞在したのが、きっかけでね。以来。晩春には中庭の藤棚が——それが今じゃ見事に枝を伸ばしていて」

「へえ、そう」

エリオットは、妹の膝と肘に、膏薬を塗りつけて、手早く手当てを済ませると、

「立てるかい。気分は悪くない？　吐き気は？」

「大丈夫みたい。平気よ」

クリスティンはゆっくりと立ち上がって壁の時計を見た。

「その時計、あってるの？」

「ああ。気絶していたのは、ものの一時間足らずだよ」

脳震盪で小一時間も気絶していたら上等な方だが、エリオットは殊更に安心ぶる。クリスティンに肩を貸しながら、するとクリスティンはエリオットを引き止めるように立ち止まった。

「思い出したわ。オーグスト・ヨンゲンの部屋を出てからすぐにわたし、酔ったみたいに目が回ったの。宙を浮くような酩酊感よ。いったん踊り場で立ち止まってみたら良くなった気がして……立ち眩みね。気分は悪くなかったの。啖呵を切って、気がかりが失せたせいかしら。足取りもかろやかに、足を進めたはずが階段を踏み外してこのざまね」

「そんなふうに言うんじゃないよ、クリスティン」

「なぜ？」

「なんでもさ」

と、優しい口調でエリオットは小さく首を振った。

シグモンドは、丁重に口を挟んだ。

「ナターリア。こういうことはしょっちゅうあるの」

「いいえシグ。まったくの初めてよ。やんなっちゃうわ。あなたにまで心配かけたなんて、ごめんなさい」

謝るべきは或いは自分ではなかろうか。シグモンドはクリスティンを遠巻きにして、やわやわと胃から竦むような疚しさに蝕まれていた。ベネディックは三階のカウチに置き去りにしたままだ——無言で渦巻く不協和音めいた曖昧な胸騒ぎを覚えていた。「大丈夫だと元気な姿をトーマスに見せてやったら？」

「そうだよ、クリスティン。トミーはドア向こうで待っているよ。ずいぶんと動転してね、おろおろしっぱなし。居ても立ってもいられないで、外の空気を吸いに出たっきり。分かるけどね。クリスティン、みんな慌てたよ」

シグモンドが部屋のドアを開けると、トーマス・コレットは階段につながる手すりへ背をもたれ、廊下で足を投げ出して地べたに座っていた。力尽きたように呆けていたが、ドア先にクリスティンを見つけた途端に、パッと安堵の色が差した。壁際に放っておかれたあやつり人形が、糸操りを一斉に吊りあげられたように、

「気がついたんだね！　良かったよ」

跳ね上がってそそくさと、クリスティンに駆けよった。

クリスティンが手袋をはめるのを待って、エリオットは弁えたように、閉じた雨傘の柄をクリスティンに差し向け、またポケットからメイプル・ドライヴの館の鍵を取り出した。

クリスティンは、大きな瞳を瞠った。（……シグモンドですら、エリオットは怪我したクリスティンと一緒に帰るだろうと見越していたのだ。）クリスティンは、たちまち、たまらなく心許なげに、それでも寄越されるままに大人しく傘の柄を握った。杖のように雨傘を突いてから、追いすがりたげに兄を見上げた。

「先にお帰り。クリスティン。僕はシグと用事があるから少し遅くなるかもしれない。だから夕食は待たないで。先におあがりね。全部鍵を閉めて早く休むんだよ。いいかい？」

「――ええ。わかった待たないわ。あちこち打って痛いから早く休みます。鍵なら、わたし自分のを持ってきてる」

受け答えとは裏腹に、クリスティンはエリオットを連れ帰りたげだった。靴底のヒールが高いクリスティンは、シグモンドとほぼ同じ目線の高さで、無言でこちらを一瞥した。あなたの目論見に兄さんを巻きこんで無理強いしないで――

手袋から片方、ほっそりとした手を引きぬいた。凶暴なしなやかさで、胸倉を掴むかわりに、襟元を正してくれる撫でる手つきをして、シグモンドの上着の襟の縫目に手を伸ばした。脅迫まがいの前戯さながら丁重な手つきで指先を走らせるクリスティンは、威嚇に満ちていた。

シグモンドは、クリスティンに襟を押さえつけられ、襟の縁をやんわりとめくりあげるように指先でなめらかにしごかれながら、

「――ナターリア、すまない」

「シグったら相変わらず、ぬかりなく用心深い呼びかたをなさるのね」

クリスティンはかろやかだった。口先だけで笑ってみせた。挟み上げたシグモンドの襟をすんなり寝かせ、淡白に撫でつけた。不安げな面持ちで、エリオットを託すようにシグモンドを見据えた。スッとしなやかな指を引っこめて、手袋をはめ直しながら、

「ここから先はトミーの肩を借りるわね」

否応なくトミーの手を借りると、危なっかしげに階段を下っていった。

二人の靴音が今度はちゃんと階段を降りきった。エリオットが扉を閉めるのを待って、シグモンドは悲しく誘惑するように切りだした。

「……なぜあの子は倒れたんだ。エリオット」

「よりにもよって今ここでね」

乾いた口調で言い放ちながら、エリオットはドアの内側に背中をもたせて寄りかかった。

「エリオット。なぜあの子が倒れたんだ。……君でなく」

「僕じゃなくて、クリスティンなんだよ。シグ」

「まさか――なぜ」

「そうだよシグ。さっきから僕の心当たりとは、クリスティン。こうなってみるまで、だけど単なる思い込みかもしれないって——。ベネディクト・ヨンゲンの前で、軽率に口に出したらいけない気もしてたんだ。逆に訊くけど、じゃあベネディクト・ヨンゲンが昏睡の針に屈したとたん、どうしてクリスティンはいきなり倒れた。なんの前触れもなく……」

凍えたきびしい声色で、精いっぱい気勢を張って真っ直ぐに立ちながらエリオットは、

「ねえシグ、今日は五日だ。なんとしても来たる十二日に、クリスティンを死神オーグストの道連れにさせるわけには行かない。十二日まで一週間足らずだよ。このまま十二日が過ぎるまで、ベネディクト・ドッペルゲンガーを一週間ほど麻薬漬けにして眠らせて？　自殺をさせずに過ごさせれば、ドッペルゲンガーは自然と姿を消すだろうか？　また四年後に姿を現すかもしれぬにせよ。ひとまずクリスティンの実体は百パーセント解放される？」

シグモンドは、エリオットにきちんと目を合わせられなかった。

「君はなぜ、ベネディックの《実体の苗床》があの子だとわかったの。エリオット」

「実体の苗床だなんてわからなかった。ただ、あの子はまるで、奴にとり憑かれているみたいだって、ゆうべから僕はずっと割りきれない感じがしてた。だって用もない、好きでもないのに。単にいけない好奇心にしては、面識もない奴の言うなりで、盲目的に迷いもなく——クリスティンはオーグスト・ヨンゲンにわざわざ会いに行った」

エリオットは、日暮れに教会の尖塔へ群がりよってくる鳥たちの暗い影のような……いろ

いろの悪い妄想を、払拭したげに、過剰に歯切れ良く、まくしたてる口ぶりで、

「クリスティンが告白したんだ。郵便受けに無記名のメモが入っていたとき、オーグスト・ヨンゲンからかもしれないと過ぎりもしたって。クリスティンは奴の筆跡をそのとき初めて見たのにね。クリスティンは、奴の容姿や風貌を全く知らなかった。だからわたしはオーグスト・ヨンゲンを知りもしない、論理的には、やっぱりわたしは出向いた先で行き会ったにすぎないと言い張って……僕はその弁解を聞いた時、奇妙な気がしたんです」

「奇妙？」

「クリスティンが咄嗟にメモの差出人をオーグスト・ヨンゲンだと断定できる理由は？」

「メイプル・ドライヴの家を訪れるのは、私か、家政婦か、トーマス・コレットくらいだから、ほかにあの子が誰かと思って、会うなと言われたオーグスト・ヨンゲンかと疑ってかかるのは真っ当な推測では？」

「でもクリスティンの父親だとか、教育係のフランツだとか、あのへんが手配したボーデン家の手の者が、クリスティンを探し当てたと思ってみてもおかしくない。僕が気づいて、あの子を別の場所に連れて逃げないように、奴ら、クリスティンだけを連れ出す魂胆で、郵便受けに呼び出しのメモを入れたとも考えられるよ。けれどもやはりあの子は真っ先にオーグスト・ヨンゲンかもしれないとだけ思った。もちろん全ては事後報告だから、あの子は僕になんとでも言える。気付いていた、わかっていた、実は薄々、確信していた——だけどそんなことを僕に言えば言うだけ不利なのに」

「不利ね」

「僕の信頼を裏切る真似をしてまで、オーグストに会いに行ったと言い募る必要がどこにある？　僕は最初クリスティンから打ち明けられたとき、まんまと裏切ってやった、決別だと宣告されたのかとすら感じたんです。でもクリスティンにそんなつもりは毛頭無くって、僕に対して、ただ、ひたすら正直であろうとしたみたいでした。だから僕は頭を悩ませた、論理的な立証は不可能でも、実のところクリスティンは確信できたなんて、理屈に合わないって」

「説明のつかない確信というのは結構あるよ。エリオット」

「そうさ、人には直感がある。でもそれは本能的な危惧感が働くからだ。極端に高いところ、異常に鋭角な先端や、濃い暗闇……度合いの違いこそあれ、その手の、人が共通していだく乱暴な恐怖感で、危険を敏感に察知し回避する自衛本能が直感だもんね。災いを避けて恐怖から逃れる信号だ。――オーグスト・ヨンゲンの字だと思って、あの子が躱したなら話はわかる。だけどクリスティンはそこでわざわざ会いに行った。クリスティンが会いに行ったと証言しなければ、わざわざとは論理的に決して立証できない行為で、クリスティンは奴と会った。勘が良いのともまた別だよ。勘が良いってのはさ、一般には人が見落とす文間を読み取る技だ。シグや、ベネディクト・ヨンゲンが、僕のあんな短い小論から、時間感覚の欠落を見抜いたような。

だから僕は、クリスティンは頭のどこかで既にオーグスト・ヨンゲンを知っていたんじゃないかって疑ったんだ。でも、どうやってさ？　クリスティンの――論理的立証は不可能な確信――について、僕はゆうべからずっと引っ掛かってた。それが今日、シグや、オーグスト……ベネディクト・ヨンゲン当人と話を進めているうちに、僕は」

どんな些細な情報でも、きっと妹を救い出す手がかりになりうると、エリオットの気迫は痛々しかった。シグモンドは、さも誘導するあてがあるかのように問いただして、曖昧な期待を与えて、後ろめたかった。

「今ならわかる。シグ、前々からあなたは漠然と、ベネディクト・ヨンゲンの次なる餌食は僕かと目星をつけていたってね。だからシグはメイプル・ドライヴに僕を匿う準備を整えてた。奴には会うなと僕に堅く約束させ、その上たびたび忠告した」

「私のまわりでベネディックが出没するとき、死ぬのは必ず私の顔見知りだ。奴に姿を見せるなと決別して、実際、姿を見なくなってからも、だから私は用心深い隠遁暮らしから脱けきれずにいた。そのはずが、事もあろうに今回私は既に君に名刺を渡しにいっていた。君と面識を持っていた。君は今回ベネディクトの標的の範疇に入っていた。おまけにベネディクトは俄然、君に興味を抱いて、助手に雇う手筈を整えたりと、君に接近しだしたんだ。それにエリオット、君の時間感覚の欠陥ときたら……なるほど実にあいつの好みで」

「眠りながら、クリスティンは僕と夢を共有できたら――僕と同じ夢を見られたらどんなに素敵だろうにって打ち明けたんです。夢の共有、主観の度合い……すべてを兼ね合わせて、符合が一致するように、標的はクリスティンだ。……今にして思えば、クリスティンはあなたをまだ良く知らないうちから、妙な自信であなたに関して知った口を利いたよ」

《すげなく人の末期の願いを聞き捨てそう》

「僕は些か同意しかねたけど、そのときの僕はまだ、ベネディクト・ヨンゲンの死についてよく知りもしないで。でも思えば、決めつけるにしたってあんな台詞、普通どこから出てくるんだ、あの子はどうして言えたんだ。人の末期の願いをすげなく聞き捨てるだのってさ――

――？」

わかった、もうこれ以上とやかく根拠を導きだし眼前に並べたてないでほしいエリオット。シグモンドは祈る心地だった。エリオットがこれでクリスティンを失えば、自分はもう誰の慰めも抱擁も受け入れられない。誰に、慰めも抱擁も与えられまい。

エリオットは静寂のきっかけを恐れんばかり、途切れなく一生懸命うち明けた。シグモンドは、エリオットを振り切れもせず、宥められもせず、誠実であろうとすればするほど無力に甘んじて、寡黙にその場を耐え忍んでいた。

エリオットは、ふと言葉が尽きた。二度と声が発せなくなったみたいに、ビリビリッと小刻みにわななないて、血管に電流でも流れこんだような顫えをこらえる。すがりつく目線を投げかけてよこし、お互い鏡面に差し向かうように、シグモンドはただ立ち竦んだ。

そのとき天井で、亀裂が輝入るような不穏な足音が軋んだ。

シグモンドは、エリオットの脇をぬって扉を開けた。三階に駆け上がりかけた。その上腕を引っつかまれて、

「――シグ」

エリオットが新たな怯えに強張っていた。ベネディクトに気取られまいとする殺気立った小声で、「どうしてだ？　ここの真上はベネディクト・ヨンゲンのオフィスじゃないか」

薬は作用を示すだけで、当座しのぎの役にも立たない。

いつだってベネディックは介在するだけ――。

（奴の肉体が受けつけない常軌を逸した圧力は、生死に関わらず、ホストたるクリスティンに悪影響を及ぼすのみなのか）

「ミスター・ヨンゲン。あなたが死ぬとクリスティンが死ぬんです。僕の妹が。だからあなたに死なれては困る。どうか死のうとしないでほしいんです」

「エリオット・フォッセー、君は取り違えているな」

ベネディックは寝起き特有の憮然たる面持ちで、書斎机の椅子に深く腰をかけていた。肘かけに両手を据えながら、薬自体は完璧に抜けているらしい。苦りきった失笑を皮肉げに浮かべるベネディックは、翳が重苦しいかつての実直な男とは程遠い。引き歪んだ陰惨な落ち着きがあった。

「エリオット・フォッセー。君の動機や欲望の数々は、単に精神の望む純然たる欲求だけか？　君も、この人を食ったようなシグモンドも、生命体である以上、肉体が望む本能があるだろう。たとえば睡眠欲、あるいは食欲。いくら気合で生理的欲求に流されまいとしても、一時的にはどうであれ、結局は逆らいきれない。なにしろ精神活動とて、肉体活動の一部にすぎない。逆らいきれば死に至るだけだ。睡眠欲、食欲と並んで、肉欲……性欲も或いは根源的な本能かもしらんがさ。ただし性欲は、こらえきったところで単体の死とは結びつかんから、あらがえぬ餓(かつ)えとしては不十分だ。人類総出でいっぺんに性欲を抑圧すれば、種がついえて滅びるから、生命の根源的な本能のくくりに違いはないがな、単体レベルでいうならば、性欲は生命維持に重要な欲求ではない。だからまず本能的な欲求と聞いて、肉欲程度の枯渇感を思い浮かべられては困る。飯を食わなければ飢え死にする。睡眠を妨げる拷問は、最も苛酷で非情だと悪名高い。が、性行為を禁じても死なないどころか拷問とさえ呼べんから。性欲に禁欲的な聖職者は概してみな長生きだ」

　ベネディックは、一定のトーンで呟くようでいて、わずかに熱意とも興奮気味とも取れる語気の強さが残っている。不整脈の鼓動のように時おり声音が埋没して聞き取りづらくなる分、聞き手は思わず前のめりで一心に耳を傾けがちになる。ベネディックの無言癖は昔から極端で、語りだすと急変して、熱っぽく弁を振るった。吸引力のある独特の話しぶりを、生前より相変わらずいまも健在に保ち続けていた。

「エリオット・フォッセー。君は、勉強中に眠たくなったら、眠りたくないと最初は抗(あらが)うかもしらんがさ。最終的には、ああ眠りたいと、精神が肉体に頽(くずお)れて、眠りに落ちるのを己に許さぬわけにはいかなくなる。そいつを無理に揺すぶり起こし、あるいは君を板に括(くく)りつけ、まなこをつまみ上げると、決して閉じないように縫い付け、でもなお意識が眠気にしずめば頭につけた脳波装置が察知し、両耳の穴に押しこんだコイルが口から血反吐を吹くまで高圧電流……。随分ひどい手段だと思わないかね。幾日も、幾日間もだ。窓のない地下室で休みなく。——想像したまえ。そんな目には誰しも遭いたくないものだがね。

エリオット・フォッセー、君が俺に頼んでいるのは、まさにそれだよ。君は人間だから、こちらの苦痛は理解できんだろうがね、俺が自分の生前を思い起こして分かるように説明するとだ。まさに君は俺に息を止めよ、飯を食うな、一生眠るなと生命維持に必要な欲求を妨げようとしている。人道に悖る拷問をしかけているに過ぎんね。

シグの話によると、俺はベネディクト・ヨンゲン男爵の死に切れなかった影だそうだが、俺の正体が何者かなんぞさして問題じゃあない。先決問題は今、げんに俺がここに存在している事実だ。まさに〝Quid est veritas? → Est vir qui adest〟——真実とは、目の前に在る、此処この人物——。俺が死ぬのは、俺のせいじゃない。君の腹が減るのは君のせいじゃないようにだ。べつに俺は選んでここに居るわけでもない。死にきる意識だけが俺の主観の軸、死本能だけが俺という異質な生命体の存在意義なんだよ。無自覚の発想だろうが、意識下の衝動だろうが、すべてはこの異質な生命体が俺に下す命令だ。その意志を自分で制御出来ようもんならば、もともと、彼方者と成り果ててまで此の世に舞い戻ってやしないがね。仮に万一、死にむかう意識を放棄できたとしても、俺に生き続ける道は無し——。シグのおかげで実験済みだ。とすれば尚更——」

不意に暗闇でそっと肩を叩かれたかのように、エリオットは向き直った。シグモンドはまっすぐ答えた。

「ああ。十回目の十二日だったよ。訪ねてきたベネディックを、私は木に縛りつけた。身体の自由がきかぬように、手足も縄で括りつけて。舌を嚙み切らないよう猿轡もした。私が危害を加えずにおけばどうなるかを試すために。殺さぬと言えば自殺するかもしれないとは当然考慮に入れていた。こいつが私の目の前で、アスコットタイで首を括って見せる四年前ではあったけれどもね。こいつは大人しく縛られて、あとは私が手を下すのを待っていた。そこで私はやっと、一切の手を下さないと伝え、こいつは実に恨めしげに私を見上げたよ」

「……で？」

「俺は目玉が跳び出て、舌が裂けて、体が血しぶきをあげて潰れたのさ」

と、ベネディックは全く他人事のように説明して、珍しく楽観的でさえあった。不敵な陰鬱の押しこもった目つきをしていた。

「自然と？」

「シグが手を下したわけでも、俺が仕組んだわけでもない。だが俺はまるで殴られ踏みつけられる激痛に身もだえして血を吐いた。シグは慌てて俺の猿轡を外した。咽喉を詰まらせては困ると思ったのだろう。抜けた歯に混じって、真ッ赤なつぶつぶとした吐瀉物が、血の粥のように口の端からこぼれ出た」

シグモンドは黙ったまま、エリオットに目線で肯いた。ああ本当だよ。

「いくら俺が身を捩じらして、手の爪が全部剝がれるまで血みどろで木を削り、のたうち回っても、痙攣する咽が鳴って、鼻血まみれで呻きをあげても。シグはあくまで少し離れて黙ったまま、俺を見守らんとしていた。――結局は、もがき苦しむ俺の姿を放っておけずに撃ち殺したがね」

指でピストルの形をつくると、ベネディックは人差し指の銃口を眉間に当てて、自らを小突くジェスチャーをしてみせた。エリオットは、そんなベネディックから眼を背けると、シグモンドに目線を投げかける。

シグモンドは、エリオットの問わんとする所がすぐ読めて、補った。

「ああ。――当時、私は鳥を追ってニュージーランドにいたんだ。近くに行きつけの店があった。雑貨屋で、店の主人とは顔なじみだよ。その店屋が襲われた。店主は金庫の番号を白状しなかった。柱に括りつけられて、なぶられた。複数の男から数時間にわたってのリンチだよ。しまいには白状しようにも喋れないまでになった。顎が外れて、目玉が跳び出て、舌がちぎれ、耳がもげかけた。数時間後、強盗は結局金庫をこじあげた。頑丈な金庫で、ライフル銃でなんべんも鍵穴を撃ってようやく壊した。金庫に跳ね返った弾丸の一つが、店主の眉間を撃ち抜いた。強盗は後日つかまって、すべてを白状したのだよ」

「……どういうこと？」

エリオットは、いったんベネディクトへと振り返ってから、また、

「どういうことさ、シグ」

「原因と結果の因果関係とは言い切れないんだよ、エリオット。ベネディクトの死と、切り

離せない標的の死は、因果関係ではなく、むしろ相互関係だ。ベネディクトが死ぬからターゲットが死んだというより、ベネディクトはその時に死ぬべき運命の者を」

「だったら……！　だったら、あんたは本当に死神だ」

エリオットは、ベネディクトに向き直ると、空気の薄い高台で口を利くかのように、喘ぎ声を絞り出して罵った。

これ以上この部屋に長居は無用だった。シグモンドは外套に袖を通すと、ベネディックの机の上に先ほどから広げたままの、十枚の紙片をおもむろに掻き集めた。エリオットは、悲嘆の影に縛られながらぶつけようのない怒りに追いこまれて、呆然とシグモンドの手元を目に映していた。

† I saw I was I. †

† No, it is opposition. †

† Was it a bat I saw? †

† Lion oil †

† God damn! Mad dog. †

† Don't nod. †

† Live evil. †

† Do, O God, no evil deed,
live on, do good. †

† Dogma: I am God †

† Was it a car or
a cat I saw? †

「……ライオンオイル……」

紙片の字面を虚ろに追ったまま、エリオットが声を漏らした。

「シグ。これ全部、回文か……」

そうだ。綴り文字の左右の並びが対称で、頭から読んでも、末尾から読んでも、全く同じ文章になる。呪文のごときその回文を、シグモンドは重ねて札びらのように筒状にまるめた。外套のポケットに突っこむと、かわりに革手袋を引っぱり出した。

その拍子に、ごつんと固い音をたてて、まるい林檎がポケットから跳び出て牀に落ちた。今日の午後、エリオットが放ってよこした林檎である。ミュリエルの日傘が《刺繍の庭》で転がって揺れながら止まったときのように、林檎はいびつに揺れ、エリオットの足下にたどりついた。

エリオットが渋々と林檎を拾い上げかけた。身を屈めて林檎に手を伸ばした。そのときなにか胸騒ぎめいた一瞬をじっくり噛みしめるみたいに、エリオットは、ぎこちなく手が止まった。

シグモンドは子供の頃、外一面の雪景色を目のあたりにする直前に、緞帳の手前で既に、異様な静謐を湛えた外気の仄あかるさを、そうとは知らずに察知しながら、奇妙な違和感として覚えた。そんなふうに、得体のしれない清廉無慈悲な未来への期待が、かすかなわだかまりとなって、ゆらり——胸中で頭をもたげた。

エリオットは、まだらに滲んだ赤い林檎を手で拾いあげた。身を起こすと確かめるようにこちらを見やった。

「シグ」

エリオットは物言いたげに林檎をよこした。

（……そうか）

シグモンドは、エリオットから渡された林檎を素手に受けとりながら、手の内で一度弾ませた。手の上のまるい手ごたえを掴み取って、

「逃げるのか――」

「うん、逃げるんだ。みんなして。魔の十二日の夕方が来る前に」

エリオットは、謙虚な自信がチラついている。ベネディックへと向き直り、

「もちろんあなたも僕らと一緒に来るんですよ。回る地球と時差の旅、こうなったらぐずぐずしていられない。僕とシグとクリスティンとあなたの四人で逃げるんだ」

「当方、罪人は君ら名探偵に従うとも」

ベネディックはことさら殊勝げな語気で述べた。お手並み拝見と言わんばかり、エリオットの肩越しからシグモンドに、煤けた目つきをよこした。

挑戦じみた眼差しを、シグモンドは黙って受け止めた。

Ⅳ：iv　帳尻が合えばいい

シグモンドはエリオットと一緒にいったんメイプル・ドライヴの館に引き上げた。二人で綿密に計画を詰めることにしたのである。

エリオットは夜更け特有の熱した回転の速さで、シグモンドに詳しく説明しだした。

「僕らのいる英国全土は、ロンドン時間が基準になっている。ロンドンはグリニッジ、国際標準時間の起点で、経度〇度だ。こいつは話が早いよ、シグ」

あくまでやはり十二日から逃げ切る寸法なのである。シグモンドは、そっと異論を唱えた。

「我々の現在の交通技術では、十二日の太陽からとても逃げきれないよ。エリオット」

「知ってるさ」

と、エリオットは頼もしく言い返す。

「なにしろ去年の五月にアメリカ人が大西洋を横断したばっかりだろ。スピリット・オヴ・セントルイス号のリンドバーグだ。ニューヨークからパリまで無着陸横断飛行で、かかった時間がだいたい三十三時間三〇分。人類史上初の記録だ。忘れないよ。飛行機を使った最速で三十三時間半」

ニューヨーク――パリ間の経度の差はおよそ七十五度、とエリオットは、暖炉前のテーブルいっぱいに、大きな世界地図を広げた。

「地球が一回自転をすると、一日が過ぎる。三六〇度回転するのに二十四時間かかるわけだろ。一時間で経度十五度ぶん回っている計算さ。地球は西から東に自転しているから……シグ、さっきのリンゴ、まだ持ってる？」

シグモンドはポケットから林檎を取り出すと、地図の上に置いた。エリオットは林檎へと、やや屈みこむように身を乗り出し、

「リンゴのこの飛び出た芯を北極点として、芯を軸に地球はこう左回りに西から東へ自転してる」

わかる？

といいたげに見るから、

「ああ、わかるよ」

「シグが太陽だとする。シグから見て、地球は西から東に自転しているね？　で、リンゴの僕からみると、太陽のシグが東から西に動いて見える」

「だから、東から陽が昇って西に沈むわけだね、わかるよ」

と、再度シグモンドはエリオットに頷いて見せた。

「そうシグ、そうなんだ。地球から見て太陽は東から西へ、二十四時間で一周、一時間で経度十五度ぶん進んでいる。地球は経度十五度ごとに、一時間の違いがあるのさ。経度〇度のグリニッジが真っ昼間で正午なら、そのとき東経十五度地点では午後一時。西経十五度地点

では午前十一時の傾いた太陽を拝めるってわけさ。そいつが時差だ」

エリオットは林檎を指先で突っついて一部を指した。

「もしも僕らが時速・経度十五度分より足が速けりゃね。地域ごとに発生する時差を利用して、追ってくる十二日の太陽から逃げきれるんだけど。十二日の日暮れ時が来る前に、地球の自転速度よりも速く、東へ逃げればいい。足が速すぎてもまたダメだけど。速すぎると、なにしろ地球はまるいからぐるりと一周して十二日の日暮れ時にいきついちゃうからね。でも今の僕らの交通技術では、まだまだこの心配は御無用だ。それどころか現在の人類の交通手段では、ニューヨーク・パリ間の七十五度を、三十三時間半で飛行するのがやっとなんだ。太陽から逃げるには、最低でも一時間に経度十五度、移動しなくてはならないのに、一時間に経度二度ちょっとしか動けない寸法だよ。このやり方じゃとうてい十二日をやりすごすのに間に合わない。——わかってる」

エリオットは自らへ念を押すように呟いた。

「真っ当な方法で太陽の先回りをする技術はまだ無い。だから方法は一ッしかないんだ。裏をかく。文字通りに。ベネディクト・ヨンゲンの所に乗りこむ道中、シグが僕に勧めたように」

と、エリオットは暖炉のマントルピースの中央にある置き時計が、午前二時過ぎを指しているのを確認しながら、疲れ目をこすりつつ笑みを浮かべてみせた。

「裏をかけって？　エリオット」

「ああ、言ったよ。シグは、ことが起きるにあたっての先回りは出来ないが、裏をかけるかもしれないって」

「私はベネディックの裏をかけるかもしれないと言ったんだよ」

「同じことだろ？　この場合」

シグモンドに覚悟を決めろと暗に促す口ぶりで、黒目がちのエリオットの灰色がかった青い眼差しが、真摯に向いた。

「十二日に災いが起こる。シグの身近な人間に降りかかる。それはあくまで十二日。シグが欧州に居ようがニュージーランドに居ようが、十二日にベネディクト・ヨンゲンは、シグを見つけに来ては災いの元となったね？」

　確かにそうである。

「シグ、もしもベネディクト・ヨンゲンが、もともとの自分の死を再現する目論見（もくろみ）だけでやって来るなら、例えばシグがニュージーランドに居たときには、奴はシグの前に十三日に姿を現した筈なんだ。ベネディクト・ヨンゲンが死んだ十二日の日暮れ時は、ニュージーランドでは十三日の早朝に当たるから。だけど奴はニュージーランドでも十二日の定刻にやって来たんだろ？　シグがどこに居たって、いつでも十二日の午後に来たんだろ？　とすると問題は十一月十二日という巡りにあるんだ。ベネディクト・ヨンゲンの死と、ターゲットの死を関連づける起因（エイジェント）は、《振り子の時間》の十二日夕暮れ時という時刻そのものにあるんだよ。シグが居る場所を基準にした十二日の日時にね」

エリオットは手にした林檎を、北極点の芯を上にして、ナイフでまっぷたつに切り分けた。青々とした切り口を、もとのように張り合わせて、まるい球体に戻しながら、

「芯の頂点の北極点から、リンゴの底の南極点をつなぐ、皮の表面上に走ったこの切りこみがロンドンを通る経度〇度線……グリニッジ。上と下の極点同士を結ぶ、もう一方の皮に走った切りこみは、太平洋を貫く経度一八〇度……日付変更線」

エリオットは、切り離した林檎の半面をぱくりと外した。

「こっちが東半球。この半分が西半球。経度〇度線から日付変更線で分けられた半球だ」

日付変更線は、北極と南極を地球表面でつなぐ想像上の線である。テーブルに広げられた地図を見れば、陸地をまたがぬようにジグザグに走っている。小さな国内で日付が分かれるのを避けて、便宜上、曲げて設定されてあるだけだ。ベーリング海峡では東寄り、アリューシャン列島では西寄り、トンガ諸島のところで東寄りに縫っているが、基本的に日付変更線は経度一八〇度線をいう。ロンドンを走る経度〇度のグリニッジは、この日付変更線からもっとも離れた子午線上となる。

「シグ、僕は寝坊したからまだ眠くもないし、眠くたって今はとっても眠れやしないけど、シグは平気?」

エリオットは、左右の手にそれぞれ切り分けた半分の林檎を、再び張り合わせて、暖炉の上の時計を見た。

シグモンドは暖炉の脇に寄りかかって立ったまま紅茶の器を傾けて飲んでいた。長丁場に

快くつきあうために、テーブルを挟んで暖炉の真向かいにまわった。長椅子へと腰を下ろし、

「ああ。私なら大丈夫」

エリオットはすると待ちかまえていたように、テーブルの上の大きな地図へと屈みこんで、書きこみ始めた。

「ようは帳尻が合えばいい。今は十一月六日、午前二時過ぎ……」

自分たちが居る経度〇度の縦線上に、《六日二時》と小さく記した。

東経十五度線には三時。三〇度線には四時。四十五度線に五時。エリオットは順々に、経度十五度ごとに目盛をふって一時間ずつ増やしていった。

二十二時……二十三時……二十四時＝〇時（七日）、……一時（七日）、……二時（七日）

エリオットは、全国三六〇度分の現在時刻を書きこんだ。七日の午前二時で、出発地点の経度〇度線に戻ってくると、エリオットは万年筆の蓋を閉めた。

「ほら見て、シグ。経度〇度、今ここのロンドン時刻は、六日の午前二時だよね。なのに経度十五度ずつ一時間の時差をつけてめぐると、一周して、今ここは六日の午前二時であると同時に、七日の午前二時になった。――矛盾だろ」

エリオットはラグにじかに膝をつき、地図の載ったテーブルの上に両肘をついて、シグモンドをふり仰いだ。

「つまりシグ、この矛盾は、地球上のどこかで日付を切り換える区切りが無いと、まるい地球は時差計算の辻褄が合わないって意味さ。この矛盾を解決するために、日付変更線は必要

だ」

「日付変更線が必要だってことは、私の若いころ既に、航海者が気づいていたよ。百年前でも既に習慣的に船乗りは、太平洋のど真ん中で日にちを一日切り換えるのだと言っていた。西から東に移動するとき日付を一日もどして、反対に東から西に戻るときは日付を一日進める。この切り換え線がないと矛盾が生じるといってね。つまりは地球が丸いがゆえに、どこが始まりでどこが終わりか、切り換える地点を設定しないと、起点と終点が重なって日付勘定の際限がなくなるからね」

相槌を打ちながら、シグモンドはエリオットが日付変更線にいやにこだわる理由を察しかねていた。

「シグ。とどのつまり日付変更線の存在意味は、矛盾を解消する帳尻合わせって役割なんだ。帳尻合わせだよ、シグ」

とエリオットは繰り返した。

「日付変更線も、それからシグ、四年に一度の閏年も」

「……ベネディックがあらわれる四年に一度の閏年も、天体の帳尻あわせにこしらえられた暦のわけか」

と、シグモンドは誘導尋問にかかったように思わず同調した。

地球が太陽を一周する公転周期で一年間の日数を決めると、自転の整数倍にはならないから、四年に一度、一日多い年を設定して半端を補正するのが閏年だ。閏年は紀元前から存在する。もっと正確に言えば、現在利用されているグレゴリオ暦において、閏年は四年に一度である決まりのほかに、一〇〇で割り切れる年は平年、ただし四〇〇で割り切れる年は閏年となる。紀元前に設定されたユリウス暦は四年に一度閏年が必ず来るから、幾分改良が加わっている。より正確に帳尻合わせをするための微調整だ。天体の公転周期を暦として日常生活に活用するにあたって、生じる誤差の帳尻合わせに考え付かれた《振り子の時間》のトリックが、閏年である点は、大昔も今も変わらない。

「ジョーカーなんだよ」

エリオットは、真正面からシグモンドの顔色を見定めるように言い切った。

「トランプカードでジョーカーは異質で禁じ手の札だけど、ときに絶対必要だろ。基本的には、ⅠからⅩⅢまで札が四種類ずつ揃っていれば、平和的で公平にゲームは運ぶってのにさ。ジョーカーは異端者だよ。でもジョーカーなしで売られているカードは無い。ゲームの多くがジョーカーなしで成立しない。なにしろジョーカーはいろんな辻褄合わせに代用できる。帳尻合わせに幅がきく切り札だから」

「なるほど、……ジョーカーとね」

──公転には閏年。自転には日付変更線。ベネディックは、人の生きて死に逝く時の流れのジョーカーで、ぞろ目か──

シグモンドは、エリオットの思惑の行方が、だんだん明確に見えてきた。紅茶の器を、明りの灯ったスタンドの脇に置いた。

エリオットは背中を暖炉の焰に向けて、肩を落とし、猫背気味に無防備で、とことんうちとけていた。くつろいだ夜のエリオットとこうして居るひととき、シグモンドは新鮮な懐かしさに囚われていた。

「シグは言ったね？　振り子の時間。漏斗の時間。生体時計。タイムライン——。四ツのいずれもが互いに干渉しあっている。だからこそ、人と世界が相互実存しあうこの三次元空間なんだと。とすればだよ、ベネディクト・ヨンゲンは意識が主観だけのドッペルゲンガーでも、存在自体がこの地球上にきちんと実体としてある以上、奴だけが、振り子の時間や、タイムラインの干渉から全くまぬがれていられる筈がないんだ。いくらベネディクト・ヨンゲンが《タイムライン》の異端者で、クリスティンの《漏斗の時間》に根ざして、クリスティンの《生体時計》にうまく合わせられたからって。かすめ取って具現化した自分の実体を、四年に一度の短期間であれ、この世界にとどめおいているからにはさ、《振り子の時間》から完璧にすり抜けていてはだめだ。この干渉とまったく無縁であるなら、奴は此の世に姿を現せないはずなんだから」

夜を徹した思索にシグモンドは幾分どんより潤う視線を曖昧に宙に浮かべ、エリオットと林檎との両方を透かし見た。エリオットは、議論するとき決まって真摯な目線の奥に生意気に挑む好戦的な光を宿し、今も不敵に冴えざえとした目つきを取り戻していた。

「ベネディクト・ヨンゲンは、奴の好むと好まざるとに関わらず、決まって四年に一度の閏年にやってくるだろ。《振り子の時間》のジョーカーの年にかぎってさ」

さきほど切り分けられた林檎の断面が、テーブルの端でふやけたように色が変わり始めている。

エリオットは、ナイフの先端で西半球の林檎を軽く突き刺し、こちらにくれた。シグモンドは引っぱりぬくようにして受け取った。エリオットは、氷を削るような音をたてて皮を一筋剝いては、切り口に齧りついて、東半球を小気味よくむしゃむしゃ食べ終える。シグモンドはお付き合い程度に林檎の白い断面にと歯を立てた。やや渋くて甘酸っぱく、目が覚める。蜂蜜で煮つければ美味い林檎だ。

エリオットは、ゴクンと林檎を飲みこんでから、

「分かりきっている作法だけど、ジョーカーの特殊な効力を挫く方法は、シグ、ジョーカーの合わせ技だよ。ジョーカーは二枚になると、単なる対の絵札でしかなくなるんだ」

シグモンドは、いくらか渋い疲れ目でエリオットを見返しながら頷いた。

「エリオット。君はどうあってもジョーカーたる日付変更線を利用して、ジョーカーたる奴の存在の裏をかきたいってわけなんだね。確かにほかに手立ては無いかもしれない」

「そうさシグ。ようは帳尻さえ合えばいい。綴り換えだって回文だって、とどのつまりは帳尻合わせのゲームだよ。《食事も睡眠も摂れないのは俺のせいじゃない》そう居直ってみせるベネディクト・ヨンゲンの何気ない好みや発想が、異質な生命体としての意思表示であるなら尚更あれはメッセージなんだ」

エリオットは揺るがず真っすぐ、確信に満ちた強い語気をしていた。

た。

シグモンドは、重たくなってきた瞼をして凝ジッとエリオットを見守ってから、覚悟を決めた。

「わかった」

「エリオット、君がそこまで言うなら、まずはロンドンに出て、グラスゴーまで列車を乗り継いで北上しよう。そこからアイスランドのレイキャビクまでは船で上がる。同じ北上するなら北西へ、アイスランドに向かったほうが、北東のノルウェイ経由よりも、メキシコ暖流でいくらか温かいはずだしね」

シグモンドは、テーブルの地図に身を乗り出した。イギリスのすぐ左上にある、鳥の肝臓のような形をした島を指差した。地図の限りなく上部、先端は北極圏に差し掛かるほど最北に位置するアイスランド。

「エリオット、君は明日……いやもう今日だね、今日中に、夜が明けたら頃合を見計らってナターリアに旅行の話をもちかけて。二人でよく荷造りを済ませておくのだよ。防寒支度を怠らずにね。あの子をどう説得するかは君次第だ、まかせる。アイスランドは今の時期から極光オーロラが見えはじめるし、温泉地としても有名だから、たんに晩秋の旅行地としても通用するだろう。ベネディックには私から予定を伝えておく。列車と船は調べるし心配しないでいい。飛行機をレイキャビクに手配できるかは朝一番に電報を打つよ。飛行艇がいいかもしれないし、訊いてみるさ。きっと都合できると思う。今ならばまだ間に合う。出発は翌日だ」

日付変更線はロンドンの真裏、経度一八〇度の海上にあって、経度〇度から一番遠い地点にある経線だ。東回りであろうと西回りだろうと同じ、地球上、ここから一番遠い位置になる。真ッ当な道筋では、あと一週間弱で到底たどりつけない。

だが地球は球体なのだ。幸い英国の北緯は高い。

西や東にまわらず、まっすぐ北上して北極点を越えれば真裏は日付変更線だ。英国から直行は無理にしろ、アイスランドまで北上してから北極圏縦断を企てる。それが実現可能な唯一の最短距離だ。問題の十二日の夕刻時に、北極点上空飛行で日付変更線を跨ぎこし、境界線を移動する。

「——これでいいんだね？　エリオット」

「ああ、シグ。クリスティンのために骨を折ってくれて感謝する」

Ⅳ：ｖ　魂の領分

エリオットの左肩に頭をもたれ、クリスティン＝ナターリア・ボーデンは眠っている。つばの浅い帽子をセンスよく傾げてかぶって、鼻先まで影になっていた。列車に揺られて弾みながら、力を抜いてエリオットに寄りかかっている。最近流行の、しめつけを極力はぶいた薄手のドレスのせいで、すらりと瑞々しい体の線が透けるのを、毛皮織りのふくよかなオーバーコートをやわらかく着込んで覆い隠している。うつら、うつら――安心して眠りこんでいるのだ。

エリオットも、疲れた様子で時折コクンと居眠りに一段沈みこんでは、ふと目覚めて、長い吐息をつきながら目を開ける。居住まいを正すように頭を上げる途中で肩口のクリスティンに気がつくと、再び静かに目を閉じる。じっとして、そのうちにまたコクンと眠りにおちる。

シグモンドは向かいの座席で、本に目を伏せながら実のところあまり身が入らず、気付けばなんともなしに二人を見守っていた。

（まるで本当の兄妹だな）

絵に描いたように二人はそうだ。――恋人でも、夫婦でも、親子でも、友人でもなく。実の家族でもない分、兄と妹の役割になりきってごく自然な名演技を繰り広げている。

シグモンドは伏し目加減に二人から目を逸らした。

進行方向と逆向きに座っていると、まさに逃げる感じがする。もと居た場所から離れ去る過程を目の当たりにする。空（くう）を掴むようなタイムラインと、時間と距離の比例バランスを、今だけは体感できそうだ。

シグモンドの隣では、ベネディックが窓際で深刻ぶった仏頂面のまま、じっと居座って、窓枠に肘をついていた。

倉庫の連なるココア色の煉瓦（レンガ）塀や、工場の高い煙突は、だいぶ前に過ぎ去っていった。今は擦りきれつつある狐の毛皮を敷きつめたような荒野が視野を埋めつくしている。水銀を湛えたような仄暗い湖や、河のきらめきが合間に覗いて、汽車の後方へと流れゆく。

間近の景色は灰さながらに蹴散らされ、ベネディックは、過ぎては遠ざかる景色のはるか彼方を眺めている。窓枠に切りとられた風景は、継続的にゆき過ぎて、ふと遠くへ目を上げると、景色の断片が延々とつながって荒野がずうっと連なっていた。たまたま腰をおろした座席の配置で、進行方向と逆向きで窓外を眺めるベネディクトは、過ぎ去る線路端や……うす曇りの寝ぼけた空……荒れはてた野原、流れ去った過去ばかり名残惜しげに暗い眼に映していた。

いささか退屈な風景に、橋桁（はしげた）や看板などの人工物が、ぽつん、ぽつんと目につきだす。白い窓枠の民家、緑の扉、表通りから器用に隠されている裏庭の洗濯干し。まばらな建物と共に街灯の間隔が狭くなる。鉛色の街並が近くなるのがわかる。教会の尖塔をゆき過ぎると、ささやかな街の中心部だ。駅に近い合図である。

降りる乗客が荷物を抱えて、通廊車両の細い通路（コリドー）を抜ける足音が俄かに高くなった。

エリオットは雑然とした靴音で居眠りから目を覚ましたようだ。コリドーと座席を仕切る扉の、上半分の硝子（ガラス）窓から隠れるように、個室内で心なしか身を沈める。

車室の外の慌ただしさにまぎれて、シグモンドは黙って席を立った。長距離列車の個室から通路に出て、ドアの把手（レバー）や、ポールをつたって、カウンター式のラウンジを通り抜けた。

ラウンジでは、中折帽子をかぶった俸給生活者の男達が、所狭しと肩を並べてパイプをふかし、インキを焚き染めたような新聞を広げ、一様に無愛想な険しさを燻らせている。さすがに場違いな気がした。シグモンドは、艶消しの金色をしたドアのレバーに手をかけた。

ドアの抵抗に逆らってやっと開くと、白いテーブルクロスの清潔感が寒々しい食堂車ががらんと広がっていた。シグモンドが中に入り、ドアから手を離すと、ドアは汽車の揺れ加減に合わせてガタンと閉まった。

食事時でないからすいていたが、営業はしているらしい。お仕着せの白い立襟に、白い袖口の眩しいウェイターが、

「お好きな所にどちらでも」

シグモンドは右を窓際に見て、進行方向に向かって座った。窓の外、目の前には進む未来だけがひらけて見える。汽車の動輪からきれぎれに立ちのぼってくる蒸気が、風景にちりぢりに掻き消える。

「キルシュ酒を」

リキュールはラウンジで飲むべきだが、ウェイターは文句も言わず、退屈していたみたいで、引っこむとすぐに戻ってきた。

「アルザス産の最高級キルシュ酒をお持ちしました」

愛想良くシグモンドの前に置いて、引きさがる。

シグモンドは、懐中時計を手繰りよせると蓋を開けた。

十一月七日、午前十時三十五分。

シグが、手繰りよせた懐中時計の蓋を閉めた。

エリオットもつられて、自分の腕時計を確かめた。

十一月九日、午後三時四〇分の時計の針が、ガラスの内側でチッチッと機械的に脈打っている。

二度列車を乗り継いで、順調に英国を縦断し、十一月七日夕方前にグラスゴーまで北上したエリオット達は、その日のうちにグラスゴー発レイキャビク行の客船に乗りこんだ。灰色の靄めいた岸辺から、鉛色の浪間の北アイルランド沖を横切り、大西洋を西へとむかう船上で二泊した。

たった今、北端の島国・アイスランドのレイキャビクに到着したところである。

アイスランドは、経度がロンドンより十五度ほど西寄りだから、ちょうど一時間あまり、時計の針を遅らす勘定になる。が、慣習的にアイスランド全土は、ロンドンと同じ時間帯に組みこまれている。エリオットは、腕時計を見るのに少しめくった袖口を下ろして、厚いコートを着込むと、厚手の手袋をはめた。

あたり一面、薄闇に覆われている。天気が悪いのかと思ったが、昼を過ぎれば四時間余でもうじき日没らしい。エリオットは、クリスティンへとも誰へともなく、

「ほんとうだ。海流のせいで思っていたより寒くない」

シグの言っていた通りだと、翳りゆく遠い空を見上げた。吹きつける海風を全身に浴びた。

地理的にいえばアイスランドはロンドンよりも北緯二〇度近くも上、北に位置する。

汽船の排煙が、えずく濃度で立ちこめた。すぐに海風がなぎ攫っていった。

エリオットは埠頭の平らかな静けさを見回しながら、旅行鞄を足下に置いた。ホテルから迎えの自動車が既に待っているのに気付いて、またすぐに持ち上げた。

クリスティンは助手席に乗りこむと、黙って車窓から外を眺めた。薄暗い空の下で、一面沼地に霜が下りたようなうっすら白い平原が広がっている。クリスティンは異国で不安のようにも、くたびれているようにも、至極静かに感動して、まろやかな思念をめぐらせているようでもある。

エリオットは、物静かなクリスティンを邪魔せぬように黙っていた。もとよりシグやベネディクト・ヨンゲンは、道中ほとんど黙々としている。ただ二人は、運転手の話すデンマーク語が少し分かるらしく、ぼそり、ぼそりと二言三言、やりとりした。現在の気温を尋ねたらしい。氷点下にはならないらしいよと、シグモンドがこちらを向いた。

必要なことは訳してくれるだろうと当てにして、エリオットはぼんやり果てない遠くを眺めて他人事のようにいた。

レイキャビクはアイスランドの首都だ。街中に着いてみると英国の田舎町より却って小ぢんまりと整っていた。

ホテルも、外観の車寄せこそ地味だが、中に入ると温かで、すみずみまでゆき届いていて居心地がよさそうである。緊張する程しゃちこばってもない。

ここ二～三日、ずっと足下がぐらついていたので、エリオットは安定した地面に足が着いた途端に、一気に眠気に襲われた。あたりはもうすっかり暗くなっていた。夕食までそれぞれ自分の部屋に引っこんで一休みする段取りとなり、エリオットは部屋の扉を閉めた。旅行鞄も開かぬままで、帽子やコート、襟巻きを肘掛け椅子に放り、靴を脱いだ。靴下、ベルト、シャツのカラーを外し、ズボンまで脱いで、エリオットはベッドの中に潜りこんだが、腕時計だけは外さぬまま、シーツに挟まれるように横になった。

十二日が過ぎるまでは、時刻に決して気を抜けないのだ。

ディナーは奇妙な夕食だった。

食卓の内容ではない。食事自体は美味かったが、テーブルを囲んで四人が顔をつきあわせると、いかにも不揃いな面子が寄り合い所帯で思いおもいにスープを啜っているのがあからさまになった。たまに匙が皿の底をこする音や、置いたナイフが皿の縁にぶつかる険のある響きばかり冴えざえと耳に残る。見た目の年齢が近いだけに、若者三人・娘一人の無口な組み合わせは異様だ。

ホテルのレストランにはさして人も居なかった。にもかかわらず合い席した赤の他人同士のようで、エリオットは口の中の食べ物をグラスの水で流しこんだ。

クリスティンは、ふだんは夕食の席でエリオットとよく話すのに、ベネディクト・ヨンゲンへの警戒心を露にして、相手を一切存在しない者のごとく黙殺した。シグモンドやエリオットが話しかければ殊更に微笑んで応じるものの、概して押し黙っている。

ベネディクト・ヨンゲンは、そんなクリスティンを重々承知の上で、まったく空々しく他人事のように人の食べている傍から指先の煙草をくゆらせてばかりだ。相変わらず深刻ぶった仏頂面のまま、つまらなげに赤葡萄酒を一口含む。

一方シグは、落ち着きながら食事を取りつつ、控えめに愛想よくウェイターを呼び止めると、空になった自分のワイングラスの縁を指し示した。白葡萄酒を注ぎ足してもらっている。

さっさと食べ終えたエリオットや、ろくに食べもしないベネディクト・ヨンゲンのかわりに、気付けばシグは実にさりげなくクリスティンのテンポに合わせて食事を進めている。スープ皿に突っ伏すように黙々と向き合って食事をするのが嫌いなのだろう。だったらいっそ一人で食べたほうがましだとシグは思うのだろう。エリオットの右隣に座っているシグモンドの皿の上では、白身魚のムニエルの残りの切り身が冷めかけていた。

「エリオット、眠たそうだったけれど少しは休めた？」

とっとと食べ終わって水ばかりガブガブ飲んでいるエリオットを横目で制するように、シグが呼びかけた。

「ああ、うん。休めたよ……」

なにか話せと待たれている焦りを覚えて、エリオットは、たしかに食事の席で黙って座っているだけなのは無作法だし、切りだした。

「みんな、北国に来たならではの、謎なぞを知っている？」

左隣に座っているクリスティンが顔をあげた。グラスに手を伸ばし、一口飲んで、

「ここのお水はおいしいわ。で、なぞなぞってなあに兄さん。わたしなぞなぞは好きよ」

「猟師と白熊の謎なぞだよ」

「白クマ？」

「北極熊さ」

エリオットは、左のクリスティンに答えておいてから、シグモンドへと右を向いた。

「ここアイスランドも北部に行けばきっと居るよね？　白熊が」

シグモンドは一旦ナイフを置いて、再び小さくウェイターに合図をすると、白葡萄酒を注ぎ足してもらいつつ、

「この国は北極熊が出るかい？」

「どうでしょう」

ウェイターは英語で丁寧に答えてから、

「レイキャビクには出ませんので、わたくしは見た事はありません」

と、デンマーク語で補足したようである。シグがそう訳した。シグモンドは、ありがとうと言うようにグラスにそっと指を置いて、そこまでと葡萄酒を止めた。

「なるほど北国にゆかりのある白クマの謎なぞってわけね」

クリスティンは愉快げに、自分の正面に居るシグモンドへと笑いかけると、赤ラディッシュの最後のひとつをフォークで突き刺し、口に運んだ。

「猟師がいるんだ」

エリオットは問題を出した。

「ある日、雪原(せつげん)で、猟師がはるか先に白熊を見つけるんだよ。白熊は二本足で仁王立ちになったまま、猟師を遠くからじっと見つめる。襲われてはかなわぬと猟師は雪を踏みしめ東へ移動した。熊はじっと立ったまま動かない。猟師はずいぶん東に移動した。一キロ、いや二キロほども行った。にもかかわらず、白熊はやっぱり猟師の真北に居た。全くじっと動かぬままの白熊を指して、方位磁石はなおも北だと告げる。なぜだ?」

クリスティンは嚙みつぶしていたラディッシュを飲みこむと、囁くように問題を復唱した。

「むずかしいわね。言葉遊びではないんでしょ?」

「言葉遊びじゃあないよ」

「シグはわかったの?」

「ああ、おそらくは」

シグモンドは、睫毛(まつげ)で一撫でするようにエリオットを見やって、

「言ってみれば今回この答えを応用する形で、我々は皆で北上して来たのだしね? エリオット」

「うん。——シグはどうやら正解みたいだ」

「待って兄さん、わたし達がレイキャビクまで来たのって、猟師の真似事をして白クマに追われるためなの?」

と、クリスティンは怯えかけた居心地の悪さを見せた。

エリオットは軽く笑って、

「ちがうよ。猟師の真似なんかしないさ」

「まだわからないわ」

「シグはもともと答えを知っていたようなもんだから」

「あら。不公平よ」

「ほんとうに、ナターリアには不利な問題だね、エリオット。だいたい、君はなんて言って
ナターリアを旅行に連れて来たの」

呆れかえったようにシグモンドは、白身魚に淡々とタルタルソースを絡めながら、優しく
咎める口調だった。

「明日にはアイスランドのレイキャビクに発って、オーロラを見に行こうって兄さんは言っ
たのよ」

クリスティンが、エリオットが口を開くより先に答えた。「お願いだから言うとおりにし
ておくれ、クリスティンって」

「で、君はだまって従ったわけか」

「わるい？」

クリスティンは不服げに、

「あなたや、あるいはトミーにだって、わたしは言うなりで従ったりなんかしないけど。い

やってほど問い詰めてやるわ、だけど兄さんは時期が来れば答えをくれるの。でなければわたしが、自分で答えを見つけるからいいのよ。兄さんはわたしにいつでも善意で、悪意や悪気がないって分かっているから、わたしは兄さんの口を無理に割ったりしないの」

「エリオット、君は本当にいい妹を持ったね」

と、シグモンドは少しだけ酔ったみたいで、憮然と独り言のように呟いた。

シグとクリスティンが互いに突っかかるようなやりとりを交わすのは、こぎつね同士が咬みついて転げまわったりして内実はじゃれあってスキンシップを図るみたいである。棘を忍ばせ邪険に言い合うふりで、そろって二人は実のところ精神的なスキンシップを愉しんでみえた。エリオットは自分を挟んだ両隣で斜（はす）っかいに構えている二人を見守った。

「で？　御自分で答えを見つけるお利口さんのナターリアは、まず謎なぞの答えは出せたのか」

「ええシグ。あなたのおかげでヒントになったわ。でもまだわからないのは……この論理を応用するために、わたし達はわざわざ北上したって事だけど。——白クマは北極点に立っていたのじゃなくって？　兄さん」

「当たり！　大正解だよ」

エリオットは、種を明かした。

その白熊は北極点にじっと立ち止まっていたから、いくら猟師がどちらへ移動してみたところで、西に行こうが東に行こうが白熊は常に猟師の真北になるのだと。

「地球上で、極点だけが成せるマジックさ」

「正確に言うなれば、エリオット、北極点に白熊が立っていたなら方位磁石は真北を指さないはずだけれどね。北極点と北磁極は微妙にずれているから。北極点と北磁極の差の、偏角をふまえた上で、方位磁石から真北をはじきだすことも不可能ではないけれど」

と、シグが説明を付け加えた。

「極点のマジックを利用しに、わたし達はここまで来たのね。一体どう利用するために？」

クリスティンは大きく見開いた瞳でエリオットに迫った。シグモンドは黙ってエリオットの出方を見定めるように、横目を伏目がちにすべらせて、ワイングラスへ手を伸ばした。

「オーロラだって極点だからこそ見られる芸術だろう？」

今はなんとも説明しかねてエリオットがはぐらかすと、クリスティンは、エリオットの腹の底を見極めたのか、諦めた笑みで許すように目を伏せた。

かわりにシグへ、いつもの超然と挑みかけるような笑顔を向けた。

「デザートをいただきましょうよ？　ねえ、シグ」

シグモンドはまたウェイターに合図をし、テーブルにメニュー表を持ってこさせる。


平原にぽつんと巨大なガレージが在った。

十一月十日、エリオットはシグモンドと飛行機を見に行った。

朝もまだ暗いうちに（――といっても時刻は午前九時をとっくにまわっていた）ガレージ

の中には、二人乗りの飛行機が一機だけ――。

「手違いではないよ」

シグモンドはエリオットに振り向いた。

「私がベネディクトを連れて飛ぶだけだから」

「なんだよそれ？　じゃあ、だって、ならクリスティンはどうなんのさ」

面喰らってエリオットは狼狽しながら、シグモンドに向かってどもり気味に詰め寄った。

現地のガイドは、一転にわかに掻き曇った、ただならぬこちらの気配を、一歩下がってほとりから見守っている。

「エリオット、文句なら車の中で聞く。さすがに日の出ないうちは寒いから」

エリオットは、いったんここから立ち去ってはシグにまるめこまれて太刀打ち出来っこないと思った。ここまで自動車を運転してきたガイドに、ゆっくりとした英語できっぱり告げた。

「あなたはどうぞ車の中に入って待っていてください」

伝わったらしくガイドの男が暗い車に乗りこんで扉を閉めた。エリオットは、悴む口元をひき攣らせながらシグモンドに向き直った。

「話がちがうよ。約束が。クリスティンを乗せる飛行機は？」

「約束などしていない」

シグモンドは突き放す表情で、平然と立ちはだかるようにしてぬけぬけと答える。エリオットは、いま少しでシグに摑みかかりそうになるのを、やっと踏みとどまった。

エリオットの憤りをよそにシグモンドは、冷たさを吹く口ぶりで、

「あと一機用意できたとしても、おなじタイプの二人乗りプロペラ単葉機だよ。エリオット、どうせ君は操縦できまい？　飛行をだれかに頼むとして、では君が一人でここに残されてじっとしていられる器ではないだろう」

「なに言ってんのさ？　じゃあシグ、あなたは操縦できるの」

「できるよ」

エリオットは強張った顔で思わず苦笑した。

「へえ。あなたは本当になんだって出来るんだな」

「なんだってではない。私は空を飛ぶ鳥がとくに好きだからね。私が鳥を好きなのを知っている君なら、私が空中を飛びまわる飛行機を乗りこなそうとした発想も、あるていど予測がつくだろう？」

シグモンドは、上辺だけの落ち着いた優しい口調で、本質的に取りあおうとしない。まるで留守番がいやだと泣きじゃくって足にまとわりつく幼子をあしらう父親や、置いていくなと鎖を鳴らす犬を跨ぎこす飼い主みたいに振舞っていた。

「じゃあシグがクリスティンを乗せて飛行してよ。ベネディクト・ヨンゲンは別のパイロットに頼んでさ。とにかく二人を、十二日の夕刻から遠ざけないと駄目なんだ。——追ってくる十二日の夕刻——媒介から逃がさないと。ベネディクト・ヨンゲンがクリスティンの死

神に匹敵するなら、十二日の夕刻は死神の大鎌さ。ベネディクト・ヨンゲンと、クリスティンを、十二日の日暮れ時に存在させない裏技が必須なんだよ。説明したろ。まさかここまで連れて来てクリスティンを見殺しにする気？　いいからあと一機、用意させてよ。シグなら出来るんだろ」

「エリオット。君は冷静に考えて、冒険家でもなんでもない若い娘のナターリアを、真冬の寒空に三〇時間あまり北極点上空飛行をさせて、無事に連れ帰れると思っているの」

「そいつは話が済んでいるだろ！」

「すんでいないよ、エリオット。話題にものぼっていない」

エリオットは、ごもっともすぎて反駁できない苛立ちを覚えた。優等生でカリスマ的な同級生が、周囲を過剰に刺激しないよう紳士的にエリオットを個別に呼び出し、先程の無口な態度は無礼だから教授に謝りにいきたまえ。そう忠告をして来た時にも似ていた。うんざりするような正論のあざとさを眼前に突きつけられた。

「シグ、話がついてないって？　どこいらがさ？　ベネディクト・ヨンゲンが先に死ぬか……あるいはクリスティンが先に死ぬか、どちらにしたってこのままじゃ、あの子の運命、十二日の夕方までだ。だったらなんとかしなくちゃあ。今になって奇妙な偶然を一からまた洗い直して掌を返す魂胆じゃないだろうね？　手をこまねいて見ているだけじゃ手遅れなのを、シグ、あなたはいやってほど体験して来たんじゃないか。だからこんな北までみんなで上がってきたんじゃないか。そいつを今さら」

「手をこまねいて過ごすわけではない。ベネディックは私が必ず連れて行く。——運命を予知する危険についてようく考えるのだよ、エリオット。運命は変えられるとか切り拓(ひら)けるとか、多少は舵を切れるとか、或いは全く変えられないだのと私はこの期に及んで運命論を繰り広げているのではないから——ほら、よく聞くんだ、エリオット」

シグモンドは、ごわついた厚手の手袋をはめた手をこちらに伸ばして、エリオットの顎筋を軽く払って自分へ向かせた。エリオットは強く奥歯を噛みしめながらそっぽを向いて歯向かっていたが、おかしなことに、シグモンドにそうされて初めてやっと正気づいた。

「いいかいエリオット。健康なナターリアが、突然、十二日の夕刻に命を落とす可能性を考えるのだよ。もちろん今健康で安全な所にいる人間が、次の瞬間には事故に巻きこまれて死ぬだなんて話はいくらも有る。このあいだあの子が階段で頭を打った後遺障害がでる危険性も消せない。けれどもね、あの子を連れて冬の北極点を縦断飛行するほど無茶で馬鹿な話はないよ。エリオット、頭をすっきりさせて、ちょっと考えてみれば君ならわかるはずだよ。人類初の北極点上空飛行が成功した快挙はほんの二年前。ついおととしの出来事だ。しかもそれは五月九日で季節は春だった。万一、飛行機の不具合で北極に不時着しても、現地人(エスキモー)に助けだされて命拾いする見込みもある。だが我々が決行する十一月の十二日、エスキモーとて冬支度で南下しているだろう。私も君も探検家ではない素人だ。成功する可能性が薄いうえに、失敗すれば、極寒の自然界で生き残る手段がない」

「北極点上空飛行のリスクなんて来る前っからわかってたじゃないか！　シグ、違うか？

それを今になってクリスティンを連れて行くのに怖気(おじけ)づいたってわけかい」

「そうだよ。いま急にではなく、前からずっと怖かった。だから私は飛行機を一機しか手配しなかった」

シグモンドは一歩も引かない静かな気迫だから、エリオットは、

「あなたさ、言ってることが滅茶目茶だよ！　だったらじゃあなぜ僕らを連れてきた。クリスティンをどうしたらいい」

「いいかエリオット、最後までちゃんと聞くんだ。未来を予知する危険性だよ。——王妃マルゴの母親は、占い師に三人の息子の未来を占わせた。占い師は、現王の長男も、母親が溺愛している次男も、まだ若い三男も、いずれも短命で王座は長く温まらないと予言した。母親は、マルゴの亭主・アンリの行く末も占わせる。占い師は、ゆくゆくはアンリがフランスを統治すると予見する。それを聞いて母親は、三人の息子を救うために、アンリ殺害を企てて毒を盛る。その母親が盛った毒を誤って服した長男の現王が、まず占いのとおりに真っ先に命を落とすんだ。いいかいエリオット。未来の運命には、ちゃんと母親が占い師に占わせ将来を予知して起こす行動を踏まえた未来が刻まれていたんだよ。この有名なエピソードが本当か否かは別にして、未来を知る危険性は常にそこにある。我々はナターリアが十二日の夕刻になんらかの形で死ぬと知った。だからあの子を十二日の夕刻から逃がさんとした。かかる行動こそがあの子を死に追いやるんだ」

「言い切れないだろ？」

「言い切れないよ。確かにこのまま何もせずにいては、結果は目に見えている。だから私はベネディックを連れて行く。君が前に指摘したとおり、おそらくベネディックは、年をとらない私を目印にして、私のいる時空を基点にして十二日を測るんだ。だから私が必ずあいつを連れて行かなくてはならない」――

シグモンドは自らへ言い聞かせるように、そっと語尾をかすませた。奴が異端者(ジョーカー)なら私もまた異端者(ジョーカー)で、切り札となる手札(てふだ)はジョーカーの合わせ技、そうだったねエリオット？

「むろんベネディックとナターリアの両者ともが、十二日から逃げられれば一番確かだ。日付変更線が、県境程度の近隣にごく簡単にある境界ならばね。だが相当の危険をともなう以上、双方でやる必要はない。ベネディックだけ十二日の夕刻から消しさえすれば、ベネディックとナターリアとの相互作用は成立しなくなる。あの子は死神から解放される」

「だけどシグ。ベネディクト・ヨンゲンは、本人が自覚する意図や知識にかかわらず、間近に死命を負った、十二日の夕刻に命を落としうる者と同調し、相互作用を確立させている可能性が高いんだ。としたら、クリスティンがいくらベネディクト・ヨンゲンとの鎖を断ち切ったとしても、クリスティンの運命そのものはまだ安心できない」

エリオットは、だいぶシグの忠告に沿う気になりながらも、子供が健気(けなげ)に涙目で訴えかけ大人を困らすだだをこねるように、そう問題を投げかけた。

「エリオット、君は前に、ナターリアがベネディックの実存に時間を提供している――苗床だと、根拠をいくつも並べてみせた。憑かれているという語を君は使った――。じゃあなぜあの子でなくてはならないか。起きうる不幸の未来について、その理由は考えが至らない？我々が当然起こすであろう善処こそが、あの子を死に至らしめかねないから、それゆえにあの子はベネディックの死命を負う羽目になったにちがいないんだよ。君はそうまでしてあの子を危険に晒したいかい、違うだろう。あの子に関しては、下手に動かないことが肝要なんだ。ただしエリオット。これはあくまで私の当て推量だから、君の言うとおり決して安心なんてできない。だからあの子には君がついてて守ってやるんだ。君はあの子をよう く見張って、当日は決して目を離してはいけないよ」

「シグだろうと、クリスティンに関して僕に指図をするなんて百年早い」

と、エリオットが切り返すと、

「その意気で」

シグモンドはわずか顔をほころばせた。

「飛行機の二台目は手配しなかったが、医者ならば私は手配した。我々と同じホテルの六号室に泊まっている男がそうだ。良い医者だよ。万が一のときのためにね。だが何よりも君は十二日の夕刻時にナターリアを危険や事故から守るんだ。だいじょうぶ、君とならきっとナターリアは十二日を無事に過ごすよ。なぜって――」

優しく諭す声で、シグモンドはふと、

「エリオット、あの子がなんでずっと目が見えなかったかわかる？」

いいえ？――と答えるかわりに、エリオットは目を上げてシグの説明を待った。

「エリオット。ナターリアは火事のせいで目を傷めたのだったね。火の粉で角膜が火傷（やけど）を負ってね。だけれど不幸中の幸いにも、あの子の眼球は、赤く焼けた火箸の先端で突かれたわけでも、凸レンズなどの一点に集中した光線で射抜かれたのでもなかった。軽い火傷で済んだ。でなければ今、見えているはずがない。また人間の眼球は火傷に一番強い部位……つまりもっとも焼けにくい箇所だからね。――ベネディックはね、目薬を点（さ）していたよ。私が今年あいつを見受けるごとにね。電灯の強い明りで目を刺されるのが辛いらしくて、蠟燭（ろうそく）を灯して本を読んでいた。つまり今となっては合点がいくが、ベネディックの視力はナターリアのと同じなのさ。ナターリアの実体を掠め取って自分の形に具現化している以上、ベネディックはナターリアの生体的障害を受け継がずにいられない。私の言おうとしていることがわかるかい？　エリオット」

「……クリスティンは、ずっと前から目が見えていたってこと？　少なくともオーグスト・ヨンゲンが読み書きできる程度には、視力が出ていたんだと――？」

「そうじゃないよ。あの子の肉体が、あるていど納得できる視力を出せる状態に回復していた。かといって、あの子がベネディクトと同じだけ物を見る力を備えていたとは限らないという意味だよ。ベネディックの視点を通せば〇・五余の視力が、あの子の主観を通すと〇・〇一の視力分も覚束（おぼつか）ない位にしか見えなかった。眼鏡もてんで役に立たなかったのは、矯正しても視力が出ないほど眼球が傷ついていたからではなく、問題はあの子の――」

「精神を病んでたってこと？　視力が戻らなければいいと望んでいたと？　デタラメだそん

な」

　クリスティンは眼のせいで確かに多少の鬱状態だった。が、精神を病んでいたから、眼が見えなくなったわけではない。目が見えなく世界が閉ざされたがゆえに鬱状態になっていた。それだけに尚のこと誰よりも見たい、見えたらいいのにと望んでいる悲嘆が伝わって、エリオットは苦しいほどだったのだ。

「クリスティンは精神的に目が見えなかっただけだとか、内実は視力が戻らなければいいと願っていたかのような、そんな僕らの言い草を耳に入れたら、クリスティンはそれこそ狂ったように怒るだろうよ」

「あの子は怒らないよ。あの子が誰より自分の視力が戻るよう願っていたと、私だって疑ってはいないんだから。私が言っているのは、本人が望むと望まざるとにかかわらないコントロール不可な精神分野の話だ。いわば魂の領分の。ベネディックも言っていたけどね、本人がいくら抗おうと、気づかぬふりをしようとも、強い生理的欲求は精神を蹂躙する。同様に、無自覚の強い精神は肉体を制圧するんだよ。当人へ、注意喚起をもたらすために。あの子は人より少しばかり無自覚の精神がよく働く。それが君の言うあの子の《論理的立証は不可能な確信》だ。ベネディックの標的として見つかりやすい兆候だ」

「待って。あなたはクリスティンがなぜずっと眼が見えなかったか、その原因を話していない。今のは理由でしかない。火傷は起因だ。原因は？」

「原因は君さ。エリオット」

シグモンドは、問い質されるのを待っていた顔で、あとは自分で考えよというように背を向けて、ようやく地平線が白みかけた遥か空へ、目を向ける。

「僕があの子の目を見えなくしたって……？」

「ああ、君だろうよエリオット」

シグモンドは薄暗がりに向き直ると、エリオットの一気に沈んだ声色を嘲るくらい、どこかしら嬉しげで、かといい責める口ぶりではなかった。

「君のせいさ。君があの子に再会したのは火事のすぐ後だったね？　火事のショックを紛らわすのに、君は数年ぶりに急遽フランスから呼び戻された兄アンドリューという想定で」

シグモンドは、小型プロペラ機の機体をかるく撫でた。差しこんでくる明け方の白い光線から身をかわすように眼を伏せた。

「君のせいなんだよ。だけれどあの子が再び見えるようになったのも君の力さ。わかるかい？　エリオット。君はここではいささか回転が鈍いみたいだ。さしあたっては、なんのために私がナターリアの目の話を持ち出したかもわかっていないね？」

ややじれったげに、シグモンドはたたみかける。

「あの子は薄々わかっていたのさ。あくまでも薄々ね。君が本物の兄貴でないことくらい。本物の兄貴がいかに様変わりしていて、声はしわがれ、吐く息は酒臭く、例えガサついた瘡で体中が覆われていたとしても……本物のアンドリューと会えば、眼が見えなくたって、やはり君がアンドリューでないとナターリアは一瞬にして見破ったろう。さぞかしゾッとし、変わり果てた実兄を嫌悪したろうが、家族とはその手のしがらみであって、あの子だよ、勘も働く。ところが両親も使用人もこぞって君をアンドリューだと呼ぶだけでなく、君自身もアンドリューだと名乗る。本物が現われるでもない。どうやら君が、自分を昔から知っているのも間違いない。とすればさすがのあの子も騙されているしかあるまい？」

「眼が見えればわかるじゃないか」

「そのとおりさエリオット。言いかえれば、眼が見えさえすれば一目瞭然だ。わからないでは済まない。他人もまじえた家族総出のでっちあげが露見したら、必ずや偽アンドリューは用済みだ。そうナターリアは知っていた。あの子は臆せず首を突っこんで追究する知りたがり屋だし、おっしゃいなしに問いを投げかけるくせに、君にだけは今でも質問してはならぬことを質問しようとしないね。あの子の置かれていた環境のもたらす癖だよ。君をよっぽど行かしたくなかったのさ。君を行かしたくはないけれど、もちろん目は見えたほうがいい。だから《自分さえ目が見えないままでいれば、君はいつまでも傍に居る》という良くない発想は黙殺する。そこで生まれたのが無自覚の精神。あの子はね、君を本当に兄貴として慕っていたのだろうよ。君をエリオット・フォッセーだとは知らなくとも、真実、大切な身内として魂で愛していたんだ。君が正体を明らかにしてから、みるみるあの子の視力が戻ったのが証拠だよ」

エリオットは口も利けぬくらい胸がいっぱいだった。酷く辛いのか、嬉しいか分からなかった。

「エリオット。あの子は君とここに残るべきだ。腕利きの航空士を雇って、あの子が一緒に乗って飛ぶよりも。ホテルで静かに暖かくして君と居たほうがあの子にとってきっと、ずっと良いのだから」

シグモンドは、まるで隠していた甘い想いを打ち明けるような口調で締めくくった。

エリオットは、もはやシグの犯した小さな騙し討ちをすっかり許していた。

「シグ、僕らが北極点縦断飛行に向かないって、そこまで考えが固まっていたなら、イギリスを発つ前にそう話してくれたら良かったのに。二人分の高い旅行賃を払ってまで、僕らをレイキャビクまで連れて来なくても済んだ。あるいは目を離してちょっと遠くに行くと、僕らがいたらぬ真似でもしでかすと踏んでいるの」

「ある意味ではね。──君は賢いけど、向こう見ずだし。それになるべくなら君やナタ一リアの無事をすぐ確認したい。私が飛行から戻ったら自分の目で、その日のうちに」

「ああそうか」

エリオットは、シグモンドの生真面目な真顔にむかって、観念したように白い吐息で微笑んで見せた。

シグモンドは沈着な面差しのまま、気の滅入るほど清潔な朝陽の明るさを、眩しげに受け止めていた。澄みきった水中を穿つように、ガレージに容赦なく差しこむ光の粒子をまぶした、シグの睫毛が亜麻色に淡く透けている。髪は絹の光沢をしており、陰影がなめらかにもつれあい、シグモンド自身が、幽かに白金の紗をまとっているように無用の美に晒されている。

無遠慮な光線は飛行機のクロームメッキに反射して、プラチナ色の紗が暗がりを蹴散らす。しだいに乳白色めいた暖かい色合いに染まりながら、大気中に浮遊する埃を、水中に撒きあがる砂金さながらに映しだした。

「エリオット。試行をするから、悪いが前に乗ってくれないか」

エリオットは、シグモンドと一緒に単葉機を小屋から二人で押し出した。先程のガイドが自動車から降りてきて、和やかな陽気さを湛えた大きな体で、手を貸してくれた。

飛行機は後部座席が操縦席だ。羽根と尾翼と車輪を備えた深めのカヌーのようである。エリオットは飛行機によじのぼって、中の前部座席にすっぽりと身を沈めると、ゴーグルをつけ、耳当てがのびたような飛行帽を目深にかぶって、ベルトを顎下でとめた。

安全用のバックルをかっちり嚙ませて腰を固定し、

「いいよ」

エリオットは、後ろのシグモンドへと辛うじて胴体をひねりながら合図をした。

「コンタクト」

「コンタクト」

シグモンドとガイドが呼び合ったと同時に、発動機が掛かった。目の前のプロペラが轟音をあげて回転し始める。

エンジン音とプロペラの回転音にもかかわらず、シグの声がエリオットのすぐ傍で、詰まったような響きで呟きかけた。怪訝に思ってエリオットが声のしたほうを見やると、目の前に伝声管が有る。伝声管の蓋を開けると、こんどは前よりはっきりとした反響で、

「伝声管を使え」

シグモンドの声が聞き取れた。エリオットは伝声管に向かって、

「シグ、こっちは準備オーケーだ。飛び立つのはいつでもいいよ」

答えるように飛行機は前進しはじめる。

（速い――）

遮風板ごしにエリオットが突風を受けていると、透明の坂道を滑車で登るように、機体は上体をあげて空中に上昇しだす。高度があがる途中で鼓膜が耳に吸いつく感覚がして、エリオットは固唾を飲みこんだ。鳥のように風にのり、空を切り、或いは風船のようにふわりと空へと浮かび上がるイメージは、現行の空中飛行とはまったく程遠い。気球ならば空中の浮遊感を体験できるのかもしれないが、飛行機は圧倒的な速度と力で不可抗力をねじ伏せて飛んでいる。目の前のプロペラは空中を突き進むスクリューだ。シグモンドの操縦で、飛行機は不可抗力に真ッ向から拮抗して空を登りつめたかと思うと、今度は気流や風向きにゆだねて折り合いをつけながら舵を切る。見下ろすと、アイスランドは、火山の名残で地面が温かいのか、大地の地肌がのぞく原野と、雪や霜で白い部分とで、酪農牛の白と茶色のまだら模様をなめして地表一面に広げたみたいである。

エリオットは飛行機に乗るのも初めてなら、空を飛ぶのも生まれて初めてだ。顔に当たる

冷気の束が痛い。だが気分は良い。自動車では三十分ほどかかった凍てついた湖のまわりを、二分程度で一周した。

シグの操縦は予想よりはるかに安定していた。飛行機に乗るのは初めてでもエリオットは、いかにスムーズな飛行であるかを体感できた。ためしに飛ぶから乗ってみてくれというからには、滅多に人を乗せて飛ばないのだろう。シグは相変わらず落ち着き払ったまま、

「エリオット。もう戻るその前に、どこか見たいところはある」

「ないよ！　ありがとうシグ！　今日はとっても得した気分だ」

シグは黙って下降旋回しはじめる。日差しの向きがみるみる変わって、機体が輝き、目に刺さるようにきらめいては影になる。単葉機は滑空ののち無事に着陸した。

エリオットが安全ベルトのバックルを外して振り返ると、後ろのシグは、出迎えたガイドに、操縦席から事細かに指示をしていた。ところどころ英語まじりに給油やエンジンの奔り具合を話していて、エリオットがガイドだと思っていた男は飛行機の技師らしかった。

わずか三十分弱の初飛行を体験し終えて、エリオットは再び地面に足を下ろしながら、急激に現実的な気がかりを覚えた。北極点上空飛行に対して描いていた途方もない恐れやリスク、それに打ち勝てるだけの絶大なる覚悟と強い勇気とは裏腹の、リアルな懸念だ。あれだけいとも簡単に飛行機を飛ばせるシグモンドが、かくも危険だ命取りだと、クリスティンを連れていけないと言い放った理由が肌身に忍び寄った。今ここでは予測だにしえない、不測の事態も起こりうる不確実性が身心に差し迫ってくるようで、未踏の地の曖昧さが、現実的

な重圧でのしかかってきた。

エリオットは、技師と話を終えたシグモンドへと駆け寄った。

「シグ、心配だ。今までのと違う、リアルな不安だ。あなたの飛行がとてもスムーズだっただけに。失敗したら——」

「失敗などしないさ」

遮るようにシグモンドは、厚手の手袋を外してジャケットにつっこんでから、ゴーグルを取り、飛行帽を脱いだ。目にふり掛かった髪を払いのけもせず、もう一度、

「失敗などしない。エリオット。私は大丈夫」

全く臆さず言い切った。エリオットを安心させるようにわずかに笑う。

「だが何事も万一の場合を考えるに越したことはないからね。頑張ったけれどダメだったでは無意味だから」

「そりゃそうだけど……」

「どうしたエリオット、怖気づいた？」

シグモンドは自動車へと足を向けながら、人をおちょくる微笑を残し、エリオットの背中を軽く叩いていった。立ち尽くしたエリオットは、肩を押され促された恰好で、シグに追いつくと、並んで歩いた。シグモンドは追いついたエリオットを、自動車のサイドミラーをチラと見定めるような目つきで確かめながら、

「君を怖がらせたり、心配させたりする意地悪で乗せたんじゃない、エリオット。今の飛行

は私から君へのサーヴィスだよ。空を飛ぶ気分は悪くないだろう。ちがったかい？　私はこの飛行機より一世代前の型で、ガチョウの群れを追って北緯八〇度付近までは飛んだことがある。心配いらないよ。君はよけいなことを考えなくていい」

冷たいが穏やかな声で諭すと、最初に車に乗りこんだ。

エリオットも続いて乗りこみ、座席に腰を下ろしながらドアを閉めた。

技師が運転席に乗りこみハンドルを握ると、車は眩しい朝日のひらける大地に発進した。

車中でエリオットは、手首にはめた自分の腕時計のベルトを外した。

「シグ、これを使えよ。これでもう僕は心配しないから。あなたの懐中時計じゃ飛行中にいちいち時刻を確かめていられないだろ？　いくら器用なシグでもさ、手袋を外して、その都度、飛行ジャケットのポケットから取り出して、かじかむ手で蓋を開けて見るつもりかい？　特に今回は正確な時間が勝負だ。まだらっこしくては駄目だよ。今日から手首にこれをはめて、本番までに使い慣れておいたらいい。こいつは安物じゃないんだ。クリスティンがまだ僕をアンドリューだと思っている時にくれた大学入学祝でさ。もとはといえばヒコーキ乗りがつける用途なだけに腕にはめる時計だし、正確でとびきり上等なんだ。定期的に発条を巻いていて今までに狂った例はないよ。一度もね。シグのやつほどしょっちゅうネジを巻く必要もないはずさ」

シグモンドは今までになく手厳しい乾いた冷たさで黙って聞いていた。普段の上段に構えた悠然たる優しさがないぶん、却って対等な感じがした。生意気な口をきくねとでも言いた

げに、シグモンドは厭味っぽく口の端でかすかに笑んだ。深く刺すような一瞥でエリオットを見据えると、

「では、君はこれを」

懐中時計をいつの間に上着の内側から取り外したのか、掌に乗せてエリオットの前に差し出した。

そいつはシグが持っていないと——と、エリオットは言いかけたが、

「わかった。じゃあ、シグが戻るまで借りておく」

磨きこまれてくすんだような金の懐中時計を、エリオットはシグモンドの手から受け取った。手の内にしっくり納まる。質感の良い時計だ。

シグもエリオットから腕時計を取った。文字盤を見る。

エリオットも懐中時計の蓋を開けた。

互いにそれぞれの円い硝子窓の内側で、時計の針が、ぴったり同じ十一時八分を指しているのを確認した。

シグモンドは淡々とエリオットの腕時計を装着する。

エリオットは、シグの懐中時計を自分のジレのポケットに落としこみ、鎖をボタン穴に通すと訊いた。

「ねえシグ。十二日の夕暮れ時って……正確には」

「午後四時四〇分だよ。エリオット」

シグモンドは、腕時計のベルトを手首に固定すると顔を上げた。

「人間だったベネディックが息を引き取った時刻は午後四時四〇分。あいつが死を繰り返すのはその前後」

「前後？」

「今までのパターンを思い起こすと、ベネディックは地球を二十四時間時計に見たてて、経度〇のグリニッジを基準に、経線を目盛にして、時刻を把握している。私の居場所の現地時刻を、地球という時計を使って、経線をたよりに太陽の角度で時間を測る。レイキャビクは、経度〇のロンドン時間帯に組みこまれてはいるものの、実際は西経十五度余地点だから、本来なら今ここは十一時八分ではなく、十時八分となる。少なくともあいつの視点にしてみると」

そうだ時刻は経度で決まる。緯度は時刻に関係がない。

シグがアイスランドのレイキャビクから北上して緯度を離しても、最短経路で北極点を真っすぐ目ざすかぎり経度は変わらない。北極点を通過して、裏側へと越えるまでは、二人はクリスティンと同じ時間帯を共有しつづける。

「わかったシグ。午後四時四〇分前後だね」

十二日のレイキャビク、十六時四〇分から十七時四〇分が、魔の時間だ。

Ⅳ：vi
出立

やがて日付が十二日に変わる。

各寝室に引きこもっていたシグモンドとベネディクト・ヨンゲンは、身支度を整えて出てくると、軍用トラックのようなタイヤの分厚い車に乗りこんだ。エリオットも、クリスティンと一緒に、見送りに同乗した。先日の飛行場――原野にあるガレージまで真っすぐに荒野を抜けた。

シグといえば、普段はいかにも上等な、マントつきの長い外套なんぞを着こなしてエレガントな身なりだが、皮革のオーバーオールに、ベルトがあちこちに付いているカアキ色したヒコーキ野郎のジャケットを着込んでいた。防寒用で体に負担のかからないシルクの襟巻きは、シグモンドにかかればクラヴァットまがいの気高い装いである。ロシア兵士やモンゴルの馬賊がかぶる、分厚い帽子の耳折れ部分を垂らしたような厚手の飛行帽に頭を納めて、オーバーオールの裾を、毛皮裏の長ブーツに無骨に押しこんでいる。その足下さえ、貴族の狐狩りの乗馬靴にも見まごうばかりの風姿で、

「これまた良く板について似合うこと！」

クリスティンが呆れたようにエリオットに耳打ちした。

エリオットも、うんうんと肯きがてら、クリスティンの目を覗きこんで笑った。

実のところエリオットは、誰よりも緊張と寒さで歯の根が合わないほどガチガチに硬くなっていた。クリスティンとの目配せで、ずいぶん和んだ。

クリスティンは、なるほどシグの指摘したとおり、やっぱり理由を尋ねなかった。シグモンドがなぜベネディクト・ヨンゲンと真夜中に飛び立つのか。エリオットに問いかけもしなかった。ただ、

「あの二人、いつ戻るの？」

「順調なら十三日の朝九時前には」

北極点まで十七時間弱かかる見積もりである。

十一月十一日の夜十一時に、シグはベネディクト・ヨンゲンを乗せて飛び立つ。

想定通りきっちりいくなら十二日の深夜零時ちょうどに出発すればよいが、一時間だけ余裕をもっての離陸だ。風力や天候などで、飛行時間に一時間位の誤差は簡単に生じてくる。ただ単に前もって出発を早くすれば良い訳ではなかった。往路はともかく、復路まで持ちこたえられるだけのパイロットと飛行機のエネルギーの蓄えを考えれば、せいぜい一時間が妥当だった。

「飛行機に名前は？」

待機中の整備技師に、エリオットはふと英語で尋ねた。技師は振り向くと、

カンパニュラ――

「そうか――釣鐘か――」

　すると傍でクリスティンがほんのり笑った。

「オレンジとレモン。セントクレメントの釣鐘――ね」

「あるいはカンパニュラ――釣鐘草だよ」

　シグモンドが準備を進めながら、凛と口ずさむように言い添えた。

　ベネディクト・ヨンゲンは、エリオットに、シガレットケースをくれた。

　飛行機の座席に乗りこむ寸前まで、片手だけ手袋を取ったまま、ベネディクト・ヨンゲンはしぶとく紙煙草を吸っていたが、エリオットが声をかけると、

「なんだ。エリオット・フォッセー」

　と、いがらっぽい掠れ声で低く答えた。

「あの、どうか無茶をしないでください。シグの足を引っぱる真似はしないで」

　ベネディクト・ヨンゲンは忌々しげに吸殻を捨てて靴底で踏み潰したかと思うと、小さなマッチ箱と一緒に、シガレットケースを懐から取り出して、蓋を開けた。エリオットに煙草を勧めるように箱を差し向けるので、エリオットは前回と同じくやっぱり首を横に振った。

　するとベネディクト・ヨンゲンはケースの中の紙煙草をごっそり全部摑み取って、マッチ箱と一緒に自分の胸ポケットに押しこんだ。手袋をはめた手にシガレットケースを持ち替え、軽く磨きこむように袖口にこすりつける。指紋やくすみを拭い取ると、パチンと音をさせて蓋を閉じた。

た。

ベネディクト・ヨンゲンに寄越されるままに、エリオットはシガレットケースを受け取っ

「ミスター・ヨンゲン。夜間飛行にラテン語辞書を持つんですか」

ポケットから例のラテン語辞書の端が覗いていた。装備は過不足ない必要最低限にとどめて軽くすべきだった。ベネディクト・ヨンゲンは白い息を吐きながら、

「ああ、そうだとも。このラテン語辞典と、そのシガレットケースだけは、いつまたどこに降り立っても失くさぬよう常に身につけているのだ」

「ではどうして今回は？」

エリオットは、手渡されたシガレットケースを小さく掲げた。

「今までとは違う結果が期待できるからだ、エリオット・フォッセー。君にやる」

ベネディクト・ヨンゲンは、エリオットの隣のクリスティンにじろりと無言で暗い目を剝いた。自分を嫌う女の素顔を最後に一目見定めようとする男のように、気丈なクリスティンに押し籠った眼差しを向けてから、無言でその場を後にして、飛行座席に乗りこんだ。

ベネディクト・ヨンゲンは、ゴーグル付きの革製の飛行帽を深く被ると、寡黙な昆虫じみていた。シグは既に操縦席についていた。やや坂に傾斜して低くなっている前部座席に、ベネディクト・ヨンゲンが身を沈めて腰を落ち着かせる。見計らったように、シグは整備士と示し合わせ、

「コンタクト」

「コンタクト」

プロペラが回りだす。

ゆっくり前進しだす飛行機から、シグは小さくこちらに手を挙げた。少し離れてエリオットはクリスティンと二人で追うように飛行機へ歩みよった。シグはそんなエリオット達から距離を離しながら、ベネディクト・ヨンゲンと夜間飛行に飛び立った。

星はいまひとつよく見えなかった。極光が幻惑的な輪を描き、うねるように揺らめいては遠くに映る、玉虫色の奥行きへと突き進んで、飛行機は暗がりに消えた。

どこへとも、何をしにとも尋ねないままでクリスティンは、

「迷わずにいけるかしら。ちゃんと着けるの？　星が見えなくてどうやって天測航法できるのかしら」

「大丈夫。シグのことだもの。——天測航法なんてしかしよく知ってるね、クリスティン」

エリオットは不安を振り切るように、クリスティンの背中に手を当てて、軽く促しつつ、

「さあ、僕らはいったんホテルに戻ろう」

整備士が、自動車で二人をホテルまで送ってくれる手筈で、車に缶のガソリンを注ぎ足した。その間、所在無くエリオットは、ベネディクト・ヨンゲンから寄越されたシガレットケースをおもちゃにして、蓋を開けたり閉めたりした。ガレージのランタンに灯されたぼんやりとした明るみは、金のシガレットケースを、くすむように照らし出した。シグから渡された金の懐中時計が浮かべる艶消しの光沢に似ていた。

　エリオットは、空っぽの薄っぺらい箱を、女物のコンパクトのようにパチンと閉めなおすと、ポケットに仕舞いかけて、

「何を見ているの、クリスティン」

　クリスティンの目線を手元に感じ、顔を上げた。

「イニシャルかしら。――S・V」

　クリスティンは、薄いケースの側面に小さく彫ってある装飾体のアルファベットを目敏く指差した。「SVならこのケースはシグのじゃない？　シグモンド・ヴェルティゴのSとV」

（本当だ――）

　エリオットは急に泣きたくなった。ベネディクト・ヨンゲンどころかシグからも形見わけをされたようで、

「だいじょうぶよ、兄さん。シグのことだもの。そうでしょう？」

　今度はクリスティンの方が、エリオットの手を車の中へと優しく引っぱり寄せた。

「お願いがあるんだクリスティン。明日だけは一日中、僕の傍から離れないで」

「わかった兄さん。わたしはどこにも行かないわ」

Ⅳ:vii

境界線

離陸早々シグモンドは高度を上げた途端、極偏東風の圧倒的な力にぶつかった。極偏東風は、極の北緯九〇度から北緯六〇度付近までを、北東から吹きつける。季節を問わずに常時安定して流れている。予想どおりだが、吹きさらしの極偏東風に真っ向から突き進み続ければ、機体が持たなかろうと思った。アメリカ人のリンドバーグ……彼がスピリット・オヴ・セントルイス号で、大西洋無着陸横断飛行を達成したのも、当初の予定より数時間も短い飛行記録を出したのも、偏西風の追い風に乗れたせいだ——と、シグモンドは、

（復路はそのぶん追い風で楽になるのを願わずにはいられないな）

復路まで持てばの話——。向かい風を踏みこたえるようにシグモンドは夜闇を突き進んだ。

折を見ては、電球を点けて、計器盤の指針をチェックした。（計器のなかには発光塗料のラジウムが引かれていないものがあるのだった。）そのまま一〇時間弱、エンジンをフル回転にして飛び続けた。

手首のエリオットの腕時計が午前一〇時をさす手前、ようやく夜闇が藍色に透けだした。

シグモンドは気流を読もうと目を凝らした。うっすら縁取りを持ち始めた景色が暗闇から浮き出てくる。日の出にはまだ時間があるが、雲の流れが肉眼でだいぶ遠くまで見通せる。

極偏東風は、極から北緯六〇度までを循環しているから、北極から吹きつけて北緯六〇度付近で偏西風とぶつかると、理論上では再び極へと押し戻されるはずなのだ。極からの冷風と偏西風とがぶつかって巻き上がった暖かい風は、高い標高に流れている。これに乗れれば逆流に真っ向から呑まれずに進めるわけだ。が、極偏東風の弾力に刃向かいつつ、上げ舵を無理に引けば即座に宙で飛力を失う。つまり墜ちる。高度計の標示盤を気にしつつ、飛行機の構造上から考えて——またシグモンドの身体的に言ってみても、すでにほぼ限界であり、これ以上高度を上げられない。ただし気流には必ず段差や溝がある。

雲が孕む光の裾で、あたりが明るみに満ちてきた。空の遠く、雪山の白さが浮かびあがって見えるのは、実際には雲の峰だ。追い風を受けてたなびき、北へと運ばれている。

(——あすこだ)

シグモンドは舵を切って、風の壁を突き抜け、かい潜り、機体を叩きつける風を翼でひるがえしながら、追い風の対流に躍り出た。

一気に、翼や機体に掛かっていた抵抗が吹きとび、ぶれて押し戻されていた操縦桿が軽くなった。風に押され、極地に吸い寄せられるように機体が進む。シグモンドは予想以上の圧倒的なスピードを体感して、恍惚と恐怖のはざまで身震いした。

遅れを取り戻すためにシグモンドは相変わらずフルスピードで飛ばし続けた。今度はゆうに速さが出る。視野がみるみる眩しくひらけてきた。

「日の出だ、ベネディック」

シグモンドは伝声管に口を近づけ呼ばわった。前の席でベネディックは無言のまま振り向くように右を向き、ゴーグルの上へ手を翳して、目映げに日が出切るまで見つめている。

飛行機の黄色い翼が光を反射する。

顔を出したばかりの太陽は、眼球を刺す光線の凶器だ。ゴーグルのガラスに反射し、眩しくて見づらくて堪らない。視界全てに光と影が鮮やかに区別されて、目に見える物体の数が増える。一気に気忙しくなって、爛漫たる光線に慣れるまで心身ともに消耗する。十時間余り真ッ暗闇を飛んだ圧倒的な孤独の後には、余計に刺激が強く感じた。

（――太陽が二つある……）

シグモンドは顔をしかめて、右手やや後方に感じるどぎつい明るさに目をやった。

海に映った太陽だ。

空に白く光が広がり凝視できない本物の太陽よりも、しっかりとした輪郭で、明るい光を放っている。

咄嗟の判断力が落ちている――あるいは非日常的な光景の成せるワザか……思考力が低下している感覚は決してなかった。常日頃よりも却って鋭敏に情報を吸収している。通常だったらシグモンドは、太陽が二つ有るはずがないと常識の垣根を越えずに見過ごしたろうが、晒されるままに裸の精神が冷静に反応していた。

日が当たるにつれて、寒さと風で冷たく麻痺していた体軀が、温かさを取り戻しだした。いやがおうにも気持ちが晴れて、眼も冴えてくる。

一週間足らずの準備期間のうちに急遽(きゅうきょ)、間に合わせたスペリー社製のジャイロスコープは一応ちゃんと機能している。明るいうちに(極地の冬至前の昼間はわずかだ)、太陽で方角がつかめるうちにと、シグモンドは六分儀(セクスタント)を片手に腕時計と天測計算表をにらめっこで、念入りに現在位置をはじきだした。

風向きや風速を再確認し、機首方向を修正し針路をとる。

二時間もしないで、ついさっき出てきたばかりの太陽が今度は日の入りの準備に傾きだした。

「ブロッケンだぞ。シグ」

「え？」

「一時の方角にブロッケン。上だ」

ベネディクトに言われるままにシグモンドは北北東の空を仰いだ。

雲に映った七色の後光が見えた。太陽が飛行機の機体を照らし、反射が虹の後光となって、白い雲に映し出されたブロッケンだ。気付いた途端に、角度の加減で瞬くように影に消えた。

「見えた」

長年生きてきたシグモンドでさえ、ブロッケンを見たのは初めてだ。

ベネディックも心なしか揚々と晴れやかな声色で、

「幸先良いぞ、シグ」

「ああベネディック。ブロッケンを見られただけで、今回の飛行は既に一つ実りがあった」

ブロッケンは空気の澄んだ氷雪上など、白く反射しやすい場所で見えるのだ。神の到来だと人々がその昔、跪(ひざまず)き頭を垂れて拝んだ後光は、太陽光線が自分を背後から映し出した光の反射が七色に散って、雪上に映っていたのである。自分の影法師をありがたがって祈っていたのだ。神が人間を創造したのではなく、人間が神を創造しながら、崇(あが)め信仰した人間の愚かしさを投影した後光だ。シグモンドはブロッケンを皮肉な自然現象だと苦々しく解釈していた。今さっき雲に映ったブロッケンは、しかし目の当(ま)たりにすれば確かに刹那、神々しい美しさを放って目に映った。不信心なシグモンドも、神々しく清らかで無用の美を察知する感覚は持っていた。

シグモンドは、エリオットの腕時計を確認した。

「もう何度目かしら」

クリスティンは笑いかけながら、エリオットをからかった。エリオットは度々、懐中時計のネジを巻いては蓋を開けて文字盤に目をくれた。クリスティンは、決して咎めるうんざりした感じではなく、

「いくらなんでもそんなに巻かなくたって平気のはずよ、兄さん」

と、チェス盤に黒い駒を一つ進めた。

「いま動かしたのは？　クリスティン」

「ルークよ」

「ああ……まっすぐ前後に、いくらでも動かせるんだったね」

エリオットはホテルのラウンジでクリスティンにチェスを教わりながら、暖炉を前に紅茶を飲んだ。

ラウンジには、ネクタイにセーター姿の中年紳士が、肘掛け椅子に足を組んで深く身を沈めながら新聞を広げている。他に客はいない。紳士は六号室の泊り客で、シグの手配した医者である。椅子の脇には黒い医療鞄が置いてある。クリスティンに勘付かれぬようにのんびりと、いざという時の為に控えている。

「で、いま何時なの？」

クリスティンは、すっかり暗い窓の外へと目をやりながら「確かにここでは時計をしょっちゅう見る必要があるかもしれないわね」

と、反省したような声で付け加えた。

「夕方の四時半を過ぎたところだよ。クリスティン」

仕舞った時計を再びポケットからたぐりよせて蓋を開けつつ、エリオットは、俄かにこみ上げた緊張を隠すあまりに、あくびを嚙み殺したような声で繰り返した。

「午後四時四〇分になるところだ。――シグはそろそろ北極点にさしかかる」

「北極点？　……シグったら、そんな遠くまでいったい何しに行ったのやら」

クリスティンが、エリオットの警戒をかいくぐるような穏やかな声で訊いた。

「シグは日付変更線をまたぎに行ったよ。伝説をぶりかえさないために」

クリスティンはなんでもない振りで、エリオットから獲得したテーブルの上のチェスの駒を、小さな固い響きをあげながら揃えなおすのに目を伏せた。それ以上、深く尋ねるのを恐れるような静かさで、従順に、曖昧な微笑を浮かべた。

「伝説ってなあに？　兄さん」

「伝説ってのは、きっと証明できない存在で、照らしても照らし出せない影みたいなものだ、クリスティン」

「トミーが前に天国の在処について話してくれたわ。天国だって言ってみれば伝説よね」と、クリスティンは珍しくやけに弱々しい静かな声色をして、「伝説と信仰はどう違うの。信仰が伝説をつくりだしたの？　伝説から信仰が生まれるのかしら。いろんなことがわたしには、はっきりとは分からないわ。兄さん」

わからないから知りたいのか、わからないからもう知りたくないのか。クリスティンの言いぶりはどちらにも取れたし、どちらでもないようだった。わからなくっていいと答えるのはクリスティンに対して侮辱であり、

（――しかし僕はクリスティンに何を教え諭すほど知っている？）

笑いかけながらエリオットは、出来るだけ正直に答えた。

「僕だってわかんないんだ、クリスティン。ただ信仰は、伝説の存在を認めるところから始まるのかもしれないって思う。……トミーと天国の話をしたんだね」

「ええ、前に。トミーが言うには、天国の場所は三次元じゃありえないんですって。三次元

にあるんだったら此の世だから、あの世ではないって。生きた人間がたどりつけるって」

「そうだね。たとえ在っても天国は三次元にないだろうな」

エリオットは、六号室の医者が広げている、見慣れないアルファベットの並びで連なった新聞の題字を、遠くうち眺めた。

「このごろ僕も天国についてわりと考えるんだ。もしも天国が本当に在るとするなら、生きている人間がいつの日か見つけられるんじゃないかって気がしてね。天国と僕らの位置は、宇宙空間の中での単なる距離と環境の差かもしれないって」

「トミーと兄さんは、全く反対の事を言うのね。正反対の考え方をするのに、同じ道理を話されている気がしてくるから不思議なのよ」

「そうなのかい？」

と、エリオットはそっと笑いかけた。

「クリスティン、どうやら僕らの体験しているタイムラインは、相対的らしいんだ。絶対的じゃないんだよ。とするとね、宇宙空間には時空の裂け目があって、時間の向きが、過去↓現在↓未来と恒常的には流れない異なる時空が存在するってことなんだ。宇宙空間が三次元だけで出来ているんじゃないなら、宇宙空間の時空の亀裂を飛び越えた場所のどこかに、時空や想像を遙かに超えた天国も存在しうるって。高性能の天体望遠鏡で観測できる可能性もあるってね」

「だったらやっぱりわたしの天国も考えようだわ」

クリスティンは青い海を湛えているような大きな瞳に、普段の利発そうな知的好奇心の色を添え、愛くるしい顔を上げた。品のよい口許から、白い歯がわずか覗く、生意気な柔らかい笑みをして、

「わたしは死んだら海辺の丘にある白い家に住みたいの。でも海辺の白い家だったら三次元だから、実際に行って住んだほうが確実でしょう？　でもね、いまの兄さんの話を聞いて思ったわ。もしかしたら穏やかな陽射しの中の、見晴らしの良い海辺の家の影ひとつひとつに、わたしの天国は隠れているかもしれないんじゃなくって？」

「どうしてそう思うの？　クリスティン」

「わたし達が死んで、三次元空間では姿を成せない存在になっていたとしたら、わたし達が三次元の家に住んでいたとしても、人はわたし達を影としか思わないでしょう？　ちょうど、表に出ない先祖の遺伝子みたいに、なんらかの偶然や条件が整わないかぎり、いつまでも影として、見晴らしのよい三次元にある海辺の白い家に、潜んで暮らしていられるのかもしれないわ」

エリオットは、この期に及んでクリスティンが全く他意無く、やけに天国だの死ぬだのと口にするのが、不吉である筈なのに、あまりそうは感じなかった。このひととき、現在も過去も未来も無く、時間が止まっているようだ。もしかしたら既にもう自分たちは二人とも死んでいて、止まった自分らの生体時計にタイムラインがたゆまず素通りするのだけなのを錯覚したまま、死んだと気付きもしないで居るようだった。そういう穏やかで脆い満足感にエ

リオットは身をゆだね、魔の時間帯に差しかかりながら、間近には平安のにおいを感じていた。

「兄さんの番よ」

応じてエリオットは、白い騎士(ナイト)を一手ずらした。

レイキャビクを飛び立ってから十七時間半が経過した。シグモンドは、ひたすら北へと暗がりの中で飛行していた。時おりウィスキー入りの生チョコを口に放りこんでは、ゆっくり舌で溶かしつつ、或いはこの高さから地面に叩き落としても砕けそうになく固い、保存用のフルーツケーキを齧(かじ)りながら、操縦桿を握り続けた。

地平線ぎわから投げかけられる光線に、視野が疲れをきたしていた。そこに来て、日の落ちたばかりの薄暮は厄介で、感覚が暗さを把握しきれない。夜の濃度が加速度的に増すにつれ、物が見えずに距離感が摑めなくなる。無鉄砲に飛ばしている感覚にあって、シグモンドは奇妙な安らぎを覚えた。

世界が影に埋没して、周囲が暗く同化する。視界が一様(いちよう)に、平坦に広い暗闇として見過ごせる。目に映る物体を判別する反応がにぶくなり、緊張感が凪(な)がれてくる。

過ぎてゆく景色が闇に蔽(おお)われいまや完全に夜空に溶けこむと、全速力で進んでいるはずが、ただ夜空で宙に浮いている気がした。シグモンドは速度感覚をまったく失くした。精神も体感も麻痺して虚ろなひとごとである。

不安と油断のせめぎあいに、シグモンドは一度どこかにちゃんと止まりたくなった。ゆっくり考え直したかった。もしも今、ぽつんと灯る目印を見つけられたら、その一点の光明を目指して、間違いなく着陸した。手を振るように明滅する燈台を求めていた。やわらかに澄みわたる明るい空がほしかった。シグモンドの真下は、しかし真っ暗闇の淵であり、雲の下は極寒で悪天候の地獄。氷の敷石に埋め尽くされた、世界の果てだ。

エンジンをスローダウンして着陸態勢に入りたくなる誘惑を紛らわし、シグモンドはエリオットの腕時計を確認した。

午後四時四〇分に差しかかる。計算通りだとすれば真下は北極点を越えた地点。

「ベネディック、だいじょうぶか」

「ああ」

伝声管から響く言葉少ななベネディクトの声に、覚悟めいた意気込みがこもっている。シグモンドも、操縦桿を握りつづけて重く凝り固まった脊椎が、しゃんとなる心地がした。

「この調子ならいつもの十二日の午後から逃げ切れるかもしれない。ベネディック、このまま行くぞ」

真っすぐ進めば日付変更線――経度一八〇度地点。現地時刻は十一月十二日の午前四時四〇分になるのだ。気流の風向きで実際はやや東寄り、東経一六五度付近まで流されているとしても、現在地は十一月十二日の午前五時四〇分ごろである。

一時間ほど時間をつぶし魔の時間帯をやりすごせば、待ちにまった折り返しだ。

クリスティンは、待ち構えていたように腕をのばして、コツン、と冷たい響きをあげて駒を進めた。

「王手(チェック)」

「そう来たか……」

エリオットは考えに考えあぐねて、攻め落とすほどの展開には至らなかったが、慎重に駒を進め、あるいは退かせた。五、六手、クリスティンを手こずらせて、結局最後はキングを取られた。どっしり立っているエリオットの白い王将をついにクリスティンがクィーンの駒で小突いて倒した。エリオットは、他の駒をなぎ倒しながらクリスティンの手を捕まえた。

「おめでとう、クリスティン」

エリオットは、クリスティンの手首の脈を確かめるように……事実こっそりと中指と薬指で温かい脈動が打ちつけるのを感じながら……手を離すのが怖くてそのままクリスティンを摑んでいた。左手ではポケットから懐中時計を手繰りよせ、蓋を開けると、エリオットは時刻を確かめた。

「君の勝ちだよ、クリスティン。――五時四〇分を、五分まわった」

合図の暗号を聞き届けたように、ラウンジのもう一人の客、ネクタイにセーター姿で肘掛け椅子に深く腰掛け、新聞を広げていた六号室の医者は、読み終えた新聞を畳むと小脇に挟んだ。足下の黒い医療鞄を持ち上げるると腰を上げる。時計から顔を上げたエリオットへ暗黙裡に殊更の無表情を一旦向けると、立ち去った。

「どうしたの兄さん」

クリスティンは許すような口調でじっくり味わうように零す。

「なんでもないクリスティン。ただ嬉しいだけ。こうしてクリスティンと今一緒に居られるのが」

エリオットは、ゆっくり抱き合って眠っていたいような、やわらかな時間の流れに身をまかせつつ、

「シグは折り返した頃だろうな。明日の朝には二人で出迎えに行こうね。喜ぶよ」


機首を転じ、急旋回でUターンしたシグモンドは、再度北極点を今度は南へと過ぎ越したところで、圧倒的な追い風に後押しされ、機体が裏返った。安全ベルトが躰(からだ)を咬んで、一回転して、辛うじてもとに戻った時には勢いあまって目の前の、息が詰まりそうな雲のどてっ腹に突っこんだ。ぐらつく操縦桿を制し、なんとか平衡バランスを取り戻して道筋を抜けたシグモンドは、今度は目前を塞ぐようにやんわり待ちかまえている雲に気付いた。雲は風に押し流されつつも、霞のように広がりながら、次第に幾重にも層を重ね、渦をまいて厚くなる。中に乱気流が隠れていれば巻きこまれたとたん機体が破れて木端微塵(こっぱみじん)だ。上下左右にはしかし黒雲が押し寄せて舵を切る隙間も無い。

「雲の中に入る、ベネディック」

「ああ」

シグモンドは腕時計を確かめた。

(雲の向こうは、十二日の午後六時)

時計の文字盤の手前にも、霞が横切りだした。濃霧の中に閉ざされたように視界の見通しがまるで利かない。前のベネディックの後姿はおろか、ラジウム染料の引かれた計器も、操縦桿を摑む自分の手さえ覚束ない。

——ついに見えなくなった。

シグモンドは感覚だけを頼りに操縦桿を握りつづけた。今となればここ上空が、飛行者のないほぼ未踏の領域である孤独に感謝せざるをえない。さもなければいつ接触事故に遭うか分からない。目を閉じて飛行しているのと違いはない。だったら目をつぶればいい——

シグモンドは目を閉じた。

十秒でいい。疲れた目を閉じて休めたら——。瞼を閉じた途端に、忘れていた圧倒的な睡魔に伸し掛かられた。一……二……三……四……

十まで数えきる度胸がなく途中で目を開けた。まだ一面雲の中で何も見えない。シグモンドは再た、

一……二……三……四……五……六……

絶え間ないモーターのブーンと唸る回転音が、遠くハチドリの羽ばたく羽音のようにのんびりと緩慢に響いている。

――ぐらりと目が覚めた。

一瞬眠りに落ちたのだ。シグモンドは身の毛がよだった。肝が冷えたのはいっそ良かった、危険を覚えてすっきりと頭が冴えた証拠だ。

次第に霧がうすくなる。押し寄せていた左右の黒雲も前方で道をあけている。シグモンドは腕時計を見た。折り返してから五分と経っていない。

雲から出た。

夜空がひらける。赤っぽい極光で地平線や水平線の境が浮き出ている。空全体がまるで街の明りに燃えたって、燐光を発しているようだ。小生意気なクリスティンの柔らかい金髪が月夜に照らされて青白く……やや緑がかって長くうねるように、波型のオーロラが遙か上の遠い空から、シグモンドの額をなでるほどに、滑らかにたなびいている。

滲んで乾いた水色の染料みたいな淡い極光は、トーマス・コレットや……ミュリエルの瞳の色みたいで、ゴーグルのレンズに反射するほど明るく目の前にちらついた。鬼火みたいだ。

シグモンドはまるで宇宙空間に抜け出た気がした。

「見てみな、ベネディック――」

シグモンドは、呼びかけながら初めて前の座席にベネディクトが居ないと気がついた。

（……ベネディック、飛び下りたのか？）

跡形もなく居ない。

それまでベネディックが前の座席（シート）で、身の置きどころの重心をずらすたび、シグモンドは機体のわずかな重心のバランスを改めてきた。自分がさっき睡魔から目覚めたのは、ではベネディックが飛び降りた振動のせいなのか？　あの雲の中では、目を開いていたとしても、風とエンジン音と冷気とで感覚が塞がれ、自分は小指がもげたって分からない程だった——果たしてベネディックは、雲の中でかき消えたのか。

（あの子は？　ナターリアは無事でいるか）

夜が明けて、十一月十三日の朝九時を過ぎても、シグの乗った飛行機は一向に戻って来る気配がない。

外は、霙まじりの霧雨である。

エリオットはガレージの軒下で待っていた。冷える。吐く息が白く凍りついてくるようだ。……そうだ湿った冷気は、乾いた冷気よりも寒く映るたしかウェーバーの法則。湿った空気では、吐息の二酸化炭素が水分と結びついて白く煙って目に映る。

「実際の気温はこうも寒くない筈なんだ」

クリスティンに説明しながら、錯覚なのだと懸命に思い直そうとしたが、いまのところ無駄骨である。

外には上空から見えるようにカンテラを幾つも灯してある。エリオットは、ボーデン家に点々と連なって燈っていたカンテラの列を遠く思い起こした。それがついこないだの夏だとは思い難かった。ずいぶん昔の気がした。《漏斗の時間》と実際の時の流れは、なるほどだたしかに嚙みあわない。

　エリオットはクリスティンと共に車内に戻った。ホテルで用意してもらって持ってきた湯たんぽを抱きながら、シグモンドの飛行機を待ち続けた。

　更に一時間が、ゆうに過ぎた。

「この寒空に風の吹きすさぶ中、雨に濡れて幾時間も飛んでいたら凍死しちゃうわ」

「シグは雨雲の上を飛んでくるよ」

「着陸態勢に入ったら濡れるのよ」

　万一の時のために六号室の医者を連れてきていた。医者は助手席で、運転席に座っている整備技師の横におさまっている。日常言語が異なるから、多少は通じるもののわざわざ口を開くまでもなく全員で主に押し黙っていた。たまに互いに隣へ呟きかけるだけである。ガレージの淀んだ明りの中で、自動車のつるりとした革の座席（シート）に座って、鬱々と待つ。

「――音がするわ、飛行機の音がする」

　クリスティンが沈黙を破って口を切った。氷混じりのシャーベット状の雨はひっきりなしにガレージの屋根を打ちつけている。絶え間ない雨音のざわめきに埋もれた、扉も窓も閉め切った車内で、飛行機のプロペラが遠く聞こえてくるはずもない。シグが無事に戻るのを強く願うあまりの錯覚だ。エリオットは耳を澄ましながら頭（かぶり）を振った。

　クリスティンは扉を開けて車からとび降りた。目を閉じて真剣な顔つきでじっと立ち尽くし、固まったように息を潜めて耳を澄ます。エリオットは、クリスティンの頑（かたく）なこういう所作に見覚えがあった。目が見えない頃のクリスティンだ。

物を聴き分ける能力がクリスティンは人より長けている。エリオットは、追うように車を降りると、ガレージから出て、雨に濡れながら空を仰いだ。

（あ――）

エリオットが、遠い空に明りを認めたのとほぼ同時に、クリスティンが駆け寄ってきた。

「何かがはじける音がしたわ」

技師も医者も不安そうに、二人につられて降りて来た。

「照明弾だ」

エリオットが振り返ると、二人の大人も確信に満ちてこちらに頷く。

「帰って来た」

もう一発、照明弾が今度は確かにシグの飛行機の形をちらと映し出した。飛行機は既に着陸態勢に入って下降しているように見えた。

「まだここまで大分あるじゃないか……」

三日前に乗っけてもらい飛んだときを思い出しても、雨を考慮し着陸地点で地滑りするからにしたって、はるかに遠く照明弾の明りが霞んで見える距離から、着陸態勢をとる筈がない。エリオットが技師の顔色を窺うと、整備技師は車に戻りながら腕を振りあげて、来い、来い――とエリオットたちに手招きした。迎えにいくのだ。

全員で、自動車に乗りこんだ。

一瞬見えた光の記憶をたよりに、タイヤを走らせた。

燃料切れである。

極地から折り返す地点で、燃料は半分を切っていた。前半、約束の刻限に間に合わすため、突風に真っ向から全速力でエンジンをふかし続け、気流に乗ってからも、時間の空費を取り返さんとフルスピードのまま飛び続けたせいである。

復路は時間と競争する必要もない。追い風に乗り、シグモンドはエンジンを絞ってグライダーさながら風力を頼りに舵だけ切った。だから到着予定には大幅に遅れていた。

でもなお燃料を節約しきれないなら、風に流されて横にぶれてもいたし、ノルウェイの岬に緊急着陸しようかシグモンドは一時迷った。しかし約束通りレイキャビクに着かなければエリオットがどれだけ気を揉むか。シグモンド自身もクリスティンが無事かどうかを早く確かめたかった。際どいがあとひとふんばり、アイスランド・レイキャビクまで飛べるだけの残りは有ると見積もった。多少無茶でもなんとか着きたい。そのままシグモンドは飛び続けた。

風に押されてゆったり下降し、雲の下に出たとたんに、氷雨が服から躰に凍み入り、寒風に吹きさらされ、喰いしばる歯の根が合わなくなった。冷たさで体が痺れてくる。追い風も一切途絶え、飛行機は進まぬどころか、機体を浮かせるのさえ俄かに難しくなった。

（最後の最後で無茶をしたかもしれないな）

シグモンドは、やや冷静さを欠いてここまで飛び続けたのを一瞬後悔した。ゴーグルに伝う雫を振り払うように頭を振った。手で擦ると尚更見えなくなって、内側も曇ってきた。いっそのことと、シグモンドはゴーグルを上げた。冷気と雫を顔じゅうに浴び、凝らした目をしばたかせながら、ぼんやり遠くにちらつく明りを目指した。

（まちがいない。あれだ）

連綿と灯が点いているからには自分を待っている。

あと少しの地点で機体が急速に沈みこんだ。

照明弾を二発上げたが、いずれも霙で鎮火し、シュンとしぼんですぐ落ちた。

（気づいたろうか）

機体が発見されなければ自分を待っているのは凍死である。既に三十五時間余りぶっとおしで飛び続けたシグモンドは、不時着地点から、レイキャビク郊外のエリオットたちが待っているガレージまで歩いていける余力はゼロだった。

霙が雪になってきた。

シグモンドの飛行機は小船一艘あまりの大きさで、周囲は岩場と氷の原野だ。見つかる前に雪に埋もれたら、向こうだって見つけようがない。

照明弾を上げた地点からかなり離れて、シグモンドの単葉機はよろけるように着陸した。

（ストロボが見えたとしても、あの照明だけを目安に来たら見失う）

日が出れば多少は視界が良いのに、とシグモンドは恨めしく暗い空を見上げながら顔に冷たい雪を浴びた。

（せっかく着いて）

顔を手で覆い、操縦桿に突っ伏すと、シグモンドは凍りつく無機質な傷みに骨までしゃぶりつくされた。前後不覚の冷たい眠りに突き崩されるまま力が尽きてきた。


「シグ！」

シグ、
揺すぶり起こされてシグモンドはうっすらと目を開けた。カンテラの光を近づけられるのが眩しくて、顔をそむけた。暗がりへ向いた先に、別の人間が、待ち構えていたように、シグモンドのひっついた瞼を指でこじ開けた。眼球に丸い小さな灯を突きつける。

「瞳孔反応は正常です」

聴き慣れない太い声が聞こえて、

（うるさい……――）

寝ている人間の目を押し開いて、光の鋒先を向け、耳元で喋ったり、無作法にも程がある。シグモンドは不愉快だった。しつこく反対側の目も覗きこもうと瞼を押し広げる太い指を払いのけた。

するとシグモンドの腕を摑んで、男が今度は腕時計を盗もうとするのだ。エリオットの腕時計だ。逃がしてはなるまいと阻もうとして、離れた手を追いかけ空を摑んだら、

「シグ、脈を測るのに邪魔なんだ。腕時計はお医者が外したよ。僕がいま、自分の手首にはめたからね。ほら。心配しないで」

と、頭上でカンテラをぶら下げている声の主が、

「シグ、僕だよ。エリオットだよ」

（ああ、エリオット）

誰かが太い指で無理やり目を開けるのだ。エリオット、眩しく揺らぐナンセンスな灯を、なんとかやめさせてくれないか。

そうシグモンドは頼もうとして口を開きかけた。

「お医者のペンライトだ、シグ。我慢して」

脳裏の秘密を覗き見るようなぶしつけな光である。焔のシロップが眼底へと流し込まれる。神経を逆撫でしてくる灯から解放されると、シグモンドは再び冷たい闇に放り捨てられた。

「大丈夫だそうだ、シグ。良かった……みんなで家に帰ろう」

「オーグスト・ヨンゲンはどうしたの？」

クリスティンの声が聞こえる。

往った、あいつは消えてしまったとシグモンドは途切れとぎれに呟いた。

「わかったわ。シグ、もう安心して。まったく無茶するわ」

温かい吐息がやさしく顔にふりかかり、シグモンドは鈍く目を開けた。

「……ナターリア——。無事だったね。心配だったよ。また会えたね」

「そりゃあもう、あなたを探したもの会えるわよ」

シグモンドは、オーロラみたいな髪をたどり、新しい蠟さながらの白さを晒す、やわらかな頬にと、手を伸ばしてそっと撫ぜた。

「よかった。――よかったね……エリオット」

「ああとても。シグは無事に戻れたしほんとうに」

冷気に鼻を啜り上げているのかエリオットは震え声だったが、語気にはいつにない晴れやかな張りが有った。シグモンドは顔を見たいと思ったが見つけられなかった。自分がエリオットに抱きかかえられるのが分かった。

「寝ていればいい。シグ。僕らでホテルにつれて帰るからね」

君はけっこう力があるね……エリオット。シグモンドは無言のままエリオットに心身ゆだねきって静かに目蓋を下ろした。

今度の眠りは温かでおだやかだ。

Ⅳ：viii 代価

九日前に北上した英国鉄道を、列車に揺られて南下する。

向かい座席のシグはほぼ完璧に回復していた。あれから充分な休息と栄養を取り、レイキャビクでは温泉にも浸かって温まり、もう二度と寒い思いはごめんだね。そうエリオットに苦く笑ってみせた。四人で同行してきた道筋のとおりに、三人でレイキャビクからグラスゴーまで船内泊。グラスゴーから汽車に乗車した。

乗り換えのロンドンまで、行きとちがって今回はエリオットも窓外の景色を楽しむ余裕がある。

「食堂車が混んでいるか見てくるわ。すいていたら今のうちに食べておいたほうがいいもの」

隣のクリスティンが腰を上げた。

長距離列車で、たしかに駅がロンドンに近づくほど人に見つかる可能性が高くなる。クリスティンは、じっと座っているのに飽きてきて、好き勝手に歩いて回りたいみたいだ。

「食堂車ならたしか進行方向の逆側だったと思うな」

「じゃ、ちょっと行ってくるわね」

クリスティンは個室の扉を開けて細い通路(コリドー)に出て行った。

「君は行かないの?」

シグモンドが、読んでいた本から目線を浮かせて、居なくなったクリスティンの座席を確かめながら、正面のエリオットを怪訝そうにうかがった。

「万一あの子が知り合いにでも見つかれば、席を立ったきり、二度とは戻って来られないかもしれないよ、エリオット」

「僕が居たって捕まる時はつかまる。むしろ僕が傍に居るほうがまずいんだ。クリスティンがああして一人で歩いている分には大丈夫。誰しも目の見えないあの子が念頭に有るだろう？　油断しているわけじゃないよ」

シグモンドは、栞(しおり)も挟まずに読んでいた本を閉じた。

「では君はいつまでたってもあの子と並んで一緒に歩けないよ。エリオット」

「いいんだ」

いや、良かあないけどさ。エリオットが足を組みかえながら神妙に付け足したら、シグモンドは優しく哀れむように、わずか頬をゆるめた。

「僕はクリスティンの少し後ろで、或いはちょっと前で、歩いては居られるんだからいい」

エリオットは、窓の桟に頬杖をついた。

「それよりシグ、話してよ」

「なにを？」

シグモンドはしらばっくれた冷淡さではなく、なにを聞きたい？——と待ち受ける、打ち解けた表情をした。

「飛行中の体験をさ。消えたベネディクト・ヨンゲンのことやなんかを」

奴はひょっとして、四年後にまた姿を現すんだろうか。

「僕はさ、前々から実はベネディクト・ヨンゲンに一つ訊いてみたい疑問が有ったんだ」

シグはいつものように黙ってエリオットの問いに耳を傾ける。いつだってシグは、今みたいに無言の乗客になりすました行きずりの気色を携えて、エリオットの前に座っていた。

「シグ、あなたなら僕が、オーグスト——ベネディクト・ヨンゲンから聞きたかった答えを教えてくれられるかもしれない」

「答え?」

「ああ。人はなぜ錯覚を起こすのか。錯覚とはなんだろうかっていう」

エリオットはオーグスト・ヨンゲンの元で働いていたころ、引用文献の出元を辿って論文に脚注を添えるたびに、

(だからなぜなんだ)

と、苛つきを覚えていたものだ。

——例えばなぜ湿った冷気は、乾いた冷気よりも冷たい気がするのか。暑いときは概して湿度が高いほうが、乾いた空気より暑く感じるのに。例えばなぜ、ガタガタ揺られつづけた後には、平らな道を歩いても地面がぐらぐら揺らいで体に伝わるか。

「たとえばなぜ時計のチクタクと鳴る間隔は、チクタクが、タクチクよりも短めに聞こえるのかっていう——」

エリオットは、シグモンドから預かったままだった懐中時計をポケットから取り出して、蓋を開けると耳に近づけた。蓋を閉めてから、垂れ下がる鎖を掌の上にまとめて、シグモンドに差しだした。

「まだ返していなかったね」

「いいよ。良ければ君にあげる」

「ほんと？　そりゃあ嬉しいな」

喜んだ半面エリオットは、ベネディクト・ヨンゲンから手渡された、S・Vと頭文字の彫ってあるシガレットケースを思い起こした。

「シグは一度他人が持った物を使うのがいやなのかい？」

「人の物がいやなら君の腕時計なんて借りなかったさ」

シグモンドは、さも気軽そうに受け答えてから、

「錯覚の理由を知りたいんだね、エリオット」

「うん。勘違いとも違うだろ？　チクタクと刻む秒針の音が等間隔だと知っていても、チク…タクの間隔の方が、タク…チクよりもどうも短く速く聞こえる。ガタガタ道にしたって、体感温度にしたってさ」

「簡単だよ。ひっくるめて言えば、人が錯覚を起こすのは、主観と客観がせめぎあうから」主観だけなら誰も錯覚と気付かない。雨の日は温度が低く、時計の振り子は、行きの振りのほうが、戻ってくる振りより速いと思いこむばかりだ。客観が干渉するから錯覚だと気付くのだ。

簡潔なシグモンドの手ほどきに、エリオットはため息をついた。

――僕は目に映るものを、まるで見ちゃいなかったんだな。

「……ベネディクト・ヨンゲンが錯覚について研究したのはだからなのか。錯覚を調べれば、失くした客観について学び取れると……シグ、あなたは僕が尋ねることすべてに答えを持っているんだね。あなたは本当になんでも知っているんだな」

「いいや。すべてを知るとは死ぬことだよ、エリオット。たとえどんなに冴えた頭脳でいくら長生きしてみても、死についてだけは誰も死ぬまで絶対に知りえないから」

シグモンドは一瞬、うつろな人形めいた面持ちで、見知らぬ人みたいにエリオットの真向かいに居た。

「ベネディックだけでなく人間は、錯覚の原因や起因について追究したがる。錯覚が死の観点に近づける研究だからかしれないね、エリオット。錯覚から、客観とはなにかを厳密にはじき出せたら――なにしろ死とは百パーセントの客観だろう？　研究の余地は大きいさ。どうだい、君がベネディックの研究を引き継ぐか」

「いや。僕にはもっと優先すべき事項があるよ。シグ、あなたの不老長寿のメカニズムを突き止めなきゃ」

エリオットは冗談半分に、半分は本気で笑いかけてから、夕闇に霞む窓外の薄暗い景色に目線を投じた。その隙にシグモンドには、病魔にうすうす勘付いている患者がカルテを盗み見るような剣呑な目つきがわずか面に奔りでた。

「突き止めたいなら君は急がなけりゃね。エリオット」

なぜ？　エリオットは眉を上げた。

「でないと君は、あっというまに私を置き去りにしてジイさんだから」

「シグが人並みに年老いるのと、メカニズムを解明して僕やクリスティンが不老長寿を手に入れるのと……どっちが、より可能かな」

「さあね」

ふんわり受け流しながらシグモンドは、考えつく選択肢はそれだけかいとでも言いたげだった。

エリオットは、望遠鏡をたまたま覗いて新星を発見したら星をなんと名付けるか討論をしているような、夢の有る……夢だけの虚しさを持ちかけた、遠い隔たりを意識した。

「エリオット。年をくって、知識の量と世界観がひろがるとね、あらゆる角度から客観視が可能になってくるいっぽうで、長く生きれば生きただけ主観が強くなるのも本当だから、君もきっと命根性汚いごうつくばりになるのだよ。つまり死ぬのが怖くなるのさ。死は客観に身をまかしきる放棄だから。主観が強くなればなるほど、客観との甚だしい落差を飛び越えるのに怖気づく。ベネディックは死への恐怖がまったくなかったけれど、あいつは主観だけで客観との差異がなかった」

シグモンドは、救い難くどんより煙る憂鬱の重みに、難なく耐えているようなきびしい清廉さで、理路整然と感情に流されない口ぶりで説いた。

「じゃあシグ、あなたも怖いの？」

「私だよ。命根性汚いごうつくばり。長く生きて主観と客観との落差に気づいてくるほどにね。こわいよ。冷静を保ってはいられる反面、これから死ぬのは随分こわい。笑いたいかいエリオット。世紀をまたいで私は誰よりも長く生きてきたのにね。死ばかり恐れる御身大事で欲張りの、臆病者な老人だ。そればかりはどうしても」

みずみずしい若々しさで、シグモンドは涼しげにそう白状しながら、自らを窘めるようにしとやかに笑った。

「なーにを、かっこつけてるんだシグは！　そりゃあ信用できないなあ。北極圏の寒空を四十時間近くも飛びにいった人が。ほんの、ハメでも外したっていうのか？　無敵じゃないか。死ぬのが怖いだなんてセリフ、いやらしいなあ」

エリオットは思わず軽く笑い飛ばした。

シグモンドは、愉快そうにエリオットを見返した。はにかみとも違う、安堵のこもった面差しだった。まるで遠まわしに口説きかけた途端に意中の娘に笑って抱きつかれたみたいな、静かに観念した素直さに身をゆだねている。それでも、冷静な本心がどこか別に有りそうな、不敵な落ち着きを引きずってはいた。

クリスティンが扉を引いて入って来た。

「まだかなり空いているわ。がらんどうじゃないけど、今のうちなら。そんなにおなかは減っていないけど」

「じゃあ食べに行こう。僕は小腹がすいてきたよ」

エリオットは懐中時計をポケットに仕舞うと、上着を持って立ち上がった。

シグモンドは、自分はまだいいからと座席に残った。

「二人で行っておいで。私はだれに見られようと、ロンドン近くで食べても気兼ねがないから」

「そうだね。じゃあ行こう、クリスティン」

白いテーブルクロスを前にして、冷静な立ち居振る舞いを装いつつ、エリオットはクリスティンと向き合って座りながら些(いささ)かそわそわした。慣れない食堂車で、進行方向と逆向きにグラスの水を飲むのも落ち着かない。誰かに見つかりはしないか——向こうで新聞を広げながら軽食を取っている灰色のヒゲをたっぷりたくわえた恰幅の良い男や、結婚式の帰りらしい中年夫婦の顔などを——遠目にいちいち確認した。

クリスティンは落ち着き払ったものである。ナプキンをとっとと膝の上に落とし広げながら、

「シグと何を話していたの？　兄さん」

エリオットをなだめつかせるために話しかけてくれるのが解った。

エリオットは水ばかり飲んでいたグラスを置いた。

「ああ、うん。シグったらさあ」

説明し終えたときには、エリオットは、ウェイターに見張られた食堂車の空気にもすっかり馴染めていた。「三十七時間も無着陸で北極点上空飛行をやらかした命知らずのくせして。

死ぬのが怖いとは、シグもよく言ったもんだってさ」

「あら、でもあの人がなんの為に飛んだかによるわ。シグが自分の冒険心を満足させるために飛んだなら、命知らずで無鉄砲に違いないけど、そうだったの?」

　クリスティンはメニュー表を広げる。

　エリオットもつられるように、自分のメニューの表紙を開いた。

「何のために飛んだかで違うかなぁ。大義や国の肩書きを背負った空軍パイロットって話ならまだしもさ」

「それもそうね。兄さんの言うとおり。ただ、いつも余裕たっぷりで悠々としたあのシグが……計算高くて自分の身の安全をまず見誤ったりしなさそうなあのシグが、あんなきわどい死ぬ瀬戸際まで、がむしゃらに自分を追いつめる羽目になるなんて。誰かのためじゃなくてやるかしら? 誰かのためだけでやるかしら。きっと、自分と相手のあいだに、強い絆が確立していたのじゃなくって。シグがもしも誰かのために命を懸けて飛んだなら、あの人だってやっぱり死ぬのが怖いのは本当かって思ったの」

「つまり、どうして? クリスティン」

　クリスティンはメニューの頁を繰った。

「だって誰しも死ぬのが怖いから、何かの為に生きただの、誰かの為に死ぬだのって愛情にかこつけるのじゃないかしら。愛なんて、生と死の間の衝撃を埋める現実逃避よ。それなりに長くて緩慢な人生に弾みをつけるクッションだわ。でも、精神メカニズムと言い切ってはあんまり味気ないでしょ。食べ物だって、栄養を取るためだけなら不味くたって構わないけど。そりゃあ美味しくいただいたほうが良いに決まっているもの」

クリスティンは飄々と述べながらメニューへと目線を走らせ、

「ほろほろ鳥の香草焼きだわ。これにしようかしら」

と、顔を上げた。

「ほろほろ鳥の香草焼きって、シグの好物だ」

「あらじゃあ、あの人って、鳥を見るのも食べるのも好きなのね」

クリスティンは案外グロテスクな科白を吐きつつ眉を顰めて、意地悪げに小さく笑った。

クリスティンの悪戯めかした口の利きかたをエリオットは好いていた。悪だくみに賛同するように一緒になって含み笑いをした。壁際に控えている給仕係は、不愉快げに聞き耳を立てていた。

笑っていたクリスティンの眼差しがエリオットの肩越しへとすり抜けた。

俄かに表情が曇った。

エリオットはたちまち胃が竦みあがり、咄嗟に振り向けなかった。クリスティンが知り合いに見つかったのかと思ったのである。

「乗車券を拝見します」

エリオットは怖々と慎重に振り返った。車掌が、ひげの紳士の切符を確かめていた。

「いやだわ、わたしポーチに入れっぱなしで、切符をここまで持って来なかった」

クリスティンはエリオットの懸念をよそに、気楽に失態を明かした。

「なんだそうか。座っていて。取ってくるよ。蒼いサテンの巾着だね？」

エリオットは胸を撫で下ろしつつ、自分の上着の内ポケットに入っている切符を抜き取り、クリスティンに手渡した。クリスティンは、申し訳なさげに眉を寄せながら、ひとまず受け取る。

エリオットが立ち上がりかけると、ウェイターが椅子を後ろに引いてくれる。

「クリスティン。良かったらメニューをオーダーしておいて。僕もクリスティンと同じやつ。ついでにシグに、ほろほろ鳥の香草焼きが本日のスペシャルだって教えてくるとするよ」

そう穏やかに軽口を付け加えて、エリオットはいったん席を外した。


薄ら寒く細長い通路を抜けた。

車室の前でノブに手を掛けたとき、ドアの上窓からは、がらんどうの座席が見えた。

エリオットが食堂車に立ったとき、シグモンドは進行方向と逆向きの座席に座っていた。だからエリオットの今の立ち位置からだと、姿が見える筈なのである。

ベネディクト・ヨンゲンの件に片がついて、今やシグモンドとエリオットの関係に何の必要性も残っていない。僕らを置き去りにしてどこかへ行っちまったのか——？　エリオットが見誤ったのも束の間、シグの上着が窓枠にぶら下がったままなのが目に入った。

（なんだ）

シグは息抜きに席を立ったのだろう。手洗いにでも行ったか。シグが今さら行方も報せず、ろくな挨拶もなしで、姿を眩ますはずなかったってのを――

（だいたい……僕とクリスティンが席を立ってから、まだどこの駅にも到着しちゃいない）

今だけちゃっかり進行方向に座席を移しているのやら……と、エリオットは、角度の加減で見えないだけかと、個室の扉を開けた。

シグモンドは音楽に聞き入るように目をつむっていた。そのまま眠りこんでしまったみたいに、少し猫背で、やや首を傾けて、フロアに座りこんでいた。座席（シート）の脚部分に背をもたれ、普通より一段下の位置を除いては、何もかもが普通であった。

しかしエリオットは奇妙な違和感に、誰かが口をつけた紅茶を一口含んだような、何か非常に間違っている空気を呑みこんだ。

「シグ、どうしたの」

今まさに嫌なことが起こっているのだ――即座に察知しながら、膝を折って足下に屈みこみ、軽くシグモンドの肩を叩いた。

そのときガタンと列車が揺れた。あるいは全く揺れていなかったのかもしれない。シグモンドが滑り落ちた。立てかけておいた箒が倒れたような動きをした。

（いったい僕は……どんな手抜かりをしでかした）

エリオットはシグモンドを抱き起こしながら、手首の脈を探したが見つからない。エリオットはシグモンドのカラーに指をしのびこませて頸動脈を探った。

「兄さん？」

背後から声が降りかかって、エリオットは振り返った。

クリスティンは、深く淀んだ沼の底に気味悪い生き物でも見たように――二人で何をしているの――。真っ向から出くわさなければ、なかったことにしたい素振りだった。戻って来ないから来てみれば――とクリスティンはドアを押さえて開け放ったまま、こちらを見下ろし、ようやく身震いするように、

「……シグったら、どうかしたの？」

エリオットは、クリスティンをふり仰いで、怯えながら首を横に振った。

「乗車券を――」

先程の車掌がやって来た。クリスティンの肩越しから覗きこむように見下ろしてくると、

「どうかされたんですか」

エリオットはやはり首を左右に振って、諦めと懇願の綯交ぜ（ないまぜ）で、無力に車掌を見上げた。

「何か荒らされた様子は？　何も盗られてはいませんか」

エリオットは、今度はもうどうでもいい気分で、かぶりを振った。

「――自殺なの？」

「なんでそんなこと言うんだ、クリスティン」

救いがたい気持ちで咄嗟に返したエリオットの声は鞭（ムチ）さながら厳しくなった。

今度はクリスティンが、ただ首を横に振ると、砂時計が落ちるように座席の隅に腰を下ろ

した。エリオットに手を差し伸べる。

エリオットは、クリスティンの掌が頬にそっと張りつくのを感じるままに、

「自然死だよクリスティン。無理がたたって、きっとそうだ」

たとえ自殺にしたって自然死だ。シグの場合は老いないだけに特にそう——。

エリオットは、シグモンドの左手首のカフスが外れているのに気がついた。ふと気に掛かりだして、窓枠に掛かっている上着に腕を伸ばし、引っ張り落とした。以前シグモンドが内ポケットに差し挟んでいた、ペン入れのような注射器ケースを探り当てた。中にはアンプル内で波打つ透明な液体と、シリンダーが空っぽの乾いた注射器と、注射針の入った小箱が入っていた。なんの証明も裏付けも見あたらなかった。シグが、なぜこんな注射器を持ち歩いているのか。エリオットは分からなかった。ケースの中に、シグがもともと何本の注射器やアンプルを持ち歩いていたかも、知らなかった。自殺の証拠を残さぬように、空になったアンプルや濡れた注射器などを、シグであれば窓から外に放り捨てたかわからなかった。だが、ベネディクト・ヨンゲンの消滅願望に飽き飽きしていたシグモンドが、今更自殺をするとは考えにくかった。

(自然死だ。どちらにしたって)

どっちにしろ、シグは自分の死期をたぶん一人で知っていた。薄々と、あるいは真っ直ぐ見据えていながら誰にも言わずに往ったんだ——としたら?

エリオットは半身が麻痺するような、体液がこみあげるように濁ってくる身の置き所のな

さを覚えた。ただ頑なに――シグ。問いただそうにも、こんな逃げ切りかたはない――

内心で悲しい苛立ちにもがいてやり場がなくいた。これじゃあ意味がない。こんな結末を望んで僕はあなたと二人で知恵を絞ってきたんじゃない。ちがう、こんなつもりで僕はあなたと解決したかった訳じゃない。

死は苦しかったか。たいそう辛かったか。突然で、助けを呼ぼうとしたんだろうか。或いは……あどけないくらいに安らかだったか。その場に居合わせていたなら僕でも何かしら手を尽くせたかしれない。シグ、あなたが望んでいなくとも、僕は傍に居させてもらいたかった。だから未来の話をした。だから僕はあなたとの未来の話をしたんだよ。

僕らはまだこれから一緒に分かち合えるものがきっともっといっぱいあって、あなたが僕に教え諭すべきは山とあり、僕はあなたから色々を学び共感できた――。

《突き止めたいなら――君は急がなけりゃねエリオット》

シグは嘘だけはつかないとエリオットに明言していた。ついさっき無気力な穏やかさで呟いたシグモンドの滑らかな洞声(うろごえ)が、いつまでもエリオットの脳裏で、もどかしく響いた。


トミー・コレットは、外国旅行に行ったクリスティンが夜汽車で戻ってくるのを心待ちに駅まで迎えに出向いた。クリーム色の薔薇の花束を駅前のスタンドで買い求め、駅の構内に入って待っていた。十一月十六日。

見込んでいた時刻に、クリスティンは降りてこない。

迎えを頼まれていたわけではないし、クリスティンを驚かせたい一心で、いったいどんな風に喜ぶだろうと、楽しみに来ただけである。トミー・コレットはいったん構外に出て、駅前のパブに入り、次の列車が着くまでの時間、寒さを凌いだ。

次の列車でもクリスティンの姿は見あたらず、トミー・コレットは少しやきもきしたが、なんだか待つのに慣れてもきた。帰る予定をずらしたのかもしれない。一応、最終まで待ってみると決めた。

最終列車がプラットフォームに到着し、ひとしきり客を吐き出した中に、クリスティンやエリオット達の姿はなかった。トミー・コレットを置きざりに列車は次の停車駅へと、残り少ない乗客を運んでいくかと思いきや、時間調整をしているらしい。

なかなか発車しない。

トミーは、端から端まで花束を片手に、列車の窓や昇降口を、未練がましく見上げてはプラットフォームを歩いた。すこし先で、重たげな旅行鞄を両手からいくつもぶらさげた娘が、俯きながら危なげな足取りで汽車から降りてきた。トミー・コレットは手を貸そうと思わず駆け寄った。そこで初めてクリスティンだと気がついたのだ。いつだってトミーは遠くからでもクリスティンが分かるのに、影を背負って、くたびれきった佇まいが別人のようだった。

「あらトミー」

トミーに気がついたクリスティンは、わずかに息を弾ませ、ほのかに顔をほころばせた。

トミーはクリスティンの腕から重そうなのをまず持つと、あいたクリスティンの手に薔薇の花束を手渡して、残りのトランクを自分の両手にぶらさげた。

「エリオットは？　ヴェルティゴ氏も一緒なんだろう？」

非難めいた声色とともにトミーはクリスティンを窺った。クリスティン一人に、なんでこんなに重たい荷物を持たせるんだ——クリスティンはトミーに貰った淡い薔薇の花弁を真上からじっと正気のない目で見下ろした。目を休めているみたいにだ。

「二人ならすぐに降りてくるわ」

クリスティンは汽車の降り口へと、そっと振り仰いだ。

トミーもつられて目をやると、エリオットが、シグモンド・ヴェルティゴを抱きかかえて降りて来た。

「ロンドンで予定の汽車に乗れなかったの。ずいぶん待ったでしょう、トミー。迎えに来てくれるだなんて思わなかった。嬉しいわ」

クリスティンは意外に穏やかな声でこう続けた。

「車室内でシグが死んだの。死亡の確認が済んだあとでロンドン駅で手配された搬送車を待ってはみたけど、わたしも兄さんも待ち続けていられなくって」

シグモンド・ヴェルティゴは、エリオットの肩に、首を少し傾げてもたれかかっていた。

死体特有の峻厳なよそよそしさや、気味悪い恐ろしさなどはなく、記憶のない眠れる乙女が、うっとり安心しきって目をつむっている姿に見えた。エリオットの寒気だつ沈鬱な険しさの方がよっぽど悲しく近寄り難かった。

トミーは足が竦んだ。どんな顔をしてエリオットと向かい合えばいいか分からなかった。

エリオットは、しかしトミーを見つけたとたんに心底、嬉しそうな顔をした。

「ごめんよトミー、びっくりさせて。でも今ここで君と会えてほっとした」

汽車は次の駅へと動き出した。

Ⅳ：ix
パラダイム×パラダイム

「ねえクリスティン。いつかぼくと結婚してくれるかい」

「ええ」

と、クリスティンはトミーを見ると、いとも簡単にそう答えた。

断られるよりましだろうが、トミー・コレットは、驚きもせずクリスティンがあまりに造作なく承諾したのがさみしかった。

トミー・コレットは春先、復活祭(イースター)の休みを使って、クリスティンとエリオットを例の海辺の丘の頂(いただき)にある、白い別荘に招待したのだ。

「ありがとう、トミー」

「有難う、トミー」

二人そろって行儀良く顔をほころばせた。

復活祭といえば、毎年トミーは大量の論文書きに追われて家に帰る暇もない。他の学生達が帰郷する中、寄宿舎に残って、ペンだこが破けるほど机に向かい、タイプライターを打つ騒音で耳鳴りがこびりつき、難聴になりかけるのが常だったが、今年だけは前々から段取りをつけていた。

「雲がはやいね。もう少しすると、翳ってくるかもしれない」

トミー・コレットは、せっかく連れてきたのに翳ってきたらと申し訳ない気分で、荒っぽい海を前に、隣のクリスティンを見た。クリスティンは丸めてきた敷物を広げて、丘に腰を下ろしたままだ。スカートの裾へとそよいでくる草に、レースの手袋をはめた指を伸ばし、所在無げにむしり取っている。海風を吸いこみながら、トミーの肩越しに咲く山査子の甘い香りに、目を細めて白い小花を眺める。

「でもまだ今はいいお天気よ。あそこの空なんか真っ青に晴れていて」

クリスティンが青いと指差した空も、海風で雲が流れこみ、紅茶のミルクが広がるみたいに、靄で泥んでくる。

「もしもエリオットが反対したらどうする？　——結婚だよ」

「反対なんかしないわ。兄さんはきっと誰より喜ぶわよ」

「じゃあきみはエリオットを喜ばせるため、意中に沿うようぼくと結婚するの」

「まさか。あなたが好きだからよ」

クリスティンは怒りもしない。

「じゃあエリオットが反対しても、ぼくと結婚してくれるかい？」

「しないわ」

クリスティンは全くすんなり答えて、言葉の重みに頓着していなかった。

「なぜ」

トミー・コレットも、波風立てて突っかかる気持ちにはなれなくて、ただおとなしく聞き返した。「答えて、クリスティン」

「さあ……どうってことないわ。ただあの兄さんが、トミーと結婚するなと止めるとしたら、あなたによくよくひどい点があるって思うだけよ。実際、兄さんは反対なんかしないわ。トミーは兄さんが気に入らないの？」

「まさか！　きみと出会う前から、ぼくはエリオットと友達になりたかったってのに」

「ならいいじゃないの。もしもだなんて仮定の話で愛情を測るとしたら無意味よ。トミー」

クリスティンは母親が優しく子供を寝かしつけるような口調だから、トミーは仕方なく首をすこし傾けて柔らかく頷いた。そうだね。

トミーはただ淋しかった。クリスティンは、トミーを気遣う余地に気付いてもいない。正直な回答を提供してトミーの納得がいかないんだったら仕方がない、と割り切って見えた。

シグモンド・ヴェルティゴの居ない空白と喪失感は、クリスティンやエリオットの言動の端々、こういうふとした隙に此処其処となく散らばっていた。表面上、あの男の死は、何の爪痕も支障も残さなかった。人間関係のバランスになんら歪みを引き起こさなかった。それでもトミー・コレットですら刹那、耐え難い淋しさに攫われる。四箇月余り前に、エリオットがシグモンド・ヴェルティゴを抱きかかえて列車から降りてきたのを見上げた感触がよみがえる。

会えないから淋しいわけではない。面識の浅い相手だ。一人ぼっちで寂しいわけでもなく

……クリスティンが隣に居る。死や運命の不確実性に不安を覚えてさみしさに取り憑かれる

のでも、自分の無力がさみしいのでもなかった。トミー・コレットは、ただ、シグモンド・

ヴェルティゴの不在に、純然なさみしさを味わった。

「ぼくらは今、影の国に居るのかもしれないね。クリスティン」

「影ノ国ですって？」

クリスティンは思いのほか反応を示してトミーに向いた。「照らしても照らし出せない、

実体のないおぼろげな？　兄さんも前にそんな事をちらと零したわ」

「ちがうよ」

トミー・コレットは神妙に優しく否定した。

「日陰者とか、日陰の身とか、明らかに出来ない意味じゃないよ。きみの言う《影》とは陰の意味合いが強いけど、ぼくは、それからエリオットもきっと、そういう意味で言ったんじゃないよ。ようは囲いこみ、重なりあった影の国さ」

トミーは傍に転がっていた小枝で、芝を掻き切るように地面に丸い円を二つ描いた。円と

円は一部またぐように重なって、似て非なる同種のパラダイムとパラダイムを表す。重なった部分を、斜線を引いて影に塗った。

「ここが影。ぼくらは今きっとここに居るんだよ」

きみが見ている海の青さと、ぼくが見ている海の青さとは異なっているかしれない。ぼくがいま感じている風の冷たさと、きみが感じている風の涼やかさは違うかしれない。でも
「ほら、空を見てぼくがいま感じているさみしさと」

きみが感じているさみしさはきっと同じだ。そう伝えようとして、トミーはさすがに口に出すには要領を得ず、空恥ずかしいので歯が浮いたみたいに口を噤んだ。

「その影の部分が、影ノ国？」

「そう。ここの影」

トミーは棒で、円と円との重なりを念入りに塗りつぶした。「この影の国が、絶対で恒久で純粋普遍な真実だ。上から見ても下から見ても、まぎれのない」

たとえば悪徳は美しく魅力的だ。善良な醜人の悲劇はいつの世紀も物語のテーマだ。けれど、善だからこそ美しく、美しい善もある。文化や時代を問わない醜悪も有るように。

「影ノ国。《オレンジとレモン》の共通点ね。兄さんが、何かっていうとそう譬えるのよ」

クリスティンは微笑んだ。結い上げた襟足が寒いらしく、髪をほどいて、そのシルクめいた柔らかさを背中に下ろした。黒い鉤編みレースの縁飾りがついたストールを、肩を抱くように身に纏って、首を竦めた。

海はいまや、瀝青色の暗がりを湛えた無機質な敷石のようで、

「曇っても素敵ね。海って本当に見るたびに景色が違うわ。そろそろ迎えに行きましょう」

クリスティンはスッと立ち上がった。見下ろすようにしてトミーの赤毛に、レースの手袋をはめたままの指を伸ばして、くしゃくしゃと揉みほぐすように掻き乱した。

意地悪めいた愛着の襲来がやむと、トミー・コレットは帽子をかぶった。クリスティンの手を取って、腰を上げながら、

「エリオットとよく哲学の話をするのかい？」

「しないわ。哲学の話をしていたのは、シグと兄さん」

シグモンド・ヴェルティゴの名を出したのは、ここに来てクリスティンが初めてだった。

「私も兄さんと哲学の話をしたことがあったけど、あれは二人で回文を……いいえ違うわ、綴り換えを作ったの。そうよトミー、あなたがくれたアルファベットのマカロニで」

「回文ならぼくは誰もかなわないような最長の逆さ言葉を一つ持っているけどな！」

がぜんトミーは、目を輝かせてみせた。クリスティンのかわりに、丸めた敷物を小脇に携え、桟橋に向かって海沿いを歩きながら、さっそくに披露した。

《ルーベンスタイン博士は鳴り出した電話を取った途端に……》

「待ってトミー、言われたって分からないわよ。回文は書いてみないと」

「いや、クリスティン。聞いていて」

トミーは、次第に霧が濃くなる夕闇の中で、クリスティンに目配せしてから、ことさら得

意気に言って聞かせた。脈動のような波音の満ち干きに、鼓膜を洗われながら、
《ルーベンスタイン博士は鳴り出した電話を取った途端に混乱し、衝撃を受けた。というのも聞こえてくるのは奇妙な、聞きなれない、一瞬にしては解せない神の言葉のようで――
〝でうよの葉言の神いなせ解は　てしに瞬一いなれなき　聞な妙奇は　のるくてえこ聞もの う。いとたけ受を撃衝し　乱混に端途　たっ取を話電　たし出り鳴は　士博ンイタスンベール〟[16]》

　クリスティンは目を大きく見開いて、それこそ混乱し、衝撃を受けたようにトミーの口からこぼれ出る奇妙な語調に足を止めた。トミーは歩幅をゆるめてクリスティンへと向き直った。

「トミー、あなたってば、こんな回文インチキだわ！　とんだ小細工の逆さま言葉よ！」

　クリスティンは飛び跳ねるように駆け寄って、トミーの背中を思いきりよく引っ叩いた。必要以上なほどケラケラ朗らかに可笑(おか)しがって、

「生真面目なあなたに、こんなイカサマの馬鹿げた見どころがあるなんて！　面白くって大

---

[16] Dr. Rubenstein got shocked when he picked up a phone just started to ring. For, the voice from the phone was strange, unfamiliar, like an unfathomable God's words, saying: "gniyas, sdrow s'dog elbamohtafnu na ekil railimafnu, egnarts saw enohp eht morf eciov eht rof gnir ot detrats tsuj enohp a pu dekcip eh nehw dekcohs tog nietsnebur. rd"

好きよ」

「ほんとうかい、クリスティン」

トミーもつられてじゃれあうように随分笑って、頭の帽子が海風で吹き飛ばされそうになった。

海は広い暗がりを一面に映していて、浜に近づくにつれて急に霧が濃くなった。笑いの余韻を引きずりながらトミー・コレットは、

「夜になる前にぼくら二人で、エリオットを影の国から、このイカサマの国に連れ戻さなくちゃね。クリスティン」

エリオットは、岬の丘の白い家に招かれて来たその日から、毎夕、海辺を散歩して桟橋を往復した。

トミーの海辺の白い家は、もとはといえばトミーの母親が娘時代、結核療養のために手に入れた別荘らしかった。都会に比べて田舎の空気はなるほど良い。それを、どうせなら海辺の眺めがいい部屋でも手に入れましょうとは、病気の療養一つにしても、裕福なインテリの思いつきそうな道楽だ。だが来てみると実際海には不思議な効果があった。壮大、威厳、安静だ。涼やかに気持ちが鎮まる。打ち寄せる波音が喪失感をどよめかせ、空白になだれこみ、いつしかエリオットの胸いっぱい波音がせめいでいる。波が砕けると、鎮静効果のイオンを発するというが、たしかに自分がむせ返すほどに吸いこんでは身体に浴びているのがわかる。

波の発している霊気は、無慈悲で強引だ。海全体は理解しがたい屈折した燦きをあらゆる角度にちりばめながら、なぜかこうエリオットが恍惚と安心する、不思議に律動的な、一連の秘密の憂慮を呑みこんだざわめきかたをした。

白い海岸は閑散として無闇に広い。海に突き出た、橋桁の高い桟橋は、遙か先まで伸びていて気持ちがいい。はりつくような磯の生臭さはなかった。

桟橋をゆっくり歩いて往復するのにかかるのはものの二十分である。二十分、海風にさらされ波音に揉まれるだけで、どんなに寒くとも、曇っていても、エリオットは、なだめられた。また居ようと思えばいくらでも居て飽き足らなかった。海の風貌は片時も同じでないからだ。太陽の位置、潮の満ち干き、天気次第でも移り変わる。

日暮れになるとどこからともなく、老人から子供から――療養中のひ弱な若者などまで、日没を拝みにふらりと桟橋を往復しにやって来た。乗ってきた自転車を芝に寝かしたり、街路樹の幹に停めたりして、桟橋を歩きに来る。連中は、自然の営みをぬかりなく満喫するんだな――。エリオット自身もまたその仲間に加わっているのであった。

(海辺の傍の、すぐそこの中等学校にラテン語講師の口があいているか、あとで聞くだけ聞いてみようか――)

今日は午後からは霧が出て、肌寒かった。

いつの間に日が沈んだのか、日没の絶景を見届けにきたエリオットには空振りだった。

だが電燈の灯った桟橋はふだんよりも混んでいた。

なるほど霧が出ると、いつぞやのカンテラさながら列なして、まるで天井を吹きぬけた回廊の一端——波間の滑走路みたいに点々と灯った幻想的な長い橋が、雲の果てまで真っすぐに架かってみえる。下の海は茫洋たる真ッ暗闇で何も見えない。はるか足下で橋桁を打ちつけ、絶え間なくさざめく波の音といい、怖いのだがぼうっとなる。桟橋を散歩して往き過ぎる人影も、霧にかすみ、

（一人や二人、生きた人間じゃない者が混じっていてもわからないな）

シグと行き会えるかもわからない——

無限の影絵にまぎれるように、靴音をたよりに靄めいた人影とすれ違いながら、エリオットは霧の桟橋の先端までたどり着いた。

行き止まりの橋に向こう岸はない。霧の下に煙る海の冷たさと暗さは計り知れない。

エリオットは、ゆったりと踵を返した。

海風に背中を押されつつ、海岸へと足を進めた。引き返してくるにつれ、桟橋のふもと——大きな街灯のたもとに、見覚えのある影が見えた。クリスティンと、トミー・コレットだ。

二人も気付いていて、手を振ってエリオットに合図をする。

影の国から戻った自分に、親しく笑いかける相手がいる。

良かった。

とても満足なんだと、エリオットは己に言い聞かせた。

著者インタビュー

■応募・執筆のきっかけ

――『カンパニュラの銀翼』での第二回アガサ・クリスティー賞受賞、本当におめでとうございます。まずは十月二十九日におこなわれた贈賞式を経た、現在のお気持ちをお聞かせください。

中里　日本ＳＦ新人賞（第九回）受賞作を刊行して以降、なかなか単行本をだすのが難しい時期が続いていました。第二回クリスティー賞を受賞できて、受賞作が単行本になり読者のかたがたに届いたことが、とてつもなく嬉しいです。

――*本誌の読者にとっては、中里さんは『黒十字サナトリウム』で日本ＳＦ新人賞を受賞されたかたでもあります。そんな中里さんが、ミステリの賞であるクリスティー賞に応募されたきっかけとは？

＊《ＳＦマガジン》

中里　実は、『黒十字サナトリウム』が出版されたとき、SF読みのかたがたよりも、ミステリ読みのかたがたのほうが比較的すんなり私の作品に接してくださっている感触がありました。

とはいえ、SFは世界観の構築を大切にするジャンルです。SF読者は世界観を受け止める懐が大きい。登場人物や物語の筋と同様に、私は世界観をかなり重要視しています。『黒十字サナトリウム』は、吸血鬼たる存在と概念の是非を問う世界観です。吸血鬼とくればSFの範疇（はんちゅう）（だからこそ日本SF新人賞を受賞できたのだとも思います）。

次第に謎が解き明かされて真実が暴かれる運びは、わたしの作風というか、心がける手法でした。ミステリというジャンルを意識して書いた話でなくとも、「ミステリ風の語り口」とみなされるなら、ミステリとして機能しうるのではないか？

――なるほど。

中里　日本SF新人賞を受賞しているので、私の肩書きはSF作家でした。SFもミステリもいける読者のかたはいいんですが、ミステリしか読まない人の目に、私の作品はまず触れるチャンスがない。SF作家という肩書きのわりに、理系な話を大規模展開するわけでもない。SF読者にも「ジャンル的にどこかちがう」と、みなされている異端者――。

密室殺人と名探偵みたいな、ありきたりなミステリというジャンルは、私は正直なところ夢中になれません。どんなに奇異で怪奇な事件にみえても、謎が暴かれてみると、作品に初めて接したときのゾクゾク感は二度とよみがえってこない。犯人が誰かわかって、事件の真相と謎解きがすんだら、その本を読み返そうとは思わない。せいぜい名探偵が読者を惹きつけられるかどうかで、トリックがネタばれしたら作品のおもしろ味はガタ落ち、読んだら一丁上がり。その手の本は後生大事に持っておいて、何度も読み返そうとはしない。少なくとも私はそうです。

——たしかにそういった側面はあるかもしれません。

中里　私は自分の作品を、幾度となく読みかえしてほしいと願っています。初読でおもしろく、二度目にじっくり味わえる話を意識している。三度目には深読み解釈したくなる、そういう物語が、本であれ映画であれ漫画であれ好きなんです。いつまでも心に残って、ときにはジクジク巣食うような読後感、脳内で反芻しているうちに、その話のなかに自分が囚われるような奥行きが。

一回で気持ちよくスッキリ解決し、その作品と接している間は心地よく、ぽいと次にいける話は、なるほどおもしろいし、需要は高い。次から次へと読者のニーズにあわせて新しい作品をうみ出す必要があり、それで幸せな利潤がなりたつ。仮にそうだとしても、私はそれで物足りる読者ではなかったし、自分すら納得できない話を書いて読者を楽しませるだなんて、読者を軽んじている。再読の価値のある話を私は目指している。だったらミステリという分野で求められる作風とは反りが合うまいと、私は勝手に決めつけていました。

でも、再読してなお読みごたえのあるミステリが駄目だという法則はどこにもない。再読したくなるミステリを書けばいいわけだ。アガサ・クリスティー賞は、広義のミステリの賞でした。広い意味でのミステリ的な作品が求められていて、アガサ・クリスティーはミステリの女王であると同時に、ミステリだけにとどまらず、冒険小説やサスペンスなど多種の作品を残している。そのアガサ・クリスティーにちなんだ賞なのだ――と、応募要項にもあったのです。

――では、応募作となり、見事受賞作となった『カンパニュラの銀翼』の執筆のきっかけはなんだったのでしょうか？

中里　アメリカの大学院に在籍中、私は『カンパニュラの銀翼』の作中に出てくるエリオット・フォッセーみたいに迷っていました。大学院をやめようか続けようか、このままでいいのかと。『カンパニュラの銀翼』の元となる話を書き出したら、書くことに熱中しちゃって止まらないんです。授業をさぼって書くようになっていって、ああもう大学院をやめて、帰国すべきだと。ですので、『黒十字サナトリウム』がデビュー作ですが、『カンパニュラの銀翼』のほうがあらかた先に書きあがっていたのです。

――そうでしたか。受賞作は作品全体を通じて哲学をベースにした知的考察が横溢（おういつ）しており、刺激的です。こういった部分は、ご自身の経歴も大きく寄与されているのでしょうか。

中里　私の作品は、いずれも哲学的な着眼点で物事を見極めて問題を打開できるかどうか、という展開があります。『黒十字サナトリウム』も衒学的な幻想小説などと称されました。また一見すると装丁やタイトルから単純な学園ものかと思われがちな、『黒猫ギムナジウム』という本でも、哲学的考察というやつをやってのけます。

ですが哲学的であるか以前に、美意識に重きを置いて書いています。その美意識の世界観というのも、れっきとした一種の哲学分野であるし、哲学的といわれることは、決していやではありません。

今回の『カンパニュラの銀翼』は、前述のとおり、哲学専攻中に書き出したせいもあって、私のどの作品よりも、哲学の影響が、そっくり反映されています。なにしろ主要登場人物のエリオット・フォッセーが哲学を学んでいる学生です。大学や哲学講義にまつわるエピソードは、私自身の実体験を元に、物語の時勢に合わせてアレンジを加え、煮詰めた部分が多々あります。ですので、ここまで哲学を意識的に押し出した話を今後も書くか、書けるかはわかりません。

――本作では「時」が重要なモチーフとなっており、それにまつわる語りの妙は、ミステリ読者だけではなく、SF読者にもおもしろく読ませるものだと思いました。ネタバレに繋がる部分もあるため詳しくは語れないかもしれませんが、この設定を着想されたきっかけなど、問題ない範囲でお教えいただけないでしょうか。

中里　時空をモチーフに、四種の時間という概念が展開されるのですが、これは私自身が、時間の歪(ひず)みや抜け穴を探していて、不可抗力たる時空の隙間をくぐりぬけて時間の干渉から逃れられないだろうかと、一時期、真剣に考えをめぐらせていたせいです。物語のネタとしてではなく、現実に、リアルに。

SFにはよく新奇の発明品が登場します。《必要は発明の母》という諺(ことわざ)があるけれど、私は《発見は発明の母》だと思っている。たとえば、キュリー夫妻がラジウムを発見した。発見されてはじめてその運用方法が開発される。発見≒発明なわけですよね。ラジウムは昔から地球上にあったわけですが。

同様に、今まで三次元空間にいる者すべてが時空の干渉から決して逃れられずにいるとしたって、今後逃れる方法がないという証明にはならない。時間の歪みを見つけられれば、利用する余地は残っているはずだと。ただしそれは、タイムトラベルとかの秩序だった利用のされかたができるほど御しやすい代物だろうか。たとえば人類は天気予報でかなり厳密に天気を言い当てられるようになってきていて、それに即した行動を起こせるようになっているけれど、天候自体はコントロールも制圧もできていない。そんなふうに、せめて時間の作用を言い当て、あわよくば逆手に利用するような、時空の不可抗力の裏をかける方法がないかなあと、グルグル頭を悩ませていたんです、本気で。

——時間の描かれかたは非常にスリリングなものだったと思います。他方、一九二〇年代の英国描写もまた非常に鮮やかで印象的でした。この時代の英国をはじめとする欧州への思い入れがおありでしょうか？　また、今作の時代設定を決めたきっかけとは？

中里　一八世紀〜一九世紀〜近代には、とりわけ興味があります。日本でも海外でも。過渡期だからかもしれません。日本では開国して欧米文化がなだれこんできた時代。欧米諸国ではゴシック文学（『嵐が丘』や『フランケンシュタイン』『ドラキュラ』など）の開花した時代でもあったり。やがて第一次大戦を経て、第二次大戦へ向かう不穏な気配が迫りつつある。不穏な空気感には惹かれます。ゴシック文化が好きで、だからそういう時代背景を選ぶのか、好きな時代に展開されるからゴシック文化に傾倒しているのかどうかは、自分でもよくわかりません。

霧は幻想的な奥行きを喚起する――そういった、私が感覚的に同調できるテイストを、もっとも効果的に再現できる時空が好きです。

ゴシック文化は、日本古来の文化と呼応しやすい気もします。たとえば吸血鬼といえば薔薇。これは日本でいうなら、鬼と桜に匹敵する。こういう密接な連想をあおる小道具と価値観が、ゴシックにおいては、東西文化のギャップをさほど感じない。デカダンな魔力、幽玄たる世界観、破滅美――かかる異端な美意識は、日本古来の怪談や能などと本質的な魂が似通っているかもしれません。私が自然と日本で慣れ親しんできた美意識と、留学で洗礼をうけた（宗教上の洗礼をうけてはいませんが）欧米固有の価値観などが、ゴシック世界においては違和感なく、両者遺憾なく発揮しやすいんです。

今後も私は、いわゆる西洋で展開する話を書き続けるし、日本を舞台にした物語も紡ぎ続けると思います。『黒十字サナトリウム』でも、物語は日本から始まって、東欧へと展開しました。『黒猫ギムナジウム』は明治時代の日本を舞台に、吸血鬼やら赤毛の美少女（魔女）も登場する話です。『カンパニュラの銀翼』は生粋の欧州話で、それゆえ日本では受け入れられがたいかもしれないと、発表の二の足を踏んでいたきらいもあるのですが、アガサ

・クリスティー賞が早川書房主催だったことも、この作品を応募する大きな動機となりまし

た。早川書房とその読者だったら、海外舞台の作品をきっとマイナスとはとらえまい。日本も西洋もきちんと描ける、これは自分の強みだと思いたいです。

――どの人物もそうかとは思いますが、特に思い入れのある登場人物はいらっしゃいますか？

中里　登場人物のほぼ全員にかなり思い入れがあるので、分け隔てするのは難しいんですが、『カンパニュラの銀翼』において、特に思いいれの深い登場人物は、エリオット・フォッセーと、シグモンド・ヴェルティゴです。エリオットは主人公で、シグモンドは主役といった位置づけです。主人公＝主役である必要性はないと思っています。私の話は、主人公と主役とが、別人である設定が多いです。

『カンパニュラの銀翼』単行本の表紙絵では、男性陣二人の因縁をあらわすように、シグモンドとオーグストが描かれたのですが、編集部側から「男性二人」という提案がなされたとき、わたしはてっきり「シグモンドは間違いがないとして、あとの一人、描かれるのはエリオットだろう」と思っていたくらいです。

■作家・中里友香

――では、中里さんご本人のことについても少しおうかがいしていきます。そもそも、作家を志したきっかけはなんだったのでしょうか。

中里　中学のとき『嵐が丘』を読んで圧倒され、こういう密度の濃い人間関係と、美しくも過酷な話がかける作家になりたい、と思った覚えがあるので、そのときにはすでに作家になりたかったわけです。今自分がいる場所と異なる世界観を味わえる陶酔感に、ずっと憧れていた。現実逃避をもたらすその魔力を、いつしか自分のものにしたくなっていたんだと。ただ、第九回日本SF新人賞を受賞できるまで、ごく一部の友人などを除いて、作家志望であると長らく口外できませんでした。学校の志望調査などもちろんのこと、身内には極力黙っていました。説得できる自信がなかったし、説得に労力を費やすよりも、地道に作品を書き続ける行動あるのみだと。ある程度の結果が出れば理解してくれるようになると。

――今後は作家としてどのようなテーマをあつかう、どのような活動をしていこうとお考えですか。ジャンル横断的作品を書かれる中里さんにとって、小説のジャンルとはどういう意味を持つものでしょうか？

中里　今後もとくにジャンルにこだわらず書き続けられたらと思います。広義のミステリの賞に応募したのも、私の作風を活かせる読者層を開拓したい意気込みからで、自分の作品ジャンルをシフトチェンジしたつもりはありません。SFとかミステリとかは、レーベルや売込方法などを意識するときはじめてカテゴライズされるべきであって、最初からジャンルありきで物語の世界観を抑制する檻であってはならない。そういう規格に押し込められていると、物語はどんどん自由な発想と展開の芽を摘まれる。安全パイを狙って、つまらなく劣化せざるをえなくなると思います。

――ご自身に影響を与えたような好きな作家、作品などがございましたらお聞かせください。

中里　私はシオドア・スタージョンが好きです。スタージョンは今ではSF作家としてみなされているけれど、当時スタージョンは、SF作家と自認してSF作品を書くことに従事していたのか。自分の着想と世界観を自由に育てて、とぎすましていった結果がSFだったりしたんではなかろうか。私はまた映画『ガタカ』が大好きなのですが、『ガタカ』は間違いなくSFで、同時にれっきとしたミステリです。しかしSFだからとか、ミステリだからとかでなく、全篇を通じた『ガタカ』の世界観と登場人物、テーマや空気感、物語がまるごと好きで、「『ガタカ』は素晴らしかった」という印象が焼きついている。おもしろく深いものは大体ひとつのジャンルにくくれません。世界も、人の一生も、ひとつのジャンルで成り立ってはおらず、ジャンルは作品を織り成すアクセントにすぎないのですから。

――最後に、本誌読者へメッセージをお願いします。

中里　今後も、まずは納得のいく作品を仕上げて、それがSF向きならばSFのレーベルに持ち込みたいし、ミステリ色が強ければミステリとして出していただくかもしれない。中里友香の書く物語は次も必ず読む、と思ってもらえるように、中里友香の名前がジャンルになれるよう目指して、読者に作中の世界観に浸れる小説を提供できたらと思っています。

――ありがとうございました。

（インタビュアー・構成：編集部）

このインタビューは、《ＳＦマガジン》二〇一三年一月号に掲載されたものです。

本書は、二〇一二年十月に早川書房より単行本
として刊行された作品を文庫化したものです。

原尞の作品

そして夜は甦る

高層ビル街の片隅に事務所を構える私立探偵沢崎、初登場！　記念すべき長篇デビュー作

直木賞受賞

私が殺した少女

私立探偵沢崎は不運にも誘拐事件に巻き込まれる。斯界を瞠目させた名作ハードボイルド

さらば長き眠り

ひさびさに事務所に帰ってきた沢崎を待っていたのは、元高校野球選手からの依頼だった

愚か者死すべし

事務所を閉める大晦日に、沢崎は狙撃事件に遭遇してしまう。新・沢崎シリーズ第一弾。

日本冒険小説協会賞最優秀短編賞受賞

天使たちの探偵

沢崎の短篇初登場作「少年の見た男」ほか、未成年がからむ六つの事件を描く連作短篇集

ススキノ探偵／東直己

探偵はバーにいる

札幌ススキノの便利屋探偵が巻込まれたデートクラブ殺人。北の街の軽快ハードボイルド

バーにかかってきた電話

電話の依頼者は、すでに死んでいる女の名前を名乗っていた。彼女の狙いとその正体は？

消えた少年

意気投合した映画少年が行方不明となり、担任の春子に頼まれた〈俺〉は捜索に乗り出す

探偵はひとりぼっち

オカマの友人が殺された。なぜか仲間たちも口を閉ざす中、〈俺〉は一人で調査を始める

探偵は吹雪の果てに

雪の田舎町に赴いた〈俺〉を待っていたのは巧妙な罠。死闘の果てに摑んだ意外な真実は？

著者略歴　1975年9月生，作家
著書『黒十字サナトリウム』『黒猫ギムナジウム』『カンパニュラの銀翼』『コンチェルト・ダスト』

HM=Hayakawa Mystery
SF=Science Fiction
JA=Japanese Author
NV=Novel
NF=Nonfiction
FT=Fantasy

カンパニュラの銀翼（ぎんよく）

〈JA1203〉

二〇一五年九月二十日　印刷
二〇一五年九月二十五日　発行

（定価はカバーに表示してあります）

著者　中里友香（なかざとゆか）
発行者　早川浩
印刷者　西村文孝
発行所　株式会社早川書房

郵便番号　一〇一 - 〇〇四六
東京都千代田区神田多町二ノ二
電話　〇三 - 三二五二 - 三一一一（大代表）
振替　〇〇一六〇 - 三 - 四七七九九
http://www.hayakawa-online.co.jp

乱丁・落丁本は小社制作部宛お送り下さい。
送料小社負担にてお取りかえいたします。

印刷・精文堂印刷株式会社　製本・株式会社川島製本所

ISBN978-4-15-031203-9 C0193

本書は活字が大きく読みやすい〈トールサイズ〉です。